久富哲雄
HISATOMI, Tetuo

芭蕉追跡

探訪と資料

笠間書院

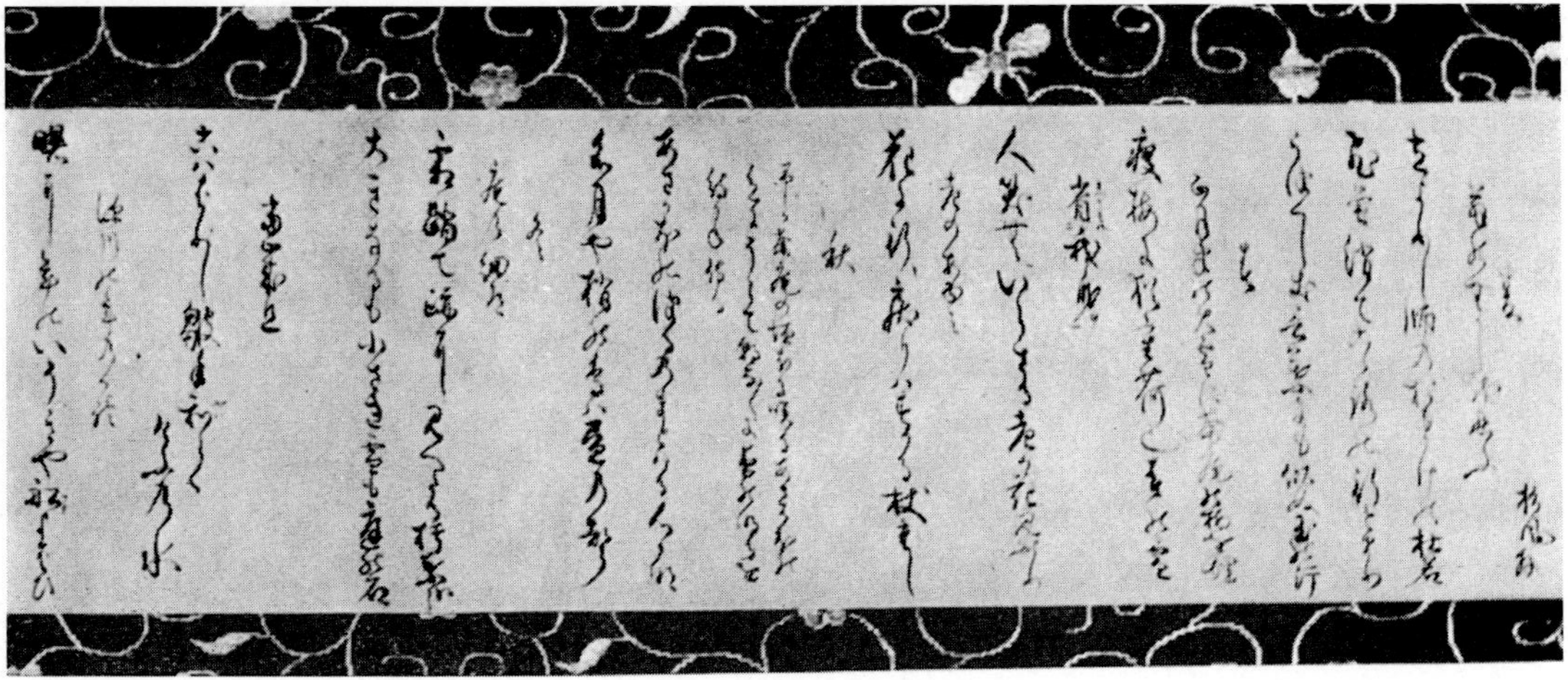

杉山杉風四季発句幅

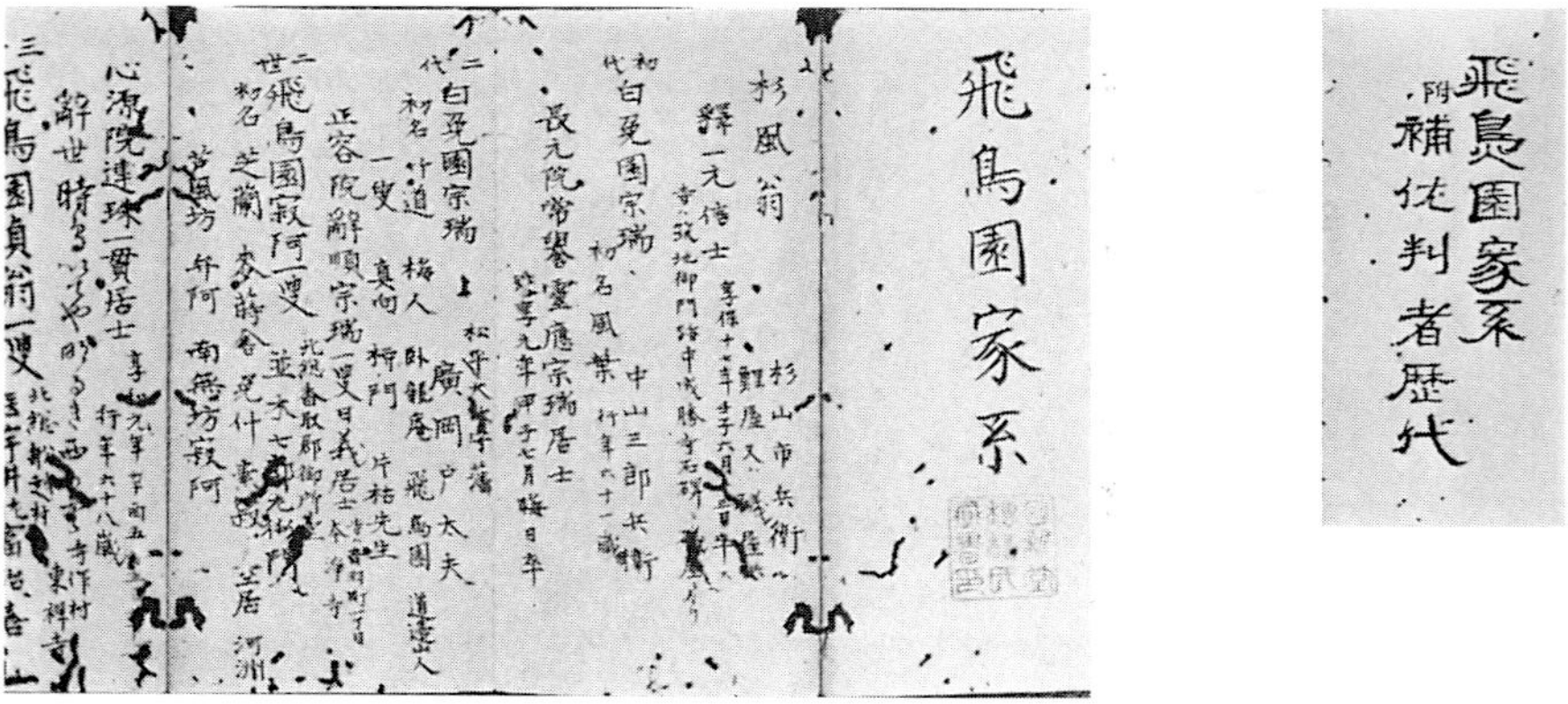

『飛鳥園家系附補佐判者歴代』

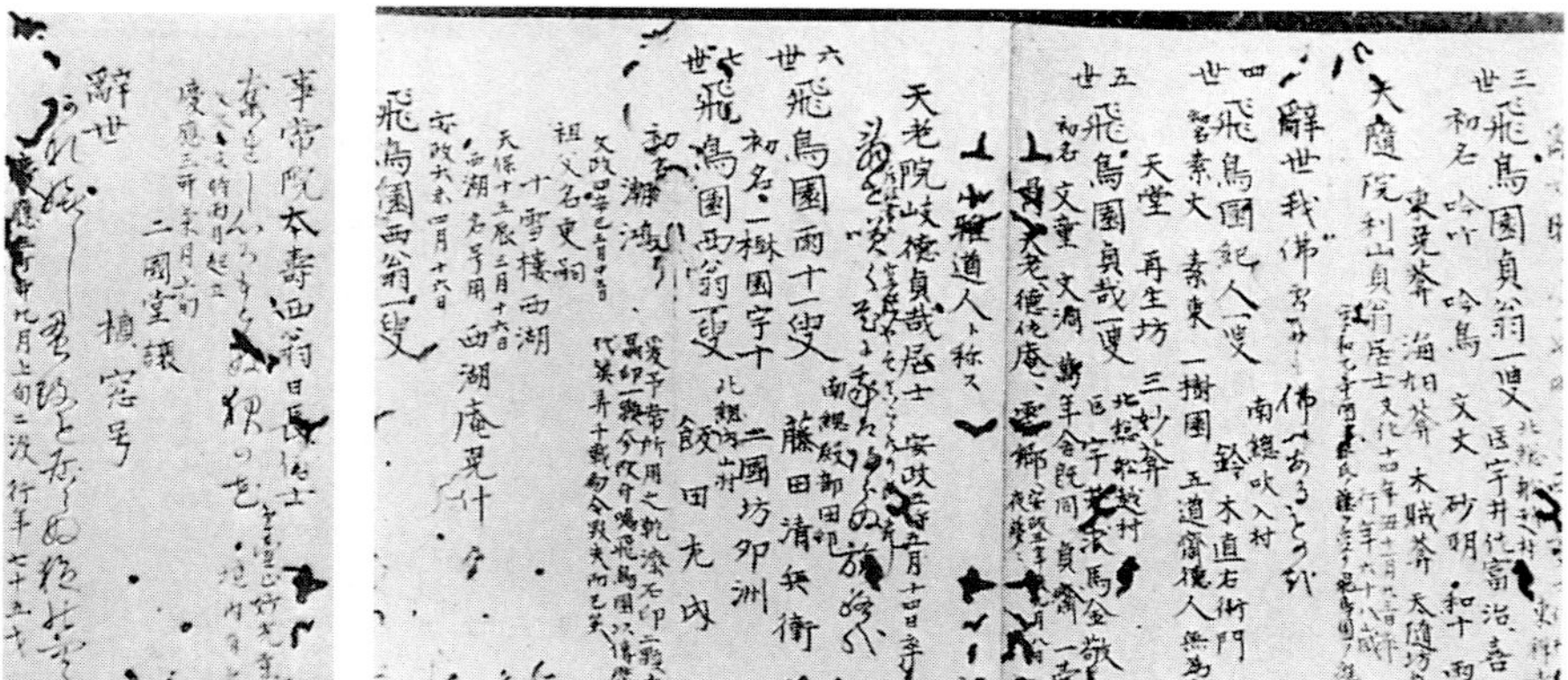

『飛鳥園家系附補佐判者歴代』（続）

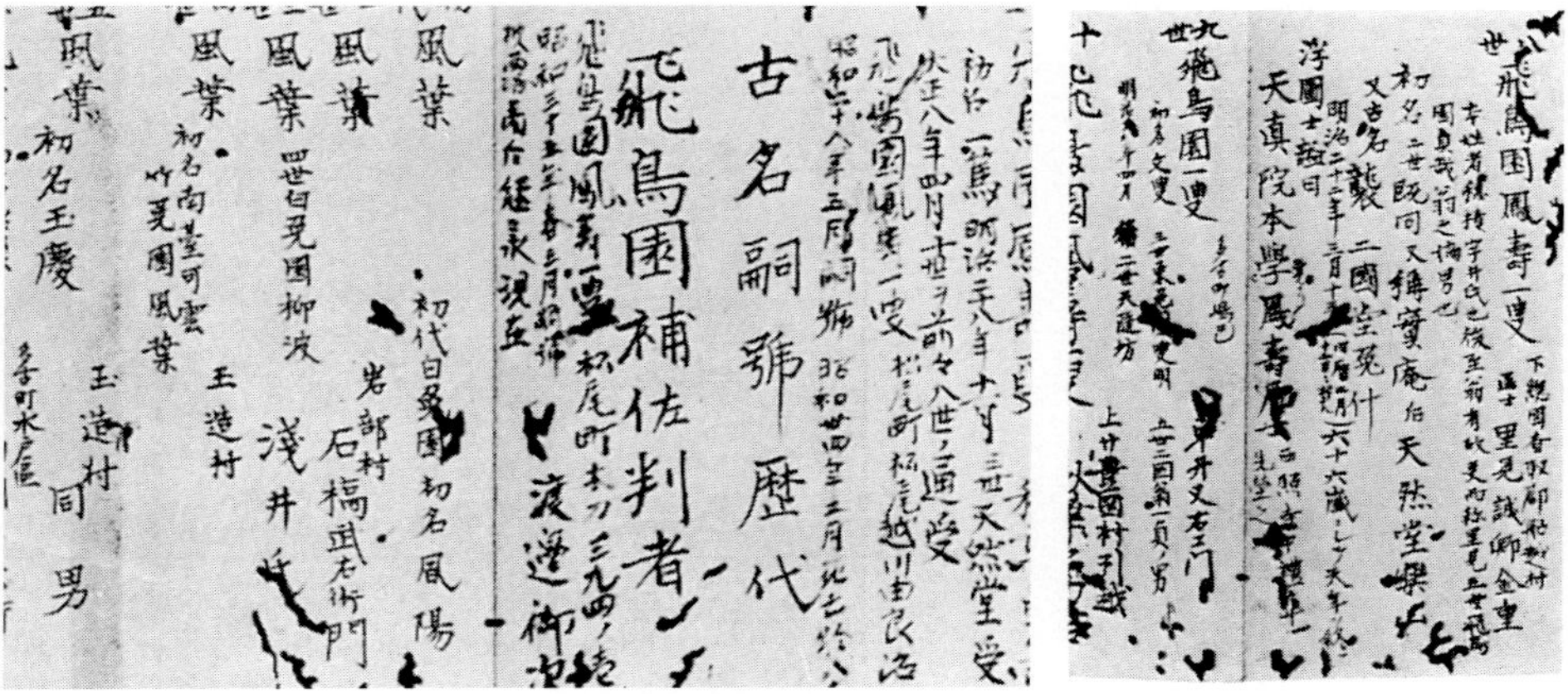

『飛鳥園家系附補佐判者歴代』（続）

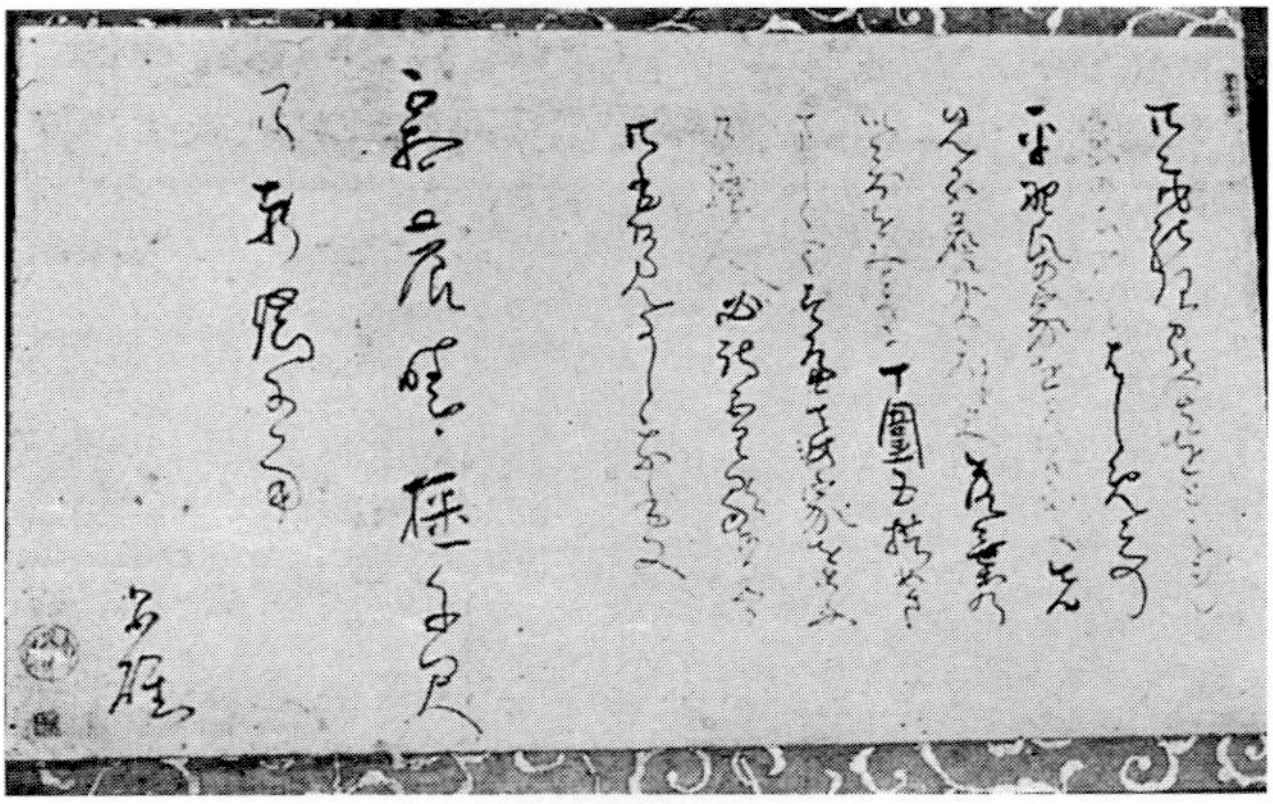

加舎白雄筆「霜に晴」句文

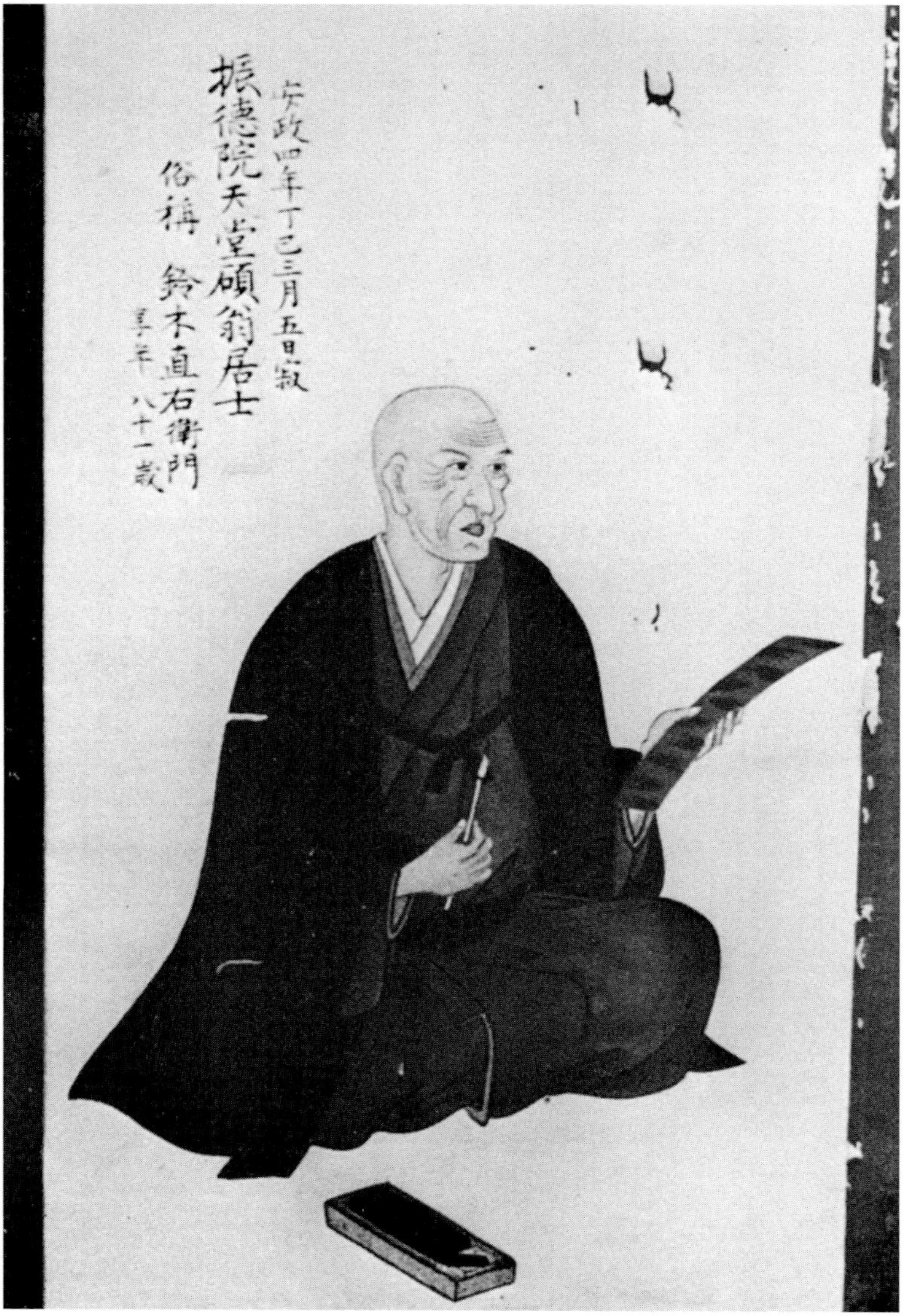
安政四年丁巳三月五日寂
振徳院天堂頑翁居士
俗稱　鈴木直右衛門
享年　八十一歳

天堂一叟画像

石井雨考『青かげ』挿絵

はじめに

平成十九年七月三十一日、歌子奥さまからの電話をうけて、翌日の八月一日に久富哲雄先生の病床を見舞う。先生はすでに筆談であった。病室を辞する私を見送りに出てこられた御家族といくつかの話をした。そのひとつは、万一の場合の弔辞を私にという要請である。気の重いことであるが、先生と親しい方々の多くが御高齢で、御負担をかけるに忍びないことを、自らに言い含めてお引き受けした。

だが、無常を争うさま、まことに朝顔の露に異ならず、先生の葬送を前にして私の郷里に不測の事態が生じ、永訣の日は私に代わって家人が参列、弔辞は東聖子さんに代読をお願いした。女史は俳文芸研究会で先生の御指導をあおいだ仲間のひとりである。やがて御遺族のお話として、亡き先生に、もう一冊の研究書刊行をめざして調えた原稿があることを知る。本書はこうした経緯によって、今夏の三回忌を前に、先生の御遺志を継いで世に送り出すもので、私にすれば野辺送りの叶わなかった非礼のお詫びでもある。

久富哲雄先生は、終世、昭和二十五年の俳文学会結成に奔走された井本農一先生とともに歩まれ、「奥の細道の番人」の異名をとる研究者であった。その緻密で堅実な仕事ぶりは阿部喜三男著『詳考 奥の細道』(昭和三十四年刊)を評価し、昭和五十四年にその増補版を完成させた点に端的にあらわれている。以後、歌枕の探訪などを視座として、『おくのほそ道全訳注』や『おくのほそ道論考―構成と典拠・解釈・読み』、『芭蕉 曽良 等躬―資料と考察―』等の研究書を世に問う一方、ロングセラーである『奥の細道ハンドブック』に示した情報更新のため、実地踏査を怠ることはなかった。

したがって、本書に収める諸論考の初出時期は新旧幅広いが、随想章段から資料と考証にいたるまで、「奥の細道の番人」である著者晩年の厳しい検証の眼から外れたものはひとつとしてない。泉下の先生は、例によって「従来説の少しばかりの修正と資料の紹介だが、君たちの今後の研究に多少のお役には立つであろう」と謙遜されるだろうが、編集を終えようとする現在、本書が俳文学と『おくのほそ道』とを愛する人々に、必ずよろこんでいただけるものと思っている。

なお、末尾ながら、生前の先生のお仕事とゆかり浅からぬ出版社、笠間書院によって上梓できることに深く感謝している。

平成二十一年五月七日

海紅山房　谷　地　快　一

芭蕉追跡——探訪と資料

目次

目　次

◆従来説の検証

◆資料と考証

◆付録

【編集にあたって】

本書に収録する論考の編集にあたっては以下の点に留意した。

一、書名は著者自身の原稿に「余考」「散策」「随想」などの書き付けがあって、思案の様子がうかがわれるが、本書全体の資料的価値を重んじて『芭蕉追跡―探訪と資料』とし、著者の意向は章段名に反映させ、それぞれの性格を明らかにした。

一、「芭蕉地名辞典」は、著者原案で「従来説の検証」末尾に位置していたが、本書の全篇に関わる事柄と考えて巻尾に置くことにした。

一、元号と併用の西暦や出典年次の表記、また「頁」「ページ」を「頁」に統一するなどの修正を施した。

一、翻刻における書誌・解題・凡例等の体裁および丁数表記について統一をはかった。よって、初出時に分割掲載であった『蝦夷文談抄』はまとめて掲出した。

一、原文引用箇所は、それぞれ本書における見た目を考慮して対応したが、詞書の一行文字数などは初出に準じ、ことさら統一をはからなかった。

なお、巻首に収める「さまざま桜」は初出がわからなかったが、その内容を推しはかって、著者と昵懇であった鶴見大学名誉教授、露木悟義先生に御相談したところ、わざわざ鶴見大学図書館に足をお運びいただき、その初出を確かなものとすることができた。また、初校段階において、谷地の俳諧ゼミに所属する海保春花・山口真実両嬢の助力を得た。

ここに厚く御礼申し上げる。

谷　地　快　一

芭蕉伝余考

さまざま桜

松尾芭蕉のふるさと伊賀上野に、「さまざま桜」と呼ばれる枝垂桜がある。季語としての桜には「初桜・彼岸桜（くまがへ・うば桜・ちござくら）・糸桜」が北村季吟編著『増山井』（寛文三年奥書）の二月の項に見え、三月の条には「山桜」が掲出され、多くの品種名が列挙してある。その中に、人丸桜・西行桜など、歌人名を有する桜が見えるが、伊賀上野の「さまざま桜」はこの部類に属するものである。しかし、「芭蕉桜」と呼ばぬところが、いかにも和歌的伝統を継承しながらも、そこから一歩抜け出して俳諧を大成した芭蕉ゆかりの桜らしい。

貞享四年（一六八七。芭蕉四四歳）十月下旬に江戸を立って帰郷し、翌五年の新春を上野で迎えた芭蕉は、二月に伊勢神宮に参拝したあと上野に滞在していたが、三月某日、旧主藤堂良忠（俳号蟬吟、寛文六年四月二五歳で夭死。芭蕉二三歳）の遺子良長（俳号探丸）の花見の句座に招待された。場所は玄蕃町にある別墅八景亭であった。庭園には折から桜が満開であった。芭蕉は、この時、

さま〴〵の事おもひ出す桜かな

の発句を詠んで挨拶吟とした。これに対して探丸は句座の定めに従って、自ら、

春の日はやくふでに暮行

の脇句を付けた。

さて、芭蕉が「おもひ出」した「さま〴〵の事」とは、どのような事柄だったのであろうか。青春の日々を時に主君蟬吟と句作に興じ、前途に十分昇格の可能性という明るい希望に満ちていた青年宗房が、主君の夭折によって挫折を余儀なくされ、やがて俳諧師として立つべく上野を去って江戸に下り、修行を積んで宗匠として立ち、次いでその生活を未練もなく放擲して俳諧隠者としての生活を続けて今日に至っている。——そうした挫折と前進との繰返しの、苦闘の汗にまみれた半生を、満開の桜の花に見たのかも知れない。眼の前にいる当主探丸は二三歳、芭蕉が主君蟬吟を失った時の年齢である。探丸の容姿に旧主蟬吟の面影を見、進むべき道を失った青年時代を想い出して、芭蕉の胸裏には感慨無量なるものがあったに相違ない。まことに、「さま〴〵の事」が「おもひ出」されたというのは、真情を吐露した言葉であると言えよう。

私はこれまで二回伊賀上野に行ったことがある。第一回目は昭和三四年一〇月一一・一二の両日、第二回目は昭和四八年一〇月一三・一四の両日、いずれも俳文学会全国大会が当地で開催された時のことである。芭蕉祭の季節であるから、さまざま桜の樹姿を見ることはできても、爛漫と咲き匂うさまざま桜に接することはできなかった。

第一回目の伊賀上野訪問から十七年、昭和五十一年四月九日、学生十九名を引率して、三たび芭蕉のふるさとを訪れた。東京を出発する時には、前夜来の雨がまだ残っていたが、西下するにつれて小止みとなり、近鉄上野市駅に着いた時にはパラパラと落ちるだけ、それも蓑虫庵——愛染院故郷塚——芭蕉生家と、芭蕉の遺蹟をめぐってさまざま園に着いた時には完全に止んでいた。

鉄田《おのだ》産婦人科医院脇の小路をはいって行くと、すぐ右側にさまざま園（いま稲毛家の所有）がある。ここに藤堂家の下屋敷があったのだが、この地は台地にある上野の町の東北端にあたり、眺望がすばらしいので八景亭と名付けられていたという。それが、前掲の芭蕉の句によって、さまざま園と改称されたとのことである。

あの探丸主催の花見の句座が開かれた時から三代目にあたると伝えられるさまざま桜は、庭園の東北隅に聳え、広く四方に枝を延ばし垂らし、その枝には数多くの花が開いていた。背景となる空がどんより雨雲で覆われて、桜花の色がその中に沈んでしまうのが残念でたまらなかったが、さまざま桜の咲いている有様を一目見たいという宿望が叶えられたことに、私は満足していた。

さまざま桜のカラー写真は、もと芭蕉翁記念館館長桃井隆康氏著『ふるさとの芭蕉』の表紙カバーに見られる。手許にある昭和四十七年三月発行の増改第七版本のそれは、桜花が背景の色に半ば吸収されているが、今回見た昭和四十九年四月発行、増改第八版の表紙写真（カバーなし）では、青空を背景に春光を浴びた枝垂桜が美しく眺められた。

桜樹の下には、幅一メートル、高さ六十センチぐらいの石碑に、

探丸子のきみ別墅の
花みもよほさせ給ひけるに
むかしのあともさながらにて
さまぐ\のこと思ひ出す桜かな　桃　青
春の日はやくふてに暮行　探丸子
貞享五年春

と刻してある。句碑拓影に付された桃井氏の解説によると、芭蕉の真蹟を写真に撮って拡大したものを彫り付けたもので、昭和五年、当時の園の所有者浜辺喜兵衛氏の建立に成るという。さま〴〵の句および探丸子の署名は芭蕉筆、春の日の句および芭蕉子の署名は探丸筆という句切が小島家蔵として、菊山当年男氏著『はせを』（宝雲舎、昭和十五年刊）一三五頁に見えるが、この碑面の句とは表記・書体ともに異なるから、別種の芭蕉真蹟が存在したのであろう。菊山氏の前掲書一四六頁には、「昭和六年筆者は浜辺氏に乞ふて、桜樹の下へ当時の両吟を真蹟のまゝ、石に刻して句碑を建てた。」と見え、建設年にも異同があるが、あるいは桃井氏の記憶違いであろうか。多分、碑陰には句碑建設の経緯なり年月なりが刻してあったのだろうが、軽率にも見落してしまい、今では確かめるすべもない。いつの日にか、晴れた春空を背景に咲き匂うさまざま桜に会う機会を得たいと期待すること切なるものがある。

芭蕉庵焼亡――江戸大火の実況報告

天和三（二）年の冬、深川の草庵急火にかこまれ、潮にひたり苫をかづきて、煙のうちに生のびけん、星ぞ玉の緒のはかなき初め也。爰に猶如火宅の変を悟り無所住の心を発して、其次の年夏の半に甲斐が根にくらして……

（其角編『枯尾華』芭蕉翁終焉記）

「火事と喧嘩は江戸の華」とは言うけれども、天和二年（一六八二）の火事は、江戸の市民にとっては悪魔の華であったに違いない。

十一月二十八日の巳の上刻（午前九時過ぎ）、江戸城の西北、四谷の北おもて、河田が窪原町の遁世者の草庵より出た火は、四谷・赤坂に延焼して芝海岸に及び、大名二十三家・旗本三十余家・小知小身二百余家・寺院二十四宇を焼き滅ぼした。

それから一か月後の十二月二十八日、駒込の大円寺より出火し、下谷・浅草・本所を焼き、また本郷・神田・日本橋へも延焼して、大名七十五家・旗本百六十六家・神社四十七社・寺院四十八宇を焼く大火災となった。

以下、この火災の状況について、主として『天和笑委集』（注）に拠って記述しよう。江戸の地図を挿入することが困難なため、朝倉治彦氏編『江戸方角安見図』（昭五〇・10、東京堂出版。原本は延宝八年刊）中の該当頁数を適宜注記しておいたので参照していただきたい。

十二月二十六日の夕暮れ時より大風が吹き始め、翌二十七日も全然止まず、二十八日の夜明け方からは一層烈しく吹きつのり、一波瀾起こりそうな空模様となった。先月の火災の日から数えてちょうど一か月目の向日《むかわりび》にあたり、二十六日以来の風は瞬時も止まず、肌をさす寒さなので、人々は、「これは徒時《ただごと》ではない、何か変事が起こるのではあるまいか」と心配し合っていた。

不吉な予感は適中した。午の上刻（午前十一時過ぎ）に駒込の大円寺という禅林の境内に建っていた庵室より出火し、軒を並べていた同心屋敷に燃え移り、近隣の家々を焼き、森川宿の立町・横町を一気に焼き尽し、阿部対馬守の屋敷（八〇頁・八二頁）に延焼した。火は少し筋違《すじかい》に切れて小笠原信濃守上屋敷に飛び、あたりの寺院を一宇も残さず焼き払い、時を移さず松平加賀守上屋敷（八一頁・八二頁）に燃え移り、広大な敷地に建ち並んでいた大建造物、表長屋、裏長屋、金銀珠玉を鏤《ちりば》めて造作した書院広間、数十間の役所を始めとして、四方二十余町に燃え広がり、残る所は表門一か所となってしまった。

このようにして、本郷（八一頁〜八三頁）は六丁目より一丁目まで、西側は残ったけれども、東側は裏町とともに焼け落ちた。

本郷のほとりの八百屋お七の悲恋物語はこの火災が発端であるが、詳しくは西鶴の『好色五人女』（貞享三年刊）巻四「恋草からげし八百屋物語」に譲る。

本郷が焼けている時、神田や浅草または通町《とおりちょう》など、すべて南おもての人達は大火の発生を全然知らず、風が強いから土煙が立っているぐらいに思っていた。そのうちに、北から南をさして走り通る者が跡を絶たずという状態になって、始めて本郷辺が焼けていることを聞き知り、驚き慌てるのであった。

さて、松平加賀守屋敷に燃え移った火は次第に広がり、あちらこちらへと飛び火し、松平大蔵大輔・松平飛騨守（八一頁）・榊原式部大輔（七二頁）というような主だった大名の屋形を焼き払い、そのまま不忍の池のほとりまで延焼して行った。

そのため、池の端の町人たちは慌てふためいて逃げまどい、多数の男女が湯島天神（七二頁）に避難したが、神前に建ち並んだ茶屋、社人・かんなぎの住まいなど全部焼けてしまい、遂には本社にまで火が移ったので、逃げて行こうとするが、飛び火のために四方の道が一度に炎上して逃げ道がない。止むをえず火炎の中をかけぬけ、焼け跡に出ようと、石坂の方へ走る。ところが、まだ本社に火がついたことを知らない人々は、石坂を登って湯島天神に行けば助かると思って押し上がって来る。下る者と上る者とが押し合っているうちに、本社の炎が飛び散って、石坂二つの両側に建ち並んでいた茶屋・商人の家々に移り、全部焼け失せてしまった。揉み合っている人々の頭髪や肩にも火が燃えつき、煙にむせび炎に焼かれた死者が、湯島天神の石坂二つの間で二百余人もあるという惨状であった。累々たる屍は燃炭のようで、衣裳を身にまとっている者は一人としてなかったという。

本郷六丁目より一丁目の方へ延焼して行った火は、湯島六丁目の本郷境より、一手はお茶の水方面に延焼し、一筋は湯島通をはたご町（七三頁）に焼けて行き、いま一手はぢごく谷（七二頁）を越えて天神前に焼け出た。湯島通に焼け出た火は、まもなく神田明神（七三頁）の社前に飛び散り、建ち並んでいた禰宜・神主の家々、鳥居の内にあった数十軒の茶屋も一度に燃え上がった。こうして、御本殿の瓦や軒端に乱れ落ちる火の粉は、秋の紅葉が嵐に乱れ散るような光景を呈した。

こうなっては御本殿の炎上も必定と考えた神職の面々は、すべてを擲って内陣に入り、御尊体を捧持して土蔵に移し、その他、諸々の宝物・斗帳・鏡まで収納し、心中にはひたすら安全祈願をし続けていた。その甲斐あってか、本殿を始め、前後左右に建ち並んだ祇園三社・午頭天王・八幡宮・稲荷・山門に至るまで類焼をまぬかれ、事なきを得た。

ところで、北の方、不忍の池のほとりに延焼した火は、池の汀を伝わって、その近辺の人家を残らず焼き滅ぼし、やがて東叡山黒門の前にある石橋の所まで進んで行った。元来小さくて、飛び越えるのは簡単な石橋なので、火が更に黒門の方へ延焼するのは必定と思われた。

黒門の門前の一隅に少々時代のたった社があり、稲荷大明神が勧請してあった。石橋のかかる堀溝を境に、向う側はこの稲荷明神の氏子で、人々は香華を絶やすことはなかった。この時は炎が近くまで迫り、氏子の家々に火が移りそうになることが一再ならずあった。宮守の社僧が驚き慌てながらも神前に威儀を正しく祈誓をしたところ、烈しく吹いていた風の向きが急に変り、石橋の所で延焼は食い止められた。

このまま延焼していたら、東叡山の門前は言うまでもなく、車坂から浅草寺町（六八頁・六九頁）までも焼失はまぬかれなかったと思われ、人々は尊い御利益に感謝したのであった。

さて、石橋をめざして焼けて行った火は、あえなくも稲荷大明神の神力に吹き返されたため、今度は広小路の方に延焼して行った。このため、板倉内膳・大田摂津守（七二頁）を始めとして、石川主殿頭・堀左京亮、そのほか御徒《かち》衆諸役人の家々が軒並み焼失してしまい、火は柳原に燃え移って行った。

はたご町の火は松平加賀守中屋敷に移り、隣に並んでいる本多下野守（七三頁）・丹羽勘介・松平伊勢守（七〇頁）と、造り並べていた屋形をひとなめにし、下谷方面から燃えて来た火と一緒になって延焼を続ける。

こうして火勢は一層強くなり、藤堂和泉守上屋敷（七〇頁）に燃え移った。この屋形は三方に堀を深く構え、石垣を磨いて畳み上げた所に贅美を尽して建てられ、その美観ゆえに世間では新日暮の御門と呼んでいた。この立派な建物も、貴賤を隔てず燃え来る猛火に、あえなく灰燼に帰してしまった。

火は、それから更に藤堂佐渡守・宗対馬守・京極甲斐守（七〇頁）といった主だった大名の屋敷をすべて焼き尽し、旗本屋敷は言うまでもなく、柳原の町々、表河岸・裏河岸、立町・横町を通って、酒井左衛門尉上屋敷（七二頁）に移り、浅草通町に焼け出て、かや町二丁目（五九頁・七一頁）を限りに、本多出雲守表門を焼いて裏門を残し、やがて隅田川の岸辺まで行って消え失せた。

さて、お茶の水に焼け出た火は、堀に沿って延焼し、材木町・真木河岸（七三頁）に通って、広い柳原（三三頁）の堀を飛び越え、遙かに遠いかり橋の角にある佐野内蔵之助の小家に移って折からの風に炎上し、軒を並べていた戸田肥後守をはじめとして、松平伊豆守屋形（三二頁）に燃え移り、松平山城守裏門も同時に燃え上がった。しかし、山城守の屋敷では家中の面々がよく消火につとめ、助勢の人々も多く、風向きもよかったので、半分だけは無事に焼け残った。

それより向うに建ち並ぶ多くの旗本屋敷は全部焼失し、巌石を畳み上げ鉄銅を延べて、秦の関門と同じように頑丈に造り上げた筋違橋の御門に火が移った。煙は百余丈の高さに立ちのぼり、その焼け崩れる音は、およそ百億の雷が同時に鳴り響き、坤軸《こんじく》も砕けるかと思われるほどであった。

火は、それから町屋に延焼し、松枝町・須田町・新道横町と虱潰しに焼いて行く。烈風を伴っているから、この火は十町二十町の距離を飛び越しては先に燃え移り、ここが燃えるかと思うと、すぐあそこに移るといった状態で、西は新小田原町（三二頁）の佐竹右京大夫中屋敷の空地を限りに、白銀町土手（三〇頁）を越えて延焼し、東は柳原の堀のそばまで焼き尽した。

こうして時がたつうちにも猛火はいよいよ盛んとなり、土手の上に建ち並んでいた諸大名・諸旗本の建物から辻番所まで焼き滅ぼし、やがて浅草橋（五六頁）の御門に飛び移った。この橋も筋違橋の御門と同じく豪壮な建造物であったから、その焼け崩れる音は大山の動くがごとくで百余丁に響き、大地をゆるがした。その火は寺町通りに焼け出て、本誓寺・願行寺・雲光院（三三頁・五六頁）をはじめとして、坊々院々すべてを焼き、弥勒寺も類焼した。

寺町通りの火は、やがて馬喰町（五六頁）に延焼し、大門通り（三三頁）に出て、牢屋間近くまで焼けて来た。この時、牢屋を預っていた石手帯刀は数千人の科人達に向かって、「お前達は重罪人であるが、ここで空しく炎に焼かれるのは不便《ふびん》である。よって恩情を以て牢屋を出してやるから、どこへでも足のおもむくままに逃げのび、生き長らえて、火事が消えたら早速元吉祥寺（八三頁）まで出頭せよ」と、心得をさとした上で開門し、放免した。

牢屋にせぐぐまっていた科人達は大喜びで娑婆に出て行ったが、特に長年の入牢者は、腰がまがり足が立たないため、思うように歩けず、多くは白銀町・鉄炮町（三〇頁）で焼け死んだ。しかし、足の丈夫な者は芝おもてを目ざして逃げのび、無事であった。この悪夢のような猛火も、捕われ人の身には、たとえ一時的にもせよ、有難い救いであった。

さて、その大門通りの火は、表へ焼け出たり裏へ焼け通ったりして、横山町・浜町・花町・田所町（五六頁）・乗物町と、言わば虱潰しに焼き尽し、やがて堺町（三一頁）に移り、建ち並んでいた歌舞伎・浄瑠璃・説経・物真似・放下・駕籠抜けなど、数多くの芝居小屋を焼き、表は小網町（三一頁）、裏は隅田川の岸を限りに、町々屋形々々を洩らさず焼き滅ぼし、やがて新堀（二八頁・三一頁）の川岸に出て、隅田川をやす〳〵と飛び越え、三つ股（五二頁・五七頁・一四五頁）の小島に焼け移り、阿部豊後守浜屋敷、朽木伊予守その他の下屋敷、干鰯《ほしか》商人らの家々から番所まで焼いて行き、また霊岸島（二八頁・五三頁）にも飛び火して、瀬戸物店だけを残して、裏町を残らず焼き、海辺に向かって焼け出て、この火はそこでおさまった。

一方、神田筋違橋より通町に焼けて行った火は、柳原寺町方面の火と一緒になって白銀町土手を越え、日本橋（三〇頁）の方に延焼して来た。まことに近来類稀な大火事で、悪風も次第に吹きつのったため、今はもう江戸中残らず燃え尽きるかと思われるほどで、市中の人々は生きた心地はしなかった。

徳川将軍家でも事態を憂慮され、諸大名に対して、消火の助勢をするようにとの御奉書を次々にお出しになった。御奉書を頂戴した諸大名は手勢を率いて消火に立ち向かい、井水・天水・悪水・堀水・溜り水と、水という水をすべて汲み上げ、力を尽して防火に努めたが、風が烈しく、火の粉は雨霰と飛び散り降りかかり、近くにいる者は煙に目をやられ、あるいは五体を焦がし、火に遠い者は寒風にこごえるといったふうで、結局疲労困憊して立ちのかざるを得なかった。

白銀町土手より南の人々は、日本橋を越えて家財道具を運べばよかったのに、なまじ愚案短才をめぐらして、南おもては風下だから危険だと言って、我も我もと鎌倉河岸（三二頁・四八頁）に家財諸式を運び出したものだから、後には日本橋の方へ行く人さえ稀になってしまった。

本町・石町・伝馬町・駿河町・瀬戸物町・小田原町・室町・十軒店（三〇頁）の商人たちは、我先にと、多くの器物・諸道具を大八車に積み上げたり、背負ったりして運び出し、大山のように重ね上げ、「悪風静謐、猛火退散」と祈念していたが、火は遠慮なく迫って、山より高く重ね上げた家財諸式に移り、虚空高く燃え上がった。

そのうちに通町の火は、十軒町・室町・あまが崎に焼け出て、やがて日本橋に延焼した。南堀端に待機していた火消しの諸将は、橋上の諸臣に下知し、堀水を汲んで消化に努めたけれども、諸方よりこの橋の下に運んで来て積み重ねていた家財に火がうつって、やがて橋杭が燃え上がり、下の方から焼け落ちたので、消火の手段もなくなり、あれほど頑丈であった橋も姿を消し、辛うじて南北の岸に石垣が残るばかりとなった。

東方に並んでいた江戸橋（三一頁）・あらめ橋は、伊勢町・小舟町の火が移って、日本橋よりもずっと早く焼け失せていた。

さて、日本橋川より南の者たちは、火の迫らぬうちに芝方面に避難しようとする人がいたり、火が南へ移って来たら芝おもては風下だからかえって危険だ、近くで安全なのは城郭の内が一番だと言って、西の丸・和田倉（四四頁・四七頁・四九頁）・龍の口・道三河岸（四四頁）・鍛冶橋（四五頁）を越えて逃げて行く者も多かった。しかし、運よく日本橋より南おもては無事に残り、北おもての堀ばたを限りに鎮火した。

一方、猛火は白銀町より一石橋（三〇頁・四八頁）まで、その道六、七町の河岸通りを早くも焼き払い、あと二、三町残すばかりとなっていた。一石橋の方へ逃げのびようとする人々があるかと思うと、南から橋を渡って北へ行こうとする人々もいて、両者の揉み合いで橋上から押し落されたり、大勢の者に踏み殺されるなど、非業の最期を遂げた人々は数え切れぬほどであった。

隅田川を隔てた本所・深川の人々は、浅草方面に延焼して行った火が川を越さなければよいがと心配していたところ、運よくその火が川岸で止まったので安心していた。ところが浅草橋御門の火が本両国橋（五六頁・一四四頁）の町屋に飛び移り、その間四丁もある隅田川をやすやすと飛び越し、回向院（一四四頁）本堂の棟に移った。この火は堂上の九輪にあった鳥の古巣に落ち、九輪の中に焼け入り、あっという間に堂上に燃え上がり、施すすべもないうちに、本堂・庫裡を始め、建ち並んでいた多くの草庵をすべて焼き尽した。ただ山門一つと弁財天の御宮だけは無事に残った。

この火は四方に延焼し、藤堂和泉守牛島屋敷・同心の家々・門前町をはじめとして、河岸通りの町々、本所の川筋に焼けて行き、材木町・葭《よし》町を残らず焼き、北は二つ目（一五四頁）さかなだなまで焼き、南は三つ目（一五四頁）境まで延焼し、なおも深川方面へ燃え移って行き、程なく霊巌寺（一六九頁・一七〇頁）を、廊下・客殿・台所・庫裡・眠蔵《めんぞう》に至るまで、残る所なく焼き尽くした。本堂は軒口に絶えず落ちかかる火の粉に、今にも焼けそうに見えていたが、幸いにも悪風が向きを変えたため、事なきを得た。

やがて火は海福寺に移り、本堂から拝堂・坐禅堂を焼き、軒を並べていた源心寺・真光寺（一七一頁）その他の寺院・神社を焼き滅ぼし、さらに飛び火して、諸大名の下屋敷、積み重ねてあった材木、商人の土蔵、猟師や船人の小家の数々、遁世修行者の草庵から浪人者のあばら家まで、跡形もなく焼き捨て、洲崎の茶屋町に飛び移った。

ここの人々は近辺の空地に家財道具を運び出していたが、西と北から一度に火の手が迫って来たため、深川八幡の方へ逃げた。しかし、人々よりも早く八幡の本社に火が移り、多くの祠、社人・別当の住まいまで一度に炎上したので、逃げ場を失った人々百余人が阿鼻叫喚のうちに焼け死んだ。

以上駄筆を連ねて来たように、二十八日の午の上刻に発生した火事は、江戸の下谷・浅草・本所および本郷・神田・日本橋方面に猛威をふるって、諸大名七十五家・旗本百六十六家・神社四十七社・寺院四十八宇を焼き、翌朝卯の下刻（午前六時半過ぎ）になって、漸く諸所の火炎も終熄に近づいた。

焼死者の人数については、湯島天神の石坂・柳原の土手・白銀町の土手・鎌倉河岸・あらめ橋・通町・深川寺町・深川八幡の前その他での焼死者で、御番所の帳面に表れたところでは合計八百三十人であるというが、これは死骸を数えて記帳した数であり、これ以外の武家屋敷での焼死者については隠して公表しないから、概算でそれを加えると、今回の犠牲者は千余人にのぼるということになる。幸いにして生命に別条のなかった江戸の被災者も、瞬時にして住居から家財まで一切を失ってしまい、泰平の世に住みなれていただけに、言語に絶する無所住の苦難を嘗めることになったに相違ない。

隅田川を越えて深川に及んだ火で、芭蕉庵も類焼した。思えば二十三歳の寛文六年主君藤堂良忠（蟬吟）の夭死によって仕官の夢を砕かれ、江戸下向後漸く手中にした俳諧宗匠の地位も事志と違って放棄する羽目になり、深川に退隠して芭蕉庵に安住の地を見出した矢先の罹災であってみれば、挫折続きの芭蕉が人生無常を人一倍身に沁みて感じたことは想像に難くない。この時の事を、其角が後に『枯尾華』の「芭蕉翁終焉記」に、「深川の草庵急火にかこまれ、潮にひたり苫をかづきて煙のうちに生《いき》のびけん、是ぞ玉の緒のはかなき初め也。爰に猶如火宅の変を悟り、無所住の心を発して、其《その》次の年、夏の半に甲斐が根にくらして……」と述べ、芭蕉がこの被災によって一所不住の心を強くしたことを指摘している。

其角編『みなしぐり』は天和三年五月の芭蕉の跋を有し、六月中旬の刊行と思われるから、大火関係の作品が載ることは当然であるが、その数は極めてすくない。

烟の中に年の昏けるを

霞むらん火ゝ出見の世の朝渚　　似春

この発句は、一夜にして懐妊した木花之佐久夜毘売が邇邇芸能命の疑いを晴らすため、戸なき八尋殿にはいって火を放ち、彦火火出見尊を生んだという故事に基づき、江戸市民が猛火から辛うじて逃れ出たことを詠んだものので、ひとり似春のみならず、江戸市民等しく同様の感慨を持ったことと推察される。同書所収の「天和三年試筆」と前書する其角・嵐雪・藤匂の三つ物にも、赤羽学氏著『みなし栗 翻刻と研究』によれば、大火の影響が見られる。しかし、これら以外には、大火もしくは大火後の復興について触れていると思われる作品は見当らない。芭蕉の跋もまた大火とは無縁の文章であり、ひたすら風雅の世界に没頭する者の発言である。新風を模索していた彼等にとっては、この大火は作品化しにくい、衝撃の強過ぎる事件だったのであろうか。

（注）『天和笑委集』〈天和二年より三年に至る、江戸市中大火の惨状より、其放火者たる本郷森川宿八百屋お七等の事跡を詳述したるもの〉（『新燕石十種　第五』緒言）。国立国会図書館所蔵本は写本十三巻三冊。『新燕石十種　第五』所収。『東京市史稿変災篇　第四』に抄録。

芭蕉行脚の杖

笠と草鞋と杖、この三つが旅人芭蕉を象徴するもののように思われる。いま、杖に焦点を定めて芭蕉の旅との関連を見ると、次に挙げるような用例が数えられる。

暮私桜の紅葉見んとて吉野ゝ奥に分入《わけいり》侍るに藁踏《わらぐつ》に足痛く杖を立《たて》てやすらふ程に

木の葉散桜は軽し檜木笠　芭蕉桃青（真蹟懐紙）

爰《ここ》に草鞋をときかしこに杖を捨《すて》て旅寝ながらに年の暮《くれ》ければ

年暮ぬ笠きて草鞋はきながら（『野ざらし紀行』）

湖水のほとりに（中略）しばらく杖をすて草鞋をときて

先《まず》たのむ椎の木もあり夏木立（『鳥の宿』）

いでや宮城野ゝ露見にゆかん、呉天の雪に杖を拕《ひか》ん。（『ゆきまるげ』笠はり）

当国雲岸寺のおくに仏頂和尚山居跡あり。（中略）其跡みんと雲岸寺に杖を曳《ひけ》ば人々すゝんで共にいざなひ若き人おほく……（『おくのほそ道』）

芭蕉が認めたこれらの句文に「杖」という語が出て来るということは、芭蕉の旅にとって、杖は必要欠くべからざるものであった、ということであろう。門人森川許六筆の芭蕉曾良行脚図（元禄癸酉〈六年〉五老井居士許六謹画）・芭蕉行脚図（門人五老井謹図）、野坡《やば》筆芭蕉像、鼫翅《せきし》筆芭蕉吉野行脚図等を見ると、いずれも手に杖を携えるか、あるいは傍に置いている（笠が一緒に描かれていることは言うまでもない）。こうして、旅人芭蕉に杖が必須のものであったことが証明されるのである。

さて、昭和五十六年十月十五日（木）から二十日（火）まで東京上野の松坂屋（十一月三日より八日まで大阪北浜の三越）において、俳文学会・日本経済新聞社主催による「漂泊の詩人芭蕉展」が開催され、この時、芭蕉行脚の杖が展観に供されたのである。

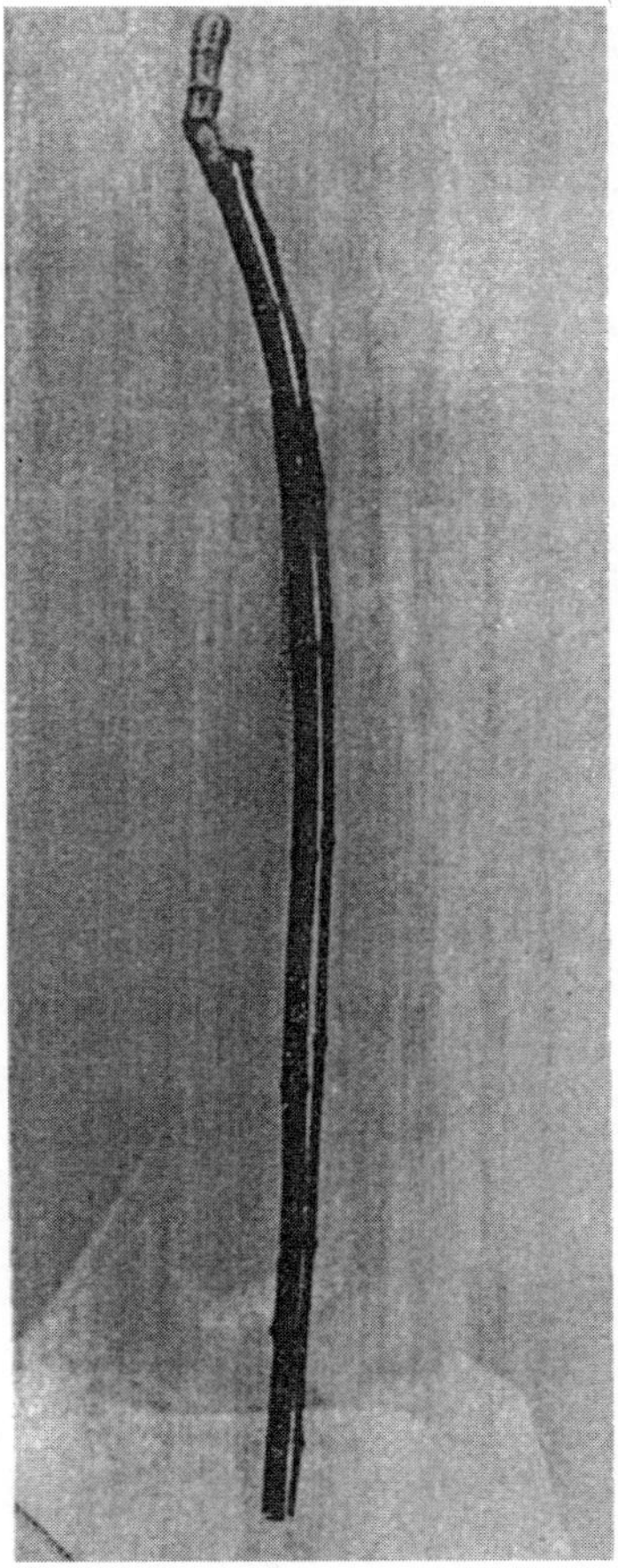

本品は今回が初出陣ではなく、既に昭和三十五年十月の俳文学会創立十周年記念「奥の細道・芭蕉展」（東京日本橋、白木屋）および昭和三十八年十月の芭蕉忌二百七十年記念「芭蕉の生涯展」（大阪心斎橋、大丸。東京新宿、小田急百貨店）に、福井県敦賀市の玉井昭三氏の御秘蔵品として、出陣されているので、学界関係者には馴染みのものである。なお、近くは富士正晴著『現代語訳日本の古典15奥の細道』（昭五四。学習研究社）にカラー写真

で収載されているから、容易にその形状に接することができる。

以下、この芭蕉行脚の杖の伝来について説明を加えて置くこととする。

*

元禄二年（一六八九）八月九日（陽暦九月二十二日）の『曽良旅日記』を見ると、芭蕉に先行して敦賀にはいった曽良は、まず「唐人が橋、大和や久兵へ」方に宿を借り、夜半に色の浜に着いて本隆寺に一泊、翌十日敦賀に帰り、「夜前、出船前、出雲や弥市良へ尋。隣也。金子壱両、翁へ可レ渡之旨申頼、預置也」であった。これによって、八月十四日（陽暦九月二十七日）敦賀入りした芭蕉の宿が唐仁橋の出雲屋弥市良方であったことが判明する。

出雲屋が絶えたあと縁家の富士屋がその跡におり、その家には平井波丈の書いた芭蕉翁来遊の事などを詳細に記述した巻や翁の笠と杖が伝わっていたようである。とすれば、芭蕉が出雲屋に残した笠と杖が跡を継いだ富士屋に伝わったものと推察される。敦賀の郷土史家山本元氏著『敦賀郷土史談』（昭一〇）の「蕉翁宿」の章には、

翁当時の宿は天明に焼失した。歴代の俳人の当地に遊んだものは必ず此宿を尋ねて翁が残された笠と杖とに崇敬の念をこらした。笠は富士屋の主人次兵衛が井戸替のかぶって無くしたと伝えられる。此笠には尋ね来った俳人の句が重ね〳〵て沢山に貼ってあったと云ふ。鐘塚帖の序には天明の火災に無くしたとある。此序は天保十四年に蕉門五世芙蓉庵井左が識したものである。然るときは此口碑は誤とすべきである。

と見える。右の文中に見える『鐘塚帖』の序には、「翁此地のふじ屋てふ家に宿りて杖と笠を残し給ひしに、天明の火災に笠を失ひ、杖のみ遺れり」とある。前引の文に続いて、山本氏は、

杖はおや指より少し太い竹で根節が附いて居って、そこから小指位の子竹が分れて二幹となってあるのと合せてある。今は箱に収められて箱書は寛政十年の秋大阪の柿壺長斎と云ふ人が来歴を漢文で記してある。時代を経過したので竹の色も黒くなって末が少し虫くいで折れてしまってある。箱書には長さ三尺五寸六分と

ある。当の富士屋氏は今は無くなったので、遺物は大島区の辻野氏に伝えて居る。

と記述しておられる。杖が二股（二幹）の竹の杖であること、色が黒いこと、長さは三尺五寸六分であったが先端が虫喰いで折れていること、富士屋から辻野氏へと所蔵者が変わったことなどが知られる。伝来のみに限ってみると、芭蕉——出雲屋——富士屋——辻野氏——玉井氏ということになるのであろう。

長斎の箱書云々の記述に関連するものとして、当の長斎編『万家人名録』（文化十年〈一八一三〉刊。大本五冊）中の記事を掲げたい。同書初編五十六丁裏には次のように見える。

敦賀はもとつのがにして、気比の社地に角鹿明神の名さながらのこれり。されバ神代よりのめでたきためしもおほく、中ごろには名将勇士のかなしき跡をも残して、見聞所らも多かり。常宮にまうでゝいろのはまにまいれば、かのあはれなるさまはすまにもかちたるとずんじ玉ひしもいまさらうちおどろかるゝばかりなるに、ますほの小貝拾ふあたりには、小萩の下葉さへちりこぼれて、まのあたり伴はれあゆミたらんやうなり。またこの津、藤や何がしが家に翁の杖とてもちつたへたるよしいふを、いよ〳〵なつかしとてゆきてミるにげに手ならし玉へりけんさまたぐひなく、なミだもおつるばかりなり。

あきかぜの吹とゞまりて筐かな　魯隠

一日友人魯隠袖竹杖図示余曰、此竹杖者前越敦賀唐人橋藤屋次兵衛之蔵也。長三尺五寸六分、上二節為弭、周匝盈把、弭下岐而為燕尾。其一幹七節、周匝不盈把者五分、其一幹十節、周匝半焉。蓋蕉翁所携云々。余曰、蕉翁嘗著奥細道曰、自奥之勢道出越前敦賀、於是投逆旅、臨去以所携竹杖附属主人。抑是耶。魯隠撫手曰、是哉〻〻、盍識之。剰歩而示同好之士、遂識之。

長斎撰

浪華今橋通の魯隠が、淀屋橋南詰の長斎の所に来て、竹杖の図を示しながら敦賀に伝わる芭蕉行脚の杖の話をしたというのである。長斎撰の漢文は、あるいは箱書のそれに同文であろうか。杖の長さが三尺五寸六分とあるが、芭蕉展の展示に際して計測してみたところ、一〇五・五センチメートル、すなわち三尺四寸四分強であった。つまり、先端が二・三センチメートルばかり虫に喰われて折れてしまったことになる。惜しむべきかな、である。

『鹿島詣』随想

風狂の旅『鹿島詣』

芭蕉が『鹿島詣』の旅に出たのは、貞享《じょうきょう》四年（一六八七、四十四歳）の秋八月のことであった。有名な「古池や蛙飛びこむ水の音」の句を詠んだ翌年のことであり、芭蕉の俳諧紀行文を生んだ旅としては、貞享元年・二年の『野ざらし紀行』の旅に次ぐ第二回目にあたる。

この旅の目的について、芭蕉は『鹿島詣』の冒頭に、次のように書いている。

らくの貞室《ていしつ》須磨のうらの月見にゆきて、松蔭《まつかげ》や月は三五や中納言といひけむ狂夫のむかしもなつかしきまゝに、このあきかしまの山の月見んとおもひたつ事あり。

京都の安原貞室（貞門の先輩俳人）が、京都からわざわざ須磨まで名月を見に行き、在原行平《ありわらのゆきひら》（平安初期の歌人）の月見の松の蔭に立ち寄って一句を詠んでいるのが、俳諧一筋に打ち込む風狂人の手本のように思われたので、須磨まで行けない自分は常陸国《ひたちのくに》鹿島に月見に行くことにしたというのである。すなわち、芭蕉の『鹿島詣』の旅は、貞室の須磨の月見に倣った風狂の旅なのである。

貞室にとっての行平に相当するのは、芭蕉参禅の師たる仏頂《ぶっちょう》和尚であった。芭蕉は延宝《えんぽう》八年（一六八〇、三十七歳）の冬、江戸日本橋から江東深川に居を移したが、当時深川の臨川庵《りんせんあん》の滞在中の仏頂和尚と交渉を生じたのはこの前後からであろう。芭蕉が仏頂に傾倒していたことは、元禄二年（一六八九、四十六歳）の『おくのほそ道』の旅で、下野国《しもつけのくに》黒羽の郊外の雲巌寺に、「仏頂和尚山居の跡」を訪ねて一章の草し、「木啄《きつつき》も庵《いほ》は破らず夏木立《なつこだち》」の一句を残していることからも推察される。

鹿島に着いた芭蕉一行は、「ひるよりあめしきりにふりて月見るべくもあらず」で、「ふもとに根本寺《こんぽんじ》のさきの和尚今は世をのがれて此所《このところ》におはしけるといふを聞《きき》て尋入《たづねいり》てふし」たのであった。真夜中を過ぎて漸く雨上がりの雲間に月影を眺めることができたのである。

仏頂の「おり〳〵にかはらぬ空の月かげもちゞのながめは雲のまに〳〵」の和歌に唱和して、

月はやし梢は雨を持《もち》ながら　桃青
寺に寐てまこと顔なる月見哉　同
雨に寝て竹起《おき》かへるつきミかな　ソラ
月さびし堂の軒端の雨しづく　宗波

の句が詠まれた。「月はやし」「月さびし」、「寺に寐て」「雨に寝て」と、上五同巧の発句に、気心知れた連衆の風狂心が垣間見られる。

次に、芭蕉の旅程について見よう。『鹿島詣』の本文に出て来る最初の地名は行徳《ぎょうとく》（いま千葉県市川市の内）である。芭蕉庵から行徳までは、小名木《おなぎ》川をさかのぼって中川に出、これを横断して船堀川にはいり、江戸川に出てから一里ほど上流の行徳に着いた。江戸から行徳へは定期船があり、芭蕉もその便船を利用したと思われる。

行徳からは「馬にものらず、ほそはぎのちからをためさんと、かちよりぞゆく」と書いているから、徒歩で行ったことが分かる。以後の行程は、行徳―八幡《やわた》―鎌ケ谷―白井―大森―木颪《きおろし》と行き、木颪（いま千葉県印旛郡印西町木下）より船で利根川を下って鹿島に赴くのが通例であったが、芭蕉は「利根川のほとり、ふさといふ所」に夕方に着き、漁師の家で一休みしたのち、「夜舟さしくだしてかしまにいたる」と書いている。布佐（いま千葉県我孫子《あびこ》市の内）は木颪よりはやや上流にあたるが、行徳からの道のりは大体八里程度であったと思われる。従って「日既に暮《くれ》かゝるほどに」布佐に着くためには、八月十四日の未明に深川を出発しなければならなかったであろう。

布佐からの舟も貸切り船ではなく、定期船だったのだろう。天野桃隣著『陸奥鵆《むつちどり》』（元禄九年旅、翌十年刊）を見ると、「江戸より行徳まで川船」で行き、陸路を「木颪へ着」いて、「夜船」で利根川を下り、潮来《いたこ》に上陸して鹿島神宮に参拝している。芭蕉が「夜舟さしくだして」と書いているとおり、鹿島への夜行船便のあった事が知られる。但し、乗船地を木颪でなく、布佐と書いている理由については適当な解答を提出することができない。

芭蕉は道中の「かまがいの原といふ」「ひろき野」を叙するのに、『長明道之記』（今の『東関紀行』）の一節に拠り、筑波山を遠望しては、中国の盧山《ろさん》の双剣峰の詩を想起し、また連歌の始まりに関係ある山として紹介しており、更に橘為仲が宮城野の萩を長櫃《ながびつ》に入れて都へ持ち帰ったという「風流」な話を、萩をはじめ秋の七草咲き乱れる野の景色を述べるのに援用しているなど、単に旅の事実を羅列した紀行ではなく、文芸性豊かな作品となつている。

紀行文の末尾に、今回の旅の収穫たる発句を「神前」「田家《でんか》」「野」「帰路自準に宿ス」という前書を付して列挙するという構成になっているが、その配列は必ずしも行程順ではないかも知れない。すなわち、「田家」「野」の句は往路の作かとも思われるのである。

帰路芭蕉が宿った「自準」は、早くから親交のあった小西似春が改号したもの（注）で、当時は行徳で神職に就いていたらしい。芭蕉を歓迎して「友すゞめ」と詠んでいることからも、交情のこまやかさが推察される。

（注）加藤定彦氏「小西似春の研究」（『文藝と批評』三巻4号、昭四五・5）。同氏著『俳諧の近世史』（若草書房、平一〇・4）所収「小西似春考―変革期の一典型―」。

鹿島への道順

『鹿島詣』の旅は、本文に出て来る地名から考えて、行徳・八幡・鎌ケ谷・布佐・利根川・鹿島という道順で行われたものであろう。まず芭蕉庵から行徳までは、小名木川をさかのぼって中川に出、これを横断して船堀川にはいり、江戸川に出てから一里ほどさかのぼって行徳に着いたものらしい。船は定期的に通う便船があった模様である。

行徳よりやわたへ壱里　からしり三十五文
八わたより釜ケ井へ二里八丁　同六十五文
かまが井より白井へ二里　同五十六文
白井より大森へ二里八丁　同六十文
大森より木颪へ二十八丁　同二十六文
木おろしよりかしまへ凡船道十一里
此所より船を借る船賃之覚
香取息栖鹿嶋此三社へ参詣し帰路木おろしへ上る代壱貫三百文鹿嶋参詣はかりにて木おろしへ帰り上る代八百文尤一艘に八人乗休窟《くつ》にてあしゝ六人ほと乗積《つも》りよし木おろしにて一昼夜の食用の事船頭へ云付べし風あらきか向風ならハ滞留幾日もすべし入海ことの外悪敷よし随分念を入れてよし鹿嶋へ参り息栖香取と参詣す

る事あり是にてハ江戸へ帰るによし

これは貝原益軒著『日光名勝記』（正徳四年刊）の附録に見える記事（益軒の著述ではない）である。芭蕉が乗船したのは布佐であるから、木颪よりはやや上流にあたるが、行徳よりの道のりは、大体八里程度であったと思われる。従って、「日既に暮かゝるほどに利根川のほとりふさといふ所につく」ためには、未明に深川を出立しなければならなかったであろう。

布佐から芭蕉達の乗った船は借り切り船ではなく、一般の便船だったのであろう。翌朝夜が明けてから鹿島に着くように、夜になってから布佐を出る定期船のようなものがあったのだろうとは、井本農一先生の推測談である。桃隣の『陸奥鵆』（巻五）を見ると、

江戸より行徳まで川船、木颪へ着。爰より夜船にて板久へ上り一里行て十丁の舟渡。鹿島の華表、海辺に建。神前まで二十四丁。

という記事がある。芭蕉が「夜舟さしくだして」と書いているのと同じように、木颪から「夜舟」で利根川を下っているわけであるから、鹿島詣でには夜行船便——現代的に言えば寝台急行や遠距離の帰郷バスのようなもの——が通例であったことが想像できるのである。

次に、下船地はどこであったのか。桃隣は板久（潮来）で下船して一里ほど歩き、十丁の船渡しを渡ったと書いているが、芭蕉も同様だったのであろうか。前引『日光名勝記』附録中の絵図では、鹿島神宮の脇に「舟場」と見えるので、直接鹿島神宮の近くに下船できる設備があったように思われる。また、前引の記事には潮来のことは出て来ないのだから、船はあるいは潮来へ寄ったかも知れないが、鹿島神宮のそばの船着場まで行った事は確かであろう。こういう次第で、芭蕉は直接鹿島神宮近くに下船して、「根本寺のさきの和尚」仏頂禅師を訪ねたと推測したい。

なお、利根川下りについては諸賢の御垂教を仰ぎたい。

月は三五夜

芭蕉は『鹿島詣』の冒頭に、武蔵国深川からわざわざ常陸国鹿島まで月見に行つた理由を、次のように書いている。

らくの貞室、須磨のうらの月見にゆきて、「松陰や月は三五や中納言」といひけむ、狂夫のむかしもなつかしきまゝに、このあき、かしまの月見んとおもひたつ事あり。

文中の「このあき」は、貞享四年（一六八七）芭蕉四十四歳の秋八月のことである。

中秋の名月は、何もわざわざ鹿島まで出向かなくても、芭蕉庵で観賞することができる。現に前年は草庵で月見をして、

名月や池をめぐりて夜もすがら

と詠んでいるのであつてみれば、鹿島行きにはそれ相当の理由なり動機があつた筈であり、それについて述べたのが、前掲の一節なのであつた。

貞門の俳人安原貞室は京都で紙商を営んでいたというから、自邸の庭で月見はできたであろうに、京都からはるばる須磨の浦まで赴いて句を残したのは、在原行平を偲んでのことであつた。

貞室が編集した『玉海集』（明暦二年刊）には、

須磨の月見に趣し比、むかし行平卿の住たまひし所やいづこと尋ね侍しに、上野山福祥寺といふ。是いまの須磨寺なり。此山の東の尾につゞき、松一村侍るを月見の松と名づけたまひしなど、人のをしへけるほどに、

松のすめ月も三五夜中納言　貞室

と見え、北村季吟編『山之井』（正保五年刊）にも、やや短い前書・句の上五「松にすむや」の形で収載されている。これによって、貞室が「只独《ひとり》名所の月にあくがれありきて」「津の国須磨の浦に至り」、中納言在原行平ゆかりの月見の松を訪ねて一句を詠んだことは明らかである。

『玉海集』所載の句形によって句意を案ずると、その昔、在原行平中納言が住んでおられたこの名所の月見の松の陰に、十五夜の名月も澄め、そして名月を賞する人もこの松陰に住みなさい、というのであろう。「すめ」は、「澄め」と「住め」の掛詞であり、「三五夜中」の「中」は、上の「三五夜」を受けて「三五夜中」となると共に、下には「中納言」となる、言わば掛詞として用いられているのである。そして、この「三五夜中」という四文字は、『白氏文集』巻十四所収の白楽天「八月十五日《ノ》夜、禁中《ニ》独《リ》直《シ》、対《シテ》㆑月《ニ》憶《フ》㆓元九《ヲ》㆒」の七言律詩の第二聯に、

三五夜中《ノ》新月色　二千里外《ノ》故人心

とあるのに基づいたもので、「中」を下に続けて「中納言」としたところに機智の働きが見られる。

句の前書によって推測するに、貞室がはるばる須磨まで月見に行ったのは、行平ゆかりの月見の松に惹かれてのことであったに相違ないだろう。そして、「三五夜中納言」が白楽天の詩句によることも確かであろう。とすれば、貞室にとっての「二千里外」の「故人」は中納言在原行平であったことになる。須磨の浦に侘び住まいして、

わくらばにとふ人あらばすまの浦に藻塩たれつゝ侘《わぶ》と答《こたへ》よ　（『古今集』雑下）

と詠んだ行平を、中秋の名月を賞しながら偲んだのが貞室であった。そして、その貞室のありようを「狂夫」として受けとめ、更にその模倣をしたのが芭蕉の『鹿島詣』の旅ではなかったか。

『鹿島詣』の旅は、貞室という俳諧の先達の行跡をなつかしんでの観月行であったが、一方には参禅の師仏頂和尚訪問という目的をも兼ねていた。従って、芭蕉にとっての「故人」は、一人は貞室であり、一人は仏頂和尚であったと言えよう。ここには貞室の須磨の月見に共感し、それに対応するかのごとく鹿島に月見の旅を思い立った芭蕉の姿が見出せる。

それは、貞室の句の中に、風狂の精神を見出し、その風狂ぶりに共鳴し、これを自己の俳諧生活にとり入れたものにほかならない。芭蕉にとって、貞室は風狂精神の具現者としての先達であった。だから、「狂夫のむかしもなつかしきまゝに」と書いているのである。かくして、俳諧紀行『鹿島詣』は、貞室の風狂精神を慕った芭蕉の風狂精神の所産であったと言うことができよう。

ところで、貞室の句の中に見られる「三五夜中納言」といったような表現が、貞門では新奇なものとして迎えられたらしく、次のような例句を貞門の俳書の中に見出すことができる。

三五夜ちうちうとや月の鼠鳴　可全（『玉海集』）
雲に風や月に三五夜中のもの　京五條富尾氏重隆（　〃　）
月見せん三五夜中の新在家　備州岡山志賀氏俊安（　〃　）
もち月は三五夜中のしんこ哉　吉章（『境海草《さかいぐさ》』）
薄雲に月や三五や中くらゐ　湖春（『続山井』）

二千里の月や三五や中積《ちゆうづも》り　　高野直重（『時勢粧《いまようすがた》』）

これらの句は「三五夜中」の四文字を用いて、知的な言語遊戯、即ち言葉の俳諧を狙った作品と言うべきもので、貞門風の特徴をよく表わしている。

昨昭和五十年の名月は九月二十日（土）であった。この日の夕刻より山口県湯田温泉の「かめ福」で旧制山口高校の同期会（銀柏会）が催され、東京から遠路参加した。卒業以来三十年を経て、初めて逢う友人の数も少なくはなかった。宴果てて実家に帰った真夜中、飛ぶように走る雲の切れ目に、三五夜の月がほんのしばらくではあったが顔を見せてくれた。旧友との再会が束の間の宴席にすぎなかったように……。新幹線に乗って、少なからぬ費用を使い、東京から山口県まで同期会に出掛けたのは、物好きのなせるわざであろう。こういう行動は擬似的風狂かも知れない。旧友と久濶を叙したのが名月の夜であったことから、格別に白楽天の詩句が思い出され、『鹿島詣』冒頭の一節に親しみを覚えたのである。

紫の筑波山

芭蕉が鹿島へおもむく途中、「かまがいの原」から遥かに筑波山を眺めやった『鹿島詣』の一節は、次のとおりである。

　つくば山むかふに高く、二峯ならびたてり。かのもろこしに双劒のミねありときこえしは、廬山の一隅也。

　　ゆきは不レ申先むらさきのつくばかな

　と詠しは我門人嵐雪が句也。

発句の前文において、筑波山の男体・女体の「二峯」を見て、廬山の「双劒のミね」を想い起こした叙述になっているのは、樋口功著『輯釋芭蕉紀行全集』（大一四、京屋書店）によれば、

　李白が廬山謡に、金闕前開二峯長、銀河倒挂三石梁、注に、廬山記、山南山北瀑布無慮十餘處、香爐峯與二雙剣峯一在二瀑布之旁一、水源在二山頂一、人未レ有二窮者一、とあり。今、廬山記手近に無きにより、此を引けり。

と見え、典拠を『廬山記』に採っている。これを踏襲しているのは沼澤龍雄氏校註『新註芭蕉紀行全集』（昭九、大倉廣文堂）で、十九頁の頭註には『廬山記』よりの引用がある。大藪虎亮氏著『芭蕉紀行全集新解』（昭二八、明治書院）も同様である。

一方、三村鴻堂氏著『新譯芭蕉紀行全集巻一 野晒紀行 鹿島紀行』（昭二、立川書店）では、一三〇頁の頭注に、

　来鵠の廬山詩に『倚レ天双剣古今閑、三尺高二於四面山一』とこの山また二峯竝び立ってゐる。

と見える。来鵠の詩は、以後、『大芭蕉全集第七巻紀行篇』（昭一〇、大誠堂）・横沢三郎氏著『芭蕉講座第八巻紀行文篇』（昭二三、三省堂）・斉藤清衛氏著『奥の細道・芭蕉紀行全通講』（昭二八、力書房）・赤羽学氏著『改版野ざらし紀行・鹿島詣』（昭五三、明玄書房）・米谷巌氏執筆『鹿島詣』（有精堂版『芭蕉講座第五巻俳文・紀行文・日記の鑑賞』所収。昭六〇）等々に引用されている。いま天和二年版の片仮名つき『錦繍段』によって、詩の全体を示しておこう。

廬山雙剣峯《ロサンノサウケンホウ》　来鵠《ライコク》
倚《ヨル》レ天雙剣古今閑《テンニサウケンココンシツカナリ》　三尺高《ジャクハタカシ》レ於《ヨリモ》二四面山《メンヤマ》一
若使《モシシテ》《シメバ》二レ火雲焼得動《クハウンヲヤキエテウゴカサ》一　始應《ハジメテベシ》三農器満《ノウキミツ》二人間《ニンゲン》一

『廬山記』の普及程度については知るところがないが、『錦繍段』は芭蕉当時には広く行われていた模様であるから、「双劔のミね」の典拠としては、前掲、来鵠の詩が適当であろう。

次に、嵐雪の発句の典拠については、

嵐雪の句は名高い白氏文集の『遺愛寺鐘欹レ枕聴、香爐峯雪撥レ簾看』の詩から連想して、……

と、三村鴻堂氏説にあり、『大芭蕉全集第七巻紀行篇』・横沢三郎氏著『芭蕉講座第八巻紀行文篇』もこれに従っている。『白氏文集』巻十六所収のその詩は（『和刻本漢詩集成唐詩第九輯』所収、明暦三年板による）、

香爐峯下新《ノ》卜《トニメテ》二山居草堂《ノ》一初成《テ》偶《スニく》題《ヲ》二東壁《ニ》一五首
日高睡《タケ》足猶《テ》慵《ヲ》レ起《ルニ》　小閣重《ニ》レ衾《テヲ》不レ怕《ヲ》レ寒《ヲ》
遺愛寺《ノ》鐘《ハテヽ》欹《ヲ》レ枕聴　香爐峯《ノ》雪《ハカヽゲテ》撥《レヲ》レ簾看《ル》
（以下略す。前三首・後一首も略す）

で、この詩の結句は、既に『枕草子』によって著名であったと思われるが、『和漢朗詠集』下巻「山家」にも見

え、芭蕉当時には『類船集』の「雪《ユキ》」の項にも引かれていて、俳人たちには常識化していたように推測される。

次に、句中の「雪」と「むらさき」に関しては、有斐閣新書『芭蕉入門』（昭五四）所収の今栄蔵氏執筆、『鹿島詣』では、脚注に、

　雪を頂いた筑波山はもちろん美しいが、何より素晴らしいのは、春の夜明け方、山際がほんのり明るんで紫色に見える筑波山だ。

と見える。これは、有精堂版『芭蕉講座第五巻』の米谷巌氏稿に、

　一句は、『枕草子』初段の「冬はつとめて。雪の降りたるは言ふべきにもあらず。」と「春は曙。やうやう白くなり行く山際少し明りて、紫だちたる雲の細くたなびきたる」をふまえ、……

と典拠を挙げてあるのと、ほぼ同見解であると考えてよかろう。米谷氏稿は前引の解説に続けて、句中の「不レ申」「先」に関して、

　かつ「如何に尉《じょう》殿、見え渡りたる山々は皆名所にてぞ候ふらん、御教へ候へ（中略）先あれに見えたるは音羽山候ふか。」（『融』）「我が名をば申さずとても明暮れに」（『敦盛』）など、謡曲の口調を模した句作り。

と解説される。「雪は不レ申」という表現が、『枕草子』初段に見える雪の降りたるは言ふべきにもあらず」及び「謡曲の句調を模した」とする見解には従いたいが、「むらさき」の典拠までも『枕草子』とするのはやや早計に過ぎはしないかという気がする。

　すなわち、この一節の典拠が、廬山・双剣峯・香爐峯にかかわる漢詩にあるのだから、「むらさき」の典拠をその辺に求めることは甚だしく当を失しているとは言えまいというわけである。

　『分類補註李太白詩　巻二十一』（『和刻本漢詩集成　唐詩第二輯』所収、延宝七年板による。『李太白絶句』巻下にも）に、

望二廬山《ノ》瀑布《ヲ》一二首　其《ノ》二

日照《ラシ》二香爐《ヲ》一生《ス》二紫煙《ヲ》一　遥《カニ》看《ル》瀑布《ノ》挂《ルヲ》二前川一

飛流直下三千尺　疑《クハ》是《レ》銀河《ノ》落《ルカト》二九天《ヨリ》一

この絶句の起句中の「紫煙」が、嵐雪の発句の「むらさき」ではなかったのか。この詩は『詩人玉屑』巻十四・瀑布詩や『聯珠詩格』巻九にも載っており、芭蕉は後に『おくのほそ道』裏見の瀧の条に、

岩洞の頂より飛流して百尺千岩の碧潭に落たり

と、この詩を利用しているが、「門人」嵐雪もまたこの詩を暗んじていたであろうことは想像に難くない。嵐雪は遥かに並び立つ筑波山の二峯を眺めて、廬山の諸峯、中でも双剣峯や香爐峯に思いを致し、白楽天や李白の詩、更には『枕草子』の一節をも想起して、この一句を成したものと考えたい。

『おくのほそ道』探訪

俳諧紀行『おくのほそ道』

周知のとおり、『おくのほそ道』は、元禄二年（一六八九）〈約二百八十年前〉に、松尾芭蕉が奥羽・北陸地方を行脚した時の旅の体験に基づいて書いた俳諧紀行文である。したがって、芭蕉の「奥羽長途の行脚」の事実を解明することによって、作品としての『おくのほそ道』の精神に迫ろうとする考究が行なわれることは、至極当然といわねばなるまい。しかしながら、『おくのほそ道』は一編の紀行文学作品であって、旅の事実そのものではない。芭蕉の旅はあくまでも作品以前の旅であり、『おくのほそ道』はその旅を素材とした、俳諧紀行文とも称すべき作品なのである。素材としての旅と、その成果としての作品とは、一応切り離して考えられなければならない。そこには極端な言い方をすれば、生々しい人生の断面と、創造された美の世界との相違が見られるはずである。

『おくのほそ道』の性格について記述を進めるに際して、芭蕉はどのような意識のもとに紀行文を執筆しようとしたのか、まず、この点について考察することから始めたい。

『笈《おい》の小文《こぶみ》』（貞享四年〈一六八七〉十月から翌元禄元年四月までの、尾張・伊賀・伊勢・大和・紀伊を経て須磨・明石に旅した時の紀行文で、未定稿と考えられている）の中に、有名な紀行文論がある。

抑《そもそも》、道の日記といふものは、紀氏《きし》・長明《ちやうめい》・阿仏《あぶつ》の尼《あま》の、文《ぶん》をふるひ情《じやう》を尽《つく》してより、余《よ》は皆俤似《おもかげ》かよひて、其糟粕《そのさうはく》を改《あらたむ》る事あたはず。まして浅智短才《せんちたんさい》の筆に及《およぶ》べくもあらず。其《その》日は雨降《ふり》、昼より晴《はれ》て、そこに松有《あり》、かしこに何と云《いふ》川流れたりなどいふ事、たれ〳〵もいふべく覚侍《おぼえはべ》れども、黄奇蘇新《くわうきそしん》のたぐひにあらずば云《いふ》事なかれ。されども其《その》所々の風景心に残り、山館野亭《さんくわんやてい》のくるしき愁《うれひ》も、且《かつ》ははなしの種となり、風雲《ふううん》の便りともおもひなして、わすれぬ所々、跡《あと》や先やと書集《かきあつめ》侍《はべ》るぞ、猶酔《なほよへ》ル者の妄語《まうご》にひとしく、いねる人の譫言するたぐひに見なして、人又亡聴《ぼうちやう》せよ。

『おくのほそ道』の執筆は、『笈の小文』にみられるこの紀行文論の実践であったと考えられている。もちろん、『おくのほそ道』は一気に書き上げられたものではなく、『更科《さらしな》紀行』（元禄元年〈一六八八〉『笈の小文』の旅のあと、信州更科の里姨捨《おばすて》山の月見に行った時の紀行文）に、「夜は草の枕を求《もとめ》て、昼のうち思ひまうけたるけしき、むすび捨《すて》たる発句《ほつく》など、矢立取出《やたてとりいで》て、灯《ともしび》の下《もと》にめをとぢ、頭たゝきてうめき伏せば」という描写がみえるところから、旅の途次《とじ》で書き残された俳文、『笈の小文』乙州《おとくに》本（宝永六年〈一七〇九〉刊）の序文にいうところの「道すがらの小記」を集めて編集したものであろう。が、その編集に際して、この紀行文論にみられるような意識が働いていたであろうことは否定できないと思われる。

まず「紀氏・長明・阿仏の尼の……」であるが、これは、紀貫之の『土佐日記』、鴨長明の『海道記』、阿仏尼の『十六夜《いざよい》日記』を芭蕉が紀行文の立派な先行作品とみていたことを示し、これらには旅の情趣が述べつくされており、以後みるべき紀行文は書かれていない。以後の作品はすべてこれらの「糟粕」模倣作にすぎず、何らの新しみもないと言い、自分が書く紀行文は「黄奇蘇新」（詩文が奇抜で清新なこと）を盛り込んだものにしたいという意気込みを述べたものと解釈せられる。その執筆態度は『おくのほそ道』にどのような形で達成されているのであろうか。

最初に『おくのほそ道』は「俳諧紀行文」であると書いた。これは、形式的には紀行の文章の中に発句が挿入されているということである。しかし、発句を紀行文の中に挿入するだけのことなら先例がないわけではなく、和歌や連歌を紀行文の中にさしはさむ手法は、古来しばしば行なわれてきているのである。芭蕉が発句を紀行文中に挿入することを工夫したのは、これら先行作品の影響によるものでもあろうが、それだけでは特にとりたてていうほどの独創的作品とはなり得なかったと思われる。芭蕉は新しい俳諧的紀行文を創始するために、地の文章は発句をどのように効果的に紀行文の中にすえるかというところに重点をおいて書き、地の文と発句とが両々相俟って、文学的効果をあげることができるように、まったく不可分の関係にあるものに仕上げている。

具体的に詳述することは避けて、ここには『おくのほそ道』全体の中から、離別の情を「行春《ゆく》や……」の句でひきしめている「旅立ち」の章、西行ゆかりの遊行柳のもとに立ち寄った喜びを「田一枚……」の句で結んだ「芦野の里」の章、あるいは「白川の関」「忍ぶの里」「平泉」等の章、その寂寞清閑のさまを叙して「閑《しづか》さや……」の句で結んだ「立石寺」の章、増水している急流最上川の叙述を「あつめて早し」の句で結ぶ「最上川」の章、あるいは「象潟《きさがた》」「種《いろ》の浜」の章など、特に地の文と発句との照応映発の関係が密接であると思われる章を例示しておくにとどめる。『おくのほそ道』は、芭蕉においては『野ざらし紀行』『鹿島詣』『笈の小文』『更科紀行』等の、紀行作品の到達点を示すものであるが、それは、同時に、俳諧紀行文の完成したスタイルを示すものであり、文学的に高く評価される理由の一半はこの点にある。

次に「跡や先やと書集侍る」というのは、旅の事実の順序などには必ずしも拘泥《こうでい》しないという、芭蕉の執筆態度を表明したものとみることができよう。体験としての旅を文学作品にまとめ上げるための構成上の工夫をしている時に、旅の事実の順序にとらわれない方が、紀行文としてより立派な作品が生まれると感じたものであろうか。

芭蕉と同時代の劇作家近松門左衛門に、「芸といふものは実《じつ》と虚《うそ》との皮膜《ひにく》の間《あひだ》にあるもの也」（穂積以貫著『難《なに》波土産《はみやげ》』元文三年＝一七三八＝刊）という有名な言説がある。これは、芸というものは、事実のままでもなく、そうかといってうそばかりでもなく、事実とうそとの境目の紙一重の微妙なところにあるというのである。芭蕉がこの近松門左衛門と同じ考えを持っていたかどうかは明らかになし得ないけれども、大同小異の考え方をしていたようには推測されるのである。

文学作品というものは、必ずしも事実のとおりに表現・記述しなければならぬことはない。芭蕉の場合についていえば、旅の真実、あるいは旅の本意（そのものの本来的な性質・あり方・情趣）を伝えるために、すなわち、文学的効果をあげるために、時には旅の事実にこだわらずに構想を練っているのである。これが、いわば『おくのほそ道』における虚構（創作的手法）であるが、芭蕉においては、旅の体験的事実の羅列は、記録ではあっても、彼の意図する紀行文学作品ではなかったと考えられるゆえんである。

『おくのほそ道』が、単なる旅の事実の羅列的記録ではなく、旅の事実に基づいた創作的紀行文であることは、「奥羽長途の行脚」に随行した河合曽良《かわいそら》の書き残した『曽良旅日記』の記述と、『おくのほそ道』の記事を対比してみれば明瞭になる。『曽良旅日記』によると、三月二十九日（陽暦に換算すると五月十八日）、室の八島を見て鹿沼に一泊した芭蕉主従は、翌四月一日（元禄二年の三月は小の月であった）の昼ごろ日光に到着し、午後三時すぎに東照宮に参拝、その夜は上鉢石町の五左衛門方に宿泊。翌二日は、午前中に裏見ノ滝・含満《がんまん》ガ淵を巡覧したのち、那須大田原へ向かっている。この二日間の旅の事実を整理して、晦日《みそか》は仏五左衛門に焦点を合わせた人事の記述とし、朔日《ついたち》は東照宮参拝および山内巡覧の神祇の記事としている。神祇の記事を四月一日に配置したのは、一つには「室の八嶋」「日光」と神祇の記事が連続することを避けるためと、後記の「あらたうと……」「剃捨《そりすて》て……」の二句を効果的ならしめる配慮によるものであり、かつ、その日から新しい季節が始まるわけで、東照宮参拝の改まった心持ちと共通するものをそこに感じとったからであろうと思われる。

黒羽には四月三日から十六日まで、二週間も滞在した。『曽良旅日記』によると、

三　日　余瀬、翠桃宅をたずねて泊まる。
四　日　館代浄法寺図書に招待される。
五　日　雲巌寺に参詣する。
六　日　光明寺に招待される。
十一日　余瀬、翠桃宅に帰る。
十二日　那須の篠原に誘われる。
十三日　八幡に参拝する。
十五日　浄法寺図書宅に行く。
十六日　余瀬の翠桃宅に帰って出立する。
（注・『おくのほそ道』では翠桃を桃翠と表記）

というのがだいたいの日程であった。これが『おくのほそ道』では、黒羽の館代浄法寺なにがしを訪ね、弟翠桃にまで歓待を受けたことを最初にまとめ、犬追物の跡・玉藻の前の古墳等を巡覧した十二日の篠原見物と、十三日の金丸八幡参拝とを一日の記事にまとめあげ、九日の光明寺のことはあとに回して、「夏山に……」の句の効果を狙っている。四日の雲巌寺参詣の記事は、翠桃兄弟を中心とする黒羽の記事から離して独立させてある。「木啄も……」の句を締めくくりとして配置するために、雲巌寺の記事をあとに回したのである。このように、『おくのほそ道』では事実の時間的順序は崩されている。崩されているがゆえに記事にまとまりが生じ、立派な文学作品たり得ているのである。

このような手法は、末の松山・塩釜明神・松嶋・瑞巌寺・象潟・那谷等々の章でも行なわれているが、今は詳述を避けたい。先行紀行作品が、「道の日記」と称されているように、旅の記事をその日次にしたがって配列したものであるのに対し、芭蕉が俳諧紀行文の創始をめざして、あえて虚構を行なっている点にも、『おくのほそ道』が古人の「糟粕」を改め得ているところがあると言えるように思う。

先に鴨長明の『海道記』が先行紀行作品であると書いた。これは、鎌倉時代の東海道の紀行文である『海道記』の著者を、江戸時代には鴨長明と考えて『長明海道記』などと称していた事による。しかし『鴨長明海道記』寛文四年（一六六四）刊本や『長明道ノ記』正保五年（一六四八）刊本の内容は『東関紀行』であって、長明は『東関紀行』の著者とも『海道記』の著者とも考えられていたようである。この『東関紀行』が『おくのほそ道』と密接な関係にあるのである。

『おくのほそ道』が断片的句文の編集によって成立したものであろうということはすでに述べたが、まったく無原則に継ぎ合わせられたものでないことは、一読してすぐ推察のつくところである。そこで『おくのほそ道』構成に際して、芭蕉がよりどころとした原型として、連句の構成様式と中世の紀行文芸の型とが、これまで指摘されてきている。

『おくのほそ道』所載の芭蕉の発句は五十句であるから、五十韻構成説には都合がよいのではあるが、ほかに曽良その他の十二句もあることだから、この説に全面的には賛意を表しかねる。『野ざらし紀行』にしても『笈の小文』にしても、所収句はだいたい五十句前後であるから、特に『おくのほそ道』だけが五十韻によって構成されているわけでもあるまい。歌仙（三十六句の連句）構成説にしても各人各様の状態で、なお万人を納得させるだけの説得力に欠けるところがあるように思われる。連句の仕立て方と『おくのほそ道』との関連についていうならば、個々の断片的句文を継ぎ合わせて編集する際に、実に巧みな付合《つけあい》的手法が用いられているということになるであろう。そしてそれは、あるいは芭蕉の真摯な俳諧修行の成果から必然的に生まれ出たものであって、特に意識的に構成されたものではないかもしれない。しかし、人事や神祇の記事が連続するのをさけている点より見れば、連句の付合的手法が生かされていることは明瞭であり、この辺のところはにわかに断定を下すことは困難である。

次に『おくのほそ道』が中世の紀行文学作品の中でも、先にあげた『東関紀行』の型を踏まえているということが説かれている。『東関紀行』のどの個所が『おくのほそ道』のどこと関連づけて考えられるかについては、例によって詳述はさける。ただ、白石悌三氏の研究によって、両者の関係を全体的な構成の面からいうならば、『東関紀行』ではまず一所不住の心境を古人になぞらえて述べる序があり、紀行の本文にはいると、その地理的配置（不破の関・浜名湖・今の浦・小夜の中山・浮島が原など）が『おくのほそ道』の地理的配置（白川の関・塩釜の浦・松島・尿前の関より出羽の国への大山越え・象潟など）と酷似しており、結末は一段落したのちに再び旅立つところで結ばれるのである。また、内容的にも、その表現にきわめて近いものが見られ、芭蕉が『おくのほそ道』の執筆・編集時に『東関紀行』を典拠として用いたものであろうと考えられる。

これは要するに、芭蕉は断片的句文を連句の付合的手法で編集しながら、一方では『東関紀行』を規範として全体的にまとめ上げ、『おくのほそ道』を一編の紀行作品に仕立てたものと推測されるのである。

さて、従来の『道の日記』は、日次を追った旅の事実・印象のたぐいを羅列するだけのものであったともいえよう。したがって、全体を統一する主題といったようなものは特に見当たらないのである。これに対して、『おくのほそ道』には全編を貫いて流れる主題が認められる。これまた、『おくのほそ道』が古人の「糟粕」を改めている点として、文学的に高く評価されるゆえんであろう。

『おくのほそ道』には、冒頭に「行《ゆき》かふ年も又旅人也。」として、人生を旅と見る人生観が述べられているが、この人生観が『おくのほそ道』全編の基調をなし、全体を統一しているのである。すなわち、「行《ゆく》春や鳥啼《なき》魚の目は泪《なみだ》」で始まり、「蛤のふたみにわかれ行《ゆく》秋ぞ」で終わる『おくのほそ道』は、この「行く春」と「行く秋」

という季語の前後の照応をもって、季節の移り変わりの中で離別を重ねて漂泊の旅を続ける者の悲しみ、さらには生々流転してやむことのない人生を旅とし、旅はまた人生なりとする芭蕉の人生観が、底流として『おくのほそ道』の構成を支えていることはたしかであろう。

次に、芭蕉が奥羽・北陸の旅におもむいた動機、あるいは目的といった点について述べる。元禄二年の初頭に当たって、新しい脱皮と創造を芭蕉が心中ひそかに期し、その実現をめざしての「奥羽長途の行脚」であるという説がある。また一方には、元禄二年という年が西行法師五百年忌にあたるところから、西行思慕の情の厚かった芭蕉が、西行ゆかりの歌枕をたずねることを主目的としたものであったとも言われている。芭蕉に西行敬慕の念の深かったことは広く知られているが、芭蕉の紀行文との関連の上からみるならば、『野ざらし紀行』の旅中の作品および句文で、西行と関係の深いと考えられるものが、それ以前とはまったく異なるほどの頻度と重要性をもって現われてくるのである。広田二郎氏は、これによって『野ざらし紀行』の旅は、一面から見れば、西行の漂泊修行の跡をたずねめぐるという意味をももっていたと解されると説いておられる。『おくのほそ道』中の句文にも西行の作品を典拠としているものがかなり多い。以下、この点について略述する。

芦野の里の「清水ながるゝの柳」の章は、西行の「道のべに清水流るる柳蔭しばしとてこそ立ちどまりつれ」（新古今集）によったもので、和歌の「立ちどまりつれ」が、地の文には「立《たち》より侍《はべり》つれ」と用いられ、句の方には「立去る」と変えて用いられており、表現上の工夫が見られる。

白川の関の章の「風騒《ふうさう》の人《ひと》心をとゞむ」は、「白河の関屋を月のもるかげは人の心をとむるなりけり」（新拾遺集）を念頭においての表現であろう。

須賀川の章のうち、僧可伸《かしん》の隠棲のさまを叙して、「橡《とち》ひろふ太山《みやま》もかくやと閑《しずか》に覚《おぼえ》られて」と述べているのは、「山深み岩にしたゞる水とめんかつがつ落つる橡拾ふほど」（山家集）によって、西行の深山での生活をしのんだ表現である。

平泉の章には、特に西行と関連づけ得るような表現はみられないが、平泉は西行ゆかりの地であった。『山家集』には、

みちのくにに、平泉に向ひて束稲と申す山の侍るに、異木《ことき》は少きやうにさくらのかぎり見えて、花のさきたるを見てよめる。

ききもせずたわしね山の桜花吉野のほかに斯《かか》るべしとは

奥になほ人見ぬ花のちらぬあれや尋ねを入らん山郭公《やまほととぎす》

とみえている。

象潟の章には、「むかふの岸に舟をあがれば、花の上こぐとよまれし桜の老木《おいき》、西行法師の記念《かたみ》をのこす。」とある。当時、西行作と伝られていた「象潟の桜は波に埋もれて花の上こぐ蜑の釣り舟」の和歌によって、西行をしのんでいるのである。

汐越の松の章には、「終宵《よもすがら》嵐に波をはこばせて月をたれたる汐越の松」の歌を西行作として掲げ、「此《この》一首にて数景尽《つき》たり。もし一辧《べん》を加《くは》ふるものは、無用の指を立《たつ》るがごとし。」と、この歌（実は蓮如上人の詠という）を強く推賞している。

種《いろ》の浜の章で、「ますほの小貝ひろはんと、種の浜に舟を走《は》せたのも、「等栽に筆をとらせて寺に残」した句文に「ますほの小貝とよみ侍しは、西上人の形見成《なり》けらし。」と見えるところから、「汐染むるますほの小貝ひろふとて色の浜とはいふにやあるらむ」（山家集）を慕っての行動であったことは明らかであろう。

結びの一句「蛤のふたみに……」も、あるいは西行作「今ぞ知る二見の浦の蛤を貝合《かひあわせ》とておほふなりけり」（山家集）の連想によるものかもしれない。

こうしてみてくると、奥羽・北陸への旅が西行ゆかりの歌枕歴訪を目的の一つにしたものであったことと同時に、紀行作品『おくのほそ道』にも、西行に対する芭蕉の思慕の情が色濃く影を落としていることが認められるように思われる。

『おくのほそ道』冒頭の、「古人も多く旅に死せるあり。」という記述の、「古人」の一人が西行であることは、もはや論ずるまでもないことであるが、壺《つぼ》の碑《いしぶみ》の章に「今眼前に古人の心を閲《けみ》す。」と述べている「古人」も、あるいは西行を念頭においての表現ではなかったか。西行には「むつのくのおくゆかしくぞ思ほゆる壺の碑そとの浜風」（山家集）の歌がある。

『おくのほそ道』には歌枕をたずねた記事が多いが、以上見てきたとおり、西行関係の歌枕に関するものが最も多きを数える。ここにおいて、芭蕉の奥羽・北陸行脚は、一面において実に丹念な歌枕歴訪の旅であったが、それは古人の詩魂を慰める鎮魂の旅でもあり、紀行文『おくのほそ道』は、詩人たちの魂への手向草《たむけぐさ》であったと説かれるのである。これをさらに直截的にいうならば、「奥羽長途の行脚」は西行追慕の念に発した旅であり、『おくのほそ道』は漂泊の歌人西行への香華にほかならなかったという一面を持っていることになるであろう。

なお、西行関係では、当時西行作と伝えられ、芭蕉もそう信じていた『撰集抄』との関連についても説かれているが、今は触れないでおく。

芭蕉における古人追慕の情は、俳文「許六離別ノ詞」（「柴門《さいもん》ノ辞」として有名）の、

猶、古人の跡をもとめず、古人の求《もとめ》たる所をもとめよと、南山大師の筆の道にも見えたり。風雅も又これに同じ。

という言葉によく表現されている。みちのくの歌枕の地に立った芭蕉は、そこで古人の詩的精神を反芻《はんすう》したに違いない。さればこそ、紀行文執筆に際して、古人の「糟粕」を改め、「黄奇蘇新のたぐひ」を盛り込んだ『おく

のほそ道』の雄篇をなし得たのであった。

最後に蛇足ながら、紀行文『おくのほそ道』の題簽《だいせん》（書物の表紙に題名を書いて貼りつけてある紙片）は、芭蕉自身が「おくのほそ道」と書きしるしたのであるから、その表記としては『おくのほそ道』が望ましい。

〈付記〉本稿を執筆するに際しては、井本農一・尾形仂・白石悌三・広田二郎諸氏の御論考に負うところが多大であった。明記して深謝の意を表したい。

『継尾集』と『おくのほそ道』

元禄四年十月の末、芭蕉は上方から江戸に帰って来た。それから翌五年五月半ばの、門人たちによる第三次芭蕉庵再興に至る約七ヶ月半の間は借家住まいで、芭蕉にとって不安定な時期であった。

新庵にはいった芭蕉は八月になって『芭蕉庵三日月日記』を編集した。その中に「芭蕉を移す詞」を収めているが、この俳文の中に、『おくのほそ道』中の、「奥羽長途の行脚只かりそめに思ひたちて」「ことし元禄二とせにや」「離別の泪をそゝぐ」「浙江の潮をたゝふ」の部分と似通った表現があり、新庵にはいった芭蕉が、『おくのほそ道』の構想を練り、あるいは執筆にとりかかっていた事を推測させる。

曽良本『おくのほそ道』では、芦野の「清水流るゝの柳」に、もと「故郡守戸部某」とあったのを、「故」を消してある。芦野民部資俊の亡くなったのは、元禄五年六月二十六日であるから、この芦野の条はこの日以後、それも資俊死去のショックのまださめやらぬころ執されたものと思われる。ここで、芭蕉の新庵入りが同じ年の五月半ばであったことを確認しておきたい。

この二件によって、『おくのほそ道』は、芭蕉が新しい草庵に移り住んでまもなく書き始められたであろうと推測することが可能となるだろう。

蕉門の各務支考は、同じ元禄五年二月以降出羽に赴いていたが、その時、『継尾集』の稿本を持ち来《きた》ったらしい。「酒田の不玉、おとゝし思ひ立ける集あり、これを都のつとに頼まれ侍るとて、頭陀ひらき取出ける」と、

『継尾集』巻四の最初の所に見える。

これは、『継尾集』の稿本を京都に持参して出版するように依頼されたものと思われる。そして、当然の事ながら、この稿本『継尾集』は芭蕉の目にも触れたに違いない。

この稿本『継尾集』を見た芭蕉は、巻一巻頭の不玉の自序や、巻二冒頭の支考の序文や本文を上手に使って、『おくのほそ道』象潟の章の文章を作ったと想像される。

元禄五年八月に、支考の跡を追うようにして芭蕉庵に来た呂丸は、芭蕉から『芭蕉庵三日月日記』をもらい、京へ上った。支考に協力して『継尾集』出版の事を果たす目的もあったと考えられる。

『継尾集』の出版は元禄五年の年の暮であったと推測されるが、この『継尾集』の呂丸の序文を見た芭蕉は、『おくのほそ道』羽黒山の条に、「出羽といへる八鳥ノ毛羽ヲ此国ノ貢物ニ献ると風土記ニ侍とやらん」の一条を補記した。曽良本には、この部分はあとの書き入れになっている。

つまり、元禄六年の一月ごろに板本『継尾集』を見た芭蕉は、すでに曽良に書写させていた『おくのほそ道』草稿に、前記の一条を書き入れたと考えられる。

元禄五年八月芭蕉に入門し、翌六年五月六日郷里彦根へ旅立った森川許六が、「元禄五年五月十五日」の日付のある「旅懐狂賦」に『おくのほそ道』の内容に触れる記述しているから、江戸滞在中に芭蕉庵で『おくのほそ道』草稿本を見る機会があったものと考えられる。元禄六年五月ごろまでには、『おくのほそ道』草稿の決定稿、一歩を進めて言えば、曽良本『おくのほそ道』は出来上がっていたとも考えられる。このあと芭蕉は素龍に清書を依頼し、柿衛本・西村本の『おくのほそ道』が生まれるのである。

『継尾集』と『おくのほそ道』象潟の条や羽黒山の条との関係を調べてみると、ただ関係があるというだけでなく、『おくのほそ道』成立時期についての推論が可能となってくるのである。

謡曲「遊行柳」と『おくのほそ道』

芭蕉が『おくのほそ道』の旅で、芦野の里に遊行柳（『おくのほそ道』には「清水ながるるの柳」とある）を訪ね、西行法師の昔を偲んだのは、「道のべに清水流るゝ柳かげしばしとてこそ立ちどまりつれ」という西行の和歌に基づくものであろう。この和歌は、『新古今集』夏には「題知らず」で出ており、『西行物語』では鳥羽殿の障子絵の画讃ということになっている。これらによって芭蕉は西行の和歌を知ったと思われるが、これらだけではなく、謡曲「遊行柳」からも知識を吸収していたと推測される。芭蕉が謡曲を摂取して自己の俳諧の糧としていたことは広く知られているところであるから、この推測が甚だしく当を失することはないだろう。

謡曲「遊行柳」の初めの方に、

こころのおくを白河の、関路ときけば秋風も、たつ夕霧のいづくにか…（中略）…急ぎ候ほどに、音に聞きし白河の関をも過ぎぬ。

とあって、遊行柳と白河の関とは距離的に近いところから、両者は密接な関係があるように受け取れる書きぶりである。すなわち遊行柳といえば白河の関、白河の関といえば遊行柳というふうに、連歌の寄合《よりあい》のように関連づけて考えられていたのではないかと思うのである。

『おくのほそ道』で、遊行柳の次は白河の関の記事になっているのは、それが道順とはいいながらも、こうした古来の型を踏襲したものであろうか。

前掲の「急ぎ候ほどに」以下を『おくのほそ道』白河の章の初めの部分と対比してみると、「急ぎ候ほどに」は「心許なき日かず重るまゝに」、「白川の関をも過ぎぬ」は「白川の関にかゝりて」、「音に聞きし」は「中にも此関は三関の一にして」というふうに、それぞれ関連性が認められるように感じられなくもない。このような考え方はもとより、牽強附会のそしりをまぬがれないとは思うけれども、謡曲の本歌取り的手法が芭蕉俳諧の一つの行き方であったことからの推論にほかならない。

さて、『曽良旅日記』俳諧書留を見ると、須賀川での「風流の初や」の歌仙を書きつけたあとに、

ミちのくの名所〳〵こゝろにおもひこめて、先せき屋の跡なつかしきまゝにふる道にかゝり、いまの白河もこえぬ。

早苗にも我色黒き日数哉　翁

と見える。「せき屋の跡なつかしき」というのは、『新拾遺集』所載の西行の和歌「白河の関屋を月のもるかげは人の心をとむるなりけり」を念頭に置いたものであろう。そして、同じこの和歌に基づいて、『おくのほそ道』執筆の際には「風騒の人心をとゞむ」という文言が生まれたと考えられる。

次の「ふる道」という言葉は、『曽良旅日記』本文の四月廿日廿一日両日の記事の中には見当らない。両日の行程は、那須湯本――芦野の遊行柳――旗宿、および旗宿――白河――矢吹であるが、そのいずれにも「ふる道」という言葉は用いられていない。『おくのほそ道』にも採用されていない。しかし、この「ふる道」という語は、実は謡曲「遊行柳」に見いだされる言葉なのであった。すなわち、

まづ先年遊行の御下向の時も、古道とてむかしの海道を御通り候ひし也。…（中略）…ふしぎや扨はさきの遊行も、此道ならぬふる道を、通りし事の有しようなう

（圏点筆者）

という、柳の精が遊行上人に「昔の道をしへ申さん」とする一節に出てくるのである。
こうして謡曲「遊行柳」と芭蕉との関係が明らかになって来たことから思えば、芦野の里に遊行柳を訪ねた芭蕉は、謡曲「遊行柳」を口ずさみながら、しばし柳かげに立ち寄っていたかも知れない。
ところで、いま正保五年版『長明道記』(実は東関紀行)を繙くと、醒が井の条に、次のような記事が見える。

音にきゝし醒が井を見れば、……あまり涼しきまですみわたりて、まことに身にしむばかりなり……往還の旅人多く立よりてすゞみあへり。……かの西行が道のべに清水ながるゝ柳かげしばしとてこそたちとまりつれ、とよめるも、かやうの所にや。

道のべの木蔭の清水むすぶとてしばしすゞまぬ旅人ぞなき

この記事も、あるいは芭蕉をして「遊行柳」への思いを刺激したかも知れない。また、三浦浄心著『順礼物語』上巻「〇陸奥《みちのく》一見の事」の章には、「下野の国芦野と云里」で、里の翁に朽木の柳を尋ねたところ、

里の翁答て、是ハ朽木の柳とて名木也。西行法師此国へ下り船ひしが。此ハ水無月なるに。此川岸の木本に立寄て。

道のべに清水ながるゝ柳陰　しばしとてこそ。立ちとまりつれと読り。此哥新古今に見えたり。異名を遊行柳と語る。

と記述してある。土地の人に尋ね、教えてもらうというのは、『順礼物語』の一つの型であるが、内容的には謡曲「遊行柳」を援用したものに過ぎない。この『順礼物語』も芭蕉の目に触れていたらしく思われるから、あるいはこの一条も芭蕉をして「此柳のかげに立」寄らせた要因の一つに数えられるかも知れない。
芭蕉が「ふる道」と述べたのは、下野と陸奥の国境にある関明神を過ぎ、『曽良旅日記』四月廿一日の条に、「古関を尋て白坂ノ町ノ人口より右へ切レテ籏宿へ行」とある山道のことであろう。「古関」への道ということで

「ふる道」としたまでで、実際の「ふる道」ではなかったと考えられる。芭蕉は謡曲「遊行柳」から言葉だけを借り用いたものであろう。もっとも、先に述べたように「古関」への道だから、これが「ふる道」だと信じていたというふうに推測されないこともない。

さて、その「古関」であるが、『順礼物語』によれば、

ゆき〳〵て漸。みちのくの白川の関に至りぬ。時しも春のなかば、花のさかり也。扨又関とハ聞しかど。守《もる》人もなし。行過がての袂をば。春の気色やとどむらん。

という次第で、古関は全くの廃墟でしかなかった模様である。芭蕉来訪当時も大同小異の状況であったと想像され、白河の関は古歌の中に生き続けている幻の歌枕名所であったということになりそうである。だから芭蕉は、『おくのほそ道』執筆に際して、古歌・故事を踏まえた記述に終始せざるを得なかったのであろうと思う。

〈**付記**〉『おくのほそ道』遊行柳の章と謡曲「遊行柳」との関連については、尾形仂氏著『松尾芭蕉』(昭四六・3・筑摩書房。日本詩人選第17巻)七〇〜七四頁に詳しい。

奥の細道登米

奥の細道行脚の芭蕉が、待望の塩竃・松島見物を終え、石巻に一泊して登米（いま宮城県登米《とめ》郡登米《とよま》町）に至ったのは、元禄二年五月十一日（陽暦一六八九年六月二十七日）のことである。

『おくのほそ道』本文には、石巻で「まどしき小家に一夜をあかして、明れば又しらぬ道」を迷いながら進み、「袖のわたり・尾ぶちの牧・まのゝ萱はらなどよそめにみて、遥なる堤を行」き「心細き長沼にそふて戸伊摩と云所に一宿して平泉に到る」と見える。登米については「戸伊摩と云所に一宿して」と書いているだけである。「平和泉と心ざし…」「…平泉に到る」という。首尾照応の文章の中であるから、登米での体験は敢えて省筆したものであろうが、地名のみを書きとどめているのは、芭蕉の心に残る何かがあったものと思われる。

『曽良旅日記』五月十一日の条を見ると、石巻の宿の主人四兵衛と「今一人」が気仙沼へ行くので矢内津（いま宮城県本吉郡津山町柳津）まで同道し、「町ハズレニテ離ル」とある。『おくのほそ道』本文の、「明れば又しらぬ道まよひ行」は、次の「心細き長沼にそふて」と共に、「辺土の行脚」の心もとなさを強調せんがための文飾であると知られる。

『曽良旅日記』登米の条には、

伊達大蔵　儀左衛門
戸いま　宿不借　仍検断告テ宿ス

検断庄左衛門

という記事が見える。「戸いま」は仙台支藩伊達二万一千石の城下町登米のことである。鎌倉時代以来四百年、出羽奥州探題葛西氏の居城として続いたが、葛西氏滅亡後、慶長九年（一六〇四）伊達一門の伊達宗直が二万一千石を以て封ぜられた。「伊達大蔵」という注記は、芭蕉来遊当時の第五代城主伊達村直（綱宗の子息）のことである。登米伊達氏は領主として治水開田に力を注いだが村直は原野五百町歩を開拓し、三百戸の農家を作ったという（登米懐古館配布の一枚刷り資料のうち、〈「とよま」と伊達氏〉の項の記述による）。

「検断」というのは、吉川弘文館版『国史大辞典5』には、「中世における保安・警察的行為および刑事的事件を指す語」で「その任にあたる役職を検断職」と称したが、「語句としては近世に至っても一部地域において大庄屋の称として、あるいは町の支配役人の職名などとして残存した」とある。更に「検断免」の項には「江戸時代において、特定の村役人に与えられていた特権沼田藩・仙台藩などの諸藩においては名主の上に検断とよばれる大庄屋的村役人が置かれ、訴訟・裁判あるいは伝馬などの業務を行なった。その役料として、本年貢以外の諸税免除の特権が与えられていたことをいう」と見える。

前掲『曽良旅日記』の記事は、芭蕉・曽良が登米で儀左衛門方に宿泊しようとしたが宿を断られたので、検断庄左衛門に「告テ」宿をとったの意である。芭蕉・曽良に事情を告げられた検断が、儀左衛門に宿を借すように説得をしたのか、あるいは止むを得ず検断屋敷の一室に泊めたのか、そこのところは判然としない。検断の所に泊めてもらったと解する説もあるが、前述のような検断の役目から考えるならば、検断の仲介で、結局は儀左衛門方に宿を取ることができたのではあるまいか。

いま登米町は、「みやぎの明治村」「ロマンに満ちた歴史と文化のふるさと登米《とよま》」として、観光事業に力を注いでいるように見える。奥の細道紀行三百年記念の平成元年、登米で催された記念行事の成果を見るべく登米行きを計画実行したのは、大型連休を控えた四月二十六日（金）のことである。前日までの雨はあがり絶好の旅行日和となった。

上野発八時十分の東北新幹線やまびこ35号で古川着十時二六分。すぐ陸羽東線十時三一分発の列車に乗り換えて小牛田に向かう。この列車は二ドアの二輌編成だから乗降口は四ケ所だけ。古川市内の高校生が金曜日の十時過ぎというのに大勢ホームにいて、彼等が先を争いながら乗り込んだので、何分かの遅発となった。

小牛田着予定は十時四五分で、乗り継ぎの東北本線下り列車の小牛田発も十時四五分である。これでは乗り継ぎは極めて困難というか、不可能に近い。旅行に先立って小牛田駅に照会状を出したところ、陸羽東線は十時四五分一五秒着で、東北本線下りは同四五秒発であるから、その間三十秒あり、遅延さえしなければ乗り継ぎはできるという返事であった。しかし、陸羽東線の列車が小牛田駅ホームに近づいた時、東北本線下り列車は左側の線路を走り去った。次の下り列車までは一時間待たねばならない。

去る三月十六日にJRの全国ダイヤ改正が行われた。この「改正」が行われさえしなければ、かかる憂き目は見ずにすんだ筈である。すなわち、三月十五日までは陸羽東線の小牛田着は十時四八分、東北線下りの小牛田発は十時五三分で、乗り継ぎに五分の余裕があった。その五分の余裕が、一挙に三十秒に「改正」されたのである。JR当局の「改正」という語句の解釈・用法について問いただしたい思いがしてならない。小牛田駅前から登米町の宮城交通営業所までのタクシー運賃は六七五〇円であった。

仙台までノンストップの上野発八時三分のやまびこ1号で仙台着九時四四分、仙台発十時の東北本線下りに乗り継げば瀬峰着十時五七分。十一時六、七分ごろ発の登米行きバスを利用することは可能であると気付いたのは帰宅後のこと、端午の節句まで一週間ありながら、早くも「六日のあやめ」であった。

平成元年、登米町役場企画観光課および登米町商工会・観光協会では、天理図書館所蔵、森川許六描くところ

の芭蕉・曽良行脚図を模した芭蕉・曽良の旅姿に、登米の武家屋敷と北上川の流れを配した絵の中央に、

奥の細道紀行三〇〇年　ロマンに満ちて華麗に舞う、自然と文化。

松島より平泉への道すじ、芭蕉は登米町で宿を借りる。松島の深まる余情、平泉へのはせる想い、その夜は、

まさに夢のような一夜であったであろう。いまより三〇〇年前のことである—。

という謳い文句を印刷した、大きなポスターを作製した。これは町制施行一〇〇周年を記念したものでもあった。

このポスターにも見えるように、登米町は、芭蕉関係では「芭蕉一宿の地」として宣伝している。北上川にかかる登米大橋近くの堤防の傍に、河東碧梧桐の筆に成る「芭蕉翁一宿之跡」（碑面）が建ててある。碑の向かって右側面には、「元禄二年五月十三日昭和九年九月建之　竹酔会」と刻してある。この石碑は、以前は堤防の中腹にあったと記憶するが、今は堤防上の路肩に、北上川の方を向いて立ち、そばには「芭蕉翁一宿之跡」と題する解説板がある。

この辺が『曽良旅日記』に見える「検断庄左衛門」の屋敷跡なのであろう。既述のように、検断の所に泊めてもらったのではなく、儀左衛門の所に泊まったとすれば、石碑は別の場所に建てられるべきであろうが、芭蕉一宿の地登米を象徴する石碑と考えれば、柳津方面より登米にはいる入り口にあるのは、恰好の位置を占めているとも言えそうである。

「みやぎの明治村」を代表する旧登米高等尋常小学校校舎の正門に向かって右の方、路傍の小高い所にも「奥の細道一宿の地」（碑面）の新しい標柱が建ててある。向かって左側面には「—明れば又しらぬ道まよひ行。（中略）戸伊摩と云所に一宿して平泉に到る—おくのほそ道—元禄二年（一六八九）陰暦五月十一日　芭蕉（四十六才）」と刻し、右側面には「日本ライオンズクラブ結成三十周年記念事業　昭和五十七年三月十五日　登米LC（以下略）」とある。背面には「帰る池や蛙飛込水の於と　はせを」とある。芭蕉の真跡を拡大して刻したものと思わ

れる。

旧水沢県庁庁舎は修復工事中であったが、その敷地内の、庁舎に向かって左の方、隣接する白壁の塀を背にして「一宿庵の記」の記念碑が建ててある。「一宿庵の記」と題する碑文には、

元禄二年、芭蕉翁おくのほそ道行脚の折、戸伊摩（登米）に一宿せしを記念し、宝暦の頃、登米の俳人、金指紋兵衛が一宿庵を称えた。これは庵を建てたのではなく、芭蕉翁の一宿の由縁を伝承する為の庵号にして、現在二十代に至る。町制施行百周年、おくのほそ道紀行三百年にあたり、歴代一宿庵の名を掲げ、これを記す。

初代　金指紋兵衛　（中略）　二十代　片平あきら

平成元年十二月吉日

登米町町制施行百周年実行委員会

と よ ま 俳 句 会

とある。これが登米町における奥の細道三百年の記念碑であった。

登米町老人福祉センターの前庭に「俳句道場一宿庵」（碑面）の碑（裏面、昭和六十年六月　第十九代一宿庵ひろし建之）が建ててあるが、ここに昔の一宿庵があったのか、現在この福祉センターを一宿庵として登米の俳句会が催されているのか、確認することを怠った。

芭蕉句碑は八幡神社の境内、社務所の先、小さな池に向かって右側にあり、「芭蕉翁」と横に刻した下に「降ずとも竹植る日は蓑と笠」の句が彫ってあるのだが、碑面磨滅により正しい表記を確認することはできない。向かって右側面に「明和七庚寅年」、左側面に「五月十三日」、碑陰に「寺池里一宿庵社中建」（寺池里は登米のこと）として九名ほどの俳人名を刻す。十人目は多分彫工であろう。

「五月十三日」とあるのは、作年次不詳のこの句が竹酔日《ちくすいじつ》（陰暦五月十三日）に因む作であるとの解釈によるものと思われる。また『曽良旅日記』の知られない昔のことであるから、『おくのほそ道』本文の、「十二日平和泉と心ざし、…石の巻といふ湊に出。…まどしき小家に一夜をあかして…戸伊摩と云所に一宿して平泉に到る」という記述を旅の事実と見て、登米泊りを五月十三日と考え、その日は竹酔日だから、「降ずとも」の句碑を建てたものとも推測される。碧梧桐筆になる「芭蕉翁一宿之跡」碑に「元禄二年五月十三日」とあるのは、明らかに登米泊りを『おくのほそ道』に即して考えていた証左である。

登米町には、この芭蕉句碑のほかに当地ゆかりの近代俳人の句碑も七、八基を数え、いわゆる観光名所も数多いが、今は省略に従いたい。

登米大橋を渡った対岸の堤防上の桜並木は、観光地図には日根牛桜並木と記してあるが、今年の見ごろは四月二十日ごろであったらしく、名残り花にはその盛時を偲ばせるものがあった。登米の町中を徒歩で見巡ったのち、午後三時二一分発の瀬峰行きバスで登米を辞した。

（注）　芭蕉主従が検断の家に泊めてもたったかどうかについて、『岩手俳諧史』（上巻・下巻 昭五三・12 萬葉堂出版）の著者小林文夫氏（俳文学会会員。当時、岩手県東磐井郡川崎村在住）にお尋ねしたところ、懇切丁寧な御教示（平成四年三月七日付）を賜わった。御芳情に深謝しつつ、次に掲出して参考に供したい。

拝復　お手紙拝見致しました。御書面中に、「検断は宿の世話はしたでしょうが、……泊めはしなかったのでは……」との事ですが、当地方では、普通の旅人はどうかわかりませんが、肝入や検断の家では人を泊めています。

例えば、旅行家で歌人で、数々の貴重な旅行記を残した三河の菅江真澄は、天明六年八月四日、宮城県気仙沼から山ノ目村（現一関市）の西磐井大肝入大槻氏（大槻文彦博士等の祖先）宅へ行く途中、当村の薄衣宿《うすぎぬしゅく》の検断昆野氏（船肝入も兼務していた）宅に泊っています。薄衣宿は北上川の河港として栄えた街で、旅籠等も数軒ありました。菅江真澄は、当郡内では大原宿の肝入の家で泊って居て、岩手県南地方では大肝入・肝入・検断等の家に泊りを重ねています（岩手県でも旧盛岡藩は別）。

此の地方の肝入や検断は、伊達氏に甘言を以て誘い出され、だまし討ちにあった葛西氏復興を夢みる葛西氏の旧臣の子孫がほとんどで、伊達氏は、うらみを持つ葛西氏の旧臣の懐柔策として、統治上、葛西氏の旧臣の子孫を大肝入・肝入・検断、或いは五人組の組頭等に任命しました。したがって、これ等の人達は地方での有力者で、裕福な上、知識人でもあったので、菅江真澄のような文化人が訪ねて来れば喜んで泊めたのでしょう。

芭蕉が一関の前に泊った宮城県登米町は、仙台藩になる以前、源頼朝から奥州総奉行職に任ぜられた葛西氏（石巻から岩手県南部を含む七郡の領主）の本拠地として栄えた町で、葛西氏の本城の寺池城のあった所です。葛西氏滅亡後、一時、その後をついで木村氏が居城しましたが、葛西氏旧臣等の扇動による百姓一揆等によって、伊達氏の所領となった所です。

仙台藩になってから、伊達氏は伊達一門の伊達氏を、大名《だいみょう》なみの二万石を与えて、要害《ようがい》（城に準じた扱いを受けた。修理等には幕府の許可が必要。一関も正式には要害で、仙台藩内で城と名のつくのは青葉城だけ）を築いた所で、北上川河畔の軍事上・交通上・経済上の要衝の町として栄えた所で、旅籠屋の三軒や五軒、最低あった筈で、芭蕉等が宿をとれなかった等とは考えられません。芭蕉等はその中の一軒の宿屋に行ったら断られ、検断の家にたずねて行ったら、それじゃ、私の家に泊ったら等と言われ、検断の家に泊ったのでしょう。

肝入や検断の家に旅人を泊めるのは、他の地方では見られないかも知れませんが、多少の書・画・俳・歌等の嗜みを持った旅人が、肝入や検断の家をたずねて泊るのは、当地方ではあたりまえだったようで、そのような人が訪ねて来れば、肝入や検断は喜んで泊めたのでしょう。御手紙を拝見して、ふと思いついたので御参考までに。

こちら、昨日の夕方から降り続いた雪が今も降り続き、今年一番の大雪となりました。山の中の一軒家なので、二、三日はタクシー等あがれないでしょう。では乱筆にて

三月七日　　　　　　　　　　　　　　　　　小林文夫

北陸の早稲

上野駅発八時八分の特急はくたか号が直江津を発車したのは、正午を十数分過ぎたころであった。やがて車窓の左右には田園風景が展開する。田圃には実りの秋を謳歌するように稲穂が色づいている。一面に黄金の波と言いたいところではあるが、既に刈取りの終った田もかなりある。それでいて、稲刈りに汗を流している人の姿はどこにも見当らない。田圃には機械による刈取りを示すように、切り刻まれた藁が敷かれている。黒く見えるのは、その藁を焼いた灰であろう。昭和五十三年八月三十一日の午後のことである。

このような風景の続いている中を列車は終点金沢駅に到着したのだが、親不知の長いトンネルを抜け出た越中宮崎から魚津のあたりまでは、稲田の北に遙かに日本海の蒼海原と白波が眺められ、その色彩的コントラストに初秋らしい気分に浸ることができる。

松尾芭蕉が『おくのほそ道』行脚の途次、伊勢詣でをする新潟の遊女たちと同じ宿屋に泊り合わせたことになっている市振を立ったのが元禄二年（一六八九）七月十三日、これが陽暦では八月二十七日に相当するという。当日は滑河泊り。翌十四日は高岡泊り。十五日、「卯の花山・くりからが谷をこえて金沢」入り。『おくのほそ道』では、この金沢入りの前のところに、

わせの香や分入《わけいる》右は有礒海《ありそうみ》

の句が置かれている。

この句を含む芭蕉真蹟の草稿断簡が今に伝存して柿衛文庫（兵庫県伊丹市、岡田利兵衛氏）に愛蔵され、『芭蕉の筆蹟』『図説芭蕉』に写真版が収載されている。

ゑちごの出雲崎といふ
処にとまりて
荒海や佐渡によこたふ天河
猶越中をへてかゞに入
稲の香や分入右は有曽海

この真蹟草稿断簡によると、上五文字は「稲の香や」で、これが初案形であろうが、別の真蹟には「わせの香や」と見えているから、旅中においてすぐ推敲して改めたものと思われる。一般的は「稲の香」よりも「早稲の香」の方が、季節感を明確に表現している点ですぐれている。

季寄せを見ると、斎藤徳元著『誹諧初学抄』（寛永十八年刊）「四季の詞」中秋の項に、〈稲刈〉〈わせわら〉が掲出されているけれども、陰暦八月では「早稲」としての季感は全然ない。北村季吟編『増山の井』（寛文三年奥書）に〈早田《ワセ》〉〈むろのはやわせ〉を七月に掲出しているのが、季節的に正しいと言えよう。

さて、「越中をへてかゞに入」という前書を付して「稲の香や……」と詠んでいるのだから、芭蕉が加賀国に入る前、越中国の、右手に有礒海を望み見るか、見えなくとも想像し得る地点では、七月十四日（陽暦八月二十八日）に早稲が実っていたのである。刈入れを待つばかりに実って黄金の穂を垂れていたことは確かであろう。

今年（昭和五十三年）は異常な酷暑の連続で、真夏日の新記録となった夏であったから、早稲の熟すのも例年より何日かは早かったことと推測せられるが、大体において、芭蕉の時と同じような状況を目のあたりにすることができたのは、何にもかえがたい収穫であり、喜ばしいことであった。一週間ほど早く来ていたら、なおよかったのであろうが、それは欲が深すぎるというものであろう。

列車の中では、早稲の黄金色を鑑賞することはできても、その香りをかぐことはできない。子供のころ、田圃の畦道をふさぐように垂れた稲穂を分けて遊び歩いた想い出が、ふとかすかに甦える。そのころは稲に香りがあるというようなことは、特に感じたこともなかった。そして今、絶好の機会に恵まれながらも我が身は車中。遠からず再び訪れて、今度は芭蕉翁気取りで田圃の道を鼻をきかせながら歩いてみたいものだ。尾形仂氏の「おくのほそ道注解32」（『国文学解釈と鑑賞』昭四二・12）には、この「早稲の香」について、

熟した早稲の穂から漂ってくるかすかな香りで、米どころとしての北陸の豊饒を、こまやかな感官のはたらきによってとらえたもの。

と解説されている。

次に、吉成邦雄氏の「天気図おくの細道(5)」（『測候時報』三九ノ9。昭四七・10）を見ると、

芭蕉が高岡を通ったのは新暦八月二十八日、早稲の開花日を新潟なみとみると八月上旬となる。刈入れは開花から一か月くらいたってからだから九月上旬となる。従って、当日は刈入れ間近になっていて、稲は実っていたことだろう。

とある。早稲もおそらく元禄時代に比べれば相当に品種改良が進んでいることだろうが、こと開花・結実・収穫という成育過程の日取りということになると、その年その年の気象条件によって若干の差異は生じるにしても、昔も今も大体において同じころということになるようである。今年の天候を考慮すると、八月二十三・四日ごろ

の状態が、芭蕉が「早稲の香や」と詠んだ時の様子に最も近かったのかも知れない。

次に「有礒海」がどこを指すか、ということが問題になるだろう。富山湾全体の呼称とする説と、今の雨晴駅の付近、岩礁の群がる岩崎あたり一帯の海を指すとする説とが対立している。全体か部分か、というわけであるから、これは永遠の平行線としか言いようがあるまい。芭蕉は『万葉集』以来、和歌に詠みつがれて来た歌枕としての有礒海をなつかしんで、この黄金の波の右手遙か彼方には白波寄せる有礒海が開けているのだなあ、と楽しい想像に胸をふくらませながら、まだ見ぬ歌枕の地に思慕の情を寄せながら、金沢を目ざして倶利伽羅峠の方へ歩を進めたのではなかったか。

芭蕉に随行した河合曽良が、『おくのほそ道』行脚の出発前に、歌枕の予習をするのに用いた『類字名所和歌集』には「有礒海浜浦」の題で十三首を掲出する。

古今恋　ありそ海の浜のま砂と頼めしは忘るゝ事の数にぞ有ける　読人不知

後撰恋　いはで思ふ心ありその浜風に立白波のよるぞわびきし　同

など、十三首のうち雑の二首を除けば、他の十一首はすべて恋歌である。芭蕉が有礒海を恋の歌枕として意識していたかどうか、さだかに知るすべを持たないが、「早稲の香や」の一句が、有礒海を恋うる歌としての一面を有していることは動かしがたい。

『おくのほそ道』には、この句の前に、

黒部《くろべ》四十八か瀬とかや、数しらぬ川をわたりて那古《なご》と云《いふ》浦に出。担籠《たご》の藤波《ふじなみ》は春ならずとも、初秋の哀《あはれ》とふべきものをと人に尋《たづぬ》れば、是より五里いそ伝ひしてむかふの山陰にいり、蜑《あま》の苫《とま》ぶきかすかなれば芦《あし》の一夜《ひとよ》の宿かすものあるまじと、いひをどされて、かゞの国に入《いる》。

と書いてある。『おくのほそ道』の執筆は元禄二年の旅行終了直後ではなく、元禄五・六年ごろと考えるのが通説となっているが、この部分に見られる心情は旅行当時そのままを再現し、伝えていると見てよいだろう。歌枕としての名高い担籠の藤浪（いま氷見市下田子に田子浦藤浪神社がある）の初秋の情趣を味わおうとして、ぜひ訪ねて行きたいと思ったが、ここから五里ほど海岸伝いに歩いて山の向う側にはいった所で、漁師の貧相な草葺きの家があるだけだから、一晩でも泊めてくれる者はあるまいと言われたので、簡単には行けないことを知って止むを得ず断念したというのである。『曽良旅日記』七月十四日の条に、「氷見へ欲レ行、不往。高岡へ出ル。」と見えることが、『おくのほそ道』の記述を裏づける。本文が「担籠の藤浪」思慕の一章であるならば、「早稲の香や」の一句は「有磯海」恋いの結晶である。

　山代温泉に一泊して、九月一日、那谷寺に向かう途中タクシーの運転手に聞いたところでは、この辺の早稲の刈入れは八月十五日ごろで、すでに米穀検査も済んだころだという。そういえば、田圃の切株にはヒコバエが威勢よく伸びていた。

奥の細道木ノ芽峠

元禄二年八月五日（一六八九年九月十八日）山中温泉で芭蕉と別れ、「先立て行」くことになった曽良は、五日・六日は大聖寺（いま加賀市の内）の全昌寺泊り、七日は吉崎を経て森岡（いま福井県吉田郡森田町を坂井郡丸岡町と混同したか）泊り、八日は福井・武生を経て「申ノ下刻、今庄ニ着、宿」泊。九日は『曽良旅日記』の次のような記事により、木ノ芽峠を越えて敦賀入りをした事が判明する。

九日、快晴。日ノ出過ニ立。今庄ノ宿ハヅレ、板橋ノツメヨリ右へ切テ、木ノメ峠ニ趣、谷間ニ入也。右ハ火うチが城、十丁程行テ、左リ、カヘル山有。下ノ村、カヘルト云。未ノ刻、ツルガニ着。先、気比へ参詣シテ宿カル。唐人が橋大和や久兵へ。

芭蕉の書いた『おくのほそ道』には、福井に隠士等栽を訪ね、等栽を「道の枝折」として敦賀を目ざして出発し、

鶯の関を過て、湯尾峠を越れば燧が城、かへる山に初雁を聞て、十四日の夕ぐれ、つるがの津に宿をもとむ。

とある。旅の事実を書き留めた『曽良旅日記』と、旅を素材とした創作的紀行『おくのほそ道』との差がはっきりと認められる。

芭蕉は歌枕の地や名所に注目して道行きふうの文を綴っており「木ノメ峠」の名は記していない。それでは芭蕉が「木ノメ峠」を忘れていたのかというと、そうではない。

木の目峠　いもの神や札有
月に名をつゝミ兼てやいもの神

という句が『荊口句帳』の「月一夜十五句」の中にある。この句は実際は今庄の手前にある湯尾峠での作であるが、湯尾峠を「木ノメ峠」に誤まっている事は、木ノ芽峠の頂上にも湯尾峠と同じく茶店があり、芭蕉がそこで一休みした事を推測させる。

昭和二十七年夏に井本農一先生のお供をして『おくのほそ道』旅行を始めてから四十年の歳月が流れた。出羽街道中山越えの難所も山刀伐峠も湯尾峠も、再三訪れたけれども、木ノ芽峠だけは未踏の地として残っていた。

平成三年の夏、小雨の中を湯尾峠を越えて今庄に出たのち、木ノ芽峠と志したが、スキー場の造成工事中で行けないとのこと、栃ノ木峠の方からなら行けると言うのでタクシーを走らせたが、帰京する敦賀より乗車の特急列車の時刻のこともあって、栃ノ木峠から少し峠道を行っただけで今庄駅に引返した。栃ノ木峠頂上までの九十九折の山道は、芭蕉が『更科記行』に書いているような「眼くるめきたましゐしぼ」むような心地がするのであった。羽黒山から月山への登山道よりも高い山道を登って行くような思いがした。

平成四年になって、六月二十八日（日）の『東京新聞』に次のような記事が『中日新聞』を情報源として掲載された。

平安の昔から千年以上にわたって北陸と近畿一円を結んだ交通の要所、福井県今庄町の木の芽峠にいまも残る茶屋「前川家」の解体修復工事が完了、一般公開されている。豊臣秀吉や明治天皇も立ち寄ったという由緒あるたたずまいをしのぼうと見学に来る人が多い。

足利氏の家臣だった前川家は、朝倉氏との戦いに敗れて、文正元年（一四六六）に木の芽に移り住んだが、戦略上の拠点で峠もあり織田信長の朝倉、秀吉の柴田勝家の攻略に協力している。その後、江戸時代は越前福井藩の客分として峠の警備や山の管理につとめ、旅人の休憩の世話にも当たっていた。

明治になって国鉄北陸線の開通で峠はさびれたが、代々茶屋を守り続け、いまも四十三代の当主・前川永《もり》運《ゆき》さん（五二歳）が住みながら世話している。

建物はかやぶきの木造平屋建て、約百七十三平方メートル。大いろりや大名たちが休息した座間があり、慶長六年（一六〇一）建築との記録が残っている。今度の修復では六千万円をかけて屋根をふき替えたり、電気配線の再工事などをしており、秀吉から贈られたという〝金の茶がま〟や火縄銃、刀剣なども展示された。

広域基幹林道栃ノ木―山中線沿いで、今庄365スキー場から車で五分。

この記事を読んで、今年こそは宿願を果したいという思いがつのり、夏休みの到来を待ち望んだ。

八月十八日（火）福井泊り。十九日、早起きして朝七時今庄駅下車。あいにくの小雨模様。このところ旅行に出るたびに雨に見舞われる。いつから雨男になったのであろうか。折畳み洋傘を広げて歩き出す。

燧が城址の登山道入口のある新羅神社の前から今庄郵便局を過ぎて少し行くと、道が左右に分かれ、ナツメの木のそばに「文政のみちしるべ」の標柱があり、「右　京つるかわかさ道」「左　京いせ江戸道」と刻した道標が建っている。その左側面には「夏草やありかたき世のしるへ石」の句が刻してあるが、作者名「森々庵　松後」はよく見えない。傍の「道しるべの由来」と題する説明板には次のように書いてある。

この道しるべは、街道の追分塚として、ここに建てられていたが、文政年間（一八一八〜一八二八）大黒屋由兵衛氏が世話人となって、笏谷石にあらため再建された。

往事はこの道しるべをたよりに、旅人は京や江戸に向ったのであった。

昭和のはじめ道路拡張工事のため取りのぞかれたので、郷土愛から京藤甚五郎氏が高野由平氏と相はかり保管されていたものを当時の宿場を偲ぶよすがとして、ここに移築したものである。

昭和五十一年三月吉日　今庄町教育委員会

今庄町文化財研究協議会

『曽良旅日記』にある「今庄宿ハヅレ、板橋ノツメヨリ右ヘ切テ」という場所は、この分岐点のあたりをさしたものであろうか。左へ行く旧道は日野川に沿って落合から右に折れ、板取を経て栃ノ木峠に至る。今は右の藤倉山の山裾を回る旧道を進む。曽良も芭蕉もこの道をたどったのであろう。

七時二十五分、道の右側に「コツラの清水」という標柱あった。『森と水とロマンの町今庄ガイドマップ』によると、不動明王をまつり、安産の神として、妊婦がこの水を飲んで祈願すれば安産するとの言伝えがあるという。路傍には箱型の貯水槽があるのみで、不動明王は小道を五十メートルばかりはいった所にまつってあるらしい。

七時三十四分、右側に「式内鹿蒜神社」が鎮座する。「式内」とあるように、『延喜式』に載っている古い神社で、昔は「加比留神社」と言ったらしい。『曽良旅日記』延喜式神名帳抄録には「越前國一百廿六座」として、「敦賀郡四十三座大七｜小卅六｜」の中に「加比留《ルノ》ゝ｜」と見える。「養蚕の神として、また古くからの街道筋の神社であるため駅地の神として崇敬され、付近の帰山とともに多くの人々に知られていました。」(『今庄ガイドブック』)との事である。

七時四十五分、ＪＲ北陸本線南今庄駅の真向いより少し手前の所の左側にこんもりした木立ちがあり、「往還一里塚跡」の標柱が建ててある。南今庄駅の前には「木ノ芽峠　当駅下車徒歩90分」という案内板があり、列車の窓から見えるが、この「徒歩90分」は峠の登り口までなのか、峠の頂上までなのか、いかにも近い所らしく思わせる人寄せの誘い文句か。九十分歩くのなら大したことはないと思って歩き続けたのは、いかにも甘い考えであったがそれが分かるのはもっと後刻のことである。

道は北陸トンネル入口近くで車道に出る。七時五十三分。歩くこと一分で、町営バス停「下新道」（今庄・大桐線）がある。このバスは今庄駅前にも止まり、一日に五往復あるようだった。下新道の聚落は左の旧道沿いにあり、聚落の入口に一軒一軒の戸主名を記した住居案内板が建ててある。

右の方に真福寺の山門があり、「明治天皇新道小休所」の標柱が見える。八時七分。後方から白い軽自動車が来て止まり、六十余歳と思われる男の人が下車して声を掛けてくれたので、「芭蕉の歩いた道を歩いているのです」と言うと、「いつかもそういう人がいたな」というような事を言って納得してくれた。乗せてくれるつもりだったらしい。その親切心に感謝しながら歩を進める。

旧道は再び車道と一緒になる。その手前左側にネムの木三本、上の方には花が少し残っている。車道は旧北陸本線の跡であると先程の男の人に教えられたが、ここにバス停「鹿蒜保育所前」があり、右の道に降りる所に「上新道案内板」が建ててある。下新道の場合と同様の聚落案内板である。ここからは上新道の旧道にはいらず、車道を歩く。

八時二十分、バス停「上新道」。このすぐ先から左折するのが木ノ芽峠への道で、「木ノ芽峠入口」の標柱と、「予告通行止　辺地対策事業　スキー場開発工事　区間（いま略す）　期間5月6日—11月30日」という大きな標識板が建ててある。歩行者のほとんどいない道を一人で歩く。黙って小雨の中をひたすら歩いて行く。

八時三十六分、「二ッ屋案内板」の所に着く。聚落の中程、左側の路傍に「北陸道の案内」と題する説明板が建ててある。

北陸道の案内

ここは今庄町二ッ屋集落である。この前の道は北陸道といい、平安時代の天長七年上毛野陸奥公山が開さくした。これ以前は山中峠越えの道が使われたが、大きく海岸線を迂回し途中に水路を含み行程が全体的に楽であるにもかかわらず時間的なロスが多いため、木の芽峠の北陸道を旅人は利用した。

北陸道開通以後、二ツ屋は徐々に宿場として型を整え、江戸時代には大いに栄えた。（宿場跡は現在地より上流ニキロにある）

天明年間には、全戸四十六戸（長百姓十五戸、雑家二十四戸、一時居住者七戸）にて、問屋をはじめ、旅籠五戸、茶屋五戸、人口は二百五十人であった。

二ッ屋には、一里塚跡、馬捨て場跡、制札場跡、明治天皇御在所跡、問屋跡などがある。

この北陸道を通った人には、紀貫之、藤原為時、紫式部、道元、源義経、木曽義仲、蓮如上人、新田義貞、豊臣秀吉、松尾芭蕉、水戸天狗党、明治天皇などがいる。

今庄町教育委員会

二ツ屋聚落のはずれより道路が狭くなり、右側の崖よりネムの木が覆いかぶさるように枝をのばし、残花が見える。八時四十四分。これからゆるやかな登り道になる。

八時五十七分、「往還一里塚」の標柱を道路の右側に見て橋を渡ると、路傍右側に大きな岩がうずくまっている。その先、左側に「馬すて場（血とり場）跡」の標柱、その背後と左前方に六地蔵がまつってあり、墓碑も何基か建っている。その先すぐ右側には「南無阿弥陀仏」の大きな石碑。少し行った左側の「二ツ屋宿場跡」の標柱の所は九時七分。続いて右側に「二ツ屋制札場跡」その先左側に「明治天皇行在所」の石柱と「御膳水問屋跡」の標柱が見える。この辺りが旧二ツ屋宿の跡なのである。標柱のみで説明板のないのが惜しまれる。九時十分。芭蕉も曽良もこの宿場のどこかで一休みして鋭気を養い、木ノ芽峠へと進んで行ったのであろう。蝿とも虻とも違う虫（虻の一種か）が次から次へと襲いかかって来る。傘で追い払っても団塊となってつきまとい、離れないのには閉口した。

九時三十六分、左側に「山神」の大きな石碑、その先の右側には「首切り谷」の標柱がある。同四十二分、舗装道路が尽きて砂利道となり、約百メートルで行き止まり。

右側に「木ノ芽峠登り口（徒歩四十分）」の標柱があり、その側には「辺地対策事業スキー場開発工事」のため、「5月6日～11月30日」の間「通行止」の大きな看板が建ててある（同様の看板は上新道の「木ノ芽峠入口」の標柱の脇にもあった）。今庄駅からここまで二時間四十分余りを費したのだから、「通行止」とあるからとて、おめおめ引返すわけには行かない。

「木ノ芽峠入口」の標柱の脇からはいると、山道は雑草が刈り取ってあって、完全にハイキングコースの趣きを呈している。いい気分で進んで行くと、やがてスキー場の造成工事現場の末端に着いて登山道は消失してしまった。山を削り取った土砂をならして、スキー場を造っている所である。

幸いにして工事をしている人影はない。急坂を登って、右側の叢に道らしきものを見つけて登って行く。工事用の車道に出て、さっき作業車の行った右の方に五百メートル進み、そこで工事関係者らしい人に「木ノ芽峠」への道を聞いて、方角を誤ったことを知り、折角来た道を引返す。山裾をぐるりと回ったところで、前方の嶺の上に家が見えた。「あれが峠の茶屋に違いない」と思うと、少しばかり元気が出て来た。

十時二十五分、「右　言奈地蔵登り口（六十米）」「左　木ノ芽峠登り口（五五〇米）」の標柱がある。言奈地蔵は急坂を登った所にある。「六十米」と標柱にはあったが、実感としては百メートル余りはあった。疲労のせいか。言奈地蔵の由来を書いた説明板がある。『今庄ガイドマップ』には次のように書いてある。

言奈地蔵

昔、権六という馬子が旅人を殺し、金を奪いました。そばに地蔵がいたので「地蔵言うなよ」と口止めしたところ、「地蔵言わぬが我れ言うな」と言われ山をおりました。その後この峠で若い旅人と出会い、それがかつて殺した旅人の息子であると知り、因縁におののいた権六は自ら仇を討たれたと云います。

「言奈地蔵堂」の標柱の側面には「木ノ芽まで五七五米　徒歩十分」と見える。この案内書きによると多分尾根伝いに木ノ芽峠頂上まで行けるらしい。しかし、万一道に迷うような事になったら大変なので、元の車道におりて進み、工事場の中を通り抜け、山裾を回る手前を右上に登って行った。

木ノ芽峠の頂上近く、道の右側に「木ノ芽峠」（今庄町長福島伊平謹書）の石碑がある。石畳の道を登り切った左側に復原成った前川家があり、読経の声が流れていた。前川家の向いの広場に、「木ノ芽峠」と題する説明板がある。

木の芽峠

古来より、木ノ芽峠は北陸道の要衝《ようしょう》として人馬の往還もきわめて頻繁《ひんぱん》であり、峠を越えて京都に向う人、さらに、都を出て北陸に下向する人々にとって、急坂の石畳の道、茅葺《かやぶき》の茶屋の印象は、旅をことのほか忘れがたいものにしたであろうと思われます。

建長五年（一二五三）の夏、永平寺を開かれた道元禅師《どうげんぜんじ》は、病気療養のため、高弟の孤雲和尚《こうんおしょう》、徹通和尚《てつつうおしょう》を伴なわれて、永平寺を御出発になりました。

やがて木ノ芽峠に至り、禅師は、京への随伴《ずいはん》を切望される徹通和尚に、爾後の永平寺の守護の大事を説かれ、涙ながらの訣別《けつべつ》をされました。

草の葉にかどでせる身の木部山雲に路あるここちこそすれ

その折の禅師の万感《ばんかん》の思いがこの御詠であります。

再び、峠を越えることもなく、また、今生の永別となるやも知れず、峠の背を分けて流れる水の如く、南と北に袂《たもと》を分けられた師弟の胸中は、まことに感慨無量なるものがあったと思われます。

曹洞宗木ノ芽峠奉賛会

その左側の一画には、中央に特大の「道元禅師」と刻した石碑向かって右に「徹通禅師」、左に「孤雲禅師」の石碑が建っていて、道元禅師とその従者の趣きがある。また、向かって左前には「碑誌」を刻した石碑がある。煩を厭わず書き留めて置きたい。

此ノ地ハ曹洞宗開祖道元禅師及ヒ三祖徹通師資訣別ノ聖蹟ナリ史ヲ／按スルニ禅師ハ寛元元年越前ノ太守波
多野義重ノ請ニ依リ御入越今／─志比ノ地ニ永平寺ヲ開創セラレ爾来問法ノ道俗ヲ接シ玉フコト約／十星霜
ナリシカ建長四年御齢五十三ノ夏ノ頃ヨリ御病ニ羅ラセラル／御親族ノ公卿並ニ義重覚念等ノ頻リナル奨メ
モタシ難ク且ツハ御悩／ミモ日ニ増シ重ラセ玉ヒシカハ遂ニ寺ヲ弟子二祖孤雲ニ譲リ御上洛／御薬養ノコトヽ
ハナリヌ即チ翌五年八月五日孤雲徹通ノ二子ヲ従ヘ／テ此ノ地ニ到リ給ヒシカ禅師ハ独リ徹通ヲサシ招キ
「汝ハ当國ノ人ナ／リ是ヨリ寺ニ帰リテ能々守護セヨ」ト諭シテ孤雲ノミヲ伴レ玉ヘリ／固ヨリ師資ノ情京
ヘ御供申スコソ徹通カ本意ナリシモ病メル禅師カ／嘱命モイト重ケレバ（ママ）ハフル涙ニ袖ヌラシツヽ御命ヲ畏コ
ミ今ハ最後／ノ袂ヲソ別タレケル禅師カ再ヒ越ユヘシトモ覚ヘ玉ハサル峠ニ立チ／テ蜜（ママ）カニモノシ玉ヒシ
草の葉に首途せる身の木部山雲に道あるこ／こちこそすれ　ノ御詠今尚ホ松籟ニ和シテ聲アルヲ覚ユ　星霜
茲ニ／七百年来り禮セシ人々坐ロニ往古ヲ偲ヒ玉ヘカシト　爾云

〔裏面〕　昭和二十九年九月再修築工事完成
　発願　第三教区　道風会
　協力　懸下曹洞宗寺院一同

芭蕉を追いかけて来たら道元禅師が待っておられたというような思いがしたのは、宗門関係の学校に籍を置いているせいであろうか。木ノ芽峠が曹洞宗の聖地であることを初めて知った。

前川家の隣には「明治天皇木ノ芽峠御小休所附御膳水」の石碑（昭和十三年十月建立）がある。下りの所要時間の予測がつかないので、前川家の見学は後日再訪の夢として、十時五十分、木ノ芽峠頂上を出発した。

全く道らしい道のない山道である。木蔭になっている所には道があるが、日のあたる所は雑草が生い茂っていて道はない。雨に濡れた草の葉にすべり、まるでスローモーション映画の一駒のように後に倒れる。尻餅をついて泥んこになってはならぬと、頭は瞬時に命令を発し、両手を後に突く。この時、右手の小指を突き指して痛めてしまった。泥んこよりは少しましだと諦めて、足元に神経を集中しながら山道を下る。峠を下った所にも峠の説明板がある。

古道「木ノ芽越」について

ここからの旧道は、むかし木ノ芽越と呼ばれ、新保村から二つ屋村に越えた古道で、西江州と南越前を結ぶ北陸街道中の最も険阻な峠路であった。二km上の木ノ芽峠（標高六二八m　木目峠　木辺山とも書いた）は、現在も福井県を嶺南嶺北に分ける分水嶺《ぶんすいれい》となっている。

この道が開かれたのは、天長七年（八三〇）以前だと言われ、それから一〇五〇余年の間人馬の往来、荷物の運送に大きく貢献してきた官道であった。近くは、明治天皇北陸巡幸路になり、芭蕉の奥の細道紀行路にもなった。又、義経、道元、蓮如等もこの峠を越したと言われている。

さらにまた、この峠道は、軍事戦略上の重要路線でもあった。古くは、義仲上洛軍、中世の義貞下向軍、瓜生救援軍等がここを越えて進んだと言われ、戦国の頃、稜線《りょうせん》に築かれた幾つかの砦の攻防に、一向一揆軍が信長との戦闘を繰返したのもこの道筋であった。そして、幕末には、京をめざした水戸烈士西上軍が、この雪深い峠路を越えている。

明治二〇年（一八八七）、海岸沿いに車道が開通すると、この峠路は廃《すた》れたが、今も、往時の峠茶屋、石畳、西光寺丸などの砦跡が残り、言奈地蔵等伝説を秘めた石仏もたたずむなど、随所に古街道の面影を留め一千余年の歴史を物語っている。

昭和五十八年四月二十二日　敦賀市教育委員会

やがて新保の聚落にはいり、一番末端の所（敦賀の方からの入り口）にＪＲバスの発着所を見つけた。時に十一時三十五分。今庄駅を出発してから四時間三十分、ほとんど歩き通しの一人旅であった。十二時五分発の敦賀行きＪＲバスに乗り込んで、宿願の木ノ芽峠越えは悪戦苦闘の幕を閉じた。ＪＲバスは平日には六便ばかりあるようだった。

〔追記〕　平成五年五月二十九日（土）快晴。今庄から木ノ芽峠方面へと志した。タクシーで、町役場前にある「義仲の寝覚の山か月かなし」の芭蕉句碑を見たのち、芭蕉の辿った道を３６５スキー場の下の行き止まりの所まで往復したが、山中にはベニウツギが美しく咲いており、藤の花も目についた。もう「通行止」の標識はなく、スキー場工事の終了したことが知られた。ここからはいって行ける由でわったから、単に木ノ芽峠の茶店と道元禅師の旧蹟を訪ねる人はともかく、少しでも芭蕉の足跡を辿ってみようとする人には、この行き止まりの所までタクシーで来て、「木ノ芽峠登り口（徒歩四十分）」の標柱の所から歩いて登ることを勧めたい。歩きたくない人は、今庄から峠の茶店の下まで別の順路をタクシーで行くことができる。

鈴木清風の生没年

『おくのほそ道』行脚の芭蕉を迎えて歓待した尾花沢の俳人鈴木清風の生没年について、尾花沢市の郷土史家星川茂彦氏は、その著『清風とその遺著』（昭三七・9）所載の「鈴木清風年表」において、

一六四六　正保三　清風、尾花沢にて父道西母妙の間に生る

一七二一　享保六　正・一二　八右ェ門清風死す　七六

とされた（享保六年は一七二一が正しい）。

本書の増補再版本『芭蕉と清風―尾花沢の誹諧―』（昭五一・12）所載の「鈴木清風年表」は前掲書のそれをそのまま踏襲したもので、改訂されたところはない。

私はこの記述に拠って、岩波書店版『日本古典文学大辞典第三巻』（昭五九・4）の「清風」の項を執筆し、正保三年生れ、享保六年没、享年七十六歳とし、『おくのほそ道』行脚の芭蕉を迎えた当時の清風は三十九歳であったと記述したが、正保三年生れならば元禄二年は四十四歳でなければならない。

のち、星川氏は『尾花沢の俳人鈴木清風』（昭六一・5）巻末所載の「鈴木清風略年譜」において、

慶安四年（一六五二）　辛卯　一歳

出羽国村山郡尾花沢村に、父八右衛門（道西）、母たへ（妙良）の長男として生まれる。

元禄二年（一六八九）　己巳　三十九歳

三月二十七日、芭蕉・曽良「おくのほそ道」行脚、五月十七日（陽暦七月三日）尾花沢に清風をたずね……尾花沢に十泊する。

享保六年（一七二一）　辛丑　　　　七十一歳
正月十二日、清風（釈道祐）死去。念通寺に葬る。

と記述し、清風の生れ年、元禄二年の年齢、享保六年の死没時の享年を改められた。

尾花沢市地域文化振興会編『芭蕉と清風おくのほそ道・尾花沢』（昭六二・7）所載の「鈴木清風略年譜」にも、慶安四年生れ、元禄二年三十九歳、享保六年没、享年七十一歳と見える。星川氏が編集委員の一員であるから至極当然の事である。

以上によって、星川氏が当初の説を改められたことが判明し、清風の生没年は、慶安四年生れ、享保六年没、享年七十一歳、芭蕉を迎えた元禄二年には三十九歳であったとする従来の説に従うのがよいという事になる。

岩波書店版『日本古典文学大辞典 第三巻』に誤まった解説を寄せたことを恥じ、お詫びを兼ねて訂正する次第である。

素龍のこと

昭和五十四年十一月出版の『詳考奥の細道 増補版』（日栄社）において、『おくのほそ道』の浄書者素龍に全然触れるところがなかったのは、増補部分の執筆者としての失態であった。この件に関し、雲英末雄氏より御教示を頂いたのでこれを紹介し、お詫びを兼ねて補足しておきたい。

「素龍」のことですが、植谷元氏の「素龍―楽只堂の学輩達―（上）（中）（下）」（『山辺道』第十一号～十三号、昭和40年5月・昭和40年12月・昭和42年3月）によって、「正徳六年三月五日没」（楽只堂年録）。「京の人」というのは「大坂住、阿波の浪人」というのが正しいようです。（昭和五十四年十一月十五日付私信）

次に、雲英氏書簡中に見える植谷氏稿を摘録しておく。

【素龍】○植谷元〈素龍―楽只堂の学輩達―（上）（中）（下）〉『山辺道』11号・12号・13号（昭四〇・5、昭四〇・12、昭四二・3）

楽只堂とは、素龍その他多くの学輩を抱えて綱吉の執政を補佐した柳沢侯（松平美濃守吉保）の堂号である。元禄三年初夏、大坂の門人二人に招かれた伊藤仁斎は、大坂到着の四月六日夜、早速四人の人々を謁見したが、その中に柏木儀左衛門なる人物が含まれていた。仁斎の門人帳『諸生納礼志』元禄三年の条には、

四月六日　以下大坂に逢申候
一、上村や太右衛門　大坂町人
一、柏木儀左衛門　　阿波之牢人

（以下、十三日までの十七人略す）

右大坂謁見之人

と見え、これによって、彼が阿波藩を致仕、浪人して大坂に到った人であることが判明する。この記事は、仁斎に同行して下坂した東涯の『元禄三年庚午日録』の四月六日の条中に「〇其後、上村屋太右衛門・柏木儀左衛門阿波之浪人初謁見」とあって裏付けられる。素龍の動静を伝える資料は元禄三年正月刊『根合』以前にさかのぼり得ないが、彼の大坂到来は元禄二年中のことではなかったかと推定される。

やがて元禄五年冬江戸に下り、芭蕉の発案によって歌書の講釈をして糊口をしのぐ道を見出したらしい彼は、やがて正立・季吟を通じて諸侯への代講という、一介の浪人としては目ざましいと言うべき方向へと進んで行った。元禄七年正月、季吟が催した祖父宗龍の五十回忌追善歌会に参加して詠歌を残しており、『おくのほそ道』浄書の作業が、素龍の無為に過ごしていた日々の産物ではないことが知られる。当時は素龍にとって最も意欲に満ちた、自らを恃む気概に溢れていた時代であったと言えよう。『続猿蓑』以後、素龍の句は俳書に見えなくなるが、その元禄十一年乃至十二年は、『小ばなし』にいう、彼の柳沢侯への仕官の時期を示しているのではあるまいか。元禄十二年に服部幸八（後の南郭）と共に柳沢侯に仕官したと推定して、元禄十四年以降になると、柳沢侯の周辺にその動静が浮かびあがってくる。それを示すのは柳沢吉保の日記『楽只堂年録』である。元禄十四年八月十五日、柳沢家詩歌会に一座。同年九月十三日・十二月十八日、同歌会に一座。

（以下、歌会一座の記録が続くが、いま省略に従う。）

宝永元年六月二十三日の歌会記録により、柏木全故妻藤閑子の存在が明らかになる。素龍が閑子を娶ったのは、柳沢家仕官以後のことである。また、吉里の歌集『積玉和歌集』巻十により、素龍の母は共に江戸にあり、かつ、江戸で没したものと推定されるが、その年次は不明である。宝永七年五月、吉里に従って甲斐国に赴く。正徳二年正月十二日、新宅を営んで歌会を催した。『積玉和歌集』によれば、同

一　宇多玄斎
一　渋田立安
　　　共ニ医師

と見える（『ビブリア』69号）。

三年三月十八日に全故五十賀の歌会があり、同五年二月十五日に全故六十賀の歌会があったというが、これは全く理解し難いことで、彼の年齢を考慮する材料としては何れを可とも判定し得ない。同集巻十に、正徳六年三月五日全故没のことが見え、これは柳沢信復の『聞書』の記事によって裏付けられるので、没年は明らかとなった。

○植谷元〈伊藤仁斎の門人帳（上）（中）（下）〉『ビブリア』69号・70号・71号（昭五三・6、昭五三・10、昭五四・3）

『諸生初見帳』（『諸生納礼志』の前稿）第二冊目、元禄三年の条に、

　　以下大坂
四月六日
一　上村や太右衛門
　　大坂町人之由
一　柏木儀左衛門
　　阿波之牢人

芭蕉の跡を追った俳人たち

芭蕉の『おくのほそ道』行脚の後、多くの俳諧師たちが、蕉翁曽遊の地を一見すべく、奥羽・北陸地方への旅に出た。

　歌枕として、古来、著名な白河の関址、絶景を賞された松島や象潟《きさがた》を訪ねた俳人たちは数多く、そして、それぞれに記念の紀行もしくは撰集を残している。

　彼らが交通不便な時代に、遠路はるばる奥羽・北陸地方を巡歴したのは、一つには『おくのほそ道』の名文に魅せられたからであろうが、蕉翁曽遊の地を一見しないことには、俳諧師として体面が保てない、というような風潮があったのかもしれない。

　ただし、芭蕉の足跡を、そっくりそのままたどったというのは極めてまれな例外で、日光まで、塩釜・松島まで、出羽三山・象潟あたりまで、というのが通例であるといってよい。

　芭蕉の足跡をたどった紀行を出版した最初の俳諧師は天野桃隣である。桃隣が江戸を旅立ったのは、芭蕉三回忌の年にあたる元禄九年（一六九六）の三月十七日であった。そして、故翁追善の意をふくんだ『陸《む》奥衛《つちどり》』の出版は、旅の翌年、元禄十年のことである。

　『陸奥衛』巻五には『奥の細道』という書名が見える。井筒屋本『おくのほそ道』の出版は元禄十五年であるから、桃隣は『おくのほそ道』の出版以前に、その書名も知っていたことになる。それ故に、「往《いに》し春蕉翁が東行を思ひおりて、こたび先師の枝折《しをり》を尋《たづね》、松島の夕陽《せきやう》、象潟《きさがた》の朝旭《てうきよく》をたどりぬ」

と見えるように、芭蕉の足跡を慕って旅に出たのである。

以下、芭蕉の足跡をたどった俳諧師と、その紀行・撰集の類を、年代順に列挙してみよう。

元禄　十年　陸奥衛（桃隣）
宝永　二年　安達太郎根《あだたらね》（潭北）
正徳　四年　国曲《くにぶり》集（露川　水尺編）
享保　元年　潮越（潭北）
　　　二年　烏糸欄《うしらん》（祇空）
　　　七年　北国曲《ほっこくぶり》（露川　巻耳編）
　　　十二年　雪しら河（魯九）
　　　十七年　奥の小日記（青房）
　　　十八年　二人笠（半睡・若椎）
元文　元年　月見が崎（立国）
　　　三年　ねぶの雪（立国）
　　　四年　松島紀行わか葉の奥（千梅）
　　　五年　吾妻海道《あずまかいどう》（巽我・鬼丸）
　　　〃　奥羽笠（馬州）
　　　〃　すゞり沢（黒露）
延享　二年　続奥のほそ道蝶の遊（北華）
寛延　元年　俳諧秋田路（許虹）
　　　二年　二笈集（柳几・白尼）
　　　三年　稿本奥の古道（東籬）
宝暦　五年　杖の土（宋屋）
　　　九年　両回笠《りょうかいがさ》（梅至）
　　　〃　俳諧菰一重《こもひとえ》（既白）
　　　十三年　みち奥日記（巴凌・二日坊）
　　　〃　松しま道の記（蝶夢）
明和　元年　奥羽行記（秀国）
　　　二年　笈《おい》の細道（行雲）
　　　〃　奥羽行（以哉坊）
　　　五年　にわか笠（兎州・凡鳥）
　　　六年　松島紀行（泉明）
　　　〃　松のわらひ・合歓《ねむ》のいびき（嵐亭・蝶羅）
　　　七年　しをり萩（暁台）
安永　元年　秋かぜの記（諸九尼）

二年　奥羽紀行（白雄）
四年　二度笠（風石）
五年　おくの近道（一鼠）
六年　日光紀行（宝馬）
九年　しら川頭陀《ずだ》（鯉丈）
天明　四年　奥往来《おくのゆきき》（百明）
寛政　四年　陸奥道の記（一巴）
五年　奥のしほり（一無）
六年　おくの信折（無事庵）
十年　その儘《まま》（由来）
十二年　景遊勝覧阿都満珂比《あずまがい》（玉屑）
〃　さくら塚（青岐）
文化　元年　俳諧奥の枝折《しおり》（柳条）
三年　丁固松《ていこのまつ》（我答）
四年　みつうまや（三津人）
七年　句安奇禹度《くあきうど》（竹斎）
十年　道の落穂（省吾）
十一年　俳諧松島行（素粒）
文政　元年　ねずのせき（不転）
二年　をか象《きさ》がた（慶五）
三年　舟中一覧（茂林斎）
六年　しのぶぐさ（いはほ）
十年　奥州一覧記（湖中）
十一年　後おくの細道（翠川他）
天保　六年　べにつみ集（太橘）
嘉永　元年　稿本奥の細道を慕ふ 照顔 斎道の記
（曲阜）
安政　六年　ゆき〳〵集（銀岱）
〃　くりめし集（黙池）
明治十五年　おくの雪道（素兄）
二十六年　はてしらずの記（子規　新聞『日本』
に連載）
四十三年　三千里（碧梧桐）

以上、主として白石悌三氏稿『おくのほそ道』研究年譜（『国文学解釈と鑑賞』昭三二・3）および阿部喜三男氏著『詳考奥の細道』（昭三四・8　山田書院）などを参照して、芭蕉の『おくのほそ道』の跡をたどった明治期までの俳人と、その紀行・撰集のたぐいも挙げたのであるが、ここに漏れた作品も相当にあるかと懸念される。

これらは、『おくのほそ道』が創作的作品であるのとは異なり、記録的な記述に終始して、文学作品とはなし難いものが大部分である。しかし、記録的であるがゆえに、『おくのほそ道』読解上の参考資料としての価値を有する場合もある。

そのよい例がすでに触れた『陸奥衢』である。同書巻五には桃隣の紀行を収載しているが、その紀行には『おくのほそ道』読解上の参考となる点が少なくない。以下、参考となる個所を抄出してみよう（見出しは便宜上、久富が掲げた）。

〔裏見の滝〕遙《はるか》に山を登《のぼり》て、岩山を見渡せば、十丈余碧潭《へきたん》に落《おつ》。幅は二丈に過《すぎ》たり。窟《いはや》に攀入《よぢいり》て、滝のうらを見る。仍《よって》うらみの滝とはいへり。水の音左右に樹神《こだま》して、気色《けしき》猶凄《すご》し。

〔殺生石〕殺生石　此《この》山間割レ残りたるを見るに、凡《およそ》七尺四方、高サ四尺余、色赤黒し。鳥獣虫行懸《ゆきかか》り度《たび》〲死ス。知死期《ちしご》ニ至リては、行逢《ゆきあふ》人も損ず。然る上、十間四方ニ囲《かこみ》て、諸人不入《いらず》。辺《ほとり》の草木不育《そだたず》。毒気いまだつよし。

〔浅香の沼〕浅香の沼は田畠となり、かつみ草・花蒋《はなかつみ》、いづれともしれず。只あやめなりといひ、真菰成《まこもなり》といひ、説〲おほし。

〔文字摺石〕福嶋より山口村へ一里、此所《この》より阿武隈川の渡しを越《こえ》、山のさしかゝり、谷間に文字摺の石有《あり》。石の寸尺は風土記に委《くはしく》見えたり。いつの比《ころ》か岨《そは》より転落《ころびおち》て、今は文字の方下に成《なり》、石の裏を見る。扇にて尺をとるに、長サ一丈五寸、幅七尺余。楢《なら》の丸太をもて囲ひ、脇よりの目印に杉二本植《うゑ》、傍の小山に道祖神安置ス。

〔十符の菅〕仙台より今市村へかゝり、冠川《かむりがは》土橋を渡り、東光寺の脇を三丁行《ゆき》テ、岩切新田と云《いふ》村、百姓の裏に、十符《とふ》の菅アリ。又同所道端の田の脇にもあり。両所ながら垣結廻《ゆひめぐら》し、菅は彼《かの》百姓が守《まもる》となん。

〔塩竈明神〕塩竈六社御神一社に籠《こもり》、宮作《みやづくり》輝《かがやく》斗《ばかり》也。奥州一の大社、さもあるべし。神前に鉄橙籠、形は林塔のごとく也。扉に文治三年和泉三郎寄進と有。右本社、主護より造営ありて、石搗《つき》の半《なかば》也。

〔尿前の関〕川向ニ尿前と云《いふ》村アリ。則《すなはち》しとまえの関とて、きびしく守ル。

〔象潟へ〕さかたより象潟へ行《ゆく》道、かたのごとく難所《なんじょ》、半分は山路、岩角を踏《ふみ》、牛馬不通《とほらず》、半分は磯伝ひ、荒砂のこぶり道、行《ゆき》〳〵て塩越則《すなはち》きさがたなり。

〔羽黒山〕坂田より羽黒山へかゝる。梺《ふもと》に手向《たうげ》町、旅人舎《やど》リ所也。此所に芭蕉門人図子《づし》呂丸迚《とて》誹士《はいし》アリ、四年以前洛の士に成《なり》ぬ。其所縁《そのゆかり》はと尋入ル。亡《なき》跡は見事に相続して、賑敷《にぎはしく》渡世す。

〔立石寺〕宝珠山、阿所川院、立石寺所ノ者は山寺と云。城下ヨリ三里。慈覚大師開基。山の頂上ヨリ曲峒《きょくどう》の立石、碧落《へきらく》に登《のぼり》テ、雲頭ヲ蹈《ふ》ム。嶮難百折ノ霊地、仍《よって》立石寺と名付ケ給フ。

『陸奥衛』に限らず、他の紀行にも参考となる記述は見られるが、今はすべて省略に従った。

〔参考〕谷地快一氏「奥の細道の追随者たち」（『東洋大学短期大学紀要』31号、平成十一年12月）

細井平洲『松島紀行』と『おくのほそ道』

『おくのほそ道』の跡をたどった紀行文は極めて数多くあるが、ここには細井平洲の『松島紀行』（注）について、『おくのほそ道』の行程と関係のある部分を紹介したい。

芭蕉が仙台・松島に遊んだ元禄二年（一六八八）より八十余年後の明治辛卯八年（一七七一）米沢藩に招かれた細井平洲は、米沢と仙台との距離が三、四日の道程であることから、宿望を果たすべく、一行七人で松島へと出立した。時に八月九日。

十二日には仙台に入り、「国分街ニ宿ス」（もと漢文）と記している。芭蕉・曽良も、仙台では「宿、国分町、大崎庄左衛門」（曽良旅日記）という次第だから、仙台の国分町はあるいは旅宿の町ででもあったのだろうか。

次に十三日の記事を抜き書きしてみよう。（もと漢文。以下同じ）

東南数里躑躅岡ト曰フ。岡ノ左ヲ玉田横野ト曰フ。里余テ茂林ヲ得。国分寺ト曰フ。天平九年ノ建ル所也。林樹茂密。露滴テ雨ノ如シ。国風樹底露ヲ詠ス。信ナリ。其東ヲ宮城野ト曰フ。天笠花ヲ以テ顕ル。今墾シテ田ト成ル。花唯々数畝。

『おくのほそ道』本文の仙台の章に見られる、

日影ももらぬ松の林に入て、爰を木の下と云とぞ。昔もかく露ふかければこそみさぶらひみかさとよみたれ。

に通ずる所がある。しかし、「宮城野の萩茂りあひて」という有様ではなかったようである。

仙台を立って北進し、今市駅から冠川の橋を渡り、左に歩を運んだ。そこは『おくのほそ道』にいう「十符の菅」のある所で、

都府浦ト曰フ。浦ハ古へ菅ヲ産ス。名アリ。尚遺種ヲ見ル。

と記している。更に続けて、

橋ヨリ右ヲ奥ノ細路ト曰フ。今岩切村ト曰フ。

とある。平洲は「奥の細道」の位置を、冠川の橋を渡って右（東）の方へ行く道、すなわち、岩切村入山の東光寺門前から市川村の方への道としていることが注目される。

市川村においては、

村右高平の処ヲ。多賀城墟ト為ス。壺碑有リ。天平宝字六年ノ製スル所千秋儼存。人ヲ慨然タラ使ム。見雲真人死シテ朽チズト謂フ可シ。

と、「爰に至りて疑なき千歳の記念、今眼前に古人の心を閲す。行脚の一徳、存命の悦び、羇旅の労をわすれて泪も落るばかり也」という芭蕉の表現とは異なるけれども、感嘆な声をあげているのである。

塩竈浦に至ると、

田中松有リ。茂シテ島ノ如シ。浮島松ト曰フ。

とある。浮島松のことは『おくのほそ道』には出て来ないが、『曽良旅日記』五月九日の記事に、

末ノ松山・興井・野田玉川・おもはくの橋・浮嶋等を見廻り帰。

とある、「浮島」がそれであろう。

十四日。まず塩竈神社に参拝し、和泉燈籠について、次のように述べている。

塓右鉄灯。石ヲ以テ足ト為ス。鏞ノ如ニシテ窻有り。其葢笠ノ如シ。曰ク和泉三郎カ賽スル所ナリ。頸ヲ匝テ文ヲ鐫ス。而シテ秀衡和泉三郎文治三年等字僅ニ読ム可シ。

芭蕉ほどの感激は催さなかったらしく、淡々たる叙述である。それから逆戻りの順路になるが、野田の玉川・思湧橋を過ぎて末松山に至り、

八幡村ト曰フ。宝国寺ヲ得。寺後ノ林中累累トシテ墓ヲ成ス。曰ク末松山也。旧ト斥鹵。故ニ古へ波踰之譬有リ。今也四近蓁莽。桑海歎ズ可

シ。

と感慨を述べ、次いで、

寺ヲ出テ右ス。農家ノ前池有リ。沖井ト曰フ。

と記している。塩竈から西南に逆行した形であるが、芭蕉も塩釜に着いてから、末松山・沖の井・野田の玉川などを見廻っている所から考えて、こうする方が都合のよい歌枕順路だったのであろう。

塩竈浦から舟に乗り、松島浦に渡った。

浦頭旅舎楼有り。其ノ月ニ宜キ者ヲ択テ寓ス。

とあるから、『おくのほそ道』に、「江上に帰りて宿を求めれば、窓をひらき二階を作りて」とあるのと同様、二階建ての宿であったことが知られる。そして、左に五大堂、右に雄島があり、

而シテ比楼《（ママ）》ヲ抱ク。楼前西東ニ長シ。皆逆旅之舎也。

というのだから、旅宿が建ち並んでいた様が察せられる。

十五日。雄島を訪れている。

崎尽テ橋ヲ渡ル。則雄島。或ハ御島ト曰フ。見仏修道之地也。右ニ回ル。御島建寺碑ヲ得。碑高サ丈余。広サ四尺奇。両辺竜ヲ彫ス。極テ巧ナリ。徳治丙午ノ冬至。鎌倉建長寺ノ住。元僧一山。撰スル所也。字苔食シテ読ム可カラズ。左ニ回ル。骨堂ト曰フ。座禅堂ト曰フ。松吟菴ト曰フ。菴ハ藩祖之時。僧雲居ガ居ル所。

雄島の状況は今も余り変わったように思えないが、「雲居禅師の別室の跡、坐禅石など有」と『おくのほそ道』に見える所と符号する。この日は富山の大仰寺に赴いている。

十六日。再び五大堂に行き、陽徳院から瑞巌寺に詣でた。

門ニ入ル。左崖腹之穴。数十人ヲ容ル可シ。無相窟ト曰フ。開山法身趺坐ノ処。法身姓ハ真壁。字ハ平四。宋ニ如テ道ヲ伝テ帰ル。……寺旧ト松島寺ト曰フ。法身再ビ之を興ス。改テ円福寺ト曰フ。藩祖ニ至テ益々之ヲ修シテ。雲居ヲ之ニ主タラ使ム。

この記述は、『おくのほそ道』の、

瑞岩寺に詣。……真壁の平四郎出家して入唐、帰朝の後開山す。其後に雲居禅師の徳化に依て、七堂甍改りて、金壁荘厳……

という文章を踏まえたような書きぶりである。

十七日は松島から塩竈を経て仙台に至り、十八日帰藩の途についた。途次、笠島の道祖神の祠を見たのち、岩沼では二木の松を訪ねている。

駅半右折ス。武隈祠ト曰フ。扁シテ竹駒大明神ト曰フ。

祠前左ニ回ル。雙幹松ト曰フ。国風ニ著ル。……僧能因刺史孝《ママ》孝義ガ伐テ橋材ト為ヲ見テ。和歌ヲ作テ之ヲ誹ル。今ノ松ハ蓋能因以後ノ物也。

あるいは芭蕉と同じ武隈の松を一見したものであろうか。

白石・越河・福嶋・板谷・大沢を経て、二十二日、米沢に帰着して、『松島紀行』の旅は終った。

『おくのほそ道』の出版が元禄十五年（一七〇二）として、平洲の松島遊覧は七十年後のことに属する。従って、彼が『おくのほそ道』を読んでいたということは充分に推測せられる。以上引用した文章はもと漢文でありながら、極めて相似た内容・表現が見られるようである。

（注）細井平洲著『松島紀行』。美濃判一冊。本文二十一丁。本文は漢文。内題は「遊松島記」。柱刻は「遊松島記」及び「巻之」の二字と丁数。生前は板行されなかったらしく、歿後九十九年のち、明治三十三年三月、愛知県尾張国知多郡半田町・桜鳴館遺稿発行所の出板。

奥の細道と須賀川の俳句展

昭和五十七年七月二十七日（火）より八月二十九日（日）まで、福島県須賀川市立博物館・須賀川市歴史民俗資料館において、「奥の細道と須賀川の俳句展」が開催された。地方的な催しであったため、観覧の機会を得られなかった方々もあることと思い、展示物若干について報告をして置こうと思う。

一、等躬短冊

追悼

梅飛んて塵なき水を鏡哉　等躬

矢部榾郎氏編著『相楽等躬』（昭三三。須賀川市本町一丁目）によれば、等躬の短冊は四枚残っているだけという。そのうちの二枚は本家の相楽定友氏蔵で、うち一枚は、

ミちのくの標葉さかひにてよみしを　あの邊ハつく羽山哉炭けふり　等躬

で、あとの一枚が前掲のものである。「あの辺ハ……」の句は、等躬の菩提寺万年山長松院の境内に前書を除いた句形で句碑が建立されているが、ここに掲出した二枚の短冊を同時に目にする機会は滅多にないので敢えて紹介した。

残り二枚のうち一枚は須賀川市内の車田某氏蔵で、等躬の署名は読めるが句は判読できない由であり、四枚目は岡田利兵衛氏蔵の、

火燧筥朝良の光成にけり

であるということである。

二、丈草短冊

卯月の末つかた有隣軒殿の御前に侍りて　植籠ハ今を春への若葉哉　丈草

署名「丈草」の「草」の字はかすれていて不明瞭である。この句は安井小洒氏編『蕉門名家句集』の丈草の項にも、市橋鐸氏著『稿本丈艸発句集』（昭三四。大東社）にも見出せないから、あるいは新出の逸句であるかも知れない。

前書の「有隣軒殿」は不詳であるが、「御前」とあるところから推測すると、武士、それも大名か家老か、相当の身分の人である可能性が強いように思われるが如何であろうか。

三、路通短冊

鶯に口きかせけり梅の花　路通

この句は等躬編『一の木戸坤』（宝永二年刊）に下五「梅のはな」の表記で収載されている。安井小洒氏編『蕉門名家句集』の路通の項によると、この句は南会木編『藁人形』（元禄十七年刊）にも収録されている模様である。ほぼ同じ時期に、この一句を二ヶ所に提出したものであろうか。等躬編『一の木戸坤』への入集は、あるいはこの短冊によるものであるかも知れない。

四、「軒の栗」歌仙写し

「かくれがや……」の芭蕉の句を発句とする歌仙の写しで、これは初表・初裏の十八句を懐紙一枚の上段・下段に、名残表・名残裏の十八句も懐紙一枚の上段・下段に書写し、二枚の懐紙を横に並べて表装したものである。従って、その体裁は、『俳文芸』第五号に井本農一先生が紹介された芭蕉真蹟（昨秋の「漂泊の詩人芭蕉展」にも出陳）とは異なるけれども、本文の方は忠実に書写したもののように思われる。但し、真蹟より直接写したものか、あるいは忠実な写本の写しなのかは俄かに判断することは困難である。

この「軒の栗」歌仙の写しは、加藤楸邨氏蔵のもの、天理図書館蔵のものなどがあるように記憶するが、ここにまた一幅加わったわけである。尾花沢市方面から出陳とかいうことであった。

駒井乗邨著『鶯宿雑記』（文化十二年自序。国立国会図書館蔵）巻十八所収『奥のミちくさ』の中に、次のような記事が見える。

須賀川町新町本町中町道場町北丁と有鎮守諏訪明神、余程の社也。馬場先桜多し。宿中相良甚蔵旧宅今安藤辰三郎が家の南隣に軒の栗と云有。枯て新に栽しといへど、猶大成古木也。軒の栗といふ訳ハ、元禄の古しへ芭蕉翁桃青當所等窮が家にやどる。甚蔵曽祖父と云今の藤兵衛が家なり其時かくれ家や目だゝぬものを軒の栗と云句をせられしに、等窮稀に螢のとまる露草と脇せしかバ、随順せし曽良俗名宗五郎といふ人也を始所の人〲つどひて哥仙興行有しより、軒の栗と呼ならハし、枯たるをも其実を栽續て今に翫ぶ事也。毎年秋栗百粒斗づゝ相良家より上へも奉る事也。扨此哥仙ハ曽良が筆也。如何して譲りしにや、今内藤弥藤左衛門が家の蔵となれり。安藤辰三郎是を摸して一幅となせしが、真贋分がたきによく拵ヘリ。後ハいづれが真物か贋物か紛るべしと思ハるゝ程也。（句読点・濁点、久富）

「軒の栗」歌仙を「曽良が筆」とするのには従えないが、その写しを拵えて、真贋見分け難いほどの出来ばえであったという話を伝えている点は、今日その写しが複数幅伝わっていることと相俟って、興味を惹く記事と言うことができよう。

五、杉風筆芭蕉旅姿像

本品は歴史民俗資料館の会場ではなく、博物館の二階の別に展観してあったらしく、八月二十九日の最終日の午後、学芸員永山倉造氏の特別のお取計らいによって観覧された森川昭氏の談話によると、杉風真筆とは言い難く、忠実な写しであるということであった。

『俳文芸』第十九号の十七頁下段に、「六、杉風筆芭蕉旅姿像　一幅」として紹介（口絵写真も掲載）したものであるが、いま森川昭氏の鑑定により、本品は杉風筆芭蕉旅姿像・芭蕉真蹟短冊の忠実な写しであると訂正して置きたい。

〈**付記**〉展覧会の御通知を頂き、観覧の便を計って下さった永山倉造氏、本稿を草するに際し御援助を賜わった西村真砂子氏・森川昭氏に深謝の意を表します。

従来説の検証

『唐本事詩』は『本事詩』の誤り

芭蕉の俳文「四山の瓢」の冒頭に、素堂作「瓢之銘」と題する漢詩がある。その結句に「飯顆山」という地名が見え、芭蕉も本文中に「飯顆山は老杜のすめる地にして」と書いている。

この「飯顆山」の注として、角川書店版『校本芭蕉全集第六巻俳文篇』（昭三七）には、

「飯顆山頭逢《フ》二杜甫《ニ》一、頭戴《キ》二笠子《ヲ》一日卓午、借問《ス》別来太痩生、総《テ》為《ナリト》二従前作《ルノ》レ詩《ヲ》苦《ノ》一」という詩がある。

という頭注が付してある。本書に先立つ岩波書店版『日本古典文学大系芭蕉文集』（昭三四）の頭注には、前掲の漢詩を書き下し文にして示し（結句を「詩ヲ作ルコト苦ナルガ為ナリ」とする）、これが〈『唐本事詩』に伝えられる〉と見えている。小学館版『日本古典文学全集松尾芭蕉集』（昭四七）俳文編の注は、これと全く同一と言ってよい。

これらより以前に刊行された阿部喜三男氏著『芭蕉俳文集』（河出書房・昭三〇）は、本文中の「老杜・李白」の語釈に、『唐本事詩』より前掲の詩を引くが、第三句以下を、「為問因レ何太痩生、只為二従来作一レ詩苦」とする。表記の異同から、前引各書とは出典を異にするように見受けられる。

さて、この『唐本事詩』について、仁枝忠氏著『芭蕉に影響した漢詩文』（教育出版センター・昭四七）の「芭蕉と李白」の章には、

「戯杜」と題する、飯顆山頭逢二杜甫一の詩は『唐本事詩』に収められて有名であるが、……他にこの書を読

んだ傍証はないので、「戯杜」の詩は『円機活法』巻五、人品門・詩人の項に見えるところの引用と見るべきであらう。

と記されている。

以上によって、芭蕉の俳文「四山の瓢」中の「飯顆山」云々の表現の原拠（「幻住菴記」の「老杜は痩たり」の典拠も同一）が、『唐本事詩』中の詩句であることが明らかになったと思われる。

ところが、近藤杢氏著『支那学芸大辞彙』（京都印書館・昭二〇版）を見ると、『唐本事詩』という項目はない。『改訂内閣文庫漢籍分類目録』にも見当たらない。

『唐本事詩』というのは、そんなにも珍しい書物だから、芭蕉は『円機活法』所引の詩句に依ったのであろうと推測していたのであるが、太田青丘氏著『芭蕉と杜甫』（法政大学出版局・昭四四）の「芭蕉の散文に及んだ杜甫の投影」の章には、

　四山の瓢の飯顆山云々のことは、唐の孟棨撰の本事詩の高逸第三に見えているので……

と書いてあった。

ここには『本事詩』とあって、『唐本事詩』とは書いてない。太田氏だけのミスかと思って、『支那学芸大辞彙』を開いて見ると、『本事詩』はちゃんと出ている。『改訂内閣文庫漢籍分類目録』にもある。『本事詩』で引くと国立国会図書館の蔵書目録（冊子目録の第一編＝明治二十六年現在）にも五部掲出してある。

こうなると、多数必ずしも正しからずで、『唐本事詩』という書名は誤りということになる。誰かが、何かにそう書いて、誤記が訂正されないままに、次々に孫引きされて今日に至っているのではなかろうか。（その淵源をさぐることは本稿の目的とするところではないから、調査は全然しなかった。）

私が披見した『本事詩』は中国刊本、それも叢書に入れられているものばかり七件ほどで、勿論、漢字のみの

訓点のない白文であった。

『説郛』弓第八十（第八二冊所収）『本事詩』には該当箇所が、

故戯杜曰飯顆山頭逢杜甫頭戴笠子日卓午借問何来太痩生総為従前作詩苦

と出ている（注1）。また、『円機活法詩学』第十巻人品門・詩人の項（注2）には、「飯顆山」の見出しの下に、

李白贈㆓杜甫ニ㆒云　飯顆山前逢フ㆑杜甫ニ。
頭ニ戴テ㆓笠子ヲ㆒日卓午。為ニ問フ縁テカ㆑何ニ
太痩生只為メナリ㆓従前ニ作テ㆑詩苦ムカ㆒

の一文が二行割りで掲げてある。訓点に若干おかしな所があり、本文にも前者に比して、「山頭―山前」「借問―為問」「何来―縁何」「総―只」というふうに異同がある。

『校本芭蕉全集』所引の文と前掲の『説郛』所載の文とでは、「別来―何来」の異同が見られる。阿部氏著『芭蕉俳文集』所引の文は『円機活法詩学』所引の文に近いが、「縁何―因何」「従前―従来」という異同が見られる。あるいは校正ミスであろうか。

最後に、『本事詩』の解説を『支那学芸大辞彙』（昭二〇版）より引いて置く。

〔本事詩〕一巻、唐の孟棨の撰。歴代詞人縁情の作を採りて、基本事を述ぶ。情感、事感、高逸、怨憤、徴異、徴咎、嘲戯の七類に分てり。唐代詩人の軼事頗る多し。清の徐釚又「続本事詩」を著はす。（津逮秘書六一、文房小説八、古今逸史二四、五朝小説一二、説郛八〇、唐人説薈九、竜威秘書一七）

（注1）『顧氏文房小説』第八冊所収本文には、「何来」が「別来」となっている。他書には異同なし。『古今逸史』は未見。

（注2）「人品門」は第十巻で、第五巻とするは誤り。本文の引用は「明暦丙申日南至　耕斎菊池東匀」の奥書を有する「雨花斎蔵板」（「元治紀元甲子春」刊記本）によった。「延宝癸丑冬吉辰　書林　積徳堂重梓」本は、最後を「苦《ムヲ》」とするので採用しなかった。

〔**付記**〕『本事詩』の作者名を『支那学芸大辞彙』は「孟棨」とするが、私の見たものには「孟啓」あるいは「孟棨」とあった。

芭蕉「又やたぐひ長良の…」の典拠

貞享五年夏岐阜に遊んだ芭蕉が残した、

又やたぐひ長良の川の鮎なます

の句（『笈日記』）は、『己が光』には、

またたぐひ長良の川の鮎鱠

とあって、上五文字に「や」のない点が異なる。この句の技巧は、長良に〈「無い」の意を掛けた〉とか、〈「たぐひなからん」の意を掛けた〉と、既に指摘されているところであるが、その典拠についてはまだ報告されていない模様である。

『松葉集』（万治三年刊・寛文七年刊）巻六「那智山　滝　浜　高根　紀伊」の項に、

夫木　又たくひなちのを山にすむ月の
　清き光に松風そふく　後鳥羽院

がある。これは出典を「夫木」とするので、『夫木和歌抄』（寛文五年刊。『松葉集』板行以前、写本で広く行われていたと考えられる）巻第二十・雑部二「山」の項を見ると、

なちの山那智紀伊御集　後鳥羽院御製
又たくひなちのお山にすむ月のきよき
ひかりに松かせそふく

と出ている。

一首の技巧は「たぐひなし」と「なち」とを掛詞にした点にあるが、この手法をそのまま踏襲したのが前掲の芭蕉の句であろう。

「なち」と「ながら」とでは地名が違うけれども、技巧的に共通するものがあるので、敢て典拠として挙げてみたのである。

「幻住庵記」〈高砂子あゆみ苦しき〉の出典

「幻住庵記」のうち、奥の細道旅行を懐古している部分に、

奥羽象潟の暑き日に面をこがし、高砂子あゆみ苦しき北海の荒磯にきびすを破りて、……

という一節がある。この中の「高砂子あゆみ苦しき」が、「須磨明石浦の見わたし近ければ歩みぐるしき高砂子かな」という葉室光俊の歌に基づいていることとは諸注一致し、その出典を『夫木抄』とすることも諸注異なるところはない。

この光俊の歌は、「新撰六帖三」（新六三）を出典として、『夫木和歌抄』巻第二十五・雑部七・浦の題の三首目に提出されている。『俳文芸』第四号所載の拙稿〈『おくのほそ道』と名所和歌集〉に述べたように、『松葉集』と『夫木抄』と両方に掲出してある和歌の場合には、『松葉集』を出典とする方が現実的であろうから、この歌も〈『松葉集』所引〉ということで注記するのがよいと思う。『松葉集』巻十一の「明石」の項に、「新六　すま明石浦のみ渡し近けれハ《ママ》あゆミくるしき高すなこ哉　光俊」と出ている。『夫木抄』と同じように出典を『新撰六帖』としているのだから、『夫木抄』『松葉集』いずれかに迷われる向きは、『新撰六帖』を挙げて置かれるのが無難かも知れないが、同書を芭蕉が披見し利用したという形跡が見られないという点を無視すれば、の話である。

「閉関之説」〈仕出てむ〉の読み方

『芭蕉庵小文庫』所収「閉関之説」の本文八行目に「いかなるあやまちをか仕出てむ」という個所がある。この「仕出てむ」の読み方を問題にしたいのであるが、現今では「しいでむ」と読むのが通説のようである。『本朝文選』には「仕《シ》出てむ」とあって、読み方決定の参考とはならない。

助詞「て」の付いている語句を同じ文中に探してみると、「世のいとなミに當て」「出ては他の家業を」「尊敬が戸を閉て」などがある。これらはいずれも助詞「て」の上を連用形の形に読むのが通説である。すなわち、「あてて」「いでて」「とぢて」と読むのである。

『おくのほそ道』を例にとると、「康衡等が旧跡は衣か関を隔て」は「へだてて」、「行尊僧正の哥の哀も爰に思ひ出て」は「いでて」、「云捨て出つゝ哀さしばらく……」は「すてて」、などが挙げられる。いずれの場合も助詞「て」の上を連用形で読んでいるのである。

助詞「て」の上の活用語は連用形であるから、「出」を「いで」と読むのは通例のこと、と言うよりも当然のことのように思われる。勿論「出《い》で」というふうに「て」を未然形の活用語尾と解することも不可能ではない。しかし、同じ文中の「杜五郎か門を鎖む」を「とざさむ」と読み、「僧専吟餞別之詞」の「伊勢熊野に詣むとす」を「まうでむ」、『野ざらし紀行』の「手にとらば消ん」を「きえん」、『笈の小文』の「旧里に入んとす」を「いらん」と読むように、助動詞「む」「ん」の上は未然形の語形で読むのが当然のことながら通例であり、未然形の活用語尾は表記されていない。

従って、「仕出て」が未然形であるとすれば、「て」は活用語尾として余分な表記であって、「しいでむ」と読む場合ならば、「仕出む」の表記で充分なはずである。

以上、「仕出」を「しいで」と連用形に読むべきことを述べたので、「仕出てむ」は必然的に「しいでてむ」と読むべきであるという結論となる。終りに、「…てむ」の用例としては、「籾する音」句文に「生薬とりてんよ」が見えることを付記しておきたい。

芝山仁王尊所蔵の俳諧資料若干

昭和五十一年十月八日（金）村松友次氏と共に、井本農一先生に随行して、千葉県山武郡芝山町の天応山観音教寺（一般に芝山仁王尊の名称で親しまれている）に赴き、同寺に御所蔵の俳諧資料を閲覧させていただく機会を得た。そのうちの若干を紹介しておきたい。

一、『飛鳥園家系附補佐判者歴代』折本（小）一冊。
内容は口絵写真によって見ていただきたい。

二、加舎白雄筆「霜に晴」句文　軸装一幅

㊞
さきの夜家舎をとはれ
けるのちなミ、はじめて
平野氏の家をとひけるに先
見る簷外のひと木、落葉の
いまをみどりに十囲五拱めざ
ましや。すべて此家をとふ

の騒人必詩あり、歌ありと。
さもあらんかし。我も又、
霜の晴欞千尺
の軒端かな
白雄
㊞　印

三、杉山杉風四季発句幅　軸装一幅

口絵写真にも掲げたが、次にその内容を活字化しておく。清濁はもとのままである。便宜上、整理番号を付した。

夏　杉風拝
翁のむかしを忍ふ
立よりし師のおもかけの杜若　1
飛螢消てこゝろの行とまり　2
うつくしき言葉にも似ぬ玉の汗　3
春
正月半の大雪に茶庵の梅を埋
痩梅に猶重荷也春の雪　4
省《カヘリミル》二我身《ヲ》一
人笑むいらさる老の花見ぶり　5

老のあゆミ
花に行キ戻りハすかる杖重し　6
秋
予か茶庵の垣ほに咲るあさかほの
色にそミて朝な〳〵に夜の明るを
待かね侍る
あさかほのつるのまとハる心かな　7
名月や梢の鳥ハ昼の聲　8
冬
庵の細道
霜踏て跡に見へたる朽葉哉　9
大きなるも小さき雪も庭の石　10
当歳旦
こハばりし皺手和《ヤハ》らくけふの水　11
深川の年のくれ
曙に年のいそきや船よはひ　12

全十二句、これを『古典俳文学大系8 蕉門名家句集一』の「杉風」の章によって見るに、6の「花に行キ」の句以外は同書三七七頁に掲出されており、出典は『百曲』（2・8の両句は『杉風句集』にも）である。6の「花に行キ」の句は、あるいは新出の一句であるかも知れない。

次に、前掲『蕉門名家句集一』によって、字句の異同を示しておく。

1　前書の「翁のむかしを忍びて」。「立寄し師の俤」。

2　「心の」。

3　「美しき詞」。

4　前書「正月半に大雪降ければ」。

5　前書「老をかへり見て」。「老が」。

7　前書「朝皃の色」。「朝皃の」。

8　異同なし。

9　前書「初冬の心を」。「朽葉かな」。

10　「少き雪も」。

11　前書なし。「強ばりし」。作者名「杉風子衰杖」。

12　前書「深川の歳暮」。「急ぎや舟呼ひ」。

『百曲』は、『校本芭蕉全集第十巻俳書解題』（島居清氏）によると、「ももすじり」と読み、「半二。市山ら編。野坡序。宇鹿跋。享保二年刊。刊記なし」。（後略）と見える。『国書総目録』を見ると、板本は松宇文庫と天理図書館綿屋文庫に所蔵の模様である。

四、天堂一叟短冊入り画像　軸装一幅

上部に短冊三枚を貼り、下部に短冊と筆を手にした老翁の坐像を描いたもの。口絵写真を参照していただきたい。

短冊三枚の句は、右からそれぞれ、

露も実か入るやはら〳〵こほれけり　天堂老人
是かまあさくらの形りな冬木立　三妙庵 天堂老人
春の日やたらり〳〵と遊ひ雲　天堂老人

と読める。判読に困難を覚えるような個性的な筆蹟である。人物像の左上には、

安政四年丁巳三月五日寂
振徳院天堂碩翁居士
俗称　鈴木直右衛門
享年　八十一歳

というふうに、戒名・没年月日・享年・俗名などが明記してある。これが天堂一叟の画像であり、彼に関する説明であることは、この記事が『飛鳥園家系』（口絵写真参照）のうち、

四世飛鳥園紀人一叟　南総吹入村 鈴木直右衛門
初名素丈　素東　一樹園　五道斎徳人　無為坊
天堂　再生坊　三妙斉

とある記事に符合する所のあることから明らかであろう。

天堂一叟の名は天理図書館蔵『芭蕉桃青翁御正伝記』の著者として知られており、『俳諧大辞典』に中村俊定氏執筆の「一叟」の項（同書三九頁）、島居清氏執筆の「芭蕉桃青翁御正伝記」の項（同書六三一頁）に解説が見られるが、「享没年未詳」であり、「著作年代も未詳」と記述されている。しかし、今すでに「享没年」は明らかになった。

観音教寺住職、浜名徳永氏著『房総に伝えられた飛鳥園俳系案内』（昭和四十年、芝山博物館）及び同氏の千葉県博物館協会研究発表要旨『房総に伝えられた飛鳥園の俳系について』（昭和四十七年六月一日発表）に四世飛鳥園紀人天堂一叟の紹介がある。これによれば、「上総吹入村」は現在の芝山町のことであり、また著述には『芭蕉桃青翁御正伝記』のほかに、『芭蕉七部集注解』七冊、『俳諧独稽古附言』のあったことが知られる。なお、前者には「辞世は不明」とあるも、後者には「辞世　月花に身は老くれて寒念仏」と見えて、研究の進展ぶりがうかがわれる。ただ両者ともに「安政四年二月五日卒」とするのは誤りで、当方の問合せに対して、「天堂一叟の没年月日ですが、三月五日が正しい年月日です。こちらのミスプリントでしたので訂正願います」との回答を芝山はにわ博物館の有田早苗氏より頂戴したことを付け加えておく。

次に、『芭蕉桃青翁御正伝記』の著作年代については、『国文学解釈と鑑賞』昭三二・3（奥の細道総覧）所載、白石悌三氏稿＜「おくのほそ道」研究年譜＞の「年代不詳の主要文献」の項の末尾に、「天保中―弘化初」として「稿本芭蕉桃青翁御正伝記（天堂一叟）」と見えているのが、著作年代を推定した最初のものであろうか。浜名氏の「千葉県博物館協会総会研究発表要旨」によれば、

天堂の自筆句稿の中、天保十二年十月十日の項に「予今祖翁の御伝記に心神労する折から云々」とあるので、この頃の著述に間違いない。

ということである。（文中の「天堂の自筆句稿」について浜名氏に問合せたところ、表題は『天堂詠本歌狂歌』とある縦十七糎・横十二糎の冊子で全二十八丁、うち三丁は白紙であるとの御教示を頂いた）天保は十五年十二月二日に改元して弘化となるのであるが、前掲の記事から考えて、『芭蕉桃青翁御正伝記』の成立は、早ければ天保十二年末、遅くも十三年中と推定されるが、大まかに言えば天保末年の成立ということになるだろう。『国語国文学研究史大成芭蕉』増補版（昭五二年3）の「研究史通観　一江戸時代　一伝記」の章の末尾の該当個所（一四頁）及び「研究書誌　一

伝記」の該当個所（四〇六頁）において、成立年代を「天保末年」と改めたのは以上の理由による。

五、採茶庵梅人筆「はつ日影」句文　軸装一幅

去年の秋居を星岡に移す
金城のみほりの水みとりに千本の
松はときはの色ふかくこゝもとの
はつ日拝むとおもふことあまた
たひなりけらし幸なる哉
けさは少しはかりの雲たに
なくかの四季物かたりに書る
ことく空もはなたの色に
しらみかゝるころより老木の
松も若やくはかりに見えけり
はつ日影松の位のいかほとそ
　としの暮
窓前房総眺望
いそくとも見えす師走の帆かけ舟
　　　　　　採茶庵梅人
　　　　　　　　印　印

この句文の成立については、前文中の「去年の秋居を星岡に移す」が決め手となる筈であるが、不勉強にしてその年次を調べる手段を持たない。

文化四年冬の序を有する『梅人句集』を見ると、冬の部、師走の句七句並記の第五句目に、「いそくとも見えす師走の帆かけ舟」と前書なしで載せてある。秋の部に「窓前」の前書で「明月やうき海あかる安房上総」とあるのは、季節の違いはあるが、同じ位置からの眺めを詠んだものと思われる。「はつ日影」の句は、春の部に見当たらない。あるいはこの幅にのみ書きしるしたために洩れたものであろうか。

安馬の莫非の跋文に「初予杉長郁賀らと共に巣鴨にかくはしき木の芽を摘ミ星岡に玉の井を汲しこゝらの年を指折は十つゝ二つは過にたり」とある(郁賀は梅人の初名)。「十つゝ二つ」を二十年とすると、文化四年から二十年前は天明七年(一七八七)となる。巣鴨在住期間が不詳であるから困るが、彼は享和元年(一八〇一)正月に没しているから、極めて大雑把に言えば、天明七年以後、享和元年までの間、すなわち、梅人の最晩年に書かれたものと言えようか。

以上、芝山仁王尊御所蔵の俳諧資料若干を紹介した。

寺務御多用中にも拘らず、快く資料の披見・撮影を許して下さった住職浜名徳永氏に衷心より深謝すると共に、飛鳥園の俳系についての御研究や資料の御蒐集が更に進展することを御期待申し上げる次第である。

南松堂版『古文真宝後集』の解題

芭蕉時代の諸作品を読む（振仮名を付ける）際の一助にもと、先に『影印仮名つき錦繡段・三体詩・古文真宝（平四・3、クレス出版）を刊行したが、そのうちの『古文真宝後集』の解題について訂正して置きたい。

底本とした無刊記本を、「字体・行数等により、貞享五年（一六八八）刊の南松堂版と同系統本と考えられ、刷色・文字の鮮明度等より見て刊行年次は若干先行すると推測される」としたが、これを、「…南松堂版と同系統本と考えられるが、刊行年次は若干後年になると推測される」と改めたい。

「貞享五戊辰三月中旬　南松堂梓之」の刊記を有する『古文真宝後集』は、中に挿絵があり、その中の一つ「弔古戦場文」の挿絵は、上野洋三氏編著『影印奥の細道付参考図集』（昭五五・4、和泉書院）に掲載されている。同書の「参考図引用資料一覧表」に、「古文真宝後集　貞享五年刊　架蔵本」とあるのが南松堂版である。早く気付けばミスを犯さずに済んだものをと後悔される。ミスの原因は久華山房架蔵本の南松堂版（下巻のみ）に挿絵がないので、それが通常の本文だと思ひ続けていた点にある。

上野氏架蔵本も下巻のみであるが、挿絵がある。久華山房本は挿絵を省きながらも刊記は元のままの後刷本だった事になる。この南松堂版は、当初挿絵入りで刊行されたが、のちに、何らかの理由で挿絵を削除しながら刊記は元のままの形で刊行されたのであろう。

南松堂版『古文真宝後集』上・下二巻揃いの完本

は、福井市立図書館に収蔵されている。同館編刊『和漢古書分類目録』（昭五四・3）三五七頁末に、

（魁本大字諸儒箋解）古文真宝

（補図画片仮名旁訓本）後集二巻

半二　98

題宋黄堅編　刊（貞享五、三補、南松堂）　11-2

と見えるのがそれである（下二段の洋数字は請求番号）。

板本『芭蕉門古人眞蹟』二種

蝶夢編『芭蕉門古人真蹟』刊本（寛政元年刊。天・地二冊）の内容は、『日本古典文学大辞典』第五巻所載、富山奏氏執筆の解題によると、「義仲寺に伝存する同書」の「原本と比べると」「幾分の相違と数点の欠落とが認められる」ということであったが、平成五年の晩秋、義仲寺蔵『芭蕉門古人真蹟』の原本が、富山氏の「解題と翻刻・註解」（別冊）付きで複製された（平五・11、義仲寺・落柿舎）ので、「幾分の相違と数点の欠落」とを具体的に知ることができるようになった。

本稿は原本と刊本の相違についての考察ではなく、刊本の内容の相違についての報告である。結論を先に言えば、『芭蕉門古人真蹟』の板本には、内容を若干異にする二種類のものがある、ということである。

『芭蕉門古人真蹟』は、一般には天青堂版の複製本（大一四・2、合一冊）が行われている。この複製本と内容を同じくするのは、東京大学総合図書館洒竹文庫本（洒二八三〇）である。

本書は（丁付はないが、序文の所から数えて）八丁裏・九丁表の見開きに、

和韻

竹窻夜静鎖春

霖微酔幽吟慰

老襟灯尽香　』8ウ

消高枕臥却

知詩酒両魔

侵

懶華老人書　」9オ

という仏頂和尚の七言絶句を載せる。

そして二十八丁表には、二十六丁裏・二十七丁表裏の∧洒堂筆・昌房宛「年々や猿ニきせたる云々」の書簡∨を承けた、「奉納洒堂珎碩筆跡　湖南松濤菴巨洲　印印」という注記が前半にあり、後半には、

北国をへめくり　木節
それよりさきは
行旅に顔見合わせよ
ゆかれ次第なる　夏の鳫
惟然の旅立を聞て　」28オ

の短冊を収載する（複製本も同様である）。

これに対して、江東区芭蕉記念館本・東京大学総合図書館本（A〇〇〇―四〇八七）・同竹冷文庫本（竹三〇三）・東京都立中央図書館加賀文庫本（七七六八）の本文八丁裏・九丁表の見開きには、

諸悪莫作
大慈大悲観世音
衆善奉行　仏頂　』8ウ

蕉翁禅味与仏頂和尚有故法嗣也深得其
真蹟伝之白雄白雄亦拙衲恵焉尤翁以
所尊信蔵之粟津文庫云
釈祖明識」9オ

とある。

次に、二十八丁表には、「奉納洒堂珎碩筆跡云々」（洒竹文庫本と同じ）の注記を前半に配し、後半には木節「行旅に」の短冊の代わりに、同じ木節の次の短冊を載せ、注記を添えている。

大坂難波橋通芝柏にて
此とをり梅の雫やにしミなミ
木節者余岳翁之父此真蹟者
其家所蔵而裁篇者也
平安嘯山題
印印　」28オ

これを要するに板本『芭蕉門古人真蹟』には、天巻八丁裏・九丁表および二十八丁表に、同一作者の筆跡ではあるが、全く異なる筆跡が掲載されているという事である。書名も刊記も同一でありながら二

ヶ所の相違のある板本が存在するということである。
それぞれに表紙の意匠に若干の差異が認められたが、説明し得る筆力を持たぬ故に触れないでおいた。また、この二種の板本の先後についての考察にも立ち入らず、たゞ事実を報告するにとどめた。

〔補記〕本稿執筆の契機。数年前の五月下旬、学生を引率して江東区芭蕉記念館を訪れた際、『芭蕉門古人真蹟』が仏頂筆七仏通戒偈の個所を開いて展示してあり、帰宅して天青堂版の複製本を見ると該当箇所がなかった事から、再度芭蕉記念館を訪ねて該書を閲覧させて頂いた。本稿執筆の機縁を与えられた江東区芭蕉記念館当局、特に同書閲覧の便宜を計って下さった横浜文孝氏に深謝致します。

馬琴著『俳諧歳時記』の諸本

滝沢馬琴著『俳諧歳時記』（上下二巻二冊）には、同じ「享和癸亥暮春發行」の刊記を有しながら、その発行書肆を異にするものが見られるので、これを報告しておきたい。

馬琴の『近世物之本江戸作者部類二ノ上』寛政十二年の条を見ると、

十二年庚申俳諧歳時記横本二巻を編輯す尾州名護屋の書賈永楽屋東四郎大坂の書賈河内屋太助と合刻也後に河太一箇の板となれりこの書俳諧者流歓て懐宝とすといふ今に至て衰へず江戸の書賈にも多くあり

とある。この記述によると、『俳諧歳時記』が編集されたのは寛政十二年（一八〇〇）のことで、刊記に見える「享和癸亥」即ち享和三年（一八〇三）より三年前のことになる。そして、最初は名護屋の永楽屋東四郎と大坂の河内屋太助の相版で刊行され、後に河内屋太助の単独出版となったことも分かる。

ところが、以下に紹介するように、このような永楽屋・河内屋の相版、もしくは河内屋単独版の『俳諧歳時記』の所在は知られていないようである。今日筆者の知り得た『俳諧歳時記』の、刊記の部分のみを羅列してみると、次のようになる。

㈠、享和癸亥暮春發行

　東都通油町　蔦屋重三郎
書　浪華順慶町　柏原屋清右衛門
肆　尾府玉屋町　永楽屋東四郎

㈡、享和癸亥暮春發行
浪花順慶町
書　柏原屋清右衛門
河内屋仁助
肆　同　唐物町
河内屋太助

㈢、享和癸亥暮春発行
浪花心斎橋通
河内屋喜兵衛
書　同　順慶町
柏原屋清右衛門
河内屋仁助
肆　同　唐物町
河内屋太助

㈣、享和癸亥暮春發行
明治十五年壬午七月十五日再刻御届
同　年　八月　改板
東京故人
纂輯人　曲亭馬琴

定價金九拾銭

出　大阪東區北久太郎町四丁目
柳原喜兵衛
十五番地
版　同　同區唐物町四丁目
森本太助
十番地
人　同　同區北久宝寺町四丁目
前川源七郎
三十九番地

これらのうち、㈣は明治期のものであるから除外すると、㈢が㈡の後刷本であることは容易に想像できる。しかし、㈠と㈡の前後については、㈡㈢㈣いずれも浪華の地で出版されていることから考え合わせると、板木が永楽屋から河内屋に譲渡されたのではないかと推測されるので、㈠の方が早いと思われる。しかし、㈠が初版を意味しないことは最初に掲げた『近世物之本江戸作者部類』の記述によっても明らかである。㈠㈡㈢いずれも刊記の匡郭のうち上下の太い横線が「享和」の右上部と「發行」の右下部で切れているので、あるいは初版の刊記の部分のみを埋め木して改めたものであるかも知れない。

次に現在までに確かめ得た諸本の所蔵者名を列記して参考に供したい。

㈠、聖心女子大学図書館。天理図書館綿屋文庫（わ一九三―12）。東京大学総合図書館（E三二―95）。同洒竹文庫（一三〇九）。東京都立中央図書館加賀文庫。豊橋市民文化会館図書館。芭蕉翁記念館芭蕉文庫。下垣内和人氏（八〇三―四）。

㈡、久華山房。天理図書館綿屋文庫（わ一九三―11）。西尾市立図書館岩瀬文庫。

㈢、刈谷市立刈谷図書館。下垣内和人氏（八〇三―五）。

㈣、国立公文書館内閣文庫。国立国会図書館。

以上、『俳諧歳時記』の初版本もしくはこれに類する本の出現を願う気持から記したのであるが、更にリストの充実をはかるため、お手数ながら諸本の所蔵先を御一報下さるようお願い致したい。

『俳諧饒舌録』刊行年次

元木阿弥著『俳諧饒舌録』の刊行年次については、『俳諧大辞典』に文化十三年刊とし、『国書総目録』でも文化十三年刊として、異版はないかのように思われる。ところが、最近着の『藤園堂書目俳書特集』(昭和五六・9)に文化元年版が出ている。それには、

一九〇　饒舌録　文化元刊 元木阿弥著　俳諧論書　半二
四八、〇〇〇
西村源六　蔦屋重三郎梓。この本多く流布すれど、いづれも文化十三年板であり、此文化元年蔦重板は珍しい。

と説明して、次に示すとおりの刊記の写真版を収載する。

文化元甲子年八月
本石町二丁目
西　村　源　六
東都書林　通油町
蔦屋重三郎梓

この写真版によって従来の刊行年次が訂正されることになるのは喜ばしい。

〔付〕『福地書店和本書画目録』平成十三年十二月号の一六七頁には、本書上下二冊の表紙題簽の写真が掲載してあり、「俳諧饒舌録　元木阿弥著　2冊
文化元　2万5千円」と見える。
また、『神田古本まつり特選古書即売展出品目録抄』〈平成13年10月26日(金)―10月28日(日)3日間〉の六六頁にも、「三五四六俳諧饒舌録
文化元年　元木阿弥　二冊　三万八千」とある。
『酒田市立光丘文庫俳書解題』(昭五八、明治書院)

三四頁・三五頁の解題によると、同館は、

文化元甲子年八月

大傳馬町二丁目

東都書林　前川彌兵衛板

という刊記を有する一本を所蔵する。その上巻扉には「盛文堂寿桜」とある由。従って、本書文化元年板には二種ある事になるのだろうか。

春風馬堤曲の呼び方

　蕪村作「春風馬堤曲」の読み方には、「しゅんぷうばていきょく」と「しゅんぷうばていのきょく」の二説がある。

　中村草田男氏（『現代訳日本古典蕪村集』小学館、昭一八）・栗山理一氏（古典日本文学全集『与謝蕪村集小林一茶集』筑摩書房、昭三五。日本古典文学全集『近世俳句俳文集』小学館、昭四七）は「ばていきょく」説で、暉峻康隆氏（学燈文庫『近世俳句』学燈社、昭二七）・清水孝之氏（鑑賞日本古典文学『蕪村・一茶』角川書店、昭五一。新潮日本古典集成『与謝蕪村集』新潮社、昭五四）は「ばていのきょく」説である〈但し、清水氏は『俳諧大辞典』（明治書院、昭三二）では「ばていきょく」の読みを示しておられた〉。

　最近の著作を見ると、講談社版『蕪村全集第四巻俳詩・俳文篇』（平六）の本文十八頁の詩題に「しゅんぷうばていきょく」の読み仮名が付してあり、角川書店版『俳文学大辞典』（平七）は「しゅんぷうばていのきょく」（村松友次氏）である。

　「の」一字がはいるか、はいらないかの相違に過ぎないが、有名な作品であるだけに、その呼称の確定されることが望まれる。

　いま、天和三年仲春の奥書を有する『古文真宝後集』を見ると、その巻之九には「行類《カウノルイ》」を収め、貧交行《ヒンカウカウ》・酔歌行《スイカカウ》・麗人行《レイジンカウ》など全十七編の「行」を数えることができる。これはすべて「―カウ」で、「の」はない。

　巻之十には次の詩篇が収載されている。

「吟類《ギンノルイ》」古長城吟《コチャウセイノギン》・百舌吟《ハクゼツノギン》・梁甫吟《リヤウホノギン》

「引類《インノルイ》」丹青引《タンセイノイン》・桃竹杖引《タウチクジヤウノイン》・畫馬圖引《グワバノヅノイン》

「曲類《キヨクノルイ》」明妃曲四首《メイヒノキヨクシシユ》・塞上曲《サイシヤウノキヨク》・烏棲曲《ウセイノキヨク》

これらは「―ノルイ」「―ノイン」「―ノキョク」と、すべて「の」がはいっている。

天和三年（一六八三）と『夜半楽』出版の安永六年（一七七七）との間には、九十余年の隔りがあるが、中国の詩題の読み方が変わるというようなことが考えられないとすれば、前記「曲類」の読み方に倣って、「しゅんぷうばていのきょく」と、「の」の字を入れて呼ぶのが適当であろうと思う。

新聞『日本』の呼び方

陸羯南主宰の新聞『日本』は、明治二十五年十二月に正岡子規が入社して俳句欄を担当し、いわゆる日本派として活躍したことは周知の事実であるが、その新聞名について確認しておきたい。

明治書院版『俳諧大辞典』（昭三二・7）には、阿部喜三男氏執筆で「にっぽん」と見えるが、同じ明治書院版『現代日本文学大事典』（昭四〇・11）には、藤井公明氏執筆で「にほん」、講談社版『近代日本文学大辞典』第五巻（昭五二・11）には、浅井清氏の執筆で「にほん」、明治書院版『現代俳句大辞典』（昭五五・9）には、村山古郷氏執筆で「にほん」という読み方が提示されている。すなわち、今日では新聞『にほん』と呼ぶことが主流となっているかのように思われる。

最近、ゆまに書房より新聞『日本』を複製刊行するに際して配布した内容見本を見ると、「陸羯南《くがかつなん》日本」と、白地に黒字の大活字で見出しをつけていて、その日と本の間に、ローマ字で「NIHON」と横書きで紙名が入れてある。この読みは、前掲各書に見られる「にほん」と無関係ではあるまい。

ところで、この内容見本の中の、〈新聞『日本』刊行の趣旨、表題について（明治22年2月11日　第1号）〉の記事を見ると、上段の本文十一行目に、

　我が『日本《につほん》』は固より現今《げんこん》の政黨に関係《くわんけい》あるにあらず……

とあるのが目を惹く。

ここには、日本に、はっきり「につほん」と振仮名が付けてある。拡大コピーで見ても「につぽん」

ではなく「につほん」であるが、これは「にっぽん」と呼んでいたことの証拠となるだろう。

この新聞『日本』の記事中の振仮名によって、紙名は『俳諧大辞典』に示されたとおり、「にっぽん」であったことを確認したい。

この一件を出版元の㈱ゆまに書房に申し出たところ、平成二年五月三十日付で、

…（前略）…さて、お尋ねの『日本』の読みの件でございます。確かに先生ご指摘の通り、『日本』第一号刊行の趣旨に明記されておりますように、正しくは「ニッポン」かと存じます。大変迂闊でございました。

弊社があえて内容見本に「NIHON」と明記したいきさつを申し上げますと、企画調査の段階で、先生が『俳文芸』にて述べられていますように、『近代日本文学大辞典』（講談社版）や『現代日本文学大辞典』（明治書院版）にて「ニホン」として項目をたてており、さらに国会図書館でも「ニホン」でカードをとっている現況から、弊社内部でも「ニホン」と呼称しておりましたので、深く考慮せず「NIHON」と明記してしまった次第です。

弊社刊行の『日本』は「刊行の趣旨」に従い、「NIPPON」とすべきであったかと存じます。今後図書館等の問い合わせに対しては「ニッポン」に統一したいと存じます。ご教授ありがとうございました。…（後略）…

という丁重な書簡を同社荒井秀夫氏より頂いた。

平成三年十月十三日（日）愛媛大学における全国大学国語国文学会参加の際、松山市立子規記念博物館で催されていた特別企画展「子規から茂吉へ」（十月二十二日〜十一月二十四日）を見学した。展示物の中に新聞『日本』第壱号（明治二十二年二月十一日）があり、前掲「我が『日本《につほん》』は」の個所を確認し得た。また、『小日本』第一号（明治廿七年二月十一日）の複製も展示されていて、その巻頭に「『小日本《せうにつほん》』を興《おこ》す旨趣」（旨趣の振仮名判読できず）が掲げてあった。ここにも「につほん」の振仮名が

ある。以上によって、新聞『日本』の呼び方は「にっぽん」と確定したいと思う。

〔付〕「天理図書館開館60周年記念展」を東京神田錦町の天理ギャラリー（平成三年五月十三日〜六月九日開催）で見学した時に、「27渋江抽斎　森鷗外自筆増訂稿本　大正5〜11年頃」が出陳されていて、森鷗外作「渋江抽斎」（その五十四）（東京日々新聞大正五年三月十二日）の増訂加筆の貼紙の中に、

陸實《くがみのる》が新聞《しんぶん》日本《にほん》に抽齋《ちうさい》の略傳《りやくでん》を載《の》せた時《とき》……

という一節を発見した（図録の二十八頁に写真版が掲載されている）。鷗外は「にっぽん」ではなく、「にほん」であると考えていたのであろうか。

資料と考証

相楽等躬編『蝦夷文談抄』――翻刻と考証

『おくのほそ道』読解上の一助として、奥州須賀川の相楽等躬編著『蝦夷文談抄』を紹介し、書誌・解題・翻刻・校異・索引の順に収載する。

【書誌】

書型　半紙本（縦二三・六糎、横一六・二糎）一冊。

題簽　表紙中央に貼付。書名は「蝦夷文談抄」（底本では題簽剥落して不明。いま京都大学附属図書館本・神宮文庫本による）。

行数　毎葉概ね十二行書き。

丁付　版心の下部に「上一」より「上廿八」までと最終丁には「上終」とある。丁数は全二十九丁。

刊記　記載なし。巻末の等躬自跋の奥に「宝永二年酉仲秋日」と見えるので、同年中の板行であろうと推定せられる。

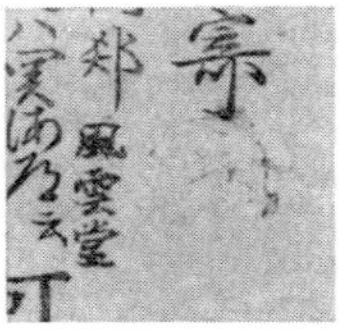
（第一丁表）

（第五丁表）

（巻末）

印記　底本には、第一丁表・第五丁表・巻末に、前頁に示すような印記が見える。第一丁表の「風雲堂」及び第五丁表の「埋木庵」と併せ捺してある印は判読し難いが、巻末の印は「壱瓜」と読める。底本は或は等躬所持本であったのだろうか。

【解題】

内容　『蝦夷文談抄』は別名を「陸奥名所寄」という（福井久蔵氏著『大本日歌書綜覧（上）』大正一五・不二書房。『国書総目録第一巻』昭三八・岩波書店）が、これは第一丁目冒頭に「陸奥名所寄」とある内題によるものと考えられる。この内題が本書の内容を最も端的に表わしている。すなわち、本書は陸奥《みちのく》の名所歌枕便覧とでも称すべきものなのである。

最初の四丁には、白河、二本松、福島、桑折、仙台、南部、津軽、秋田、会津、岩城、相馬、および不知所に属する名所歌枕を挙げて、簡単な地理的考証もしくは概略の所在地を示す。次いで五丁目より二十八丁目までには、山、岡、根、森、橋、関、湯、原、野、郡・里、嶋、浦、海、濱、磯、江・崎、川、渡・瀬、沼・池、井・奥の各部を立てて古歌を列挙し、その出所および詠主を示している。総歌数は五二八首。その歌形・出所・詠主等については誤りも見られ、全面的には信用することができない。最後の二十九丁目には等躬の自跋を収める。

なお、本書に関しては、『芭蕉研究』第三輯（昭二二）所載、杉浦正一郎氏稿〈『奥の細道』贅説〉が参考となる。

編者　『蝦夷文談抄』の編著者は、巻末の跋文で分かるように等躬である。等躬は奥州須賀川（いまの福島県須賀川市）の人、相楽氏。中畑氏、隈井氏を称したこともある。通称、伊左衛門。初め乍憚、別号を一瓜子と称し、のち等躬と改め、別号に乍単斎を用い、晩年には藤躬と書きしるした。庵号は東籬軒・壱瓜軒。須賀川の宿駅の長であったと伝える。

俳人としては、初め江戸の石田未得の門人で、師の歿後、岸本調和に近づいた。延宝のころ江戸に在って芭蕉と知り合い、親交のあったことは、延宝七年初夏の序のある調和編『富士石』に、「桃青万句に　三吉野や世上の花を目八分　等躬」という句が載っていることから推測される。元禄二年の『おくのほそ道』の旅では、四月二十二日の到着から二十九日の出発まで、一週間ほど芭蕉・曽良主従を滞在させてもてなした。『曽良旅日記』本文には「相楽乍憚」「乍単斎」と見え、俳諧書留の「風流の初やおくの田植哥　翁」を発句とする歌仙の前書には「奥州岩瀬郡之内須か川相楽伊左衛門ニテ」とあり、当時の俳号や通称が知られる。

晩年には、奥州磐城平《たいら》（いまの福島県いわき市平）五万石の城主、内藤風虎の二男露沾の寵遇を受けたという。正徳五年十一月十九日、露沾の磐城の高月邸において病気のため客死し、遺骸は送られて須賀川の万年山長松院に埋葬せられた。享年七十八。墓碑名は「向雄万帰居士」とあるが、俗名は刻されていない。

編者には『葱摺』（元禄二年成。半二。乾巻の伝本未詳）・『伊達衣』（元禄十一年成。半二）・『一の木戸』（宝永元年成。半二。上巻の伝本未詳）がある。「三書いずれにも調和系の色彩が濃厚に認められ、一方、等躬の句も調和系の撰集に多く求めることができる。」（明治書院版『俳諧大辞典』所載、荻野清氏稿「等躬」）

岩波書店版『国書総目録第四巻』（昭四一）には等躬の編著として、俳書『白川文庫』を掲出している。これは国書刊行会版『新群書類従第七書目』（明三九）所収、阿誰軒編・漆山天童補『俳諧書籍目録』六二頁上段の末尾近くに「白川文庫　等躬　元禄元年」とあるのによるものであろうが、現在その伝本は未詳で、内容の片鱗さえも知られていない。

等躬の略伝と発句・連句をまとめたものに矢部

榾郎氏著『相楽等躬』（昭三三）がある。また、荻野清氏著『芭蕉論考』（昭二四）所載「須賀川の等躬」は参照すべき論文である。

参考　『蝦夷文談抄』は、京都大学附属図書館および神宮文庫にも収蔵せられている。京大本の請求番号は［23 エ 5］、神宮文庫本の請求番号は［三門六二八号 一冊］。題簽は、京大本「蝦夷文談抄」、神宮文庫本「蝦夷文談抄陸奥名所寄」とあるが、神宮文庫本における「陸奥名所寄」の五文字は、内題を後人が書き加えたものと認められる。神宮文庫本は、天明四年、村井古巌の献納本で、巻頭に旧幕府時代と明治期の林崎文庫の二種の蔵書印、裏表紙裏に古巌の献納印がある。京大本も神宮文庫本も二十六丁目を欠き、代わりに十六丁目が挿入されている（以上、両所よりの書簡による御教示によった）。須賀川市立図書館には矢部榾郎氏筆写の『蝦夷文談抄』を所蔵する（請求番号、［KS 90 SA］）が、「該書の受け入れは昭和二十八年四月十七日になっており、原本は当時東北大学教授飯野哲二氏所蔵のもの」（昭和四十五年、当時の館長須藤亀吉氏の御教示による）である。飯野氏本は成城大学の尾形仂氏も筆写しておられるが、前記二本と同様に二十六丁目を欠き、そこに十六丁目が挿入せられていることは、矢部氏筆写本および尾形氏の御教示により判明している。

余説　『蝦夷文談抄』には西行の歌を九首（36・78・80・155・165・233・289・397・398）ほど収載するが、それらのうち、次に挙げる三首は、三好英二氏校註『西行歌集(上)(下)』（新註国文学叢書。昭二三、講談社）や尾山篤二郎氏編著『校註西行法師全歌集』（創元文庫。昭二七、創元社）等に見当らないものである。

秀衡恋百首巻頭

みちのくの忍ふの里に道ハあれと
　恋といふ山の高根しらすも　西行　36

短冊社内奉納

名にきゝし盤提の山を来て見れハ
　奥の冨士とや是やいふらん　西行　78

家集亦波立寺短冊

東路のこぬ身の浜に一夜ねて

あすやおかまん波立の寺　　西行　397

「こぬ身の浜」の歌は、佐久間洞巌著『奥羽観跡聞老志』（享保四年七月成）巻之十一下には、「四ッ倉浜」の条に、「みちのくの野崎のうらに旅ねしてしはし夢みん波立の寺　西行法師」という一首が見えるのと何らかの関係があるのかも知れない。また、初句「陸奥の……」という歌形でも伝えられていたらしく、福島県いわき市久ノ浜に、昭和三十年三月歌碑が建立された由で、『東洋』昭和五十年七月号に露木悟義氏の紹介文と写真が掲載されている。

このほかにも出典を詳かになし得ない歌が相当数あり、なお今後の調査研究に俟たなければならない。『蝦夷文談抄』の成立については、推測の域を出ないながらも、等躬が、それぞれの歌に付記してある出典から直接に採録したものばかりではあるまい。いま一例を挙げてみると、「古今序

あさか山影さへ見ゆる山の井のあさくハ人を思ふ物かハ　采女」の歌は、実は『古今集』の序の中には見られないのであるが、『類字名所和歌集』には同じ出所・歌形・詠主で掲げられている。思うに、等躬は『歌枕名寄』（万治二年序）・『類字名所和歌集』（元和三年刊・寛永八年刊・承応二年刊・寛文八年刊・貞享四年刊行）・『松葉（名所和歌）集』（万治三年刊・寛文七年刊）・『随葉集』（寛永十四年刊）・『藻塩草』（寛文九年刊）・『武家百人一首』（元禄十六年刊）その他から採録した名所和歌を編集して、『蝦夷文談抄』一巻を成したものであろう。

『曽良旅日記』を見ると、白河の古関の跡・忘ず山・二方の山・うたゝねの森・宗祇もどしの橋の由来などについて、等躬から聞いたとして、その説明を記載しているから、元禄二年当時、すでに奥州の歌枕について深い関心を寄せ、調査も行なっていたと認められる。これは或は、天和・貞享年間の仙台藩における歌枕整備、中でも大淀三千風

一派のそれに影響を受けるところがあったものかも知れない。永年にわたる歌枕名所への関心と調査の累積がこの一書となって結実したと言ってよいのではあるまいか。

【追記】

本稿が成るについては、京都大学付属図書館、神宮文庫、尾形仂氏、須藤亀吉氏、越智美登子氏等より御教示を賜わり、また便宜を計っていただきました。明記して深謝の意を表します。

』表紙

【翻刻】

［凡例］

一、文字は概ね現行通用のものに改めることを原則としたが、底本の字体に従ったところも少なくない。
二、組版の都合上、出典・和歌・詠主を一行組みとした。
三、行替えは、原則として、底本に従うようにつとめた。
四、丁移りは」および』を以て示した。
五、和歌に一連の番号を付し、検索上の便宜をはかった。
六、底本には校訂者架蔵本を用いた。
七、表紙の写真には京都大学付属図書館所蔵本を用いた。

陸奥名所寄

白河内　同郡

白河関　関山有古道ハ関海道云
今海道東也二所ニ明神有

加嶋　白河城下より十町余東

転寝杜　加嶋ヨリ少東

二方山　懐山川迎奥方ニ二子塚云〻

岩瀬山　同郡同杜云同宜須加川駅
北端岩瀬森ハ大和越中同名

二本松内

音無川　安積郡　郡山駅北

阿武隈川　檜隈川水上云〻　白河西甲子温泉山ヨリ
流出仙台荒浜ニ而海へ落稲葉渡可尋云〻

桜岡　加嶋之上ニ山有云

懐山　古道越但馬云里ニ新知山云〻

神田里　二方山ヨリヲク

二股川　岩瀬郡ノ内二股嵩云
温泉山より流出ル

安積山　同郡（ママ）日沼日和田云駅ノ
北端一里塚有東ノ山云
同郡同（ママ）野原

安達山　安達大郎二本松嵩云
温泉山云〻

└1オ

山井　片平云里ニ有浅香山旭ニ影移云

福嶋内

密語橋　信夫郡福嶋陳(ママ)屋へ入西口ニ橋有云々

思山　福嶋より西ニ常ニ東嵩云

小川橋　惣山ノ西より流出川云七月七日ハ毎年水地ノ底潜云是弘法ノ加持云々

桑折内

葛松原　伊達郡桑折より西赤湯ト云道ノ間云々

押関　同池桑折より就ニ半田山半田関同池ハ中段東嶽より大道一通今ニ有元押関云々

仙台内

不忘山　苅田宮同郡此神社別当山号云々

栗駒山　岩沼大河原駅ノ間云々

武隈松　岩沼駅ノ中社有笠嶋道祖神モ近云々

名取川　同郡同里同湯仙台入口川云綾瀬爰ニ而可尋

黒塚　二本松城下より十町余東云

信夫山　同岡同杜同原同戻摺福嶋北端ニ今御山云々

語山　同杜東嶽ノ中段神社有此森云〻
恋路山　思山近云〻

」1ウ

阿武松原　上ニ近云〻
下紐関　貝田ト小菅河間伊達大木戸云〻
真野萱原　苅田郡白石駅より奥端
憚関　同上ニ
苾浦　荒浜云所近所云〻猶不審説可尋
青葉山　仙台城山内云〻
小鶴池　仙台町内云〻
宮城原　同郡同野
末松山　松山末松本松云有
松嶋礒橋　松賀浦嶋雄嶋同礒崎籬嶋同渡皆仝歟所云〻
都嶋　松嶋より奥方続嶋歟云〻輿井可尋
陸奥山　金花山云松嶋東見ル山云〻
緒絶橋　猪沢郡内ニ而可尋
十網橋　猪沢餌刺ノ内ニ可尋

」2オ

面和久橋　同上
女形原　餌刺内云〻
玉造江　同郡内ニ而可尋云〻
名無沼　餌刺猪（ママ）内歟
壷碑　多賀城内云〻
衣々山　苅田郡関へ入東川端ニ傾城森山伏森云有謂爰ノ杜歟云〻

南部内

岩提山　同岡同森同関同小野同里此山名陸ニ多雖然此山明神也社内ニ西行真跡短尺有東ノ海へ出山也云〻
素都浜　南部津軽奥云　狭布里可尋云

津軽内

津軽小野　同奥
夷嶋　南部津軽より渡海
木下　仙台より松嶋へ行東端ニ有
十府　同浦
塩竈　同浦千賀浦浮嶋三嶋
八十嶋　夷嶋塩竈読合也嶋〻多故歟云〻
美豆小嶋　松嶋より奥猪沢郡（ママ）而可尋小黒嶋姉葉松橋近云〻

」2ウ

金　山　同上
戸絶橋　同上
朽木橋　同上
山榴岡　猪沢内玉田横野荒野
牧尾鮫牧奥牧同所之牧歟云〻
衣関　同川同平泉館
市師原　猪沢内云〻
有耶無耶関　苅田郡山形海道ノ関云所有
有耶《アルヤ》ノ舘ト云山有爰ノ叓
多葉志根山　此山続蔵王嶽云山有東ハ仙台
苅田郡西ハ山形梺ニ滝山千年
山続也滝山神社前当ニ西行
真跡短尺有云〻是ハ出羽也
奥　海　沖石南部津軽ノ間可尋
常磐橋　南部津軽より夷嶋へ渡海ノ内
常磐嶋云有此内ノ橋歟云〻
烋田ノ内
秋田山　城下ニ而可尋云〻
袖　渡　袖浦烋田坂田云出羽内ニ有爰歟云〻可尋

3オ

会津内

会津山　同根同関今坂代山ト云猪苗代湖東上ニ山有云ゝ

岩城内

勿来関　菊田郡関田云上ノ山云ゝ元関ハ海底僅有云

岩城山　同浜

標葉境　標葉郡今岩城平城下より北ノ内也云ゝ

相馬内

宇多部　中村城下皆此部云ゝ

不知所

深津嶋山　万古注ニハ常陸歟云

奥郡　何国共不知

桜岡　所慥也所ニ云証哥有

二股川　所慥也本哥名所陸にて不分明

立野　上ノ山ニ読

」3ウ

野田　同入江同玉川一橋

木奴身浜　今木戸云波立寺ニ西行真跡短尺有云ゝ

」4オ

子持山　陸ニ幾所モ有不分明
東　奥　同上
音無川　同上
岩瀬渡　同上

山　部

類聚　陸奥のあふ隈川のかハすそに人なつかしの山ハ有けり　読人不知　1
名寄　みちのくの二かた山の白雲はあなたこなたに立そわつらふ　読人不知　2
後撰恋　岩瀬山谷の下水うち忍ひ人のみぬ間ハ流てそふる　読人不知　3

』4ウ

恋の哥あまたよみ侍るうち

新古　かくとたに思ふこゝろをいはせ山下行水の草かくれしつ　後徳大寺左大臣　4
千五百番　うち忍ひ岩瀬の山の谷かくれ水のこゝろを汲人そなき　後京極左大臣　5
古今序　あさか山影さへ見ゆる山の井のあさくハ人を思ふ物かハ　采女　6
拾遺　時まちておつるしくれの雨そゝき浅香の山ハ移ひぬらん　読人不知　7
続千載　影をたにいかてか見まし契こそうたて浅香の山の井の水　為氏　8
夫木　末とをき安積の山の峯に生る松にハ風もときハ成けん　後九条内大臣　9
源氏若紫　安積山あさくハ人を思ハぬになと山の井の影はなるらん　源氏　10
大和物語　みちのくの安達の山ももろともにかくハ別れの悲しかりしを　監命婦　11
夫木　雲かゝる安達の山を厂かねの雰にまとハていかに来つらん　読人不知　12
千載　郭公なをはつ声を忍ふ山夕ゐる雲の底に鳴なり　守覚法親王　13

」5オ

同　いかにせん忍ふの山の下紅葉しくるゝまゝに色のまさるを　常陸 14
新古　初時雨忍ふの山の栬葉は嵐ふけとハそめすや有けん　七条院大納言 15
同　きへねたゝ荵の山の峯の雲かゝるこころの跡もなきまて　雅経 16
同　人しれすくるしき物ハ忍ふ山下はふ葛のうらみなりけり　清輔 17
後拾　この暮も音になたてそ信夫山こゝろひとつの峯の松風　権大納言宣朋 18
新後撰　岩つゝしいはてや染る忍ふ山こゝろの奥の色を尋て　定家 19
新後撰　おもひあまる心のほともきこゆなり忍ふの山の小男鹿の声　寂蓮 20
伊物　忍山しのひてかよふ道もかな人の心のおくも見るへく　業平 21
自讃　かきりあれは荵の山の梺にも落葉か上の露そ色つく　道光 22
千五　いかにせんしのふの山のあとたへて思ひ入とも露のふかさを　俊成女 23
同　忍山きつゝをたにも見た見ぬをはかなくたのむ夢の通路　際信 24
同　あらハれん名ハおしけれと忍ふ山峯の白雲かゝらすも哉　越前 25
同　かくこふといかてか人にもらすへき思ひ忍ふの山の下水　三宮 26
同　たつねはや五月こすとも時鳥忍ふの山の奥の一こゑ　雅経 27
同　たつねいらん道もしられぬ忍山袖はかりこそ枝折也けれ　釈阿 28
同　恋すてふ名ハいたつらに陸奥の忍の山もかひなかりけり　具親 29
夫木　下にのミ忍の山の岩小菅いかておもひの年そ経にける　山階左大臣 30
同　こふる間ハくるしき物を世の中のおもひ忍ふの山梨の花　信実 31
園大暦　忍ふ山またことかたの道もかなふりにしことハ人もこそしれ　兼好 32

」5ウ

33 随葉　かへる厂をしむ心のおくもしれ忍ふの山の奥を尋ねて
34 同　をのれのミひとり春をや忍山花にこもれるうくひすのこゑ
35 夫木　あハれ我思ひの山をつきおかハふしの高根も埜ならまし　為家　」6オ
36 秀衡恋百首巻頭　みちのくの忍ふの里に道ハあれと恋といふ山の高根しらすも　西行
37 夫木　はらハれぬまくらのちりのつもりてや恋てふ山の名をハ立らん　良教
38 方与　さよふけてかたらひ山の時鳥ひとりねさめの床にきく哉　肥後
39 夫木　みちのくの栗駒山の朴の木ハ花より葉よく涼しかりけり　人丸
40 同　くり駒の山に朝たつ雉よりも我をはかりに思ひける哉　読人不知
41 同　紅葉せるくり駒山の夕かけをいさ我宿に移しもたらん　能宣
42 大和物語　御狩するくり駒山の鹿よりも独ぬる夜そ佗しかりける　故兵部卿
43 家集　たけくまにいつれたかへりくり駒のみあけの前に松たてるをか　長能
44 新古　立よれは涼しかりける水鳥の青羽の山の松の夕かせ　式部太輔（ママ）
45 続古　たつねはやあを葉の山の遅桜花の残るか春のとまるか　光範
46 続後　水鳥の青羽の山ハ名のミして露霜をくハ色つきにけり　太上天皇
47 夫木　郭公青羽の山そかへるとも花の都をおもひわするな　読人不知　』6ウ
48 同　散にけり花の古巣に木陰（ママ）れて青葉の山にまよふうくひす　後一条入道
49 花林院哥合　雪ふれは青葉の山もミかゝれてときハの名をやけさハ落さん　教縁
50 若菜上　身にちかく秋や来ぬらん見るまゝに青葉の山も近付にけり　紫上
51 古大哥所　君をゝきてあたし心を我もたハ末の松山波もこえなん

古興風　拾人丸　浦ちかく降来る雪ハしら波の末の松山こすかとそ見る　52
後拾　ちきりきな形見に袖をしほりつゝ末の松山波こさしとハ　元輔　53
金葉　いかにせん末の松山波こさハ峯の初雪降もこそすれ　匡房　54
同　君か代ハすゑの松山はる〱とこす白波の数もしられす　永成法師　55
新古　霞たつ末の松山ほの〲と波にはなるゝ横雲のそら　家隆　56
橘為仲朝臣ミちのくに侍し時哥あまたつかハしける中に
同　しら波のこゆらん末の松山ハ花とや見ゆる春の夜の月　加ゝ左衛門　57
続古　すゐの松山も霞のたえ間より花の波こす春ハ来にけり　慈鎮　58
自讃　老の波こえける身こそ悲しけれことしも今ハすゐの松山　寂蓮　59
千五百　白波のこえてかえると見へつるや雪に風吹末の松やま　慈円　60
同　浦ちかき末の松山雪ふれは冬よりうへを浪やこゆらん　女房　61
夫木　をのかつま浪こしつとや恨らん末の松山男鹿鳴なり　家隆　62
同　折しもあれ末の松山波こへてつらき詠に帰る厂金　内侍　63
波越る色にや烋のうつるらん宮城か原の末の松山　俊成女　64
末摘花巻　我袖ハ名にたつすゐの松山か浦より波のたゝぬ間そなき　65
しら波のこすかとそ見る卯の花のさける垣根や末の松山　66
後撰　岸もなく汐し満なは松山を下にて浪ハこさんとそ思ふ　伊勢　67
新古　松山と契りし人ハつれなくて袖こす波に残る月影　定家　68
続後撰　あた波を岩こそこさめ年経とも我松山ハ色もかハらし　紀伊　69

」7オ

続拾　偽の花とそ見ゆる松山の梢をこえてかゝる藤なミ　為家　70
新続古　来ぬ人をなをこりすまに松山ハいく世波こす契なるらん　兼好　71
」7ウ
万葉　皇の御代栄んとあつまなるみちのく山にこかね花さく　家持　72
同　金山の下樋か下に啼とりの声たにきかハ何かなけかん　人丸　73
夫木　金山にかたくねさせる常盤木の数にいてます岫の冨草　輔親　74
千載　おもへともいはての山に年を経て朽やはてなん谷の埋木　顕輔　75
続古　くちなしの一しほ染の薄紅葉岩手の山ハさそ時雨らん　為家　76
続千　たつねはや磐提の山の谷水も音たてつへき五月雨の比　国助　77
短尺社内奉納　名にきゝし磐提の山を来て見れハ奥の冨士とや是やいふらん　西行　78
家集　陸奥の烋田の山ハ秋霧のたち野の駒も近付ぬらし　好忠　79
類聚家集　きゝもせすたはしね山の桜花吉野ゝ外にかゝるへしとハ　西行　80
同　冬こもりきぬ〳〵山を見渡せハはるゝ夜もなく雪ハふりつゝ　俊成　81
後撰　君をのミ会津の山へ行ものを忍の里の沓きやなそ　藤原滋幹母　82
堀川百　会津山すそ野ゝ原に照射すと火串に火をそかけあかしつる　仲実　83
」8オ
千五百　ほくしかけ鹿に会津の山なれは入にあひあるさつ男なり　顕昭　84
夫木　岩城山なけきはたねハある物を恋ハし恋ハ松ならすとも　家隆　85
続新古　駒なつむ岩城の山をこへかねて人もこぬミの浜にかもねん　定家　86
万十一　みちのしり深津嶋山しハらくも君の目見ぬハくるしかりける　87
夫木　子もち山谷ふところをおひ出て木〻のはこくむ花を見る哉　俊頼　88

岡　部

桜さくさくらか岡の桜はなちるさくらあり咲桜あり　清少納言　89

続古　なに事をしのふの岡の女郎花おもひしほれて露けかるらん　俊　恵　90

夫木　爰にしもなにを待らん玉笹やうきふししけき片恋の岡　鷹司左大臣　91

六帖　ミちのくにありといふなるかた恋のおかを我身にそふる比哉　枇　杷　92

夫木　陸奥のつゝしか岡の隈つゝらつらしと人をけふそしりぬる　左大臣　93

同　みちのくのつゝしの岡を来て見れは露のミ茂る小笹原哉　読人不知　94

└8ウ

同　陸奥の千賀の浦にて見ましかハいかにつゝしのおかしからまし　道綱母　95

同　とえとこのいはての岡の岩つゝし紅そめの我衣手に　読人不知　96

根　部

万　陸奥の吾田多良まゆミ経すけてひかハか人の我をことなさん　読人不知　97

同　みちのくのあたゝらまゆミはしきをきてさらしめきなハつらハかめかも　読人不知　98

古作　陸奥の安達の真弓われひかハやうやくよりこ忍ひ〳〵に　読人不知　99

万　会津根の国をまとをミあハなひくこの日にせんと思ひもむすハさね　読人不知　100

森　部

加嶋なるうたゝねの杜橋たへていな負せ鳥もかよハさりけり　源　順　101

新続古　なけやなけ忍ふの森のよふこ鳥つゐにとまらん春ならすとも　順徳院　102

新勅撰　すむ里ハ葱の森のほとゝきすこの下声そしるへ成ける　読人不知　103

千載　涼しさを楢の葉風にさきたてゝ忍の森に炑や立らん　顕昭　104　」9オ
後拾　言の葉も我身しくれの袖のうへに誰を忍の森のこからし　順徳院　105
六帖　かたらひの森の言の葉ちりぬとも思ひの山の松そかハらぬ　読人不知　106
千五百　しのひねの色のミふかき袖なれやいはての森の秋のしくれハ　良平　107
夫木　とハはやな岩手の杜のはゝそ原へたつる雰ハ立ものくやと　忠房　108
同　みちのくのいはての森のいわてのミ思ひをつくる人もあらなん　読人不知　109

橋部

名追考　東路の音なし川に渡さはやさゝやきの橋しのひ〳〵に　読人不知　110
所謂証哥　みちのくのさゝやきの橋中絶てふミたに今ハ通ハさりけり　読人不知　111
所謂証哥　咀てひきてかけたる橋なれはならさて渡れ忍うき人　大杉化女　112
拾物名　つくしより爰まて来れと道もなしひちのおかハのはしのミそある　業平　113
名寄　踏わけて渡りもやらすむらさきの藤咲かゝる松嶋の橋　忠教　114
夫木　朽ぬらん姉葉の橋もあさな〳〵浦風ふきて寒き浜辺に　能因　115
後拾　みちのくの緒たへの橋やこれならんふミみふますミ心まとハす　道雅　116　」9ウ
続後撰　白玉のおたえの橋の名もつらしくたけて落る袖の涙に　117
新続古　かた糸のおたへの橋や我中にかけしはかりの契り成らん　長秀　118
蘭巻　妹背山ふかき道をハたとらすて緒絶の橋に踏まとひける　頭中将　119
夫木　いかにしてとたえの橋にならひてか渡らぬさきにかくやあやふむ　季経　120
同　いさやまた踏も見られすともすれハ戸絶の橋の後めたさよ　俊頼　121

藻塩草　あやうしと見ゆる戸絶の丸木橋まつほとかゝる物思ふらん　122
千　載　みちのくの十綱の橋にくる縄のたえすも人にいひわたる哉　親　隆　123
新続古　をのつからくるとせしまに陸奥の十綱の橋の中ハ絶にき　為　明　124
風　雅　あふことハ朽木の橋のたえ〳〵に通ふはかりの道たにもなし　朝　定　125
夫　木　踏はをし紅葉のにしき散しきて人もかよハぬおもわくのはし　126
同　色かへぬ松によそへて東路のときハの橋にかゝる藤なみ　大夫 典　侍　127
同　くち残る野田の入江のひとつ橋心ほそくも身そ経りにける　政　村　128」10オ

関　部

名所三百首　便あらハ都へつけよ广かねもけふそ越えぬる白河の関　順徳院　129
同　白河の関のしらちのから錦月にかたしく夜半のこからし　定　家　130
同　白河の関のせき守いさむともしくるゝ炑の色ハとまらし　家　隆　131
拾　遺　たよりあらハいかて都へ告やらんけふ白河の関ハ越へぬと　兼　盛　132
後拾　都をハ霞とともに出しかと秋風そ吹しらかハの関　能　因　133
同　東路の人にとはゝやしらかハの関にもかくや花ハ匂ふと　長　家　134
同　仮初の別れとおもへと白河のせきとゝめぬハ涙なりけり　定　頼　135
千　載　見て過る人しなけれは卯花のさける垣ねや白河の関　季　道　136
同　月を見て千里の外をおもふにもこゝろそかよふ白河の関　俊　成　137
　　栬葉のミなくれなゐにちりしけは名のミ也けり白河の関　右大弁 親　宗　138
同　都にハまた青葉にて見しかとも紅葉ちりしく白河の関　源三位 頼　政　139」10ウ

続古　都をハ花を見捨て出しかと月にそこゆる白河の関　良経 140

同　相坂をこへたにはてぬ秌風に末こそおもへしらかハの関　寂蓮 141

続拾　夕くれハ衣手さむき秌風に独やこえん白河の関　視意 法師 142

新後撰　音にこそ吹とも聞し秋風の袖に馴ぬる白河の関　頼範 143

同字玉葉　越来ても猶末とをし東路の奥とハいはし白河の関　住弁 法師 144

東路にも年のすゑにや成ぬらん雪降にける白河の関　印性 法師 145

続千　秌風もおもふかたより吹そめて都こひしきしら河の関　源 耶(ママ)長 146

続後撰　別れつる都の秌の日数さへつもれは雪の白河の関　貞重 147

同　都出て日数おもへは道遠ミころも経にける白河の関　津守 国助 148

同　越へぬよりおもひこそやれ陸奥の名に流たる白河の関　紀伊 149

新拾　今宵こそ月に越へぬれ秋風の音にのミ聞しらかハの関　丹波 忠守 150

同　かへるさハ年さへ暮ぬ吾妻路や霞て越へししらかハの関　隆伝 法師 151

新千　光台に見しハ見しかはみさりしをきゝてそ見つる白河の関　証空 上人 152

千五　今日まてハ雪やとくらん春風のあけて越へき白河の関　良(ママ)平 153

家集　月をおもふえその千嶋の秌かけてかつ〳〵こよひ白河の関　慈鎮 154

新拾　しらかハの関屋を人(ママ)のもる影は人のこゝろをとむる也けり　西行 155

同　秋風にけふしら川の関越へておもふも遠し古郷の山　内大臣 156

同　あふ人もまた白河の関越へて秋風吹とたれに伝まし　光俊 157

続後撰　かきりあれハけふ白河の関こえてゆけは行るゝ日数をそしる　兼氏 158

」11オ

新続古　へたて行人のこゝろの奥にこそまた白河の関ハ有けり　源満元　159

堀川百　白河の関にや烋ハとまるらん照月影のすみ渡るかな　俊頼　160

夫木　白河の関にちりしく花みれハ苔のむしろろ（ママ）も埋れにけり　俊成　161

同　陸奥の白河こへて別れにしひつしさる〳〵行もはるけし　恵慶法師　162
」11ウ

武家百　都にハ花の名残をとめおきてけふ白河につとふ白雪　源頼義　163

集不知　しら河や桜を春の関ならんこれより花の奥ハありとも　読人不知　164

同　白河の関路の桜咲にけり吾妻より来る人のまれなる　西行　165

同　雪の辺ハまた白河の関の戸に曙しるくうくひすの声　家隆　166

同　白河の関のけしきを詠れは松こそ花の絶間成けれ　167

なにとなくあハれそふかき行かたもまた白河の関の夕雰　168

そめあへす木葉や落る烋の霜今朝白河の関の嵐に　169

東鑑奥州下向略右大将頼朝
梶原を召て能因か言の葉ハ思ひ出すや
哥よめと有しかは

秋風に草木の露をはらハせて君かこゆれハ関守もなし　源太景季　170

建治三年烋白河の関を通りしに西行法師か
関屋を月のもる影ハと読しを思ひ出て関屋の柱に
書付ける
」12オ

白河の関路にもなをとゝまらん心の奥のはてしなけれは　遊行二祖上人　171

同時読て書付侍る
行人を弥陀のちかひにもらさしと名をこそとむれ白河の関　一遍上人　172
爰ハ陸奥の入口にて侍れと往昔より詩人も
懐しミおほしけるにや又代〻の遊行の廻国
にも和哥連哥の発句残置給へり宗祇兼載
等の連歌師今俳諧の行脚者まて発句余
所よりハ多聞へ侍るにこそ
岩城ハ東北　水戸海道江府より順道也
会津　西北　白河過て海道碑アリ

夫木　雲路にもおさへの関のあらませはやすくハ厂のかへらさらまし　仲正　173
類聚追考　東路のはるけき道を行めくりいつかとくへき下紐のせき　甲斐　174
夫木　うつゝとも夢ともみへぬほとはかりかよハゝゆるせ下紐の関　大中臣能宣　175
続千　休らハておもひ立にし陸奥に有ける物を憚のせき　読人不知　176
夫木　明やらて踏まておしく見ゆる哉紅葉の色に憚の関　公道　177
しるらめや身さへ人目を憚の関に泪ハとまらさりけり　読人不知　178
詞花　諸共にたゝまし物をみちのくの衣の関を余所に見る哉　和泉式部　179
続後撰　風さゆる夜半の衣の関守やねられぬまゝに月を見るらん　読人不知　180
続千　行人もえそ過やらぬ吹かへす衣の関の今朝のあらしに　読人不知　181
新千　旅寐するころもの関をもるものハはる〳〵きぬる泪也けり　津守国助　182

」12ウ

堀百 白雲の余所にきゝしを陸奥の衣の関をきてそ越へぬる 顕仲 183

夫木 ちりかゝる紅葉のにしきうハきにて衣の関を越る旅人 土御門院 184

同 山賤のむすひて被くさゝめこそ衣の関と雨をとをさね 寂蓮 185

同 人目もるいはての関ハかたけれと恋しき人ハ泊らさりけり 俊頼 186

」13オ

哥林良材 武士のいつさいるさに枝折するおや〱とち《(ママ)》のむや〱の関 読人不知 187

夫木 来ることにあいつの関と我もいへはかたくなしともぬるゝ袖哉 俊頼 188

後撰 立よらハかけふむはかり近けれと誰か名こその関をすへけん 北八条御息所 189

後拾 東路の名こその関もある物をいかてか春の越へて来ぬらん 源師賢 190

金葉 なこそといふことをは君か言草を関のなそとも思ひける哉 源俊頼 191

千載 吹風をなこその関とおもへとも道もせにちる山さくら哉 源義家 192

続古 都にも君をあふ坂ちかけれは名こその関ハ遠きとをしれ 源頼朝 193

続後拾 時鳥なこその関のなかりせは君か寐覚にますそ聞まし 読人不知 194

新勅撰 海松め川蜑《(ママ)》のゆきゝのミなとちに勿来の関も我すへなくに 小野 195

続千載 東路のかたに勿来の関の名ハ君を都にすめと也けり 慈鎮 196

同 こへ侘る相坂よりも音にきく勿来ハかたき関としらなん 道綱母 197

堀百 はる〱とたつね来にけり東路のこれや名こその関と問迄 顕季 198

」13ウ

堀百 名にしおハゝ名こそといふと脇母子か我てふこさハゆるせ関守 永縁法師 199

同 相坂ハ越へにし物を今ハたゝ名社の関の名こそつらけれ 隆源法師 200

同 立わかれ二十日あまりに成にけりけふや勿来の関ハこゆらん 師頼 201

同　東路のなこその関のよふこ鳥なにゝつくへきわか身成らん　俊頼　202

同　恋わひてきのふもけふもこゆへきに勿来の関を誰かすへけん　河内　203

十（ママ）五　かへる春おもひやるこそくるしけれ勿来の関の夕暮の空　顕昭　204

同　かくはかりなこその関とおもひける人にこゝろをなとゝめけん　小侍従　205

同　来る人もなこその関のよふこ鳥越へて別るゝ野田の玉川　宮内卿　206

夫木　みちのくや春松嶋のうわ霞しハし名こその関路にそ見る　慈鎮　207

同　東路の勿来の関と聞からにひとくといとふうくひする声　家長　208

湯部

万　あかすして別るゝ人の住里はさハこのミゆる山のあなたか　読人不知　209

夫木　世とともになけかしきみを陸奥のさハこの見ゆといわせてし哉　師氏　210

拾物名　おほつかな雲のかよひ路見てし哉とりのミゆけハあとハかもなし　兼盛　211

大和物　塩竈のうらにや蜑ハたへにけんとなとすなとりのミゆる時なき　同　212

原部

拾　陸奥の安達の原のしらまゆみ心こハくも見ゆるきみかな　読人不知　213

後拾　思ひやる余所の村雲しくれつゝ安達の原に栬しぬらん　重之　214

新続古　時雨行あたちの原の薄雰にまた朽はてぬ梂そ残れる　定家　215

夫木　小男啼（ママ）あたちの原ハ紅葉して色もかはらぬ武隈の松　寂蓮　216

同　陸奥のしのふの鷹を手に居て安達の原を行ハたか子そ　能因　217

新後拾　名とり川音になたてそ陸奥の忍ふの原ハ露あまるとも　深守法親王　218

」14オ

続古　人目のミ荵か原にゆふしめのこゝろのうちに朽や果なん　家隆　219

西行家集　世間の人にハ葛の松原と呼るゝ名こそ嬉しかりけれ　藤家相国御子　220

14ウ

金葉　みちのくの思ひしのふにありなから心にかゝる阿武の松原　太宰長実　221

玉葉　分わひていつく里ともしら藤の真野萱原雰こめてけり　秀長　222

新千　陸奥の満野の萱原とをけれと俤にして見ゆといふ物を　笠女郎　223

新続古　古郷の人の面影月に見て露わけあまる真野の萱原　宗尊親王　224

堀百　物思へは真野ゝ真菅のすか枕たへぬ涙に朽やしぬらん　顕仲　225

千載　ともしする宮城か原の下露に荵戻摺かわく夜そなき　匡房　226

新古　哀れなる宮城か原の旅寐哉かた敷袖に鶉啼也　季能　227

夫木　遠つ山宮城か原に萩見ると炑ハ鹿鳴たハれ男そ立　好忠　228

夫木　穐萩の下葉の露に色つきて鶉啼也宮城野ゝ原　229

千五百　栗原のあねハの松を誘ひても都ハいつとしらぬ旅かな　季能　230

六帖　みちのくの市師の原のいちしるく我とえミして人にしらるな　231

家集　都なるおとこ山にハ程遠したれにあハせんおなかたの原　重之　232

15オ

新古　あハれいかに草葉の露のこほるらん秋風たちぬ宮城野の原　西行　233

野部

後拾　陸奥のあたちの駒ハなつめともけふ相坂の関まてハきぬ　源縁法師　234

詞花　関こゆる人にとハはや陸奥の安達のまゆミ栬しにきや　堀川右大臣　235

続後撰　分わひぬ露のミふかき安達野を独かわかぬ袖しほりつゝ　観意法師　236

後拾　みちのくの安達のまゆみひくやとて君にわか身をまかせつる哉　重之　237

夫木　安達野の秌風そよくむら薄うき物とてや鹿の鳴らん　如頼法師　238

同　あたちのゝ野沢のこほり解にけり真すけにましる荳摘也　恵慶法師　239

古大御哥　宮城野の本あらの小萩露をゝもミ風を待こと君をこそまて　読人不知　240

続拾　宮城野に妻よふ鹿そさけふなる本あらの萩に露や寒けき　長能　241

千載　小萩原また花さかぬ宮城野に鹿やこよひの月に鳴らん　敦仲　242

同　さま〲に心そとまる宮城野ゝ花の色〲虫の声〲　俊頼　243

』15ウ

新古　うちはへていやハねらるゝ宮城野の小萩か下葉色つきにけり　読人不知　244

同　白露ハをきにけらしな宮城野ゝ本あらの小萩すへたハむ迄　允仲　245

同　あらく吹風ハいかにと宮城野の小萩かうへを人のとへかし　赤染衛門　246

玉葉　宮城野や枯葉たになき萩か枝を折ぬはかりもつもる白雪　土御門院　247

続後　うつりあへぬ花の千種に乱れつゝ風のうへなる宮城野ゝ露　定家　248

桐壺巻　宮城野の草吹《(ママ)》むすふ風の音に小萩かもとをおもひこそやれ　御門　249

東屋巻　宮城野ゝ小萩かもとゝしらませハ露もこゝろを置すそあらまし　聟少将　250

千五　小男鹿の鳴そめしより宮城野の萩の下露をかぬ日そなき　左大臣　251

同　とれはけぬよし杖なから宮城野ゝ萩にをきぬる秌の夕露　讃岐　252

堀百　宮城野ゝ千ゝの草根をむすひをきて花見ん程ハ絶す通ハん　顕仲　253

同　宮城野ゝ秌の萩原わけゆけは上葉の露に袖そぬれぬる　永縁法師　254

同　時しあれは花咲にけり宮城野の本あらの小萩枝もしみ《(ママ)》ゝに　師時　255

└16オ

夫木　宮城野の本あらの小萩下はれて葉のほる露にやとる月かけ　行意法師　256

同　みやき野ゝ野守か庵にうつころも萩か花すり露やをくらん　家隆　257

同　宮城野の本あらの小萩霜かれてすゝの篠屋もかくれなき哉　忠房　258

同　宮城野や野原の床をかり衣風にまかする萩か花すり　宮内卿　259

同　宮城野の萱か根になくきり〳〵すなれも旅寐や露けかるらん　後徳大寺　左大臣　260

同　宮城野の白玉椿君か経ん八千代の数に生てしぬらん　法性寺　入道　261

同　宮城野の真葛ふきこす烁風に露さへをくる小男鹿の声　家隆　262

堀百　とりつなけ玉田横野ゝ離れ駒つゝしの岡にあせひ花咲　俊頼　263

同　ともかくも人にいはての野辺にきて千種の花をひとり見る哉　隆源法師　264

夫木　えそか住津軽の小野の萩さかりこや錦木の立るなるらん　親隆　265

同　雰かくれたちのゝ牧に疋駒の音つゝく也勢田のなかはし　野宮　左大臣　266

続千　花薄ほのかにきけハ穐雰の立野ゝ末に小鹿啼也　入道　大（ママ）政大臣　267

家集　陸奥の荒野ゝ牧の駒たにもとれはとられてなつく物かハ　俊成　268

続千　みちのくのおふちの牧も野飼にハあれこそまされなつく物かハ　読人不知　269

東路の奥の牧なるあら馬をなつくる物ハ春の若草　慈鎮　270

郡部里部

拾物名　あたなりなとりのこほりにしたゐるハ下よりとくることハしらぬか　重之　271

夫木　陸奥の狭布のこほりに織布のせはきハ君か心なりけり　衣笠　内大臣　272

堀百　いしふミやけふの細布はつ〳〵にあひ見てもなをあかぬ今朝哉　仲実　273

」16ウ

274 ミちのくのけふのほそぬのほとせはミ胸あひかたき恋もする哉

275 卯花のさける垣ねハ乙女子か誰ためさらすけふの細布

276 後拾 にしき〻ハたてなからこそ朽にけれけふの細布胸あハしとや 能因

277 哥良 錦木ハ千束になりぬ今こそハ人にしられぬ閨の門見め

278 同 思ひかねけふたてそむる錦木の千束たて〻あハすらも哉 匡房 └17オ

279 同 いたつらに千束朽ぬる錦木の猶こりすまにおもひ立哉 永実

280 千五百 たてそめておふるを待し錦木の余りつれなき人のこ〻ろ哉 小侍従

281 堀百 いはねともおもひそめてき錦木のはいさすいろに出やしなまし 仲実

282 同 錦木の千束の数ハたて〻しをなとあふ恋のいまたたへなる 顕仲

283 同 錦木の千束にけふや成つらんねなくに夢に逢見つる哉 永縁法師

284 夫木 我事ハ奥のこほりのえひすかけとにもかくにも引ちかへつ〻 為家

285 貝合哥 ミちのくのうたのこほりの片瀬貝合せて見れは伊勢のつましろ

286 堀百 東路の標葉さかひに舎りして雲ゐに見ゆるつくは山哉 顕仲

287 千載 千早振神田の里の稲なれは月日と友にひさしかるへき 読人不知

288 新古 あやなくも曇らぬ宵をいとふ哉葱の里の秋の夜の月 為仲

289 新勅撰 東路のしのふの里に休らひて名こその関を越そ炕《（ママ）》ふ 西行

290 陸奥のしのふの里に妹を置て名古曽の関を越そ侘ぬる ⌊17ウ

291 千五百 恋をのミしのふの里の道のはて通ふしるへハこ〻ろなりけり 道具

292 夫木 おもひやるむかしも遠き陸奥の葱の里の橘のはな 俊成

同　みちのくのしのふの里の烋風に戻摺衣うちもたゆます　公朝　293

名寄　しゐてとふ人ハありとも恋すてふ名とりの里をそことしらすな　隆光　294

新勅　見ぬ人にいかて語らんくちなしのいはての里の欵冬の花　紀伊　295

夫木　さきぬとハいはての里のいはねとも余所まてしるく匂ふ梅か枝　具氏　296

同　我おもふ人たに住は陸奥のえひすの里も疎き物かハ　後京極左大臣　297

堀百　白波の音はかりして見へぬ哉雰立渡る玉川のさと　顕季　298

同　松風の音たに今ハ寂しきに衣うつなり玉川の里　俊頼　299

嶋部

玉葉　つらくともわすれすこひん加嶋なる阿武隈川の逢瀬有やと　源順　300

黒石正法寺無底和尚ニ示給云〻彼寺縁起ニ委

加嶋明神御哥　白河の波の底なる黒石を手にもぬらさていかてほすへき　301

玉葉　便ある風もや吹と松嶋によせてひさしき蜑のハし舟　清少納言　302

新古　松嶋や汐くむ蜑の烋のそて月ハ物思ふ習ひのミかハ　長明　303

続古　浦風や夜寒なるらん杢嶋や蜑の苫屋に衣うつなり　土御門院　304

哥枕　松嶋にかゝれる波の柵と見ゆるハ藤のさかりなりけり　上西門院兵衛　305

須广巻　塩たるゝことを焼にて松嶋に年ふる蜑もなけきをそつむ　入道宮　306

同　松嶋の蜑の苫屋もいかならん須广の蜑人塩たるゝころ　源氏　307

夕雰巻　馴る身をうらむるよりハ松嶋の蜑のころもに立やかへまし　雲井广　308

同　松嶋の海士のぬれきぬなれきとてぬきかへすてふ名をハたてめや　夕雰大将　309

」18オ

あふことをいつしかとのミ松嶋に年ふる蜑もなけきをそつむ　稙(ママ)家　310

松嶋やこゝろある蜑の浜庇波の斬端(ママ)にちとり鳴なり　311

ふくる夜をこゝろひとつに恨つゝ人まつ嶋の蜑の藻塩火　312

蜑の袖あらそひかねて松嶋も下栬する炑そ悲しき　313

」18ウ

西院の后御くしおろさせ給ひておこなハせ
給ひける時かの院の中嶋の松を別れて書付ける

後撰　音にきく松か浦嶋けふそ見るむへも心有あまハ住ける　素性法師　314

千載　波間より見へし気色そかハりぬる雪降にける松か浦嶋　顕昭法師　315

新勅　心ある蜑のもしほ火焼すてゝ月にそ明す松か浦しま　祝部成茂　316

玉葉　芦鶴の鳴ぬもとをく聞ゆなり波静なる松か浦嶌　源俊平　317

新続古　こゝろある蜑やうへけん春毎に藤咲かゝる松かゝる松か浦嶋　後嵯峨院　318

夫木　たのめをく人や有けん波風に衣うつなり松かうら嶌　俊成　319

賢木　わかめかる蜑の住家と見るからにまつしほたるゝ松か浦嶋　320

千載　見せハやな雄嶋の蜑の袖たにもぬれにそぬれし色ハかハらす　殷富門院太輔(ママ)　321

新古　こゝろある雄嶋の蜑の袂かな月やとれとハぬれぬ物から　宮内卿　322

同　秋の夜の月やおしまの天野原あけかたちかき沖の釣舟　家隆　323

」19オ

同　立かへり又も来て見ん松嶋や雄嶋の笘や波にあらすな　俊成　324

新後撰　藻塩焼けふりもたへて松嶌やおしまの波に晴ゝ月影　今上御製　325

自讃哥　行年をおしまの蜑のぬれころもかさねて袖に波やかくらん　有家　326

千五百　あひ見ても余波おしまの蜑人ハけさの沖にそ袖ぬらしつる　良平　327
同　蜑人のほしあへぬ袖もこほるらん雄嶋の波に月さゆる夜ハ　道具　328
月渡る雄嶋の松の梢より雲にはなるゝ蜑の釣舟　家隆　329
古大哥所　我背子を都にやりて塩竈の籬の嶋の松そ久しき　330
拾　卯花のさける垣根やみちのくの籬の嶋の波かとそ見る　331
明暮ハまかきの嶋を詠つゝ都こひしき音をのミそなく　源信明　332
続後拾　夕闇に蜑の漁火見へつるハまかきの嶋の蚈(ママ)なりけり　好忠　333
新続古　秋霧の籬の嶋のへたてゆへそこもと見へぬちかの塩竈　権大納言実量　334
哥枕　おほつかな末の松山いかならん笆の嶋をこゆるふしなみ　能宣　335
夫木　春風に波やおりけん陸奥の笆の嶋の梅のはな貝　俊頼　336
同　蜑の住まかきの嶋の漁火に色見へまかふ常夏の花　恵慶　337
千載　塩竈の浦吹風に霧晴て八十嶋かけてすめる月影　清輔　338
夫木　八十嶋の千嶋のえそか手束弓心つよきハ君にまさりし　同　339
同　子をおもふ声もかハらし塩竈の三嶋かくれの松の友靏　頼氏　340
新古　塩竈の前にうきたる浮嶋のうきて思ひの有世也けり　山口女王　341
続古　しほかまの浦の干潟の曙に霞に残る浮嶋のまつ　後鳥羽　342
続千　みちのくハ世をうき嶋もあるといふ関こゆるきのいそかさらなん　小町　343
夫木　浮嶋に花見るほとハ陸奥に沉ることも忘られにけり　為仲　344
同　浮島の松のみとりを見渡せハ柞の末も紅葉しにけり　元輔　345

⌞19ウ

同　別れ路に身をやくおきの数そへて都嶋人（ママ）に飛螢かな　公明　346

続古　小黒崎美豆の小嶋に求食する田鶴そ鳴らし波立つらしも　太上天皇　347

家集　小黒崎美豆の小嶋の夕霧に棚なし小舟行衛しらすも　家隆　348

夫木　陸奥のえそか千嶋の鷲の羽に妙なる法の文字ハみへけり　公明　349

同　思ひこそ千嶋の奥をへたつともえそかよハさぬ壺の碑　躬恒　350

同　ささふけハ曇もやせん陸奥のえそにハ見せし姝の夜の月　為家　351

同　我恋ハあしかをねらふ夷舟のよりミよらすミ波間をそ行　仲正　352

顕昭註抄　浅猿や千嶋の夷かつくるなるとくきの矢こそひまハもるなれ　353

20オ

浦部

新古　日を経つゝ都忍ふの浦さひて波より外に音つれもなし　入道前大政大臣（ママ）　354

同　うちはへてくるしき物ハ人目のミ忍の浦の蜑の繰縄　二条院讃岐　355

続後撰　たつねはや煙をなにゝたくふらん忍の浦の蜑の藻塩火　家隆　356

続千　人目のミ忍の浦にをく網の下にハたえす引こゝろ哉　源兼氏　357

夫木　人しれすむかし忍ふの浦千鳥伴ふ跡に音こそなかるれ　為顕　358

古大哥所　陸奥ハいつくハあれと塩竈の浦漕舟のつなて悲しも　359

古　君まさてけふり絶にし塩竈のうら寂しくも見へ渡る哉　貫之　360

新古　降雪に藻塩のけふりかき絶て淋しくもある塩竈の浦　入道関白大政大臣（ママ）　361

続古　けふり立蜑の笘屋と見へぬまて霞にけりな塩竈の浦　経信　362

同　おなしくハこへてや見まし白河の関のあなたの塩竈の浦　行能　363

20ウ

千五百　春霞けさハ煙にまかふらししるしも見へす塩竈の浦　顕昭　364
同　山風に花の波立三芳野〻の吉野〻（ママ）春や塩竈の浦　家長　365
同　明ぬとや釣する舟も出ぬらん月に棹さすしほかまの浦　隆信　366
同　見渡せハ霞のうちも霞けり煙たなひく塩竈の浦　家隆　367
同　雲の波けふりの波ハ消なからおほろ月夜に塩竈の浦　定家　368
同　礒による海松和布をかけて塩竈の浦悲しくもおもほゆる哉　為頼　369
続後拾　塩竈にいつか来にけん朝凪に釣する舟もこゝによらなん　業平　370

21オ

千五百　塩竈やおちの眺の波わけて松の木間もる沖の釣ふね　忠平　371
夫木　しほかまの烟にまかふ浜千鳥をのか羽かひをなれぬとやなく　俊頼　372
同　刈藻かき焼しほかまにあらねとも恋の煙や身より立らん　経信　373
同　小夜更て物そ悲しき塩竈の百羽かきする鴫のはねかき　能因　374
同　千早振袖も子曰とおもへはや烟たなひくしほかまの松　為仲　375
しほかまのうらみてかへる厂かねのもよほし㒵に帰る波哉　376
春もまたいつか来にけん塩竈の釣する小舟霞へたてゝ　377
夫木　唐もちかの浦半の夜るの夢思ハぬ中に遠つ舟人　家隆　378
続後撰　我思ふこゝろもしるく陸奥のちかの塩竈近付にけり　山口女王　379
千五百　松風の夏たけくまに涼しきハ梢に秋やちかのしほかま　忠良　380
旅の道忍ふのおくもしらるれと心ハかよへちかのしほかま　俊頼　381
新古　見し人も十府の浦風おとせぬにつれなくすめる秌の夜の月　為仲　382

21ウ

夫木　陸奥の野田の菅菰かたしきて仮寐さひしき十府のうら人　道因　383

金　水鳥のつらゝの枕ひまもなしむへ冴けらし十府の菅菰　経信　384

堀百　さむしろに霰たはしる冬の夜ハいとゝそさゆる十府の菅菰　実（ママ）　385

同　霜はらふ鴨の上毛やいかならんとふのすかこも冴る夜な〳〵　河内　386

千五百　陸奥のとふのすかこも七ふにハ君をねさせて三ふに我ねん　読人不知　387

千五百　待人も十府の菅菰とハゝこそ七ふをあけてぬとも知られめ　小侍従　388

同　嵐のミたへぬミ山にすむ民ハいく重か敷るとふのすかこも　俊頼　389

同　冬の夜ハ十府の菅菰さえ〳〵て独ふせ屋そいとゝさひしき　大炊御門　390

同　ふけにけりたのめぬ鐘ハ音信て七府さひしきとふの菅菰　有家　391

海部

新古　たつね見るつらき心のおくの海に汐干のかたハいふかひもなし　定家　392

続古　うしとても身をハ何国に奥の海の鵜の居る岩も波ハかへらん　順徳院　393

新千　夜を寒ミ猟に霜やおくの海の河原の衢ふけて鳴なり　前中納言為相　394

続後拾　たつねてもあたしこゝろの奥の海のあらき礒辺ハよる舟もなし　常盤井（ママ）入道　395

└22オ

濱部

夫木　つれなさハいわきの浜のしきなみを何とこゝろにかけはしめけん衣笠内大臣　396

家集亦波立寺短冊　東路のこぬ身の浜に一夜ねてあすやおかまん波立の寺　西行　397

夫木　みちのくの奥ゆかしくそおもハるゝ壺のいしふミ卒都の浜風　西行　398

陸奥の卒都の浜なるよふこ鳥鳴なる声ハ善知鳥やすかた　399

子を思ふ泪の雨の衣（ママ）のうへにかゝるもつらしやすかたの鳥　400

磯　部

玉　葉　しほかまの礒のいさこをつミみても御代の数こそ思ふへらなる　忠　峯　401
詞　花　松嶋の礒にむれゐる芦靍のおのかさま〳〵見へし千代哉　元　輔　402
夫　木　え嶋やうら風寒き礒寐哉蜑のかり藻をひしきものにて　後京極左大臣　403
」22ウ
後　拾　松嶋や雄嶋か礒に求食せし蜑の袖こそかくハぬれしか　重　之　404
新　古　松かねの雄嶋か礒のさよ枕いたくなぬれそ蜑の袖かハ　式子内親王　405
同　　　風吹ハ蜑の笘屋のあれまくもおしまか礒によする波哉　有　家　406
新続撰　松嶋や雄嶋の礒による波の月の氷に衙なくなり　俊　成　407
同　　　夜舟こく瀬戸の汐あひに月冴て雄嶋か礒に衙しハ鳴　勝命法　師　408
新続千　波かゝる雄嶋か礒のかち枕こゝろして吹八重の汐かせ　有　家　409
哥　枕　ちりあへぬ雄嶋の礒の紅葉ゝにあらくも寄る沖つ波哉　忠　道　410
千五百　蜑の袖いかにほしあへて松嶋やおしまか礒に衣うつらん　家　長　411
同　　　とまりするおしまか礒の波枕さこそハふかめ更衣の松風　道　具　412
同　　　波のうへにいさよふ月をまつ嶋や雄嶋か礒の秋の初風　保　季　413
夫　木　松嶋やおしまの礒になく鴈のなミたにぬらす海士の袖哉　俊　成　414

江部崎部
」23オ

夫　木　せきあへる野田の入江の沢水にこほりてとまる冬の萍　為　家　415
勅　撰　ミなと入の玉造江にこく舟の音こそたてね君をこふとて　小　町　416

417 玉葉 をく露の玉つくり江に茂るてふ葱の葉末乱れてそおもふ 後徳大寺大（ママ）政大臣
418 続古 袖ぬらす雄嶋か崎のとまり哉松風さむみ衢なくなり 俊成
419 古 小黒崎美豆の小嶋の人ならは都のつとにつ（ママ）さといはましを 読人不知

川部

420 古大歌所御（ママ） あふくまに雰立かへり明ぬとて君をハやらし待ハすへなし
421 金葉 我待ハあハれ八十年になりぬるをあふくま川の遠さかりぬる 隆資
422 新古 君か代にあふくま川の埋木も氷の下に春をこそまて 家隆
423 同 行末にあふくま川のなかりせハいかにかせましけふの別れを 経重
424 同 君にまた阿武隈川を待へきに残すくなき我そ恋しき 範長
425 堀百 名にしおハゝ阿武隈川を渡り見ん恋しき人の影やうつると 顕仲
」23ウ
426 同 ぬれきぬといふにつけても渡りけんあふくまかハの名こそおしけれ 永縁
427 千五百 名にしおはゝたつねても行ん陸奥の阿武隈川ハ程寒くとも 小侍従
428 夫木 賤女か吾妻からけの麻衣二股川をさそ渡るらむ 信実
429 今よりハ檜の隈川に影とめて頭の雪のうつろひにけり 匡房
430 千五百 まてとやハ檜の隈川にたのめをきし駒うちなむる夕暮の空 公経
431 同 駒とめしひのくま川の水清ミ夜渡る月の影のミそ見る 定家
432 古 みちのくに有といふなる名とり川なき名とりてハくるしかりけり 忠峯
433 金 卯花を音なし川の波かとてねたくもおらて過しつる哉 源盛清
434 同 名とり川瀬ゝのむもれ木顕はれはいかにせんとか逢見初けん 読人不知

金　古　あさましや逢瀬もしらぬ名とり川またき岩間にもらすへしとハ　前斎宮内侍　435
新　古　なけかすよ今はたおなし名とり川瀬ゝの埋木朽はてぬとも　摂政大(ママ)政大臣　436
続　千　代〻かけて神につかふる名とり川かゝる瀬まても身をそ祈し　中臣祐春　437

└24オ

新　千　秋の夜の月の氷のなとり川なき名あらハす波のおとかな　前参議能清　438
新続　千　名とり川瀬〻にありてふ埋木も渕にそ沈む五月雨の比　従三位為継　439
千五　百　おもふ事しのへと今ハ名とり川瀬〻の埋木あらハれやせん　季能少将　440
夫　木　ほとゝきすをのか五月の名とり川はやむもれ木にあらはれてなけ　内侍　441
勅　撰　人しれす音をのミなけは衣川袖のしからみせかぬ日そなき　法性寺家三河　442
新　千　そむきても世にすみ染の衣川かわるしるしもなきわか身哉　読人不知　443
新後　撰　妹か住宿のこなたの衣川渡らぬおりも袖ぬらしけり　藤原親盛　444
家　衣川見なれぬ人の別にハ袂までこそなみハ立けれ　重之　445
新　古　夕されハ汐風こして陸奥の野田の玉川千鳥啼也　能因　446
続　古　陸奥の野田の玉川見渡せハ汐風こして氷る月影　順徳院　447
続後　拾　五月雨ハ夕汐なから陸奥の野田の玉川浅き瀬もなし　鴨祐夏　448

└24ウ

渡部瀬部

夫　木　五月雨にいはせの渡水こえてミやまき山に雲そかゝれる　基俊　449
後　拾　浅茅原あれたる宿ハむかし見し人を忍ふの渡也けり　能因　450
類　聚　風そよく稲葉の渡そら晴て阿ふ隈川に澄る月かけ　光俊　451
夫　木　陸奥の籬渡ハをしなへて若和布かりにと蜑も行かへ　師氏　452

新後拾　みちのくの袖の渡の涙川こゝろのうちに流れてハすむ　相模　453
夫木　涙川浅き瀬そなき陸奥の袖の渡りに渕ハあれとも　行家　454
同　しるらめや袖のわたりハ時雨して陸の奥まてふかき思ひを　寂念法師　455
同　綾の瀬にもみちの錦たちかさね二重におれる立田姫哉　能因　456

沼部　池部

古　陸奥のあさかの沼の花かつみ見る人毎に恋や渡らん　読人不知　457
金　あやめ草引手もたゆく長き根のいかて浅香の沼に生けん　孝善　458
新古　野辺ハいまた浅香のぬまに刈草のかつ見るまゝに茂る比哉　雅経　459
続古　五月雨に見へし小笹の原もなし安積の沼の心地のミして　範永　460
同　かりてほす浅香の沼の草の上にかつ乱るゝハ虰《(ママ)》なりけり　為氏　461
金　さよ中に思へハ悲しミちのくの浅香の沼に旅寐しにけり　参議師頼　462
家　春駒のあさかの沼に求食してかつミの下葉踏したく也　俊頼　463
平家　五月雨に浅香の沼の水越ていつれあやめと引そ煩ふ　源三位頼政　464
千百　五月雨のひまなき比ハ水まさりあさかの沼の名にや立らん　紀伊　465
千五百　年ことに葺るあやめの根をとめハ軒やあさかの沼と成らん　良平　466
同　あやめ草あさかの沼に引つれと思ふはかりの根こそかたけれ　小侍従　467
夫木　花かつミかつ乱れ行沼風に露やあさかの名にしおほらん　信実　468
同　草枕夢そ絶ぬる陸奥の安積の沼の鴨の羽風に　読人不知　469
ミちのくのしのふの里の浅香山安積の沼に花かつミかな　重之　470

」25オ

夫木　陸奥の名なしの沼の水絶て飯ハあれとも人たのめなる　読人不知　471

」25ウ

家　千代を住小鶴のいけしかはらねハ親の齢ひを思ひこそやれ　重之　472

夫木　思へとも人目をつゝむ泪こそ抻(ママ)の池と成ぬへらなれ　読人不知　473

井部奥部

古　むすふ手の雫に濁る山の井のあかても人に別ぬる哉　貫之　474

同　山の井のあさき心もおもハぬに影はかりのミ人の見ゆらん　読人不知　475

新古　むすふ手に影みたれ行山の井のあかても月の傾にけり　慈鎮　476

千五百　さみたれの雫に濁る山の井のあかて過ぬるほとゝきす哉　忠良　477

若紫巻　汲そめて悔しときゝし山の井のあさきなからや影を見るへき　北方　478

新古　岩井汲あたりの小笹玉こへてかつ〳〵むすふ山の井の水　関白大政(ママ)大臣　479

夫木　ミちのくの安達か原の黒塚に鬼こもれりときくハまことか　兼盛　480

古　陸奥の岩手しのふハえそしらぬ書つくしてよ壺の碑　右大将頼朝　481

千　奥の海やえそか窟のけふりたに思へハなひく風ハ吹らむ　家隆　482

」26オ

古　陸奥のしのふ戻摺たれゆへにみたれ染にし我ならなくに　河原左大臣　483

千　みちのくのしのふ戻すり忍ひつゝ色にハ出し乱れもそする　寂然法師　484

同　旅衣あきたつ小野ゝ露しけみしほりもあへす葱戻摺　覚忠　485

新千　秋風に乱れにけりな陸奥の葱にハあらぬ萩のはな摺　為子　486

後拾　つれなきを思ひ忍ふのさねかつら今ハくるをも厭なりけり　読人不知　487

千五百　いつまても思ひ乱れてすこすへき難面人を葱もちすり　兼宗　488

489 同 乱れぬるこゝろは余所に見へぬらんなにか人目を葱もち摺 顕昭法師
490 きのふ見ししのふのミたれたれならん心の程そ限しられす 清輔
491 千 我袖ハ汐干に見へぬ沖の石の人こそしらねかハく間もなし 讃岐
492 陸奥の千引の石と我こひは擔ハゝ枴中やたへなん
493 八雲 我恋ハ千引の石を七はかり首にかけても神のもろふし
494 堀百 君か代ハ千引の石をくたきつゝ万代ことにけふと尽せし 顕仲

26ウ

495 古大 御侍ミかさと申せ宮城野ゝ木の下露ハ雨も増れる
496 続後拾 宮城野ゝ小萩を分て行水や木の下露の流れなるらん 季経
497 続千 露にたにみかさと云し宮城のゝ木の下闇五月雨の比 宗尊親王
498 千五百 萩か花咲とも余所に宮城野ゝ木の下露の炑の夕暮 雅経宮内（ママ）
499 同 宮城野や萩のふる枝に霜冴て木の下露ハたるひ也けり 定家（ママ）
500 夫木 宮城野ゝ木の下露の郭公ぬれてやきつる泪かるとて 橘

則光の朝臣の供に陸奥に下りて武隈の松を

501 後拾 武隈の松ハ二木をミやこ人いかにととハゝミきとこたへん 季道

季道の哥を伝にきゝて

502 同 たけくまの松ハ二木をミきといハゝよく読るにハあらぬなるへし 僧正深覚

陸奥に二度下りて後の度に松侍らされハ

503 同 たけくまの松ハこのたひ跡もなし千年を経てや我ハきぬらん 能因
504 新古 おほつかな霞たつらん武隈の松のくまもる春の夜の月 加ゝ左衛門

27オ

505 同　かへりこんほと思ふにも武隈のまつわか身こそいたく老ぬれ　基俊

506 新拾　武隈の松の緑もうつもれて雪をミきとや人に語らん　光行

507 堀百　武隈の松のみとりハあらたまの年と丶もにやふかく成らん　師頼

508 夫木　たけくまの松の梢に春と夏とふたきをかけて藤咲にけり　為家

509 千五百　杳なるほとを思へは武隈の松のみとりや君かゆくすへ　内大臣

510 哥林良材古哥　我のミやこもたるといへは武隈の塙にたつる松もこもたる

良材白《（ママ）》二木有是によりてこもたると云塙とハ山のさし出たる所也

511 薄雲巻　生そめし根もふかけれと武隈の松に小松の跡をならへん　源氏

512 うへし時契やしけん武隈の松をこのたひあひ見つる哉

513 後拾　たひ〳〵の千世をはるかに君や見ん末の松よりいきの松まて　相模

514 続千　末の松あたしこ丶ろの夕汐に我身をうらと浪そこへぬる　信実

515 千五百　水無月やさこそは夏の末の松烁にもこゆる波の音哉　雅経

516 同　古郷にたのめし人も末の松まつらん袖に波やこゆらん　家隆

517 波こゆるころともしらて末の松まつらんとのミ思ひける哉　源氏

518 伊勢　栗原やあねはの松の人ならは都のつとにいさといわましを　業平

519 夫木　古郷の人にかたらんくり原や姉場の松のうくひすの声　長明

520 盛衰記　陸奥の阿古耶の松の木高きに出へき月の出かぬる哉《出もやらねハ𪜈》

521 同　おもひきやあこやの松に空はれておなし雲井の月を見んとハ　実方

522 堀百　おほつかないさいにしへの事とハんあこやの松に物かたりして　顕仲

27ウ

ミちのくのあこやの松のよほろうちさねかたけれハきり残しけり　不知　523

新後撰　たつねハや信夫の奥の桜花風にしられぬ色や残ると　定家　524

千　我床ハしのふの奥の真葛原露かゝりともしる人のなき　定雅　525

千五百　あと絶ぬたれにとハまし陸奥の思ひ忍ふの奥の通ひ路　良平　526

夫木　陸奥の津軽の奥に留られてえそ帰らぬと妹に告めや　道因　527

同　東路ハ梅をはしめに移りきて春の奥なる冬棣の花　雅有　528

（白紙にて記載なし）

跋

能因は独行脚に二度心を
こめ西行ハ藤氏の所縁
ありて夷松前のはてしまて
踏切したる草鞋の跡をしたひ
顔に我も鄙に数多の年を
重ねそこともしらぬ眺望に
道まとひしていとだ（ママ）ミたる

」終オ

」28オ

』28ウ

雑談に花鳥の色音を
しのひ愚《シレ》（ママ）たる筆をにけなき
杖に引事も前後に風月
に心をすゝしむ人出来て見せしと
云し国のさかひをも委く
記伝へてたうへかしとそ

等躬

宝永二年酉仲秋日

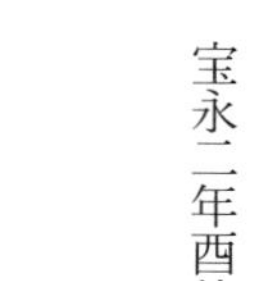

』終ウ

【校異篇】

一、引用書目略称一覧には、校異に使用した書物の略称を五十音順に掲げ、その正式の書名・刊行年・活字本等について記述した。

〔凡例〕

一、二十一代集については、『…和歌集』の「和歌集」を省略した名称を以て略称とした。
二、『国歌大観』『続国歌大観』所収の短歌については、その番号をしるした。
三、岩波書店版「日本古典文学大系」本より引用する場合には、〔大系本〕と注記を加えた。
四、『類字名所和歌集』は二十一代集よりの抜粋であるが、必要に応じて、若干歌数の対校にのみ用いた。
五、短歌の第一句から第五句までは、㈠㈡㈢㈣㈤の符号で示した。

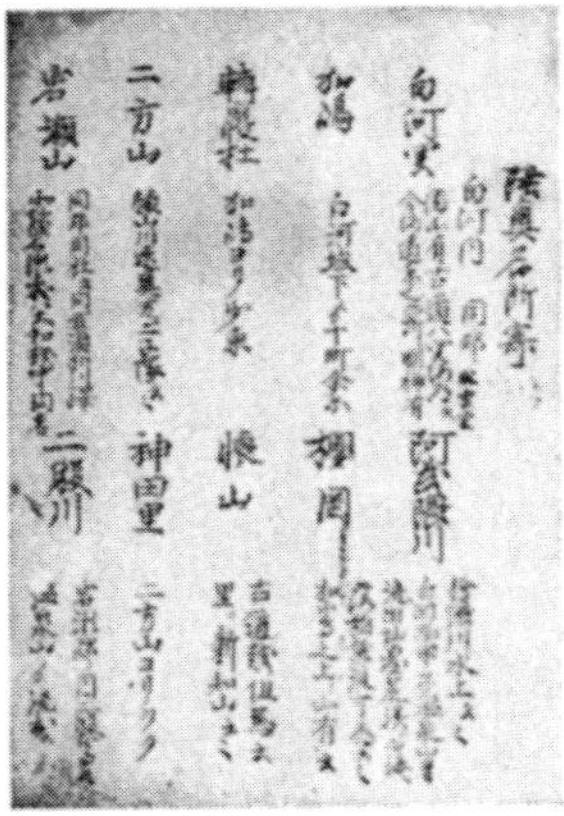
（本文１丁表）

引用書目略称一覧

〔秋寝〕　歌枕秋の寝覚（元禄五年刊）。
〔建保〕　内裏名所百首建保三年十月千四日（『新校群書類従　巻第一七』所収）。
〔源氏〕　源氏物語（『国歌大観』所収）。
〔古風躰〕　古来風躰抄（岩波文庫『中世歌論集』所収）。
〔山家〕　山家集（『続国歌大観』所収）。
〔散木〕　散木奇歌集（関根慶子著『散木奇歌集の研究と校本』昭和二十七年）。

〔自讃〕　自讃歌（『続群書類従　巻第三七五』所収）。
〔袖中〕　袖中抄（『日本歌学大系　別巻二』所収）。
〔拾玉〕　拾玉集（『続国歌大観』所収）。
〔拾葉〕　謌林拾葉集（天和三年刊）。
〔随葉〕　随葉集（寛永十四年刊）。
〔千五〕　千五百番歌合（『続国歌大観』所収）。本文は有吉保校訂の古典文庫本による。
〔定家〕　定家卿名所百首（元禄五年刊）。
〔名寄〕　歌枕名寄（万治二年序）。古典文庫本参照。
〔一目〕　一目玉鉾（元禄二年刊）。『定本西鶴全集第九巻』所収。
〔夫木〕　夫木和歌抄（寛文五年刊）。国書刊行会本（明治三十九年）による。
〔武家〕　武家百人一首（元禄十六年刊）。
〔聞老〕　奥羽観蹟聞老志（『仙台叢書　第十五巻・第十六巻』所収）。
〔方与〕　方輿勝覧集（『列聖全集御撰集　第四巻』所収）。
〔堀百〕　堀川院御時百首和歌（『新校群書類従　巻第一六八』所収）。
〔松葉〕　松葉名所和歌集（寛文七年刊）。神作光一・村田秋男編の笠間索引叢刊本（昭和五十二年）参照。
〔万葉〕　万葉集（『国歌大観』所収）。
〔名三百〕　定家家隆名所和歌三百首秘抄（内題、建保名所三百首抄）（享保年間刊）。
〔藻塩〕　藻塩草（寛文九年刊）。室松岩雄校訂『和歌藻しほ草』（明治四十四年）による。
〔八雲〕　八雲御抄（『列聖全集御撰集　第二巻』所収）。
〔大和〕　大和物語（『国歌大観』・日本古典文学大系本）。
〔良材〕　歌林良材集（慶安四年刊）。『続群書類従　第四六九』所収。
〔類字〕　類字名所和歌集（元和三年刊・承応二年刊）。
〔六帖〕　古今和歌六帖（『続国歌大観』所収）。

校異

1 〔六帖＝三一七六二〕㊂以下、あなたにや人忘ずの山はさかしき　喜撰法師。〔松葉〕は〔六帖〕を引用。〔夫木＝巻二十、山〕は歌形〔六帖〕に同じきも、作者、よみ人知らず。〔聞老＝巻四〕㊂以下「あなたにぞ人わすれずの山わさかしき」とし、出典を〔六帖〕及び〔八雲御抄〕とする。『類聚』未詳。

2 〔名寄〕㊂こなたかなたに。「作者不詳」とする。〔松葉〕は〔名寄〕を引用し、作者名なし。

3 〔後撰＝五五八〕。〔類字〕異同なし。

4 〔新古今＝一〇八八〕詞書「よみ侍りけるに」、㊄草がくれつゝ。〔類字〕㊄くさかくれつゝ。詞書なし。

5 〔千五＝三八一六五〕一一四二番の左。

6 〔古今＝序〕になし。〔為兼卿和歌抄〕〔大系本『歌論集能楽論集』所収〕歌形・作者異同なし。〔大和＝物語七一〇〕〔今昔＝巻三十〕〔小町集＝一九六七二〕〔六帖＝三一八六一〕〔一目〕に出て異同なし。何れも作者名なし。〔類字〕〔秋寐〕は出典〔古今序〕、作者「うねめ」とし、歌形異同なし。〔古風躰〕に同歌形と、㊂以下「あさき心をわがおもはなくに」の歌形も出て『万葉集』巻十六よりの引用とする。

7 〔新拾遺＝五二七〕㊂あまそゝぎ、㊄移ろひぬらむ。〔類字〕も同じ。〔一目〕に㊀時侍て（侍は待の誤り）、作者名なし。

8 〔続千載＝一一五八〕〔類字〕も異同なし。

9 〔夫木＝巻二十八、松〕㊄なりけり。作者、後京極摂政。

10 〔源氏・若紫＝物語八一八〕㊁浅くも人を。

11 〔大和＝物語五五〇〕㊃㊄越えばわかれのかなしからじを。作者名なし。

12 〔夫木＝巻十二、雁〕㊁あらちの山を。作者、前斎宮河内。

13 〔千載＝一五七〕㊁なほ。〔類字〕㊄なるなり。

14 〔千載＝六九〇〕㊀いかにせむ。

15 〔新古今＝五六二〕㊁紅葉葉を（大系本）。〔類字〕

(二)紅葉はを。
16 〔新古今＝一〇九四〕(一)きえねたゞ。
17 〔新古今＝一〇九三〕〔類字〕も異同なし。〔一目〕に歌形同じ。作者名なし。
18 〔新拾遺＝一一一五〕。〔類字〕も異同なし。
19 〔新後拾遺＝一四二二〕。〔類字〕〔定家〕も異同なし。〔随葉〕は作者名を欠く。
20 〔新後撰＝三一五〕。〔類字〕異同なし。
21 〔伊勢物語＝物語三八〕作者名を欠く。〔新勅撰＝九四四〕〔類字〕歌形・作者異同なし。
22 〔自讃〕(四)おちはか上に《のイ》。作者、後久我内大臣権大納言通光ともいふ歟。〔新古今＝一〇九五〕(四)落葉が上に。作者、左衛門督通光。〔自讃歌註〕歌形異同なきも作者名を欠く。〔類字〕(四)落葉の上の。作者、通光。
23 〔千五＝三八一七四〕一一四六番の右。(三)(四)跡たえて思ひいれとも。
24 〔千五＝三八一八一〕一一五〇番の左。(二)(三)うつゝにたにもまたみぬを。作者、隆信朝臣。
25 〔千五＝三八一七八〕一一四八番の右。
26 〔千五＝三八一九二〕一一五五番の右。
27 〔千五＝三六四三一〕三五〇番の右。
28 〔千五＝三八一四四〕一一三一番の右。
29 〔千五＝三八一五九〕一一三九番の左。
30 〔夫木＝巻二十八、菅〕(四)いはて思ひの。
31 〔夫木＝巻二十九、梨〕(三)以下、世中にあはれしのふのやまなしもかな。
32 〔新拾遺＝九四四〕(二)又ことかたに、(四)ふりぬる跡は。〔園大暦〕に見えず。
33 〔随葉＝巻六、名所部〕異同なし。〔建保＝春二十首、忍山〕(三)おくもなし、(五)道をたづねて。作者名なし。〔名寄〕(四)(五)しのふの山に紅葉たつねて。作者、家隆。〔夫木＝巻五、帰雁〕(四)(五)しのぶの山に道をたづねて。作者、正三位知家卿。
34 〔随葉＝巻六、名所部〕(二)春をやひとり。作者名なし。〔建保＝春二十首、忍山〕(二)春をひとりや。作者名なし。〔夫木＝巻四、花〕(二)はるとやひとり。作者、皇太后宮大夫俊成卿。〔名寄〕(二)春をやひとり。作者、俊成女。

35 〔夫木=巻二十、山〕㈠あはれわか。

36 「秀衡恋百首巻頭」未詳。

37 〔夫木=巻二十、山〕㈤たつねん。

38 〔方与〕㈤ともときくかな。〔肥後集〕（『桂宮本叢書第十巻』所収）も同じ。〔松葉〕は〔方与〕より引用、異同なし。

39 〔夫木=巻三十二、枕〕㈢以下、ほうの木の枕はあれと君か手まくら。作者、よみ人しらず。〔六帖=三四〇八三〕㈢以下、ほゝの木の枕はあれど君が手枕。作者、人麿。〔松葉〕は〔六帖=〕を引用。〔閒老=巻十〕出典を『夫木集』として㈣㈤花より葉こそすゞしかりけれ。作者名なし。また同じ出典で㈢以下「朴の木のまくらはあれど君が手まくら　人丸松葉集」も掲出。

40 〔夫木=巻二十、山〕。〔六帖=三二〇四八〕異同なし。

41 〔夫木=巻二十、山〕。

42 〔大和=物語六七二〕㈣ひとりぬる身ぞ。作者名なし（大系本）。

43 〔藤原長能集=二三五七三〕㈡孰く、㈢㈣草村のみよのうかみに。

44 〔新古今=七五五〕㈡すゞしかりけり。

45 〔続古今=一八六〕㈣残るは。

46 〔続後拾遺=三九〇〕㈣露霜置けば。作者、後宇多院御製。〔類字〕㈣露霜をけは。作者、続人不知。45「たつねはや」の作者を〔類字〕は太上天皇。この二首はこの順序で〔類字〕に見えるので、底本の誤写であろう。

47 〔夫木=巻三十、都〕㈡青葉の山に。作者、前中納言道房卿。

48 〔夫木=巻七、新樹〕㈠㈡ちりにけるはなのふるすは。

49 〔花林院歌合〕雪、一番の右。㈢みかくれて、㈤おこさむ。作者、中納言公（教縁のこと）。（『桂宮本叢書　第十四巻』所収「奈良花林院歌合」による）。

50 〔源氏・若葉上=物語一二三三〕㈡来ぬらむ、㈤移ろひにけり。

51 〔古今＝一〇九三、東歌の陸奥歌〕㈤こえなむ。
52 〔古今＝三三六〕作者、藤原興風。〔拾遺＝一二三九〕作者、人麿。〔類字〕は出典を「古今冬、又拾遺冬」、作者を「古 興風、拾 人丸」とする。〔一目〕出典・作者名なし。
53 〔後拾遺＝七七〇〕。〔類字〕異同なし。〔随葉〕作者名を欠く。〔古風躰〕㈢ぬらし《しぼりイ》つゝ。
54 〔金葉＝三〇三〕㈠いかにせむ、㈤きえもこそすれ。〔類字〕㈤きえもこそすれ。
55 〔金葉＝三三四〕異同なし。〔類字〕㈣㈤越白波の数も知れず。作者、永盛法師。
56 〔新古今＝三七〕異同なし。〔類字〕㈠霞立。
57 〔新古今＝一四七三〕詞書「陸奥に侍りける時」、㈡こゆらむ。
58 〔続拾遺＝一〇一〕。〔類字〕異同なし。
59 〔自讃〕㈢あはれなれ。
60 〔千五＝三七七四七〕九三三番の左。㈡かへる、㈢みえつるや。作者、前権僧正。
61 〔千五＝三七八〇三〕九六一番の左。
62 〔夫木＝巻十二、鹿〕。
63 〔夫木＝巻五、帰雁〕作者、兵衛内侍。〔随葉〕作者名なし。
64 〔俊成卿女集＝三〇一八九〕㈠波にとづる、㈢越ぬらむ。
65 〔後撰＝六八四〕㈢以下、空《うらイ》よりなみのこえぬ日はなし。作者、土左。〔類字〕出典、後撰恋二。㈢以下、松山ハ浦より波のこえぬ日もなし。作者、土佐。〔源氏〕にこの歌は見えない。
66 〔按納言集＝二八三八一〕。〔随集〕作者名なし。
67 〔後撰＝七六一〕。
68 〔新古今＝一二八四〕。
69 〔続後撰＝九四四〕。
70 〔続拾遺＝一四〇〕。
71 〔新続古今＝一二四二〕㈤ちぎりなるらむ。〔類字〕㈤契なるらん。
72 〔万葉＝四〇九七〕㈤くがね。〔一目〕歌形同じ。作者名なし。
73 〔万葉＝二二三九〕㈠金山《アキヤマ》。

74 〔夫木＝巻二十、山〕㈣おひますくきの。

75 〔千載＝六五〇〕。〔一目〕作者名なし。

76 〔続古今＝五一一〕。〔一目〕作者名なし。

77 〔続千載＝二八五〕。

78 出典未詳。底本三丁裏の「岩堤山」の解説文を参照のこと。

79 〔曽丹集＝二二一八〇〕㈡秋田の山に。

80 〔山家＝八四三八〕。

81 〔曽丹集＝二二三八九〕出典より作者は曽祢好忠ということになる。

82 〔後撰＝一三三二〕㈡忍ぶの里へ、㈣㈤「会津の山の遥けきやなぞ《にイ》。作者、藤原滋幹が女。〔類字〕は、〔後撰〕に同じ。㈤の末尾、なそ。作者、藤原滋幹女。

83 〔堀百＝夏十五首、照射〕。

84 〔千五＝三六六〇〇〕四三五番の左。㈣いるにかひある。

85 〔夫木＝巻二十、山〕㈡なけ木も、㈣たひをし恋は。

86 〔新続古＝九八六〕。

87 〔万葉＝二四二三〕㈣君が目、㈤苦しかりけり。

88 〔夫木＝巻四、花〕㈡ふところに、㈢おひたてゝ、㈣㈤はくくむ花をこそみれ。

89 〔東奥白河往昔之記〕（『続々群書類従第九地理部』所収）に古歌として「陸奥ノ桜ノ岡ノ桜花散桜アレハサク桜アリ」と見え、作者名なし。〔白河関物譚〕もこれと同じ歌形。〔清少納言集〕になし。藤原定家〔奥入〕竹河に、桜咲く桜の山の桜花咲く桜あれば散る桜あり。世尊寺伊行〔源氏釈〕〔前田本〕竹河に〔奥入〕と同歌形、椎本に㈣㈤散る桜あれば咲く桜あり。

90 〔続古今＝三三七〕。〔随葉〕・〔一目〕に作者名を欠く。

91 〔夫木＝巻二十一、岡〕㈡なにしけるらん。

92 〔六帖＝三一九一六〕。

93 〔夫木＝巻二十一、岡〕作者、よみびとしらず。

94 〔夫木＝巻二十一、岡〕㈠㈡暮かゝるなかゐのをかを。作者、鷹司院帥。

95 〔夫木＝巻六、躑躅〕。
96 〔夫木＝巻二十一、岡〕㈠問へとこの、㈤わか衣手そ。作者、民部卿為家。
97 〔万葉＝一三二九〕㈢つらはげて。
98 〔万葉＝三四三七〕㈣㈤せらしのすそはつらはかめかも。
99 〔古今＝一〇七八〕㈢㈣わがひかば末さへよりこ。〔類字〕出典、古今大哥所御哥。㈢㈣我ひかは末さへよりこ。
100 〔万葉＝三四二六〕㈡以下、くにをさとほみあはなはばしぬびにせむとひもむすばさね。〔古風躰〕も〔万葉〕に同じ。
101 〔東奥白河往昔之記〕（『続々群書類従第九地理部』所収）に古歌として引くも作者名なし。㈠㈡陸奥ノ轉寝ノ森ノ。〔白河関物譚〕上句、みちのくの転寝森のはしこえて。〔源順集〕になし。〔曽良旅日記〕四月廿一日の記事の末尾に「相楽乍憚ノ伝」の内としてこの和歌を引き、底本に異同なきも作者名を欠く。「八雲ニ有由」の注記は誤り。

102 〔新続古今＝一八五〕。
103 〔新勅撰＝一四四〕。
104 〔千五＝三六七八〇〕五六五番の左。㈤秋やきぬ覧。〔夫木＝巻二十二、森〕も〔千五〕に同じ。〔千載〕になし。
105 〔続拾遺＝一〇一七〕。
106 〔六帖＝三一九三二〕㈠片恋の、㈢散ぬれど。
107 〔千五＝三八一八七〕一一五三番の左。〔松葉〕は出典を〔名寄〕として、㈤秋の村雨。作者、太政大臣醍醐。
108 〔夫木＝巻三十三、杵〕㈠いはゝやな。
109 〔夫木＝巻二十二、森〕。
110 〔猿源氏草子〕（岩波文庫『お伽草子』所収）に歌形同じ。〔夫木＝巻二十一、橋〕㈠くまのなる。作者、よみ人しらず。〔松葉〕出典を〔懐中〕とし、㈠くまのなる。作者名なし。〔俳諧類船集〕の「咡《サヽヤク》」の項にも同じ。但し出典なし。〔藻塩〕は「備後」の国とし、㈠くまのなる。作者名なし。〔秋寐〕も国を「備後」とし、他は〔松葉〕に同じ。

111 〔堀百＝雑二十首、橋〕㈡朽木の橋も。〔松葉〕出典を〔堀百〕とし、歌形異同なし。作者を「河内」とする。〔名寄〕〔聞老＝巻八〕も同じ。

112 出典未詳。

113 〔拾遺＝三八一〕㈢㈣苞もなし滝のを川の。

114 〔名寄〕出典を〔良玉〕とし、㈣ふちなミかゝる。作者、民部卿忠教。

115 〔夫木＝巻二十一、橋〕。

116 〔後拾遺＝七五一〕㈡をだえの橋。

117 〔続後撰＝八八九〕㈡をだえの橋。〔一目〕㈣乱て落る。作者名なし。

118 〔新後拾＝一一八三〕㈡をだえの橋。

119 〔源氏・藤袴＝物語一一六一〕㈢尋ねずて。

120 〔夫木＝巻二十一、橋〕。

121 〔夫木＝巻二十一、橋〕㈡書もみられず、㈤うしろめたさに。

122 〔藻塩＝巻五、橋〕㈣まつなとかゝる。

123 〔千載＝七一五〕㈢くるつなの。

124 〔新続古今＝一五五六〕㈡くると見しまに。

125 〔風雅＝一三六三〕。

126 〔夫木＝巻二十一、橋〕㈠ふまゝうき、㈤おもはくのはし。作者、西行上人。〔山家＝八一二四〕も同じ歌形。〔藻塩〕㈠ふまはおし。作者名なし。

127 〔夫木＝巻二十一、橋〕上句、うすくこくのとかに匂へしつえまて。作者、修理大夫顕季卿。

128 〔夫木＝巻二十一、橋〕。

129 〔建保＝秋二十首、白河関〕。〔随葉〕㈣けふそ越行。〔名三百〕㈣けふそこしつる。〔夫木＝巻十二、雁〕㈢かりかねに、㈣越つる。〔随葉〕〔名三百〕は作者名を欠く。

130 〔建保＝秋二十首、白河関〕㈡もみぢの、㈣月に吹きしく。〔名三百〕㈣月に吹しく。作者名なし。

131 〔拾遺愚草＝九七九四〕出典より作者は定家。〔定家〕異同なし。〔名三百〕は作者名を欠く。〔建保＝秋二十首、白河関〕㈤とまらず。

132 〔拾遺＝三三九〕㈤こえぬと。〔一目〕作者名なし。〔兼盛集＝一七〇一六〕㈤越ぬと。

133 〔後拾遺＝五一八〕・〔古風躰〕㈢たちしかど。

〔二目〕作者名なし。

134 〔後拾遺＝九三〕。〔古風躰〕異同なし。

135 〔後拾遺＝四七七〕。

136 〔千載＝一四二〕㈠見ですぐる。作者、藤原季通朝臣。〔続詞花＝巻三、夏〕（『新校群書類従　巻一四八』所収）㈠見て過ぐる。作者は〔千載〕に同じ。

137 〔続千載＝四五六〕。

138 〔千載＝三六三〕作者、左大辨親宗。

139 〔千載＝三六四〕。

140 〔新後拾遺＝九〇三〕。

141 〔続古今＝八七七。〕

142 〔続拾遺＝六七五〕作者、観意法師。

143 〔新後撰＝五七五〕作者、藤原頼範女。

144 〔玉葉＝一一六七〕作者、法印任辨。

145 〔千載＝五四二〕㈠㈡東路も年も末にや。

146 〔続千載＝八四六〕㈠秋風は。作者、源邦長朝臣。

147 〔続後拾＝四九二〕㈠別れにし。

148 〔続後拾＝五一五〕。

149 〔続後拾＝五九六〕㈠越えぬより。

150 〔新拾遺＝七八三〕㈡越えぬれ。

151 〔新拾遺＝八〇九〕㈣越えし。作者、大蔵卿隆博。〔類字〕㈣越し。作者、大蔵卿隆博。

152 〔新千載＝七七九〕作者、澄空上人。〔類字〕㈣聞てそ。作者、証空上人。

153 〔千五＝三七九七七〕一〇四八番の左。㈡とつらん、㈣たつへき。作者、良平。

154 〔名寄〕出典を〔秋風抄〕とし、㈡ゐそかちしまに。〔松葉〕出典を〔拾玉〕とし、㈡えそかち嶋に。〔名所小鏡〕（延宝六年刊）㈡えそか千嶋に。〔拾玉集異本拾遺〕（屋代弘賢『輪池叢書十八』所収）㈡えそかちしまに。

155 〔新拾遺＝七八二〕㈢月の。〔類字〕・〔西行法師家集〕（延宝二年刊）も㈢月の。

156 〔新拾遺＝七八四〕㈢こえて。

157 〔新続古今＝九四三〕㈡㈢まだ白川の関越えて、㈤つてまし。

158 〔続後拾遺＝五九七〕。
159 〔新続古今＝一三九二〕㈤ありけれ。
160 〔堀百＝雑二十首、関〕。
161 〔夫木＝巻四、花〕㈣苔のむしろは。
162 〔夫木＝巻十九、坤〕㈤行けと。〔藻塩〕㈡こえて、㈤行と。作者名なし。
163 〔武家〕㈣けふ下芝《したしば》に。
164 出典未詳。
165 〔西行法師家集＝春、花〕・〔建保〕も異同なし。
166 〔壬二集＝一三九〇九〕㈠雪の色は、㈣あけぼのしるき。〔夫木＝巻二、鴬〕もこれに同じ。
167 〔随葉＝巻第六、名所部〕作者名なし。〔古風躰〕上句、しら川の春のこずゑをみわたせば。作者、としよりの《の》朝臣《イナシ》。
168 〔建保＝秋二十首、白河関〕。〔随葉〕異同なし。
169 〔夫木＝巻二十一、関〕作者、正二位忠定卿。〔建保＝秋二十首、白河関〕・〔随葉〕共に㈠そめあへぬ。作者名なし。
170 〔吾妻鏡＝第九巻〕文治五年七月二十九日の条。

○廿九日丁亥。越二白河関一給。関明神御奉幣。此間召二景季一。当時初秋候也。能因法師古風不二思出一哉之由被二仰出一。景季扣レ馬詠二一首一。秋風ニ草木ノ露ヲ払セテ君カ越レハ関守モ無シ。（吉川弘文館版『新訂増補国史大系〔32〕吾妻鏡前篇』）。〔武家〕歌形異同なし。

171 〔一遍上人絵詞伝縁起〕（万治三年刊）同三年奥刕へおもむき給ふ。……白河の関にかゝられけるに関屋を月のもる影ハ人の心をとむる也けりと、西行が詠侍けるを思ひ出られて、関屋の柱にかきつけ給ひける。

他阿弥陀仏　しら河の関路にもなをとゝまらしこゝろのおくのはてしなければ

(172) 聖も又よミてかゝれける

行人を弥陀のちかひにもらさしと名をことむれしら川のせき

東方書院版『日本絵巻物全集 十九輯 一遍上人縁起絵巻』（国宝。神戸市・真光寺蔵）も「白河の関にかゝられけるに」以下同文。歌二首も異同なし。

171 〔北条九代記〕（延宝三年刊）巻十、改元附蒙古使被レ追返レ竝一遍上人時宗開基「住昔西行上人修行の時関屋を月の洩る影はと詠じけんことを思ひ出でゝ関屋の柱に書付ける白河の関路にも猶留まらじ心の奥の果しなければ」（早稲田大学出版部版『通俗日本史第四巻』所収）。

172 〔一遍上人絵伝〕（国宝。京都市・歓喜光寺蔵）「かくて白川の関にかゝりて関の明神の宝殿の柱にかきつけ給ける。ゆく人そ《(ママ)》みたのちかひにもらさしと名をこそとむれしら川のせき」（雄山閣版『日本絵巻物集成第二十二巻』所収）。

173 〔夫木＝巻二十一、関〕。

174 〔詞花＝一八四〕〔一目〕共に作者名なし。〔名寄〕作者、太皇大后宮甲斐。〔類聚追考〕未詳。

175 〔新後拾遺＝一〇三四〕。〔一目〕作者名なし。

176 〔後拾遺＝一一三七〕㈢以下、東路に有けるものかは《をイ》らからの関。作者、藤原実方朝臣。〔一目〕㈢東路に。作者名なし。

177 〔夫木＝巻二十一、関〕㈠㈡こえやらてふまゝくをしく。

178 〔後拾遺＝六九四〕㈡身こそ。〔一目〕作者名なし。

179 〔詞花＝一七三〕㈤きくかな。

180 〔続後撰＝四七九〕〔類字＝第四〕㈢以下、関守はねられぬまゝの月やみるらむ。作者、順徳院。

181 〔続千載＝八四七〕作者、贈従三位為子。〔類字〕もこれに同じ。

182 〔新千載＝七九一〕。

183 〔堀百＝雑二十首、関〕。

184 〔夫木＝巻二十一、関〕㈤すくる旅人。作者、土御門内大臣。

185 〔夫木＝巻二十八、小々妻〕。

186 〔夫木＝巻二十一、関〕㈣恋しきことは。〔松葉〕出典を〔類聚〕とし、㈣恋しき事ハ。

187 〔良材＝下〕㈣とや〳〵とりの。〔八雲〕も同じ。〔夫木＝巻二十一、関〕㈣とや〳〵とほりの。〔名寄〕㈢㈣しほりするとや〳〵とりの。〔藻塩〕はこれに同じ。

188 〔夫木＝巻二十一、関〕㈡㈢㈣、あひつの関もわれといへはかたゝなしくも。
189 〔後撰＝六八三〕㈤するゐけむ。
190 〔後拾遺＝三〕〔古風躰〕㈠東路は、㈤こえてきつらむ。
191 〔金葉＝五〇九〕。
192 〔千載＝一〇三〕。〔武家〕異同なし。
193 〔続千載＝七九七〕㈠都には。
194 〔続後撰＝一八三〕。
195 〔新勅撰＝六五四〕㈠みるめ苅る、㈤据ゐなくに。
196 〔続千載＝七九六〕。〔拾玉＝五四一八〕異同なし。
197 〔新千載＝一二九六〕㈠越侘ぶる、㈣高き関と。
198 〔堀百＝雑二十首、関〕㈢東路に。
199 〔堀百＝雑二十首、関〕㈡㈢いふも我妹子に。
200 〔堀百＝雑二十首、関〕。
201 〔堀百＝雑二十首、別〕㈤関を。
202 〔堀百＝春二十首、喚子鳥〕。
203 〔堀百＝雑二十首、関〕㈤するゐけむ。
204 〔千五＝三六三〇〕三〇〇番の左。
205 〔千五＝三八八七八〕一四四九番の左。㈤なにとゝめけん。
206 出典未詳。
207 〔夫木＝巻二、霞〕。
208 〔夫木＝巻二、鶯〕㈠東路は。
209 〔拾遺＝三八七〕。
210 〔夫木＝巻二十六、温泉〕。
211 〔拾遺＝三八六〕。
212 〔大和＝物語五三一〕㈠㈡浦には蜑や。
213 〔拾遺＝九〇五〕。
214 〔新古今＝一三五一〕。
215 〔新続古今＝五七二〕㈣㈤まだ染め果てぬ秋ぞ籠れる。
216 〔夫木＝巻十二、鹿〕㈠をしかなく。〔一目〕㈠㈡男鹿嶋あだちが原は。（嶋は鳴の誤り）。
217 〔夫木＝巻十八、鷹狩〕。
218 〔新後拾遺＝九五二〕。〔一目〕㈡音に名立そ、㈣忍ぶが原は。作者名なし。

219 〔続古今＝一〇六九〕㈡しのぶ河原に。

220 〔西行法師家集〕（延宝二年刊）・〔山家〕には見えない。〔撰集抄＝巻九、覚英僧都ノ事〕㈠世の中の、㈣よばるゝ名こそ。作者、権少僧都覚英。〔一目〕㈠世の中の。作者名なし。〔聞老＝巻十一〕㈠よの中の。作者、西行法師。〔退閑雑記〕作者、権少僧都学英。

221 〔金葉＝四五七〕。

222 〔玉葉＝七三六〕㈢白菅の。〔一目〕㈢白菅の。作者名なし。

223 〔新千載＝一二三六〕。

224 〔新続古今＝九九二〕㈣つゆ分けあかす。

225 〔堀百＝恋十首、思〕㈡真野のこ《イま》すげの。

226 〔千載＝一九四〕・〔続詞花＝巻四、秋上〕・〔古風躰〕㈤かわくまぞなき。

227 〔新続古今＝九八七〕作者、正三位季経。〔一目〕作者名なし。

228 〔夫木＝巻二十、山〕㈡みやきかはらの、㈣鹿なき。

229 〔夫木＝巻十四、鶉〕㈡つゆも。作者、従二位家隆卿。

230 〔千五＝三八六八九〕一三八六番の左。㈣都はいつこ《と》。

231 〔松葉〕・〔秋寐〕共に〔六帖〕を出典として底本に異同なし。〔名寄〕は出典〔六帖〕として㈢以下、いちしろく《（ママ）》われとハみすと人にしらすな。〔六帖〕には見えない。〔聞老＝十二〕に〔茂塩草《（ママ）》〕を出典として㈢以下、いちしるく我とは見すと人にしらすな。

232 出典未詳。

233 〔新古今＝三〇〇〕。〔詠歌大概〕・〔近代秀歌〕・〔自讃〕・〔西行法師家集〕にも出て異同なし。

234 〔後拾遺＝二七九〕。

235 〔詞花＝一二八〕。

236 〔続後拾遺＝五一七〕。〔一目〕作者名なし。

237 〔後拾遺＝九七七〕。

238 〔夫木＝巻十二、鹿〕作者、如願法師。

239 〔夫木＝巻一、若菜〕㈤こせりつむなり。作者、衣笠内大臣。

240 〔古今＝六九四〕。〔一目〕宮城の本原の小萩露をもみ風を待毎君社まて。作者名なし。

241 〔後拾遺＝二八九〕。

242 〔千載＝二一七〕㈢宮城野の。

243 〔千載＝二五五〕。

244 〔新古今＝一三四六〕㈤色に出しより。

245 〔新古今＝一五六四〕。

246 〔新古今＝一八一九〕。

247 〔玉葉＝九七五〕㈢㈣萩が枝にをれぬ計りも。

248 〔続後撰＝二八三〕。

249 〔源氏・桐壺＝物語七六二〕㈡露吹結ぶ。

250 〔源氏・東屋＝物語一四八六〕㈤分かずぞ。

251 〔千五＝三六九〇四〕五八七番の左。

252 〔千五＝三六九九八〕六二三番の左。㈣萩に玉ゐる。

253 〔堀百＝雑二十首、野〕㈡草葉《イね》。

254 〔堀百＝雑二十首、野〕。

255 〔堀百＝秋二十首、萩〕㈤枝もしとゞに。

256 〔夫木＝巻十三、露〕㈤月かな。

257 〔夫木＝巻十四、擣衣〕㈤そふらん。

258 〔夫木＝巻二十二、野〕。

259 〔千五＝三六八八四〕五七七番の左。

260 〔夫木＝巻二十八、萱〕。

261 〔夫木＝巻二十九、椿〕㈤老そしぬらん。

262 〔夫木＝巻十四、葛〕。

263 〔堀百＝春二十首、春駒〕㈣㈤つゝじかげだにあせみ花咲く。〔夫木＝巻三、春駒〕㈣㈤つゝしのしたにあせみはなさく。〔名寄〕㈤あせみ花さく。〔松島眺望集巻之下〕㈣㈤つゝじが岡にあせみ花咲く。（『古典俳文学大系4談林俳諧集二』所収）。

264 〔堀百＝雑二十首、野〕。

265 〔夫木＝巻二十二、野〕㈡つかろのゝへの。

266 〔夫木＝巻二十二、牧〕㈢ひくこまの。

267 〔続千載＝四一四〕。

268 〔千五＝三八三七〇〕一二四四の右。㈤なれ行物を。〔夫木＝巻二十二、牧〕㈤なれゆく物を。

269 〔後撰＝一二五三〕㈢野がふには。

270 〔拾玉＝三三七八〕㈢あら駒を。
271 〔拾遺＝三八五〕㈢おりゐるは。
272 〔夫木＝巻三十二、郡〕㈠㈡みちのくにけふの郡に、㈣人のこゝろ。
273 〔堀百＝恋十首、後朝恋〕㈠㈡碑やけふのせば布。〔良材＝下〕㈤あかぬ中哉。
274 〔袖中＝第十八〕。〔良材＝下〕・〔一目〕にも異同なし。
275 〔一目〕歌形同じ。〔袖中＝第十八〕㈤けふの布ぞも。〔良材＝下〕㈤けふの布《ほそ布イ》かも。
276 〔後拾遺＝六五二〕。
277 〔良材＝下〕。
278 〔良材＝下〕㈣㈤ちつかにたえて逢よしも哉
279 〔良材＝下〕㈢錦木を。
280 〔千五＝三八一四九〕一一三四番の左。㈡あふ日をまちし。
281 〔堀百＝恋十首、不被知人恋〕㈣はひさす色に。
282 〔堀百＝恋十首、不遇恋〕㈤まだしき《イたえなる》。
283 〔堀百＝恋十首、初遇恋〕㈢なりぬらむ。
284 〔夫木＝巻三十一、郡〕。
285 出典未詳。〔聞老＝巻三〕㈡宇太のおはまの、㈣あはせてみばや。〔聞老＝巻四〕㈡うたの小はまの、㈣あはせても見む。
286 〔堀百＝雑二十首、山〕㈡しらぬ境に。
287 〔千載＝六三四〕作者、前中納言匡房。
288 〔新古今＝三八五〕。
289 〔新勅撰＝六七三〕㈠東路や、㈤こえぞわづらふ。
290 〔新勅撰＝六七三〕㈠東路や、㈢やすらひて、㈤こえぞわづらふ。作者、西行法師。
291 〔千五＝三八一五四〕一一三六番の右。作者、通具朝臣。
292 〔夫木＝巻七、橘〕㈣㈤しのふの里ににほふ立花。
293 〔夫木＝巻十四、擣衣〕。
294 〔名寄〕作者、澄覚法親王。〔夫木＝巻三十一、里〕㈠しひてとふ。作者、前大僧正澄覚。
295 〔新勅撰＝一二一六〕㈡いかゞ《でゝイ》。作者、読人しらず。

296 〔夫木＝巻三、梅〕。

297 〔夫木＝巻三十一、里〕㈢㈣みちの野のえひすの里の。作者、後京極摂政。

298 〔堀百＝秋二十首、霧〕。

299 〔堀百＝秋二十首、擣衣〕㈡秋は。

300 〔玉葉＝一三一八〕㈣逢隅川の。

301 出典未詳。

302 〔玉葉＝一二五二〕。

303 〔新古今＝四〇二〕。〔二目〕作者名なし。

304 〔続古今＝四六七〕作者、土御門院内大臣。〔千五＝三七四〇六〕七六二番の右。㈠浦風や。

305 〔夫木＝巻六、藤花〕㈡㈢浪のしからみと。〔松葉〕出典を〔夫木〕とし、歌形前記に同じ。作者、上西門。

306 〔源氏・須磨＝物語九五二〕。

307 〔源氏・須磨＝物語九四九〕。

308 〔源氏・夕霧＝物語一三〇六〕㈡恨みむよりは。

309 〔源氏・夕霧＝物語一三〇七〕㈣㈤脱更へつてふ名をたゝめやは。

310 〔続古今＝一一一四〕㈢以下、松島のかはらず人を恋ひ渡る哉。作者、柿本人丸。

311 〔方与〕㈣波の軒ばに。作者、法橋春誓。〔松葉〕出典を〔名寄〕とし、㈣浪の軒端に。作者名なし。〔随葉〕歌形これらに同じ。作者名なし。

312 〔建保＝恋二十首、松島〕。〔定家〕異同なし。〔随葉〕㈡心ひとへに。作者名なし。〔夫木＝巻二十三、島〕作者、前中納言定家卿。

313 〔建保＝恋二十首、松島〕㈡あら磯かけて、㈢松島や《もイ》。〔方与〕㈢松島や。作者、家隆。〔夫木＝巻十五、紅葉〕作者、従二位家隆卿。〔随葉〕異同なし。

314 〔後撰＝一〇九四〕詞書「松をけづりてかきつけ侍りける」。〔藻塩＝巻五、島〕㈤すみけり。作者名なし。

315 〔千載＝四六〇〕㈣ふりにけり。

316 〔新勅撰＝一三一八〕㈡藻汐木たきすてゝ。作者、祝部成重。

317 〔玉葉＝二一〇八〕㈡鳴く音も。
318 〔新続古今＝二〇二〕。〔白河殿七百首＝夏、浦藤〕〔『新校群書類従巻第一六五』所収〕㈡蜑や植ゑけむ。作者、御製。
319 〔夫木＝巻十四、擣衣〕。
320 〔源氏・賢木＝物語九二二〕㈠ながめ刈る。
321 〔千載＝八八四〕㈡小島の。作者、大輔。
322 〔新古今＝三九九〕。〔一目〕作者名なし。
323 〔新古今＝四〇三〕。〔一目〕㈠秋の夜のをしまの〔「月や」を脱〕。作者名なし。
324 〔新古今＝九三三〕。〔一目〕作者名なし。
325 〔新後撰＝三六〇〕。
326 〔自讃〕㈡小島の。〔新古今＝七〇四〕㈤浪やかゝ《くィ》らむ。
327 〔千五＝三八三九七〕一二五八番の左。㈤袖ぬらしけ《っ》る。〔類字＝第二〕出典を〔新拾遺恋三〕とし、㈤袖ぬらしける。作者、醍醐入道前太政大臣。
328 〔千五＝三七七六〇〕九三九番の右。作者、通具朝臣。

329 〔壬二集＝一三六〇九〕㈠明け渡る。〔夫木＝巻二十三、島〕も同じ。〔風雅＝一七一四〕㈠明け渡る、㈢木の間より。三書とも「をじま」仮名書き。
330 〔古今＝一〇八九、東歌の陸奥歌〕㈤まつぞ恋しき。〔藻塩＝巻五、島〕㈤松そこひしき。
331 〔拾遺＝九〇〕㈡垣ねは。
332 〔新勅撰＝一三一五〕㈢ながめつゝ。〔一目〕㈣都淋しく。作者名なし。
333 〔続後拾遺＝二二七〕㈤蛍なりけり。
334 〔新続古今＝五五二〕。〔一目〕作者名なし。
335 〔続詞花＝第二、春下〕〔『新校群書類従巻第一四八』所収〕。〔夫木＝巻六、藤花〕。㈠うしろめた。
336 〔夫木＝巻二十七、貝〕。
337 〔夫木＝巻二十三、島〕。
338 〔千載＝二四八〕。〔藻塩＝巻五、島〕歌形異同なきも作者名を欠く。
339 〔夫木＝巻二十三、島〕㈣㈤心つよさはきみにまさらし。
340 〔夫木＝巻二十七、鶴〕㈡声もまかはし。〔随葉〕

歌形は異同なきも作者名なし。

341 〈新古今＝一三七八〉。

342 〈続古今＝四五〉。

343 〈続千載＝七六二〉上句、陸奥に世を浮島ぞありといふ。

344 〈夫木＝巻四、花〉㈠うき島の。

345 〈夫木＝巻二十三、島〉㈣柞かすゑも。

346 〈夫木＝巻二十三、島〉㈣みやこ島へに。〔一目〕㈠別れ路は、㈣都嶋へに。作者名なし。

347 〈続古今＝一六四六〉㈢あさりする、㈣鳴なる。〈類字〉㈡㈢㈣みつの小嶋にあさりするたつそ鳴成。

348 〈壬二集＝一四二三六〉。〈夫木＝巻二十三、島〉異同なし。

349 〈夫木＝巻二十七、鷲〉㈤文字もありけり。

350 〈夫木＝巻二十三、島〉㈢隔てねと。作者、法橋顕昭。

351 〈夫木＝巻十三、月〉㈠㈡こさふかは曇りもそする。作者、西行上人。〈藻塩＝巻七、夷〉㈠こさふかは、㈣ゑそこにはみせし。作者名なし。〔一目〕㈠こさ吹て、㈣夷には見へじ。作者名なし。

352 〈夫木＝巻二十三、船〉㈤なみ間をそ待。

353 〈夫木＝巻二十三、島〉作者、左京大夫顕輔。〈拾葉〉作者、顕輔。〈袖中〉作者名なし。〈藻塩＝巻七、矢〉㈡千島のゑその。作者名なし。

354 〈新古今＝九七一〉。

355 〈新古今＝一〇九六〉㈤栲縄。

356 〈続後撰＝七四六〉㈢まがふらむ。

357 〈続千載＝一〇九八〉。

358 〈夫木＝巻十七、千鳥〉。

359 〈古今＝一〇八八、東歌の陸奥歌〉。

360 〈古今＝八五二〉。

361 〈新古今＝六七四〉㈡たく藻の煙、㈣寂しくもあるか。作者、入道前関白。

362 〈続古今＝五二二〉㈡苫屋も。

363 〈続古今＝九一七〉。〈随葉〉㈡行てや見まし。〔一目〕㈠㈡同じくは越や見まし（「て」脱か）。共に作者名なし。

364 〔千五＝三五八二一〕四五番の左。

365 〔千五＝三六〇九八〕一八三番の右。㈡㈢花のなみたつみよしのゝ。

366 〔千五＝三八六一二〕一三六〇番の左。

367 〔新古今＝一六〇九〕。〔壬二集＝一三九一〇〕。

368 〔夫木＝巻二十五、浦〕㈢㈣はれなからおほろ月夜の。作者、順徳院御製。〔建保＝春二十首、塩竈浦〕・〔名三百〕・〔随葉〕三書とも歌形〔夫木〕に同じ、作者名なし。

369 〔夫木＝巻二十八、海松〕㈠㈡磯に生るみるめにつけて、㈣うらさひしくも。

370 〔続後拾遺＝九六七〕。

371 〔千五＝三八七六二〕一四一〇番の右。㈠しほかまのをちの、㈣松の木のまに。

372 〔夫木＝巻十七、千鳥〕。

373 〔夫木＝巻二十八、藻〕㈠㈡かるもかきたく塩竈に。

374 〔夫木＝巻十四、鴫〕㈣㈤もゝはかきするしきのは風に。

375 〔夫木＝巻三十四、神祇〕。

376 〔随葉〕異同なし。〔建保＝春二十首、塩竈浦〕上句、塩がまやうらみて渡る雁がねを。共に作者名なし。〔夫木＝巻五、帰雁〕㈡㈢うらみてわたる雁かねを。作者、前中納言定家卿。〔定家〕上句、塩かまやうらみゝてわたるかりかねを。

377 〔随葉〕異同なし。〔建保＝春二十首、塩竈浦〕㈢塩竈に、㈤霞へだつる。共に作者名なし。

378 〔夫木＝巻二十五、浦〕㈠もろこしも。〔壬二集＝一四七一〇〕異同なし。

379 〔続後撰＝八〇八〕。

380 〔千五＝三六七五一〕五一〇番の右。

381 出典未詳。

382 〔新古今＝九三〇〕。

383 〔夫木＝巻二十五、浦〕㈤とふの浦風。

384 〔金葉＝二九四〕。

385 〔堀百＝冬十五首、霰〕㈠玉ざゝに、㈣いとしそ《こそ》。

386 〔堀百＝冬十五首、霜〕。

387 〔夫木＝巻二十八、菰〕異同なし。〔袖中〕㈣君をねさして。〔方与〕㈣君しなして。〔千五〕に見えず。〔一目〕歌形同じ、作者名なし。

388 〔千五＝三八三八九〕一二五四番の左。㈠まつやと《ひイ》も、㈣なるふを、㈤しられ《せ》め。

389 〔夫木＝巻三十、山家〕異同なし。〔散木〕㈣㈤いくへかけゝるとふのつかなみ。〔袖中〕㈤とふのつかなみ。

390 〔夫木＝巻三十、屋〕。

391 〔六百番歌合＝三九七二五〕一六番の左。㈣七ふたびしき。〔夫木＝巻三十六、恋〕㈣㈤ならふさひしきとふのすかゝも。

392 〔新古今＝一三三二〕㈢㈣奥の海よ汐干の潟の。〔一目〕㈢㈣奥の海よ汐干の方に。作者名なし。

393 〔続古今＝一七一五〕㈡いづくに、㈤波はかく覧。

394 〔新千載＝六七九〕㈡翼に。

395 〔続後拾遺＝七〇二〕㈣磯べに。作者、常磐井入道前太政大臣。〔一目〕作者名なし。

396 〔夫木＝巻二十五、浜〕㈣なにと心の。

397 出典未詳。底本四丁目表「木奴身浜」の説明を参照のこと。

398 〔夫木＝巻二十五、浜〕㈢思ほゆる。〔一目〕㈡㈢奥ゆかしくもおもほゆる。作者名なし。

399 〔松葉＝第六〕・〔聞老＝巻十二〕出典を「夫木」として収載、異同なし。但し〔夫木〕には見当らない。〔一目〕㈢以下、うとふ鳥子はやすかたの音をのみぞ鳴。

400 出典未詳。〔一目〕㈢みのゝ上に。〔聞老＝巻三〕㈢㈣笠のうへにかゝるもわびし。出典を〔藻塩草〕とする。

401 〔玉葉＝一〇三八〕㈣数とぞ。

402 〔詞花＝一六六〕。〔随葉〕㈠松嶋や、㈢あしたつの。作者名なし。

403 〔夫木＝巻三十六、言語〕㈡浜風さむき、㈣あまのかるもを。

404 〔後拾遺＝八二八〕㈡㈢小島の磯にあさりせし。〔古風躰〕㈢かづきせし。

405 〔新古今＝九四八〕。

406 〔続古今＝一六五九〕。

407 〔新後撰＝四七九〕作者、皇太后宮大夫俊成女。〔俊成卿女集＝三〇〇二九〕。〔千五＝三七八三六〕九七七番の右。作者、俊成卿女。

408 〔玉葉＝九二九〕㈣小島が磯。

409 〔新続古今＝一〇〇四〕㈠浪かへる、㈣心して吹け。

410 〔夫木＝巻二十三、島〕㈢もみちはに。作者、藤原忠兼。〔哥枕〕未詳。

411 〔千五＝三七四三〇〕七七四番の右。

412 〔千五＝三八八六七〕一四四五番の右。㈡をしま、㈤さよの松風。作者、通具朝臣。

413 〔千五＝三六九六五〕六一二番の左。

414 〔夫木＝巻十二、雁〕㈡をしまかいそ。作者、俊成卿女。〔松葉〕出典を〔夫木〕とし、㈠散ぬべき。作者、忠兼。

415 〔夫木＝巻二十三、江〕㈠せきわくる。

416 〔新勅撰＝六五三〕㈤こふれど。

417 〔玉葉＝一三〇五〕㈣あしの末葉の。作者、常磐井入道前太政大臣。

418 〔続古今＝九一一〕㈡をじまが磯の、㈤時雨ふるなり。

419 〔古今＝一〇九〇〕㈤いざと。

420 〔古今＝一〇八七、東歌の陸奥歌〕㈡㈢霧立曇り明ぬ共、㈤まてば。

421 〔金葉＝六一七〕㈠まつ我は。

422 〔新古今＝一五七七〕㈤春をまちけり。

423 〔新古今＝八六六〕・〔続詞花＝巻十四、別〕。〔一目〕作者名なし。

424 〔新古今＝八六七〕㈡あふくま川。㈤悲しき。作者、藤原範永朝臣。

425 〔堀百＝雑二十首、河〕。

426 〔堀百＝雑二十首、河〕。㈡㈢つけてや流れけむ。

427 〔千五＝三八七八八〕一四一九番の右。㈡たつねもゆかん、㈣㈤あふくま川の程《はイ》遠とも。

428 〔夫木＝巻三十三、衣〕㈣ふたまたかしは。

429 〔堀百＝雑二十首、河〕㈢駒とめじ、㈤かげうつりけり。作者名なし。

430 〔千五＝三八八六六〕一四四五番の左。㈣駒うちなつむ。

431 〔千五＝三八七三八〕一四〇二番の右。

432 〔古今＝六二八〕㈡ありといふ。作者、忠岑。〔二目〕作者名なし。

433 〔金葉＝一〇九〕㈤過ぎにけるかな。

434 〔古今＝六五〇〕。

435 〔金葉＝四二二〕㈣㈤まだきに岩間洩すべしや《とはイ》は。

436 〔新古今＝一一一九〕。

437 〔続千載＝八八九〕㈣瀬迄と。

438 〔新千載＝四三九〕作者、前参議義清。

439 〔続後撰＝二一二〕。

440 〔千五＝三八三三五〕一二二七番の左。作者、保季朝臣。

441 〔夫木＝巻八、郭公〕㈣むもれきの。作者、少将内侍。

442 〔新勅撰＝七〇〇〕。

443 〔新千載＝二〇三三〕㈣しるしの。

444 〔新後撰＝一〇四八〕。

445 〔源重之集＝二〇〇四八〕㈡㈢見なれし人の別るれば。

446 〔新古今＝六四三〕。

447 〔続古今＝六二〇〕。

448 〔続後拾遺＝一〇〇九〕。

449 〔夫木＝巻二十六、渡〕㈠五月雨は、㈢㈣なみこえてみやさき山に。作者、藤原基広。

450 〔後拾遺＝八九四〕。

451 〔名寄〕「類、古渡月」として収載、歌形異同なし。作者名を欠く。〔松葉〕出典を〔類聚〕とし、歌形・作者とも異同なし。〔聞老＝巻四〕㈡㈢いなばのわたり霧はれて。出典を〔哥枕又夫木〕とする。

452 〔夫木＝巻二十六、渡〕㈡まかきわたりは、㈤行かふ。

453 〔新後拾遺＝九三一〕。〔夫木＝巻二十六、渡〕㈡袖のわたりは、㈤なかれてそゆく。〔一目〕㈤流てぞすむ。作者名なし。

454 〔夫木＝巻二十四、淵〕。〔藻塩＝巻五、渡〕作者名を欠く。
455 〔夫木＝巻二十六、渡〕㈤深き思ひを。
456 〔夫木＝巻二十四、瀬〕。
457 〔古今＝六七七〕・〔一目〕㈣かつ見る人に。〔さゝめごと上〕㈣㈤かつ見し人に恋わたるかな。
458 〔金葉＝一三八〕㈤生ひけむ。〔一目〕作者名なし。
459 〔新古今＝一八四〕。
460 〔後拾遺＝二〇七〕㈠梅雨は。
461 〔続千載＝三一七〕㈤蛍なりけり。
462 〔金葉＝五八八〕㈤旅寝してけり。
463 〔散木＝三月〕㈠春駒は、㈢あさりして。〔夫木＝巻三、春駒〕㈠春駒は、㈣うらは。〔名寄〕㈠春駒は、㈣うちは《うらイ》。〔方与〕㈠春駒は、㈤踏砕くなり。
464 出典未詳。〔平家〕に見えず。
465 〔堀百＝夏十五首、五月雨〕㈣㈤沼も名にやたがはむ。作者名なし。
466 〔千五＝三六四七六八〕三七三番の左。㈤なるらん。
467 〔千五＝三六四六八〕三六九番の左。㈢ひきつれて、㈤なかれね《かたけれイ》。
468 〔夫木＝巻十九、風〕㈤名に匂ふらん。
469 〔夫木＝巻十四、鴫〕。
470 出典未詳。
471 〔夫木＝巻二十四、沼〕。
472 〔源重之集＝一九九〇三〕㈠㈡千とせふる小鶴の池も。
473 〔夫木＝巻二十三、池〕㈣おさへの池。
474 〔古今＝四〇四〕。
475 〔古今＝七六四〕。
476 〔新古今＝二五八〕㈤傾ぶきにけり。
477 〔千五＝三六四九七〕三八三番の右。
478 〔源氏・若紫＝物語八一九〕㈤みすべ《るイ》き。
479 〔新古今＝二八〇〕㈤秋の夕づゆ。
480 〔拾遺＝五五九〕㈡安達の《が》原、㈤いふはまことか。〔類字〕㈡安達の原。〔一目〕作者名なし。
481 〔新古今＝一七八五〕。
482 〔壬二集＝一四五五八〕㈡えぞが岩屋。〔藻塩＝巻七、夷〕㈡ゐそかいはや、㈤かぜぞふくらん。

483 〔古今＝七二四〕㈣乱れむと思ふ。〔古風躰〕底本に同じ。〔一目〕作者名なし。

484 〔千載＝六六三〕。

485 〔千載＝五二三〕・〔類字〕㈡朝たつ。

486 〔新千載＝三六七〕。

487 〔後撰＝七八八〕。

488 〔千五＝三八四二一〕一二七〇番の右。㈠いつまてか、㈢㈣すくすへきつれなき人を。

489 〔千五＝三八一九一〕一一五五番の左。㈢みえぬらん。

490 〔左京大夫顕輔卿集＝二五九五二〕。

491 〔千載＝七五九〕㈤まもなき。〔一目〕㈡㈢汐干に見ゆる沖の石（「の」なし）。作者名なし。

492 出典未詳。

493 〔八雲＝巻四〕・〔拾葉〕・〔藻塩＝巻三、石〕三書とも異同なし。〔万葉＝七四三〕㈡千ヒキノイワ、㈣頚ニカケムモ。

494 〔堀百＝雑二十首、祝詞〕㈤とれと。

495 〔古今＝一〇九一、東歌の陸奥歌〕㈤雨にまされり。〔一目〕㈠みさむらひ、㈤雨に増れり。

496 〔続後拾遺＝二八一〕。〔古風躰〕も同じ。

497 〔新千載＝二六二〕㈣木の下暗き。

498 〔千五＝三六八五三〕五六一番の右。作者、雅経。五六二番の作者が宮内卿なので書写の際に混入したものか。

499 〔千五＝三七九〇五〕一〇一二番の左。作者、宮内卿。或いはこの歌の作者名を誤って前の歌の作者と一緒に記したものか。この歌の作者とする「定家」は次の歌の作者である。

500 〔夫木＝巻八、郭公〕㈡木下露に。作者、前中納言定家卿。

501 〔後拾遺＝一〇四二〕㈣いかゞと問はゞ。詞書は長いので略す。〔一目〕㈣いかゞと問ば。作者名なし。

502 〔後拾遺＝一二〇一〕㈢云へば。詞書は長いので略す。

503 〔後拾遺＝一〇四三〕。

504 〔新古今＝一四七四〕。

505 〔新古今＝八七八〕。

506 〔新拾遺＝六六二〕。〔武家〕も異同なし。

507 〔堀百＝雑二十首、松〕㈤なる《イりける》らむ。

508 〔夫木＝巻六、藤花〕㈣ふた葉をかけて。作者、権僧正公朝。

509 〔千五＝三八〇八〇〕一〇九九番の右。

510 〔良材＝下〕㈣㈤はなはにたてる松もこもたり。

511 〔源氏・薄雲＝物語一〇六二〕㈤千代を並べむ。

512 〔後撰＝一二四二〕㈠植ゑしとき、㈣二たび。作者、藤原元善朝臣。

513 〔後拾遺＝四七四〕。

514 〔続千載＝一五五一〕。

515 〔千五＝三六七六九〕五一九番の右。

516 〔千五＝三八八二八〕一四三一番の右。こゆ《スイ》らん。

517 〔源氏・浮舟＝物語一五一〇〕㈡しらす。

518 〔伊勢物語＝物語三七〕㈠栗原の。

519 〔夫木＝巻二十二、原〕㈣あねはのまつ。

520 〔源平盛衰記＝第七、日本国広く狭き事〕㈤出でやらぬ哉（博文館版『国文叢書第七冊』所収本）。〔平家物語＝巻二、阿古屋之松＝歴史九八三〕・〔一目〕㈡㈢松に木隠れて、㈤いでもやらぬか。〔夫木＝巻二十九、松〕㈡以下、松に木かくれていてたる月の出やらぬ哉。

521 〔源平盛衰記＝巻第八、讃岐院の事〕に「思ひきや富士の高根に一夜ねて雲の上なる月をみむとは」（西行）とあるのに基づくか。

522 〔堀百＝雑二十首、松〕㈣あこやの松と《イに》。

523 出典未詳。

524 〔新後撰＝一四〇〕。

525 〔千載＝六八八〕㈢㈣ますげ原露かゝるとも。

526 〔千五＝三八四四八〕一二八三番の右。作者、忠良卿。〔続後撰＝九九一〕㈠跡絶えぬ、㈤おくの通路。作者、前大納言忠良。

527 〔夫木＝巻三十五、夷〕㈠音信あらは、㈤告めや。

528 〔夫木＝巻六、欵冬〕㈤山吹のはな。

【索引篇】

一、索引篇は、初句二句索引・第三句索引・要語索引の三部より成る。

二、要語索引は、対象を名詞に限定し、適宜取捨した。

三、索引篇の見出し語の下に、本文篇所収の和歌の通し番号を付した。

四、初句二句、第三句索引では、表記を現行の文字に改めた場合もある。

初句二句索引

【あ】

音にきく松が浦嶋 314
音にこそ吹とも聞し 143
おなじくはこへてや見まし 363
をのがつま浪こしつとや 62
をのづからくるとせしまに 124
をのれのみひとり春をや 34
おぼつかないざいにしへの 522
おぼつかな霞たつらん 504
おぼつかな雲のかよひ路 211
おぼつかな末の松山 335
おもひあまる心のほども 20
思ひかねけふたてそむる 278
おもひきやあこやの松に 521
思ひこそ千嶋の奥を 350
おもひやるむかしも遠き 292
思ひやる余所の村雲 214
おもふ事しのべど今は 440
おもへどもいはでの山に 75
思へども人目をつゝむ 473
折しもあれ末の松山 63

【か】

かへりこんほど思ふにも 505
かへる雁をしむ心の 33
かえるさは年さへ暮ぬ 151
かぎりあれば荵の山の 22
かくこふといかでか人に 26
かくとだに思ふこゝろを 4
かくばかりなこその関と 205
影をだにいかでか見まし 8
加嶋なるうたゝねの杜 101
霞たつ末の松山 56
風さゆる夜半の衣の 180
風そよぐ稲葉の渡 451
風吹ば蜑の苫屋の 406
かた糸のおだへの橋や 118
かたらひの森の言の葉 106
金山にかたくねさせる 74
金山の下樋が下に 73
仮初の別れとおもへど 135
かりてほす浅香の沼の 461
刈藻かき焼しほかまに 373

【き】

きへねたゞ荵の山の 16
きゝもせずたばしね山の 80
きのふ見ししのぶのみだれ 490
君をゝきてあだし心を 51
君をのみ会津の山へ 82
君が代にあふくま川の 422
君が代はすゑの松山 55
君が代は千引の石を 494
君にまた阿武隈川を 424
君まさでけふり絶にし 360
今日までは雪やとくらん 153
雰かくれたちのゝ牧に 266

【く】

草枕夢ぞ絶ぬる 469
くちなしの一しほ染の 76
くち残る野田の入江の 128
朽ぬらん姉葉の橋も 115
汲そめて悔しときゝし 478
雲かゝる安達の山を 12
雲路にもおさへの関の 173
雲の波けふりの波は 368
くり駒の山に朝たつ 40
栗原のあねはの松を 230
栗原やあねはの松の 518

白河の関路にもなを 171
白河の関路の桜 165
白河の関にちりしく 161
白河の関にや秋は 160
白河の関のけしきを 167
白河の関のしらぢの 130
白河の関のせき守 131
しらかはの関屋を人の 155
白河の波の底なる 301
しら河や桜を春の 164
白雲の余所にきゝしを 183
白玉のおだへの橋の 117
白露はをきにけらしな 245
白波の音ばかりして 298
白波のこえてかえると 60
しら波のこすかとぞ見る 66
しら波のこゆらん末の 57
しるらめや袖のわたりは 455
しるらめや身さへ人目を 178

【す】

末とをき安積の山の 9
末の松あだしこゝろの 514
すゑの松山も霞の 58
涼しさを梢の葉風に 104
すむ里は惣の森の 103
皇の御代栄んと 72

【せ】

せきあへる野田の入江の 415
関こゆる人にとはばや 235

【そ】

袖ぬらす雄嶋が崎の 418
そむきても世にすみ染の 443
そめあへず木葉や落る 169

【た】

たけくまにいづれたがへり 43
たけくまの松の梢に 508
武隈の松の緑も 506
武隈の松のみどりは 507
たけくまの松はこのたび 503
たけくま（武隈）の松は二本を
　みきといはば 502
　みやこ人 501
たづねいらん道もしられぬ 28
たづねてもあだしこゝろの 395
たづねばやあを葉の山の 45
たづねばや磐提の山の 77
たづねばや煙をなにゝ 356
たづねばや五月こすとも 27
たづねばや信夫の奥の 524
たづね見るつらき心の 392
立かへり又も来て見ん 324
立よらばかげふむばかり 189
立をれば涼しかりける 44
立わかれ二十日あまりに 201
たてそめておふるを待し 280
たのめをく人や有けん 319
旅衣あきたつ小野の 485
たび〳〵の千世をはるかに 513
旅寝するころもの関を 182
旅の道忍のおくも 381
たよりあらばいかで都へ 132
便あらば都へつげよ 129
便ある風もや吹と 302

【ち】
ちぎりきな形見に袖を 53
千早振神も子日と 375
千代を住小靍のいけし 472
ちりあへぬ雄嶋の磯の 410
ちりかゝる紅葉のにしき 184
散りにけり花の古巣に 48

【つ】
月をおもふえぞの千嶋の 154
月を見て千里の外を 137
月渡る雄嶋の松の 329
つくしより爰まで来れど 113
露にだにみかさと云し 497
つらくともわすれずこひん 300
つれなきを思ひ忍ぶの 487
つれなさはいわきの浜の 396

【と】
とえどこのいはでの岡の 96
遠つ山宮城が原に 228
時しあれば花咲にけり 255
時まちておつるしぐれの 7
年ごとに葺るあやめの 466
とまりするおじまが磯の 412
ともかくも人にいはでの 264
ともしする宮城が原の 226
とりつなげ玉田横野の 263
とればけぬよし杖ながら 252
とはばやな岩手の杜の 108

【な】
なげずよ今はたおなじ 436
なけやなけ忍の森の 102
なこそといふことをば君が 191
名とり川音にそなたてそ 218
名とり川瀬々にありてふ 439
名とり川瀬々のむもれ木 434
名にきゝし磐提の山を 78
なに事をしのぶの岡の 90
名にしおはゞ阿武隈川を 425
名にしおはゞたづねても行ん 427
名にしおはゞ名こそといふと 199
なにとなくあはれぞふかき 168
波かゝる雄嶋が磯の 409
波越る色にや秋の 64
波こゆるころともしらで 517
涙川浅き瀬ぞなき 454
波のうへにいさよふ月を 413
波間より見へし気色ぞ 315
馴る身をうらむるよりは 308

【に】
錦木の千束にけふや 283
錦木は千束になりぬ 277
錦木の千束の数は 282
にしきゞはたてながらこそ 276

【ぬ】
ぬれきぬといふにつけても 426

【の】
野辺はいまだ浅香のぬまに 459

【は】
生そめし根もふかけれど 511
萩が花咲ども余所に 498
初時雨忍ぶの山の 15

花かつみかつ乱れ行　468
花薄ほのかにきけば　267
はらはれぬまくらのちりの　37
春霞けさは煙に　364
春風に波やおりけん　336
杏なるほどを思へば　509
春駒のあさかの沼に　463
はる〴〵とたずね来にけり　198
春もまたいつか来にけん　377

【ひ】

日を経つゝ都忍ぶの　354
人しれずくるしき物は　17
人しれず音をのみなけば　442
人しれずむかし忍ぶの　358
人目のみ葱が原に　219
人目のみ忍の浦に　357
人目もるいはでの関は　186

【ふ】

古郷の人にかたらん　519
吹風をなこその関と　192
ふくる夜をこゝろひとつに　312
ふけにけりたのめぬ鐘は　391
踏みわけて渡りもやらず　114
踏はをし紅葉のにしき　126
冬ごもりきぬ〴〵山を　81
冬の夜は十府の菅菰　390
古郷にたのめし人も　516
古郷の人の面影　224
降雪に藻塩のけふり　361

【へ】

へだて行人のこゝろの　159

【ほ】

ほぐしかけ鹿に会津の　84
郭公青羽の山ぞ　47
ほとゝぎすをのが五月の　441
郭公なをはつ声を　13
時鳥なこその関の　194

【ま】

松風の音だに今は　299
松風の夏たけくまに　380
松がねの雄嶋が磯の　405
松嶋にかゝれる波の　305
松嶋の蜑の苫屋も　307
松嶋の海士のぬれぎぬ　309
松嶋の磯にむれゐる　402
松嶋やうら風寒き　403
松嶋や雄嶋が磯に　404
松嶋や雄嶋（おしま）の磯に
　よる波の　407
　なく鴈の　414
松嶋やこゝろある蜑の　311
松嶋や汐くむ蜑の　303
待人も十府の菅菰　388
松山と契りし人は　68
まてとやは檜の隈川に　430

【み】

御狩するくり駒山の　42
御侍みかさと申せ　495
見し人も十府の浦風　382
水鳥の青羽の山は　46
水鳥のつらゝの枕　384
見せばやな雄嶋の蜑の　321
乱れぬるこゝろは余所に　489

みちのくにあり（有）といふなる
　かた恋の　92
　名とり川　432
陸奥の秋田の山は　79
陸奥（みちのく）の阿古屋（あこ
や）の松の
　木高に　520
　よぼろうち　523
陸奥のあさかの沼の　457
陸奥（みちのく）の吾田多良（あ
だゝら）まゆみ
　経すけて　97
　はじきをきて　98
みちのくの安達が原の　480
陸奥のあだちの駒は　234
陸奥の安達の原の　213
みちのく（陸奥）の安達のまゆみ
（真弓）
　ひくやとて　237
　われひかば　99
みちのくの安達の山も　11
陸奥の荒野の牧の　268
みちのくの市師の原の　231

陸奥の岩手しのぶは　481
みちのくのいはでの森の　109
みちのくのうたのこほりの　285
陸奥のえぞが千嶋の　349
陸奥のあふ隈川の　1
みちのくの奥ゆかしくぞ　398
みちのくの緒だへの橋や　116
みちのくのおぶちの牧も　269
みちのくの思ひしのぶに　231
陸奥の狭布のこほりに　272
みちのくのけふのほそぬの　274
みちのくの栗駒山の　39
みちのくのさゝやきの橋　111
陸奥（みちのく）のしの（忍）ぶ
の里に
　妹を置て　290
　道はあれど　36
みちのくのしのぶの里の
　秋風に　93
　浅香山　470
陸奥のしのぶの鷹を　217
みちのく（陸奥）のしのぶ戻ずり
（摺）

　忍びつゝ　484
　たれゆへに　483
陸奥の白河こへて　162
みちのくの袖の渡の　453
陸奥の卒都の浜なる　399
陸奥の千賀の浦にて　95
陸奥の千引の石と　492
陸奥の津軽の奥に　527
陸奥のつゝじが岡の　93
みちのくのつゝじの岡を　94
みちのくの十綱の橋に　123
陸奥のとふのすがごも　287
陸奥の名なしの沼の　471
陸奥の野田の菅菰　383
陸奥の野田の玉川　447
みちのくの二かた山の　2
陸奥の籬渡は　452
陸奥の満野の菅原　223
みちのくや春松嶋の　207
陸奥はいづくはあれど　359
みちのくは世を浮嶋も　343
みちのしり深津嶋山　87
見て過る人しなければ　136

水無月やさこそは夏の　515
みなと入の玉造江に　416
身にちかく秋や来ぬらん　50
見ぬ人にいかで語らん　295
峯もなく汐し満なば　67
宮城野に妻よぶ鹿ぞ　241
宮城野ゝ秋の萩原　254
宮城野の葺が根になく　260
宮城野の草吹むすぶ　249
宮城野の木の下露の　500
宮城野の小萩を分て　496
宮城野ゝ小萩がもとゝ　250
宮城野の白玉椿　261
宮城野ゝ千ゝの草根を　253
みやき野ゝ野守が庵に　257
宮城野の真葛ふきこす　262
宮城野の本あらの小萩
　下はれて　256
　霜かれて　258
　露をゝもみ　240
宮城野や枯葉だになき　247
宮城野や野原の床を　259
宮城野や萩のふる枝に　499
都をば霞とともに　133
都をば花を見捨て　140
都出て日数おもへば　148
都なるおとこ山には　232
都にも君をあふ坂　193
都には花の名残を　163
都にはまだ青葉にて　139
海松め川蛍のゆきゝの　195
見渡せば霞のうちも　367

【む】

むすぶ手に影みだれ行　476
むすぶ手の雫に濁る　474

【も】

藻塩焼けふりもたへて　325
物思へば真野ゝ真菅の　225
武士のいづさいるさに　187
紅葉せるくり駒山の　41
栬葉のみなくれなゐに　138
唐もちかの浦半の　378
諸共にたゝまし物を　179

【や】

休らはでおもひ立にし　176
八十島の千嶋のえぞが　339
山風に花の波立　365
山賎のむすびて被く　185
山の井のあさき心も　475

【ゆ】

夕ぐれは衣手さむき　142
夕されば汐風こして　146
夕闇に蛍の漁火　333
雪の辺はまだ白河の　166
雪ふれば青葉の山も　49
行末にあふくま川の　423
行年をおしまの蛍の　326
行人を弥陀のちかひに　172
行人もえぞ過やらぬ　181

【よ】

夜を寒み狨に霜や　394
世《よのなか》とともになげかしきみを　210
世間の人には葛の　220

第三句索引

【あ】

【か】

要語索引

莎青編『奥細道拾遺』――解題と翻刻

芭蕉五十回忌追福の一集を編もうと志していた莎青が、「松しま象潟を経て」その当時「信濃にあ」った蓼太の許から、芭蕉奥羽「行脚の時の所〳〵の哥仙、且細道文章にもらされたる吟」などを写し集めたものを、たまたま送ってよこしたので、これを前半におさめ、更に月窻團斎の序文と莎青自身の四季の吟五十句、および老鼡肝・木爾・汶泉ら全四十八人の四季の吟百六十句を収め、巻末に莎青あての蓼太書簡一通を併せ収載したものである。本書所載の『おくのほそ道』関係の発句・歌仙等の類は、あるいは蓼太が『曽良旅日記』俳諧書留より転写したものであるかも知れない。

本書は、既に『俳諧文庫第廿四編俳諧紀行全集』（明三四・6、博文館）に翻刻収録されているが、それには團斎の序文と江戸座俳人の発句は収載されていない。その欠を補ったのは『未刊連歌俳諧資料第三輯1奥細道拾遺』（昭三三・12、俳文学会）であるが、発行後既に四十余年経過し、謄写版刷りで部数も限られていた事を考慮して、改めてここに収録する事とした。

書型　美濃判半截本（縦十八・七糎、横十三・五糎）一冊。

題簽　表紙左側と推定されるが、底本では剥脱しているので、その大きさ・文字等は不明である。但し、角川書店版『俳文学大辞典』（平七・10）の加藤定彦氏の解説によれば「芭蕉翁奥細道拾遺」である。本稿では通称の『奥細道拾遺』を用いる。

行数他　毎葉八行書き。柱刻および丁付、共になし。全三十二丁。

刊記　延亨甲子林鐘　書林西村源六　彫工吉田魚川

後刷本と思われるものに、「延享甲子林鐘　洛陽蕉門書林井筒屋庄兵衛　橘屋治兵衛」とあるものがあり、大きさは縦十六・五糎、横十四・三糎（天理図書館綿屋文庫所蔵本――同文庫の御教示による）

底本　「未刊連歌俳諧資料」本の底本には、初刷本と考えられる中村俊定氏所蔵本（いま早稲田大学図書館中村俊定文庫所蔵）を用いた。明記して改めて深謝の意を表します。今回は東京大学総合図書館洒竹文庫所蔵本のマイクロフィッシュ版（雄松堂）の紙焼きを校正の参考として使用した。

凡例　文字は、おおむね現行のものに返し、句以外の行替えは必ずしも底本に従わなかった。丁移りは』を以て示した。なお、『おくのほそ道』関係の句には、略注と対照する際の便宜を考えて、下に番号を附した。

日月右へ行けとも西へ入り人ハ不死を愛すれ
とも得す得さる所八日月も人と同しこゝに芭
蕉翁身まかり給ひてより日月五十周也国〱
に其餘流を浴する徒から追福のおもむきをた
てゝ手向艸まち〱なるへし野夫俳士のしり
へに在てむさしあふミさすかにかけつゝ伊勢
や日向のことをおもひ」めくらせとも陸奥の　1オ
けふか日まて細布のむね思ひ合せす海を詠め
山をミる折から行脚しける蓼太松しま象潟を
經て此ほと信濃にありそれか許よりかゝる物
写しあつめたりとて便ものしければ引ほとき
見侍るに翁奥行脚の時の所〱の哥仙且細道
文章にもらされたる吟跡にていまた世上にみ
さる』所の物なり是なん秦の火を遁れ孔氏の　1ウ
壁より出たる心地殊さら時こそあれ今年遠忌
にあたり是を得たる事待まうけたるやうに思
ハれすなハち板に刻ましめ永く風雅の至寶た
らしめハ追福作善の冣第一ならんか且また予
是に端書を加ゆる事俳諧の冥加と有難く題号
をも作意せす拾ひ」得たるよろこひを拾遺と　2オ
呼んて普く所見をゆるす物ならし

東　京　深　川　隠　士
柴　立　園　莎　青』2ウ

寛保癸亥初冬

勘　物

一　此集のはしめに春の暮二句あり得たる侭
にてこれを出すミむ人翁の粉骨を思ふへし
一　奥の細道に二つの冣上川あり此集にある
所少しき違ひあり是ハ始の作にしてほそ道
直りたる物ならんか前後味ふへし」3オ
一　此哥仙奥細ミちに見合考ふへしこれより
先に那須の哥仙ハ桃隣かむつ千鳥に出し南
谷のはいかいハ晋子か花摘に在其外奚天か
初茄子不玉かあつミ山』3ウ

室八嶋にて

芭　蕉

1　糸遊ふに結ひ付たる煙かな
2　入かゝる日も糸ゆふの名残哉

3 鐘つかぬ里ハ何をか春の暮
4 入逢の鐘もきこへす春のくれ
高久角左ヱ門に授るミちのく
一見の桑門同行二人那須の篠
ハらを尋て猶殺生石ミんと急
侍るほとに雨ふりけれハ先こ
の所に留り候　」4オ
5 落くるや高久の宿のほとゝきす　芭蕉
木の間を覗く短夜の雨　曽良
6 西か東か先早苗にも風の音
7 関守の宿を水鶏に問ふ物
8 五月雨ハ瀧降りうつむミかさ哉
9 五月乙女にしかた望んしのふ櫂
10 田や麦や中にも市の時鳥　』4ウ
新庄風流亭にて
11 水の奥氷室尋ぬる柳かな
秋稿亭にて
12 山も庭もうごき入るゝや夏座敷
13 小鯛さす柳涼しや海士か妻

霾の絵賛
鶴鳴や其聲芭蕉やれぬへし　」5オ
(校訂者注＝五オ目裏は白紙。句文の記載なし)　』5ウ
奥刕州岩瀬郡相楽
伊左衛門亭にて
1 風流のはしめや奥の田植うた　翁
2 いちこを折て我まうけ草　等窮
3 水せきて昼ねの石や直す覧　曽良
4 籠に鮇《カシカ》の聲《(ママ)》生かす也　翁
5 一葉して月に益なき川柳　窮
6 雇うや祢《本ヽマヽ》や《(ママ)》むし村そ秋なる　良　」6オ
7 賤の女か上総念佛に茶を汲て　翁
8 世をたのしやと涼む敷もの　窮
9 ある時ハ蟬にも夢の入ぬらん　良
10 樟の小枝に恋をへだてゝ　翁
11 恨てハ嫁か畠の名もにくし　窮
12 霜降山や白髪おもかけ　良
13 酒盛ハ軍を送る関に来て　翁
14 秋をしる身と物よミし僧　窮　』6ウ

15 更る夜の壁突破る鹿の角　良
16 嶋の御伽の泣ふせる月　翁
17 色〳〵の祈を花に籠居て　窮
18 かなしき骨をつなく糸遊　良
19 山鳥の尾に（蝕不見）とゝ（ママ）や結ふらん　翁
20 芹堀はかり清水つめたき　窮
21 薪引雪車一筋の跡ありて　良
22 おの〳〵武士の冬こもる宿　翁　」7オ
23 筆とらぬ物ゆへ恋の世にあハす　窮
24 宮にめされし浮名はつかし　良
25 手枕にほそき肱をさし入て　翁
26 何やら事のたらぬ七夕　窮
27 住かえる宿の柱の月をミよ　良
28 薄あからむ六条か髭　翁
29 切槢（ママ）枝とるさゝに撰殘し　窮
30 太山つぐ（ママ）ミの聲にしくるゝ　良　』7ウ
31 さひしさや湯守も寒くなる侭に　翁
32 殺生石の下はしる水　窮
33 花遠き馬に遊行を導て　良
34 酒のまよひのさむる春風　翁
35 六十の後こそ人の正月なれ　窮
36 蠶飼する屋に小袖かた（ママ）ぬる　良　」8オ

出羽新庄

1 御尋に我宿せはし破れ蚊屋　風流
2 はしめてかほる風の薫物　翁
3 菊作り鍬に薄を折添て　孤松
4 霧たち隠す虹のもとすへ　曽良
5 そゝろなる月に二里隔けり　柳風
6 馬市くれて駒むかへせん　筆　』8ウ
7 すゝけたる父が弓矢を取傳へ　翁
8 筆こゝろミて判を定る　流
9 梅かさす三寸もやさしき唐瓶子　良
10 簾を揚てとをすつはくら　如柳
11 三夜さミる夢に古郷の思ハれし　木端
12 浪の音きく嶋の墓ハら　風
13 雪降らぬ松ハおのれとふとりけり　柳
14 萩踏しける猪のつま　翁　」9オ

15　行尽し月を燈の小社にて　松
16　疵あらハんと露そゝく也　端
17　散る花の今ハ衣を着せ給へ　翁
18　陽炎消る庭前の石　良
19　樂しミと茶をひかせたる春の水　流
20　果なき恋に長き月代　端
21　袖香炉煙ハ糸にたち添て　風
9ウ
22　牡丹の雫風ほのかなり　柳
23　老僧のいて小盞はしめんと　翁
24　武士みたれ入る東西の門　良
25　おのつから鹿も鳴なる奥の原　端
26　羽織につゝむ茸狩の月　流
27　秋更て捨子にかさん萱の笠　柳
28　うたひすませるミのゝ谷組　翁
29　乗放す牛を尋る夕まくれ　風
10オ
30　お城の裙に見ゆる篝火　端
31　奉る供御の肴も疎にて　翁
32　よこれて寒き祢宜の白張　流
33　ほり〳〵し石のかろとの崩けり　風
34　しらさる山も雨のつれ〳〵　柳
35　咲かゝる花を左に袖敷て　端
10ウ
36　鶯かたり胡蝶舞ふ宿　良

山形町にて

1　五月雨を集て涼し最上川　翁
2　螢をつなく岸の船枕　一栄
3　瓜畑いさよふ空に影まちて　曽良
4　里をむかふに桑の細道　川水
5　牛の子に心なくさむ夕間暮　栄
11オ
6　雨雲重し懐の吟　翁
7　侘笠を枕にたてゝ山おろし　川
8　松むすひ置国の境目　良
9　永楽の古き寺領をいたゝきて　翁
10　夢と合する大鷹の紙　栄
11　薫の名を曉とかこちたる　良
12　爪紅粉うつる双六の石　川
13　まき揚る簾に兒の這入て　栄
11ウ
14　煩ふ人に告る秋かせ　翁

水かゆる井手の月こそ哀なれ　川　15
礁うちとてゐらひ出さる　良　16
花の後花を織する花むしろ　栄　17
涅槃いとなむ山陰の塔　川　18
穢多村ハ浮世の外の春富て　翁　19
かたなかりする甲斐の一乱　曽　20
葎垣人も通らぬ関所　川　21
物書たひに削る松風　栄　」12オ 22
星祭る髪ハしらが（ママ）のかゝる迠　良　23
集に遊女の名をとゝむ月　翁　24
鹿苗に貰ふもおかし塗足駄　栄　25
柴賣に出て家路忘るゝ　川　26
ねふた咲木陰を昼のかけろいに　翁　27
たえ〳〵ならす千日の鐘　良　28
故郷の友かと跡をふりかへり　川　29
言葉論する船の乗合　栄　』12ウ 30
雪みそれ師走の市の名残とて　良　31
煤掃の日を艸庵の客　翁　32
亡人を古き懐帋にかそへられ　栄　33
やもめ鴉の迷ふ入逢　川　34
平つゝミ翌も越へき花の峰　翁　35
山田の種をいはふ村雨　良　36

㝡上川のほとり一栄子の
宅におゐて興行
元祿二仲夏　芭蕉庵桃青書　」13オ

六月十五日寺嶋
彦助亭にて

涼しさや海に入たる最上川　翁　1
月をゆりなす浪の浮ミる　令直　2
黒鴨の飛行庵の窓明て　不玉　3
梺ハ雨にならん雲きれ　定連　4
皮とちの折敷作りて市を待　曽良　5
影にまかする宵の油火　任曉　』13ウ 6
不機嫌のこころにおもき恋衣　扇風　7

直江の津にて

文月や六日ハ常の夜にハ似す　翁　1

2 露を載たる桐の一葉　左栗
3 朝霧に飯たく煙立分て　曽良
4 蛋の小船をはせ上る磯　眠鷗　」14オ
5 烏啼むかふに山を見さりけり　此竹
6 松の木間より續く供やり　布嚢
7 夕嵐庭吹拂ふ石の塵　右（ママ）雪
8 盥とりまく賤の行水　執筆
9 思ひかけぬ筧を傳ふ鳥ひとつ　栗
10 きぬ〳〵の場に起も直らす　良
11 数〳〵に恨の品の指つきて　義年
12 鏡にうつる我わらひ顔　翁　』14ウ
13 吹はなれ朝氣八月の色薄き　栗
14 鹿引こくる犬のにくさよ　雪
15 礁うつすへさへしらぬ墨衣　鷗
16 たつた二人の山本の庵　粟
17 花の後其まゝ暮て星かそふ　年
18 蝶の羽をしむ蝋蠋の影　雪
19 春雨ハ髪剃兒か泪にて　翁
20 香ハ色〳〵に人〳〵の文　良　」15オ

序

旅をさして道の花とす此道の主ありて浮雲の
風にさそハれたゝよふ思ひのやまさる物から
春たつあしたに田毎の日を慕ひ木曽の痩には
二夜の月を観す又うしろに負ふる衣かへに千
里あつさを避るの風姿をあらハし草鞋なから
のとしの暮にハ』三冬の事しけき風情をとゝ　15ウ
むけに行かふ年もまた旅なりとかや百世にあ
ふくの感なるをや穴かしこ今柴立園の拾遺ハ
翁の遠忌に心さしのかなひてそれか附録にし
たしき人の句〳〵をならふるにも四季を題と
す其いふ四時の流行もかの聞く過客のたまし
ゐならむ」におのつからなるたむけ艸なるへ　16オ
しやといさゝかこゝに河南の月窗團斎そのさ
いわいを記し侍りぬ』　16ウ

四時口號　柴立園

元日や竹に儀式の村すゝめ　莎青

単色に白ねつミありきそ始
拂ふまし春に追ハるゝ門の雲
寛栗亭に洛の誓願寺なりける
梅の実植して花心よく咲ける
に是に物せよとて料帋つきつ
けられけれハとみに
梅の花むまれ付たる軒端かな
」17オ
ひとり寝の夜着踏にけり猫の恋
鶯よ眠て居るそちやつと啼け
行船に来る船かハる霞かな
若い時に夜ハよう似たり朧月
池水や更に葉うらの白椿
むつましき契や雛の膠つけ
花盛ちいさき鳥ハかけ合す
おのつから桜崩るゝ夕阝かな
」17ウ
暮かぬる春の峠のつゝし哉
女房かつふやきにけり衣かへ
若葉して雨の流るゝ柳かな
蟻ひとつかり出しかぬる牡丹哉

かまくらや虫もころさぬ鰹賣
三日月や菖蒲にかゝる細基手
雨雲の空にてなをす幟哉
五月雨や汐の往來も水の下
」18オ
蚊遣火や獨かふたり住はとて
牛嶋のあたりに遊ひけるに
なまめける螢かりを見て
誰か手を握りはしめむほたる狩
うつくしく罪つくりけり瓜畠
大勢になりて立のく清水哉
つゝれとも鳴かて脱けり蟬の衣
鬼灯や先口もとの秋の声
自得
」18ウ
はちす葉に刺鯖つゝむ心哉
盆前や残るあつさのうけ拂
こゝろミに蚊屋つらぬ夜のね覚哉
初鴈やかそへる鐘の跡からも
名月や花見ぬ鴈も夜もすから
灯をとほす家をむかふに月見哉

ひよいと飛ふ物とハ聞かし鹿の聲
下露や兎も耳を身に添て
」19オ
題後月
水の月今度ハ猿も手ハ出さし
葉鶏頭に朝顔かゝりける絵に
秋草や朝日夕日を繪の具皿
相撲とり向ふや風のはな薄
艸の戸にかゝる事のありその時
盗人も跡たてゝ行夜さむ哉
はつ時雨跡もつゝかぬ蛙かな
』19ウ
ゐひ須講日光膳の匂ひかな
浮世のさか町より清住のすミ
よけなるに君をうつすとて
水鳥のねくらかゆるや川續き
おのか身を枕に鴨のうきね哉
さハかしき蛸のかたちに海鼡かな
優婆塞に比丘さし向ふ霜夜哉
炭次て淋しくなりぬ音も香も
亀井戸へまいりて
」20オ

梅一輪朝日を拝む冬至かな
誰そ來ハ大根切せん庵の雪
菜畠や吹かえしたるたひら雪
我家さへしる粉掃出す師走哉
行年よ年の二十も持てゆけ
』20ウ
四季和合海
宿に居て思ふへからすはな盛　老鼡肝
灯に向ひなしめん後の月
さくら〳〵新酒に似たり山桜　木爾
五七町歩行て來はや更衣
夜の水白きを踏な天の川
木〻の葉も目を突やうに枯にけり
」21オ
紅梅や妻戸もかたき聟ゐらひ　汶泉
青梅や歯にこたへたる竹の音
木の葉さへ梅ハ匂ひに黄ミけり
ミる人も目はかり出しぬ雪の梅
何おもふ春さへ行を小田の鴈　荷溝
火か消て念仏きこゆる鵜舟哉

酒のなき宿尋ねけりけふの月
初雪や袚の雪を揮ひよせ
鐘ハなし野ハ入相の雉子の声　杉舎
傘をすほめて通る若葉哉
新魂祭いとなむとて
花がら(ママ)や枯て間もなき草の市
桃灯の其影さむし雪の上
隠居所の庭にハ若し桃の花　左英
引かへし夢見直すやほとゝぎす
草の葉や手向にむすふ星の帯
折暦かそへ〳〵て師走かな
よしや花照る日てらぬ日かそへてハ
名月や野からハ海の事たらす　葉五
人は皆水にあたりてほとゝきす　巽窓
雪折の杖捨て行使かな
鳴て居る山の汐干やかんこ鳥　李山
角たてゝ芭蕉破るな蝸牛
秋さむき蚯蚓の聲の閑居哉

』21ウ

」22オ

笠を召す月雪花の小春哉
竹止か遠忌とふ日にまいり合せて
春雨や人の噂の寄所　泰桂
一とせ陸奥に有ける時雪中庵より文して象潟見て來よとはけまされて此ハ卯月一日に参り着ぬ其風景や降る日ふらぬ日或ハ汐の満干ことに替るといへは
象かたやふりむくうちの衣かへ
鴻の臺にて
はつ秋や身の毛の動く古戦場
笘舟に遠く聞ゆるしくれ哉
数寄人の庭のにかミや蕗の花　茈園
夕たちに垢落しけり蟬の衣
身延山へ詣ふて
ありかたや巖も照葉の袈裟掛て
哀さよ冬の案山子の破れ笠
二三尺夜の明かゝる柳かな　昌川

』22ウ

」23オ

若竹に濡るゝ柳や雨の友
柳ちる風の清水や澄にこり
月影に枝痛けなり冬柳
』23ウ
出替や雨ハ常降る雨なから　蝶布
花輪のしのゝめ凄し白牡丹
明かたハ手拍子しめるおとり哉
降らねとも雪の裝束寒念仏
梅か香や筧に添ふて幾まかり　左佼
更行に子ハ寝かねたり小夜砧
草に來て蝶も居つかぬ暑哉　寛栗
鹿を聞屋敷持はやけふの月
」24オ
落椿咲せたい枝へ乗せてミる　平舎
五月雨や蒲團にたらぬ夜の寒
沙汰なしに蚊の來て喰ふ夜寒哉
爆竹の雲まて掃し月夜哉
鶯の覗くや藪の梅のはな　好流
川狩のから身て帰る涼しさよ
翌の夜ハ隣村へとおとり哉
藏の角の湯婆召るゝ寒かな
』24ウ

苗代やきのふとけふの水の色　英一
鶴ハけふ空に舞する田植かな
八朔や腹一はいの露の玉
新米の御城なら茶や初時雨
鶯やひと聲啼て聞て居る　艸也
三粒ても雨の捨らぬ若葉哉
おのか羽を荷にする秋の胡蝶哉
野ハ枯てあした夕〻もなかりけり
」25オ
菊苗や秋ハ黄になり白くなり　里夕
夏痩の姿にな似そ菊の花
印籠にちいさき菊の匂ひ哉
菊枯て隠居の障子建にけり

行徳夜舟吟
さす竿も朧也けり星月夜　上総八幡 寿躰

千田称念寺にて
花の跡に御法を得たり芥子坊主
幾里の田をかそへてや鴈の声
ちる花の俤のこる落葉哉
行春や雉子ハ呼ともさけべ（ママ）とも　同所 野紙
』25ウ

燕や柳をすてて菖蒲草
鶏の軒にかゝむや露しくれ
むつかしい世を見限りて落葉哉　蟻考
腰かける岩まてあつて躑躅かな
秋風のからしはしめや鹿の角　庸谷
梅か香に暮るや月の出立ばへ（ママ）
初雪にけふハな焼そ瓦竃
」26オ
まかなくに何を種とて蕗の薹　風翠
聞につけミへぬ物也ほとゝきす
文月や雨ともよめぬ雲配り　青秋
凩に水もかれ行河原かな
七種や只さへ春の夜明かた　莎遊
秋風に□ぬけたる雲の峰

一句分岩老

春かせの引伸したる柳かな　千里
秋風の引しこきたる柳哉
」26ウ
ちる花や梢に残る雪の冨士　杜英
ミな月や湯に涌さるゝふしの雪
名月や夜さへしろき田子の浦
水からしや鏡の中の不二の雪
何〳〵の花吹あけておほろ月　魚楽
三日の月粽き結ふ夕ᛒかな
皆まてハ柳もちらすけふの月
陶に千鳥啼なり夜半の月
」27オ
白鷹の尾ハ継かすとも拳哉　輅葉
日盛や餌を嗅く鷹の塒篭
時を出る鷹のこゝろや秋の風
鷹狩のいさむや明ケの六の花

文通にきこゆ

誰人の凱陣よりそ沖なます　蓼太
夏野行方からや雪の駒ケ嶽
わたる瀬に此杖かさむ女七夕
」27ウ
水底てからが（ママ）柳のそよき哉　簑人
庖丁の花とやいはむはつ鰹
乗捨し駒さへ淋しもみ方狩
埋火や背中向たる北の窓
汐か來たと水門たゝく水鶏哉　頓賀
冬の日にくらへて高し岡の春

日の脚や落る椿のかけほうし　魚齊(ママ)
白菊や纔に月の残る時　」28オ
吹落す花を送るや菜つミ川　曜馬
若竹や角のとれさる葉の尖
山風にまかせる鹿の歩かな
朝霜を添て賣出す菜市哉
藪入に白水流す小家かな　半賦
若竹のいよ〳〵青し雨の後
淀舟の摺ちらしけり芦の花
崩れ井にさし足させるおち葉哉　」28ウ
菜の花にならふや背戸の馬盥　團卿
曇ても照ても光るなすひ哉
霧こめて杉より高し鴫の聲
凩にしらけて峯の入日かな
海に日の落てはつすや蒸鰈　斎路
合歓の木の松にもたれて若葉哉
相槌もなくて寡の砧かな
誰か櫛に黒髪山の落葉哉　」29オ
花散て梅ハ老木にかへりけり　月道

初秋の目をさませとや草の上
夕顔の花にも餘る日影哉　雪峰
鶺鴒の尾てたゝきけり厚氷
桜より白い余情や梨の花　半紗
佐保川の臼もあそふや五月雨
初鴈の声を砕や波の音
蔓枯てとちらつかすの冬瓜哉　」29ウ
皃つきも苦い翁や薢うり　巴文
昼皃と名を聞てさへ暑かな
雲脚のはやきを秋のしるし哉
寒梅や匂ハぬ風の吹さらし
苗代やさゝ浪よする春の風　月砂
凌霄や小松にたらぬ這ところ
隠家に手柄の名あり菊合
したれたる骨はかり也冬柳　」30オ
花娵に付る畠のわかな哉　木渕
鳴焼や茄子に羽の生へる時
茸狩や始ハ捨る物までも
瓢箪に浮世ハ軽し鉢如き

鐘聞て咲くを彼岸の桜かな　寸長
一日のあつさや燃て飛ほたる
まだ鴈（ママ）のふミハ届かず星の恋
初雪やかねて植たる庭の松
長閑さの顔からミゆる野守哉　團斎
』30ウ
朝〳〵の箒も涼し社守
橋守の辛き住家や蓼の花
とほし火の花守せはや冬籠
一筋もあだに（ママ）ハたれぬ柳哉　雪中
いつの間に來て居る事そ小田の鴈
凩や後さきミえぬ草の原
」31オ

旅宿心細き折から花墨相達誠に向顔の心地く
り返し詠入候残暑の砌貴庵弥御清福之由不斜
如仰野坊良夜は更科と心かけいまた凉月庵に
罷有候左候得ハ近曽出府之節御物語御座候芭
蕉遠忌御いとなミのよしいとたうとく候又去
頃便りに懸御目候翁発句哥仙等雪中老師へも
御對話のうへ印板ニ可被仰聞候拾ひ出
し候』31ウ我等迠本望之至ニ候それにつき野子ニ
跋いたせとの御事行先ニもよほされすこしハ
おかしく候よい様ニ頼上候尚又集入の愚句可
遣由忝此程の中捨二三句相しるし候御存知の
急便故艸〻頓首
蓼太郎

七月十日
莎青様
几下
」32オ

延享甲子林鐘　書林　西村源六
彫工　吉田魚川
』32ウ

『奥細道拾遺』略注

この略注は、『奥細道拾遺』の前半、すなわち『おくのほそ道』関係の発句・連句についての、『曽良旅日記』俳諧書留（以下、『曽良書留』と略称）との異同を主として記したものである。芭蕉真蹟（岩波書店版『芭蕉全図譜』ほか所収）・『荵摺』『継尾集』『其袋』その他を参照した箇所もある。

4オ

(1) 糸遊ふに――『曽良書留』は前書「室八嶋」で、「糸遊に結つきたる煙哉　翁」

(2) 入かゝる――『曽良書留』は「糸遊の名残哉」を見せ消ちにして「程〻に春のくれ」と改める。

(4) 入逢の――『曽良書留』は「きこえす春の暮」。芭蕉真蹟（以下「真蹟」と略称）は「田家にはるのくれをわふ」の前書で「入あひのかねもきこへすはるのくれ　風羅坊」。真蹟は「みちのく」「なすの篠原をたつねて」「ミむと急き侍る程にあめ降出けれは先此ところにとゝまり候」「郭公」、作者は「風羅坊」。

4ウ

(5) 落くるや――『曽良書留』は「高久角左衛門授《ニル》」とし、前書は「みちのく」「なすの篠原」「あめ降り出けれは先此處にとゝまり候」。なお、曽良の付句は共に「のそく」、なお付句の後に共に「元禄二年孟夏」とある。

(6) 西か東か――『曽良書留』は前書に「白河関」とあり、『荵摺』には「しら河の関をこゆるとてふるみちをたとるまゝに」とあり、句形はいずれも同じ。『曽良書留』には「我色黒きと（ママ）句をかく被直候」と付記してあり、また何云あて芭蕉書簡に「又白河愚句色黒きといふ句乍早より中参候よしかく申直し候西か東か先早苗にも風の音」と記してあるので、「早苗にも我色黒き日枚哉」（『曽良書留』）

の改案であることがわかる。

(7) 関守の――『曽良書留』は「白河何云へ」の前書で「くいなにとをふもの　翁」。何云あて芭蕉書簡には「白河の風雅聞もらしたりいと残多かりければ須か川の旅店より申つかはし侍る　関守の宿を水鶏にとはふもの」とある。

(8) 五月雨ハ――『曽良書留』には「須か川の驛より東二里はかりに石河の瀧といふあるよし。行て見ん事をおもひ催し侍れバ此比の雨にみかさ増りて川を越す事かなハずといゝて止ければ」の前書で、「さみたれは」「みかさ」とある。

(9) 五月乙女に――『曽良書留』は「しのぶの郡しのぶ摺の石は茅の下に埋れ果ていまは其わざもなかりければ風流のむかしにおとろふる事ほいなくて」の前書で同じ句形。再案は「早苗つかむ手もとやむかししのぶ摺」（真蹟・『卯辰集』）、成案は上五「早苗とる」の句形

5オ

（『おくのほそ道』）。

(10) 田や麥や――『曽良書留』には「しら川の関やいづことおもふにも先秋風の心にうごきて苗ミどりにむぎあからミて粒〳〵にからきめをする賎がしわざもめにちかくすべて春秋のあハれ月雪のながめよりこの時はやゝ卯月のはじめになん侍れば百景一つをだに見ことあたハず。たゞ聲をのミて黙して筆を捨るのミなりけらし　田や麦や中にも夏時鳥元禄二《（ママ）》孟夏七日　芭蕉桃青」とある。

(11) 水の奥――『曽良書留』は「風流亭」の前書で、下五「尋る柳哉　翁」とし、風流の脇句・ソラの第三句までを掲げる。

(12) 山も庭も――『曽良書留』の前書は「秋鴉主人の佳景に對す」で、句形は「山も庭にうこきいるゝや夏さしき」。

(13) 小鯛さす――『曽良書留』に前書「西濱」で、下五「海士かつま」。『芭蕉翁発句集』『俳諧一葉集』には下五「蜑か軒」とあり、

『白雄夜話』に「海士かつま」は「海士か軒」の改案と述べている。

⒁　鶴鳴や――『曽良書留』には「はせをに靍縉なけるに」の前書で句頭に「サン」と注記し、中七「其聲に芭蕉」とあり、作者を「翁」とする。

6オ

(1)　風流の――『曽良書留』は「奥州岩瀬郡之内須か川相楽伊左衛門ニテ」の前書で、「風流の初やおくの田植哥　翁」、『荵摺』は「みちのくの名所〱心におもひこめて先関屋の跡なつかしきまゝにふる　ちにかゝりていまのしら河も越えぬ。頓ていはせの郡にいたりて乍斎等躬子の芳扉を扣。彼陽関を出て故人に逢なるへし」の前書で「風流のはしめや奥の田植哥　芭蕉」。両書とも歌仙を収載する。『猿蓑』には「しら川の関こえて」の前書で発句のみ出る。句形は本書に同じ。

(2)　いちこ――『曽良書留』は「覆盆子」。

(3)　水せきて――『曽良書留』は「昼寐の石やなをすらん」。

(4)　籮――『曽良書留』に「ヒク」と振仮名。「びく」と読む。

6ウ

(6)　雇うや――『曽良書留』は「雇そやねふく」。

(7)　賤の女――『曽良書留』は「賤のめ」。

(9)　ある時ハ――『曽良書留』は「有時は」。

⒂　更る夜の――『曽良書留』は「更《ル》夜の」。

7オ

⒄　色〱の――『曽良書留』は下五「こもりゐて」。

⒆　山鳥の――『曽良書留』は「尾にをくとしやむかふらん」。

⒇　おの〱――『曽良書留』は「をの〱」「冬籠る」。

7ウ

(27)　住かえる――『曽良書留』は「住かへる」「見よ」。

(28)　薄あからむ――『曽良書留』は「六條か髪」。

(29)　初樒――『曽良書留』は「枝うるさゝに」。

(30)　太山――『曽良書留』は「聲ぞ時雨るゝ」。

8オ
(36) 蠶飼する――『曽良書留』は「かさなる」。なお、この挙句の後に「元禄二年夘月廿三日」と記す。

8ウ
(1) 御尋に――『曽良書留』は前書「新庄」で、同じ句形。

(4) 霧――『曽良書留』は「雰立かくす虹のもとすゑ」。

9オ
(7) すゝけたる――『曽良書留』は「とり傳」。

(12) 浪の――『曽良書留』は「浪の音聞」。

(13) 雪降らぬ――『曽良書留』は「雪ふらぬ松はをのれと」。

9ウ
(16) 疵――『曽良書留』は「洗ハんと」。

(17) 散る花――『曽良書留』は「散花の今は」。

(19) 楽しミと――『曽良書留』は「春水」。

(20) 果なき――『曽良書留』は「さかやき」。

10オ
(25) おのつから――『曽良書留』は「自鹿も」。

10オ
(23) 老僧の――『曽良書留』は「小盃初んと」。

(24) 武士――『曽良書留』は「武士乱入」。

(26) 羽織――『曽良書留』は「包む」。

(27) 秋更て――『曽良書留』は「菅の笠」。

(28) うたひ――『曽良書留』は「谷くミ」。

(29) 乗放――『曽良書留』は「乗放牛を尋る夕聞夕」。

(30) お城――『曽良書留』は「出城」「かゝり火」。

(34) しらさる――『曽良書留』は「知らさる山に」。

(36) 鴬――『曽良書留』は「舞ふ」。

11オ
(1) 五月雨を――真蹟には前書なく、「さみたれをあつめてすゝしもかミ川」。『曽良書留』は、「大石田高野平右衛門亭ニテ」の前書で本書と同じ句形。のち中七を「あつめて早し」と改めて『おくのほそ道』に収載。

(2) 螢を――真蹟は「岸にほたるを繋ぐ舟杭」、『曽良書留』は「を」の一字を欠き「ほたるつなく」とする。

(3) 瓜畠――真蹟は「影まちて」、『曽良書留』は「影待て」。

11ウ

(4) 里を――真蹟・『曽良書留』共に「里をむかひに」。
(5) 牛の子――真蹟は「うしのこにこゝろなくさむゆふまくれ」、『曽良書留』は「うしの子に心慰む」。
(6) 雨雲――真蹟・『曽良書留』「水雲」「ふところ」。
(7) 侘笠――真蹟は「まくらに立てやまおろし」、『曽良書留』は「山颪」。
(8) 松――真蹟は「むすひをく」「境め」、『曽良書留』は「むすひをく」「さかひめ」。
(9) 永楽の――真蹟は「古き」「戴て」、『曽良書留』は「旧き」「戴て」。
(11) 薫――真蹟は「たきものゝ」、『曽良書留』は「たき物の」。
(12) 爪紅粉――真蹟は「つま紅粉」、『曽良書留』は「爪紅」。
(10) 夢と――真蹟は「あはする」、『曽良書留』は「あハする」。

12オ

(13) まき揚る――真蹟は「巻あくる」「ちこの」、『曽良書留』は「巻揚る」「ちこの」。
(14) 煩ふ――真蹟は「ひとに」「あきかせ」、『曽良書留』は「人に」「秋風」。
(15) 水かゆる――真蹟は「水替る」、『曽良書留』は「水かハる」。
(16) 碪うち――真蹟は「きぬたうちとてえらひ出さる」、『曽良書留』は「碪打とて撰ミ出さる」。
(17) 花の――真蹟は「織らする花莚」、『曽良書留』は「織する花莚」。
(18) 涅槃――真蹟は「ねはむ」「山かけ」、『曽良書留』は「ねハん」「山陰」。
(19) 穢多村――真蹟は「うきよ」、『曽良書留』は「うき世」。
(20) かたな――真蹟は「かたなかりする」、『曽良書留』は「刀狩する」。
(21) 葎垣――真蹟は同じ句形。『曽良書留』は「八重葎」を見せ消ちにして左に「むぐら垣」

と改める。

(22) 物書たひに――真蹟は「もの書たひに削るまつかせ」、『曽良書留』は「もの書度に削《ル》松の風」とし、下に「木か」と小さく注記。

12ウ

(23) 星祭る――真蹟は「祭る髪はしらかのかるゝまて」、『曽良書留』は「祭《ル》髪は白毛のかるゝ迄」。

(24) 集に――真蹟・『曽良書留』共に「名をとむる月」。

(25) 鹿笛に――真蹟は「もらふ」、『曽良書留』は「もらふ」「ぬり足駄」。

(26) 柴賣に――真蹟は「わするゝ」、『曽良書留』は「忘るゝ」。

(27) ねふた――真蹟は「ねふた」「かけろひに」、『曽良書留』は「ねむた」「かげろいに」。

(28) たえ〳〵――真蹟は「千日のかね」、『曽良書留』は「万日のかね」。

(29) 故郷の――真蹟・『曽良書留』共に「古里」「ふりかへし」。

(30) 言葉――真蹟・『曽良書留』共に「ことは」。

(32) 煤掃の――真蹟・『曽良書留』共に「草庵」。

(33) 亡人――真蹟は「無人を古き懐帋に」、『曽良書留』は「無人をふるき懐紙に」。

(34) やもめ――真蹟・『曽良書留』共に「からすのまよふ」。

13オ

(35) 平つゝミ――真蹟は「平包明日も」「峯の花」、『曽良書留』は「平包あすも」「峯の花」。

(36) 山田の――真蹟は「いはふむらさめ」、『曽良書留』は「祝ふ村雨」。真蹟にはこの挙句の後に、「芭蕉九　一栄九　曽良九　川水九　㝡上川のほとり一栄子宅におゐて興行芭蕉庵桃青書　元禄二年仲夏末」とある。『曽良書留』には挙句の後に何の記載もない。

13ウ

(1) 涼しさや――『曽良書留』に同じ前書・同じ句形で、七句までを記載する。『継尾集』には「安種亭より袖の浦を見渡して　涼しさや海に入れたる㝡上川とある。後に「暑き日を海にいれたり」と改めて、『おくのほそ道』

に収載。

(2) 月を――『曽良書留』は作者を「寺嶋詮道」。

(3) 黒鴨――『曽良書留』は「黒かも」。

(4) 梺ハ――『曽良書留』は「林鹿は」。作者を「長崎一左衛門定連」。

(5) 皮とち――『曽良書留』に「かはとち」。

(6) 影に――『曽良書留』は「任する」。作者を「かゝや藤衛門任曉」。

14オ

(7) 不機嫌――『曽良書留』は作者を「八幡源衛門扇風」とし、この句の後に「末略ス」と記す。

(1) 文月や――『曽良書留』は「直江津ニて」の前書で二十句目までを収載。発句の中七は「六日も常の」。発句のみは『おくのほそ道』『猿蓑』等にも載り、『其袋』には「北国何トヤラいふ崎にとまりて所の夷もおし入て句をのぞみけるに」と前書があるが、句形はいずれも「六日も」の形。

(2) 露を――『曽良書留』は「のせたる」。

(3) 朝霧に――『曽良書留』は「食燒烟」。

(4) 蚤の――『曽良書留』は「小舟をハせ上る」。作者を「聴信寺眠鷗」。

14ウ

(5) 鳥啼――『曽良書留』は同じ句形。作者を「石塚善四郎此竹」。

(6) 松の――『曽良書留』は作者を「同源助布嚢」。

(7) 夕嵐――『曽良書留』は作者を「佐藤元仙右雪」。

(8) 盥――『曽良書留』は「たらい取巻賤か」。

(12) 鏡に――『曽良書留』は「移す」。

15オ

(13) 吹はなれ――『曽良書留』は「あけはなれあさ氣ハ」。

(14) 鹿――『曽良書留』は「引て来る」。

(15) 碪うつ――『曽良書留』は「きぬたうつ」「知らぬ」。

(16) たつた――『曽良書留』は「二人《リ》」。

(17) 花の後――『曽良書留』は「華の吟」。

(18) 蝶の――『曽良書留』は「おしむ」「蝋蠋」。

「蝋蠋」は「蝋燭」の誤記。

(19) 春雨ハ――『曽良書留』は「春雨は」「児の」。

(20) 香は――『曽良書留』は「香は色〻に」。周徳本『ゆきまるげ』には、この句の後に「吟これ迄にしてすゐ見へす」とある。

柳條編『奥の枝折』——解題と翻刻

【解題】

露柱庵富水の序文によると、友人松柯坊が「過し辛酉の夏」（享和元年〈一八〇一〉であろう）みちのくへ旅した時、「象潟の好士何某が許」で「家蔵なせる奥の栞と題せし祖翁この地風光の数巻」を写し得て愛蔵していたものを、「齢耳順に過て人世の変化計がたし」と悟り、公刊することを思い立ったものであるという（但し、下巻二十四丁裏以下には、金龍庵什物の三歌仙や芭蕉の発句・諸家の発句を収めて追加としている）。これに従えば、『奥の枝折』は「象潟の好士何某」編『奥の栞』の松柯坊書写本を出版したものということになる。

この推定に誤りがなければ、本文第一丁表の内題の下に「湖月柳條著述」と見えるから、前記の松柯坊は即ち湖月柳條であろうと考えられる。しかし、鳥明編『在し世話』（寛政七年〈一七九五〉成）を見ると、巻頭にある鳥酔追善五十韻の連衆の一人として柳條と松柯が一座しているから、両者が別人であることは明らかである。——とすると、あるいは松柯坊の象潟での書写本を柳條が再編集したのか。この辺の事情は全く不明で、推測さえもできかねるが、一往彼を編者としておこう。

柳條については、鳥酔編『壬生山家』（宝暦九年〈一七五九〉成立）所載「同門信友前亡之化縁簿堂上安置」の項の最初に、「江都」の人として「柳條　織田長次郎」と見えるのが当人であろうか。平林鳳二・大西一外両氏著『新撰俳諧年表』（大正十二年十一月刊）

付録「俳家人名録」に、「柳條、織田氏、称長次郎、柳居門、江戸人。」とあるのは、前掲『壬生山家』の記載に基づくものであろう。

次に、露柱庵冨水については、『神奈川県郷土資料集成第三輯俳諧篇』（昭和卅四年三月刊）所載、「露柱庵春鴻略年譜（稿）」の六九歳（寛政一三・享和元・辛酉）の條に、

六月一九日　松露庵三世、東海房烏明歿す（七六）。坐来四世を嗣ぎ好文堂冨水は二世松原庵烏酔の勧告で露柱庵と改号す。

とある記事が管見にはいっただけで、本名・閲歴など詳細は全然わからない。

次に『奥の枝折』の内容を列挙する（仮に通し番号を付す。）

〔上巻〕

1 芭蕉の付句　廿三句
『おくのほそ道』旅中の芭蕉一座の連句
2 雨晴て（桃雲）四句
3 旅衣（曽良）三句
4 茨やうに（等躬）三句
5 風の香も（芭蕉）三句
6 涼しさや（芭蕉）七句
7 あつミ山（芭蕉）歌仙
8 五月雨や（芭蕉）歌仙
9 珍しや（芭蕉）歌仙
10 御尋に（風流）歌仙
11 有難や（芭蕉）歌仙
12 忘れなと（会覚）歌仙
13 薬園に（芭蕉）歌仙
14 馬かりて（北枝）歌仙
15 ぬれて行（芭蕉）廿二句
16 其角の発句　一句
門弟等の連句
17 飯酢の（其角）歌仙
18 行雲の（文考）歌仙
19 夏の日や（路通）歌仙
20 河豚くふて（不玉）歌仙
21 初雪を（清風）歌仙

22　秋立て（及肩）歌仙

〔下巻〕

23　不卜の発句　一句

24　一柳軒の辯（芭蕉）

芭蕉一座の連句

25　残暑しばし（芭蕉）半歌仙

26　白髪ぬく（芭蕉）半歌仙

27　暁や（園風）五十韻

28　ひら〳〵と（芭蕉）歌仙

29　炑たつて（及肩）歌仙

30　蝿ならぶ（去来）歌仙

31　月見する（芭蕉）歌仙

32　御明の（探志）歌仙

33　やす〳〵と（芭蕉）歌仙

34　うるはしき（路通）歌仙

35　漏らぬほど（斜嶺）半歌仙

36　金龍庵什物の文（仮称）

37　其匂ひ（芭蕉）歌仙

38　つふ〳〵と（望翠）歌仙

39　残る蚊に（雪芝）三十句

40　霜に今（百歳子）歌仙

41　『おくのほそ道』旅中の芭蕉の句文
（存疑句を含む）五十九句

42　芭蕉の発句（年代順・四季別）

春五句　夏五句　秋五句　冬七句

春九句　夏五句　秋八句　冬九句

春八句　夏八句　秋七句　冬四句

43　「たび人と我名」の句文（芭蕉）

44　「歳暮」の句文　（芭蕉）

45　北枝の俳論（北枝）

46　門弟等の発句

春二九句　夏一四句　秋二一句　冬一四句

これらのうち、「36金龍庵什物の文」（仮称）以下の三歌仙（38・39・40）は鳥酔編『壬生山家』に収載されており、「7あつミ山歌仙」「12忘れなと歌仙」及び「16其角の発句」以下「21初雪を歌仙」までは不玉編『継尾集』（元禄五年〈一六九二〉刊）に見られる。前者は『壬生山家』から直接書写したものであろうと推察されるが、後者については、かなり誤写が目立つところから、『継尾集』より直接書写したのではなくて、象潟の何某の写本『奥の栞』からの写しであろうと推測せられる。

その他、「2雨晴て四句」から「13薬園に四句」まで（7・12を除く）は、天明三年板『雪満呂気』に出ており、「25残暑しばし半歌仙」から「35漏らぬほど半歌仙」まで、及び「37其匂ひ歌仙」は蝶夢編『芭蕉翁俳諧集』（天明六年〈一七八六〉刊）に収載されている（22・29は重出）。「象潟の好士何某」が、いずれを底本として用いたものかは不詳であるが、これらの俳書を披見した可能性は皆無ではないだろう。

ただはっきり言えることは、松柯坊が書写した『奥の栞』は、余り善本とは言えない代物であったということである。それは、連句にも発句にも、誤謬が目立ち過ぎるからで、彼の誤写によるところもあろうが、底本『奥の栞』そのものの誤記ということも充分に考えられるのである。

享和四年という出版当時においては、『おくのほそ道』関係の発句・連句の収載量の豊富な点から、かなり重んじられたかも知れないが、既に『曽良旅日記』をはじめ、多くの信頼するに足る第一次資料に恵まれている現在においては、この『奥の枝折』には二次的資料としての位置しか与えられないように思われる。もっと直截的に言えば、『奥の枝折』所載の句形は校異に使用するだけの価値に乏しいのではないか、ということである。

では、そのような本書を翻刻することの意義はどこにあるのか。「奥の細道の理解に資するところがあるほか、芭蕉作品の拾遺と考異に参考となる」（『俳諧大辞典』の解説。井本農一先生執筆）ところから、『校本芭蕉全集』その他の校異に資料として使用されてはいるけれども、未だ本書の全体が活字化されてはいない現状に基づき、本書の性格や資料的な価値を多くの人々に見定めてもらう必要があると考え、敢えて翻刻を試みた次第である。

【書誌】

編者　湖月柳條。
書型　小本二冊。縦一六・二糎。横一一・二糎。
題簽　表紙左上に「誹諧奥の枝折　上」「誹諧奥のしをり　下」
丁付　序文には丁付なし。本文には各丁裏下部欄外に、上巻、「一」～「卅四」。下巻、「下ノ一」～「下ノ四十八」。
序文　享和第三亥春三月　露柱庵冨水
刊記　維皆享和四歳次甲子　春王正月開彫
　　正　風　亭　蔵　版
江戸書林　江戸橋四日市石渡利助

〔凡例〕

一、漢字及び仮名の表記は、なるべく底本の字体に近いものとするよう心掛けた。
一、仮名遣い・清濁はすべて底本通りとした。
一、本文の誤謬・脱漏・他書との表記の異同個所等については、（ママ）と傍記する代りに、右側に・を付した。
一、丁移りは「」』を以て示した。
一、底本には久華山房所蔵本を使用した。但し、該書は「文化十一年甲戌五月　東都書林　日本橋四日市　上総屋利兵衛版」の刊記を有する後刷本である。然し、その内容は富山県立図書館志田文庫本（上下二冊を後に合冊した初版本で、上巻の題簽書名の「上」の字にかぶせて「全」と墨書してある）と同一であるので、初版本の刊記を先にしるして全体的な体裁を整え、次に後刷本の刊記を示しておいた。

志田文庫本を閲読する便宜を与えられ、かつ刊記の転載を許諾せられた富山県立図書館当局に深謝の意を表するものである。

『表紙

こゝに吾友松柯坊のぬし過し辛酉の」夏みち
のくへ杖を曳し頃象潟の好士　何某か許をあ
るとして淹留旬日　主人叟か道に熱心の篤を
愛し家蔵　なせる奥の栞と題せし祖翁この地
風光の数巻をゆるして写得さしむ既　にし
て后旅にしあれハ遊嚢に本尊とし　家に在て
ハ案上を放さす年を経て思へ　らく齢耳順に

序1オ

過て人世の変化計かたし』徒に秘めて帋魚の
巣となさむハ明玉　埋れて燕石に髣髴たれハ
前の細道に　嗣て世に廣くなさむにはしかし
と終に　剞劂氏に投しぬ校合をへて序　をも
とむやつかれか此道につたなく文　に暗らき
ゐると憚あり今海のふかき　浅きも量識ねハ固
辞なすにゆるさす　ひたもの硯つき付らるゝ
にいなミ得す」たゝ叟か蕉門の忠臣たる随喜
のあまりみしかき筆を走らせて巻の　端にか
いつくることしかり

享和第三亥春三月

露　柱　庵　冨　水

序1ウ

道のへの清水流るゝあとをしたひ祖翁　元録
のむかし夏草しけき奥の　細道を踏分られし
其記行ハ海内に　布て普く風士仰さるハなく
其風光　挨拶の章や聯句の如きはおの〱今
の家　連城の壁に比しく深く蔵て世に傳らす

序2オ

序2ウ

奥能志於里　巻上　湖月柳條　著述

翁行脚に江戸を立れけるに

芭蕉野分其句も草鞋かへよかし　季下

月と紅葉の酒を乞食　翁

芋洗ふといふ句を和す

宿まいらせん西行ならハ秋の暮　イセ山田 雷枝

はせをと答ふ風の破笠　翁

1オ

花の咲身なから草の翁かな　ゝ山田 勝莚

姝にしほるゝ蝶のくすおれ　翁

翁旅立給ひるときゝて

師の桜むかし拾ハん木の葉哉　ミノ大垣 嗒山

薄に霜の髭四十一　翁

霜寒き旅寐に蝲を着せ申す　如行

古人かやうな夜の木からし　翁

ゝ

1ウ

我もさひよ毐より奥の藪椿　イカ 雅良

茶の湯に残る雪のひよ鳥　翁

ゝ

我か櫻鮎割枇杷の廣葉哉　京鳴滝 秋風

筧に動く山彦の花　翁

ゝ

梅たへて日永し桜今幾日　湖春

東の念の虫桑につく　翁

ゝ

2オ

夏草よ東路まとへ五三日　若照

笠もてはやす庭の卯の花　翁

画　讃

赤人も今一入の酒機嫌　大ツ 珍碩

土器くさい公家の振舞　翁

翁行脚の頃申つかハす

とのはしに

見せはやな茄子をちきる軒の畑　京 惟然

其葉を笠に折らん夕――　翁

2ウ

弥らしや落葉の頃の翁艸　　如《ナルミ》風
　衛士の薪と手折冬莓――　　翁
幾落葉それほと袖もほころひす　　荷《ナコヤ》兮
　旅寝の霜を見するあかゝり　　翁
秋のくれ行さき〳〵を苫屋かな　　木《江戸》因
　萩に寐やうか萩に寐やふか　　翁
しるへして見せはや美濃ゝ田植唄　　巴《ミノ》百
　笠あらためむ不破の五月雨　　翁
」3オ
春雨や麦の中行水の音　　木《ヲヽミ》導
　かけろふいさむ花の糸口　　翁
あれ〳〵てすゑは海行野分哉　　猿《イカ》雖
　霍の頭をあくる粟の穂　　翁
時雨てや花まて残る桧笠　　大坂その女

　宿なき蝶をとむる若草　　翁
」3ウ
菜種干す莚のはしや夕涼ミ　　曲《カヽ》水
　螢逃行あしさいの華　　翁
奥そこもなくて冬木の梢かな　　露《ナコヤ》川
　小春に首の動く蓑むし　　翁
萩の影かたはミの花弥らしや　　荷《ナコヤ》兮
　折てや掃ん庭の箒木　　翁
和らかに焚よ今年の手作麦　　如《スルカ》舟
　田植はともに旅の朝起　　翁
」4オ
芽出しより二葉に茂る柿の実　　丈《ヲハリ》艸
　畠の塵のかゝる卯の花　　翁
」4ウ
　翁奥陸へ下らんと我か茅
屋を音信で尚白川の

あなた須川といふ所に
泊侍ときゝ申送りぬ
雨晴て栗の花さく弥見かな　桃雲
いつれの艸に啼出る蝉　等躬
夕食の賎か外面に月出て　はせを
秋来にけりて布たくるなり　曽良

5オ

○
高久角左衛門亭にて
旅衣早苗につゝむ乞食人　曽良
わたかの堤あやめ折らする　はせを
夏月の手曳の青芋くり懸て　等躬
○
おなし所におゐて
茨やうに這習けりかつミ艸　等躬
市の子倶の着たる細布　曽良

5ウ

日は西に笠をならふる涼ミして　はせを
○
おなし所にて興行
風の香も南にちかし最上川　芭蕉

小家の軒をあらふ夕たち　柳風
ものもなく苧ハ雰に埋れて　木端
○
六月十五日出羽酒田寺嶋
彦助亭にて一順興行
涼しさや海へ入たる最上川　はせを
月をゆりなす浪のうきミる　剣直

6オ

黒鴨の飛行庵の窓明て　不玉
苧ハ雨にならぬ雲きれ　宣連
皮とちの折敷作りて市をまつ　曽良
かけにまかせる宵の油火　住晩
不機嫌の心に重き花ころも　扇風
○酒田伊藤元順亭におゐて
江上之晩望
あつミ山や吹浦かけて夕涼ミ　芭蕉
海松苅磯に畳む帆柱　不玉
月出ハ關屋をからん酒持て　曽良

6ウ

土もの竈のけむる秋風　蕉

しるし立ほかに遣たる色柏　玉
あられの玉をふるふ蓑の毛　良
鳥屋籠る鶉飼の宿に冬の来て　蕉
火に焚かけに白髪たれつゝ　玉
海道ハ道もなきまて切せはめ　良
松笠送る武隈の土産　蕉
草枕おかしき恋もしならひて　玉
彼の神に申かねこと　良
御供してあてなき我も忍ふらん　蕉
此世のすへもミよし野に入　玉
」7オ
朝つとめ妻帯寺の鐘の声　良
けふも命と嶌の乞食　蕉
かしけたる花し散なと茱萸折て　玉
朧の鳩の寐所の用　良
もの云へは木霓に響く春の風　玉
姿は瀧に消る山姫　蕉
剛力かつまつきたかる笹傳ひ　良
棺をきむる塚のあら芝　玉
初霜ハよしなき岩を粧ふらむ　蕉

恵比須の衣を縫ひ〳〵そ泣　良
」7ウ
明日しめん厂を俵に生置て　玉
月さへ凄き陣中の市　蕉
御輿ハ真葛か奥にかんし入　良
小袖袴を送る戒の師　玉
我か本の母に似たるも床くて　蕉
貧にぬかれぬ家ハ賣れても　良
奈良の京持傳ひたる古今集　玉
花に苻を切る坊の酒蔵　蕉
鶯の巣をたち初る羽つかひ　良
蛩種うこきて箒手にとる　玉
」8オ
錦木を作りて古き恋を見ん　蕉
ことなき色をこのむ宮達　良

○出羽大石田にて興行
五月雨やあつめて凉し寂上川　芭蕉
岸にほたるを繋舟杭　一栄
瓜畠いさよふ空に月を見て　曽良
里のむかひに柴の細道　川水

牛の子に心なくさむ夕間暮　栄
水雲重し懐の吟　蕉
ウ
侘笠を枕にあてゝ山おろし　水
8ウ
枩むすひ置国の境目　良
永楽の古き地領をいたゝきて　蕉
夢と合する大鷹の紙　栄
薫の名を暁とかこちける　良
瓜紅うつる雙六の石　水
捲上るすたれに児の這入て　栄
病ふ人に告る炑風　蕉
月替る井出の月こそ哀なれ　水
砧うてとて撰て出さるゝ　良
華の後花を折する花むしろ　栄
9オ
涅槃いとなむ山影の塔　水
ニ
穢多邑ハ浮世の外の春冨て　蕉
刀持すも甲斐の一乱　良
むく起に人も通らぬ關所　水
もの書たひに削る松の木　栄
望まする髪ハ白髪のかゝる迄　良
集に遊女の名を留る月　蕉
鹿笛に囉ふもおかし塗足駄　栄
柴賣に出て家路忘るゝ　水
9ウ
ねふた咲木陰を昼のかけろふて　蕉
たゝ〳〵ならぬ霞日のかね　良
古郷の友かと跡をふり返り　水
言葉論する船の乗合　栄
ナ
雪ミそれ師走の市のおこりにて　良
煤掃の日を艸庵の客　蕉
亡人を古き懐帋にかそへられ　栄
孀鳥のまよふ入相　水
ひら堤翌も越へき峯の花　蕉
山田の種を祝ふむら雨　良
10オ

おなし頃重行亭にて
遊吟あり

弥しや山を出羽の初茄子　翁
蟬に車の音そゆる井手　重行
縮織の暮いそかしく梭打て　曽良

閏弥生のすゑの三ケ月　呂丸
吾か顔に散りかゝりたる梨の花　行
銘に胡蝶と付し盞　翁　』10ウ
ウ
山の端に消へかへり行帆懸舟　丸
蘩なき里は心とまらす　良
粟稗を日毎の斎に喰飽て　翁
弓の力を祈る石の戸　行
赤樫を母の記念と植置れ　良
雀に残す小田の苅初　丸
此炑も門の板橋崩れけり　行
赦免に洩てひとり見る月　蕉
きぬ〳〵ハ夜なへも同し寺の鐘　丸
宿の女の妬むものかけ　良　」11オ
婿入の花見る馬に打群て　行
元の廓は畑に焼ける　丸
ニ
金銀の春も壱歩に改り　翁
奈良の都のとうふ始る　行
此雪に先あたれとや釜あけて　良
寐巻なからに化粧美し　蕉

遥けさハ目を泣はらす筑紫舟　丸
とふく〳〵に友をうたせて　良
千日の庵をむすふ小松ハら　行
蝸牛のからを踏つふす音　丸　』11ウ
身ハ蟻のあなたと夢や覚つらん　翁
こけて露けき女郎花なき　行
明はなつ月を行脚の空に見て　良
温泉かそふ陸奥の秋風　翁
ナ
はつ厂のころより思ふ水のさま　丸
山そき作る宮の甍かへ　良
尼衣男にまさる心して　行
行かよふへき哥のつき橋　丸
花の時やミとやらいふ呼子鳥　翁
艶に曇りし春の山彦　良　」12オ

新庄におゐて遊吟あり

御尋に我宿せまし破蟵　風流
はしめてかほる風の薫　芭蕉
菊作鍬に薄をうち添へて　孤松

雰たちかくす虹の元すへ　曽良
そゝろなる月ニ夕里ト隔けり　柳風
馬市暮て駒迎せん　フ
12ウ
煤けたる父か弓矢をとり傳ひ　蕉
筆試て判を定むる　流
梅かさす三寸もやさしき唐瓶子　良
簾をあけて通ふす乙鳥　如柳
三夜さ見る夢に古郷の思ハれし　木端
浪の音きく島の墓原　風
雪降らぬ松は巴と肥りけり　柳
萩踏しける猪の妻　蕉
行尽し月を灯の小社にて　松
疵洗ハんと露そゝくなり　端
13オ
散る花の今ハ衣を着せ給へ　蕉
陽炎消る庭前の杏　良
楽ミと茶を挽せたる春の水　流
果なき恋に長き月代　端
袖香炉けむりハ糸に立そへて　風
牡丹の雫風ほのかなり　柳

老僧のいて小盃はしめんと　蕉
武士みたれ入東西の門　良
おのすから鹿も鳴なる奥の原　端
羽織につゝむ茸狩の月　流
13ウ
烋更て捨子にかさん菅の笠　柳
うたひすまさる美濃ゝ谷くミ　蕉
乗はなつ牛を尋る夕間暮　風
御城の裾に見ゆる篝火　端
奉る供御の肴も疎にて　蕉
よこれて重き祢宜の白張　流
ほり〳〵し石のかろとの崩けり　風
しらさる山も雨のつれ〳〵　柳
咲かゝる花を左に袖しきて　端
鶯かたり胡蝶舞ふ宿　良
14オ

羽黒山本坊におゐて興行
有難や雪をかほらす南谷　芭蕉
すむほと人のむすふ夏艸　露丸
川舟の綱に蛍を引きたゝて　曽良

鵜の飛あとに見ゆる三ケ月　釣雪
澄水に天のうかへる婇の空　珠梅
北も東も衣うつなり　梨水
」14ウ
ウ
居眠りし昼の日陰に笠ぬきて　雪
百里の旅を木曽の牛追ひ　蕉
山尽す心に城の紀を書ん　丸
斧持すくむ神木の森　良
歌よミの跡したひ行宿ならて　雪
豆うたぬ夜は何となき鬼　丸
古御所を寺となしたる桧皮葺　蕉
糸にたる枝のさま〳〵の萩　水
月見よと引起されて恥しき　良
髪あふかするうす物の露　蕉
」15オ
松はるゝ犬のかさしに花折りて　丸
的場のすへに山吹の咲　雪
ニ
春を得し七つの年の力石　蕉
汲ていたゝく醒井の水　丸
足曳のこしかたまてもひねり簑　円入
敵の門に二夜寐にけり　良

かき消る夢ハ野中の地蔵にて　丸
妻乞する歟山犬の聲　蕉
うす雪ハ栃の古葉のうへ寒　水
温泉の香に曇る旭寂き　丸
」15ウ
鼯の音を獨宿に矢を矧て　雪
篠かけしほる夜すからの道　入
月山の嵐の風そ骨にしむ　良
鍛冶か火残る稲妻のかけ　水
ナ
ちるかひの桐に見付し心太　丸
鳴子驚く片藪の窓　雪
盗人にさゝけふ妹か身を泣て　蕉
祈も尽ぬ關〳〵の神　良
盃の肴に残す華のなミ　本坊會覺
幕打揚る乙鳥の舞　水
」16オ

餞別

忘れなと紅に蝉啼山の雪　本坊會覺
杉のしけみをかへり見る月　はせを
弦かくる弓筈を膝におし当て　不玉

まへふりとれハ能似合たり　不白
はら〳〵に食喰ふ家のむつかしく　釣雪
漏もしとろに晴るゝむら雨　フ
ウ
笠島を見による笘の馬かりて　ミノ巴百
入日かゝやく藪のはんの木　玉
足うらの米を戴く里神楽　ゝ
娘なふれは襟をつくらふ　百
待宵に枕香炉のほのめさて　ゝ
横川に月のはつる中そら　玉
降止と傘ハすほめぬ秋時雨　ゝ
八朔近き懐の帳　百
薄へりの下に雪踏をはき込て　ゝ
暫し多葉粉を止る立願　玉
夜もすから笈に花散る夢心　百
河原おもてを渡る朝東風　玉
ニ
立あかる鷺の雫の春日影　ミノ如行
しもくにおろす酒樽の錠　支考
こき込の茶を干ちらす六月に　行
子の這かゝる膳持てのく　考

16ウ　17オ

小屑負に歯黒の皿をつきのけて　行
いもしくの名を立るいさかひ　考
霙降る庄司か門の唐敷居　行
水をしたむる蛤の銭　考
下帯の跡のミ白き裸身に　ゝ
雲母坂より一のしにやる　行
末枯の夕木に月の残りけり　ゝ
炊やゝ寒き饅頭の湯気　考
日雀啼篭の日毎の物おもひ　ゝ
木の葉ちり敷のし甍の屋ね　行
何ことそ子息坊主のやつれけん　ゝ
灯火のこる宵の庚甲　考
初花に酒の通をかり持て　行
霞遥に背戸の綿部屋　考

越後国高田の医師
細川寿庵亭にて興行

薬園にいつれの花を艸枕　翁
萩の簾をあけかける月　棟雪

17ウ　18オ

炉けむりの夕阝を秋のいふせくて　吏也
馬乗のけて高藪の下　曽良
まつ一順にして
さきをいそく
」18ウ
加賀國北枝亭に脚を留て
名残の遊吟す
馬かりて乙鳥追行わかれかな　北枝
花野乱るゝ山の曲り目　曽良
月よしと相撲に袴ふみ込て　はせを
鞘はしりしてやかて留けり　枝
青淵に獺の飛こむ水の音　良
柴苅こかす峯の笹ミち　蕉
ウ
霰降る左の山は菅の寺　枝
」19オ
遊女四五人田舎わたらひ　良
落書きに恋しき君の名もありて　蕉
髪は剃らねと魚食ぬなり　枝
蓮のいとるも中〱罪ふかし　良
先祖の貧を傳へたる門　蕉

有明の祭の上座かたくなに　枝
露まつ拂猟の弓竹　良
秋風はもの云ぬ子も泪にて　蕉
白き袂のつゝく葬禮　枝
花の香ハ古き都の町作り　良
春を残せる玄仍の筥　蕉
長閑さやしらゝ難波の貝尽し　枝
」19ウ
銀の小鍋を出す芹焼　良
手枕にしとねの埃をうち拂ひ　蕉
美しかれと覗く覆殿　枝
つき小袖薫賣の古風なり　蕉
非蔵人なる人の菊畑　良
鴫ひとつ臺にすへても淋しさよ　枝
哀につくる三日月のさま　ゝ
初撥心草の枕に修行して　蕉
小畠も近し伊勢の神風　ゝ
疱瘡は桑名日永も流行過　枝
雨晴曇枇杷つはるなり　ゝ
ナ
細長き仙女の姿たほやかに　蕉
」20オ

茜をしほる水のしらなミ　ゝ
仲綱か宇治の網代とうち詠　枝
寺に使を立る口上　ゝ
鐘撞てあそはん花の散りかゝり　蕉
酔くらひつゝ弥生暮行　執筆

』20ウ

加賀国金澤にて興行

ぬれて行人もおかしき雨の萩　芭蕉
すゝき隠に薄ふく家　亭子
月見よと猟にも出す舟あけて　曽良
干ぬ帷子を待かねるなり　北枝
松の風昼寐の夢のかいさめぬ　ユ蟾
轡ならへて馬のひと群　志格

」21オ

ウ
日をへたる湯本の峯も迷かな　斧卜
下戸に持たせて重き酒樽　唐生
紫の古き誠はちきれたり　李邑
道の地蔵に枕からはや　祝ニ
晩鐘に鳥の声も啼ましり　夕市
哥をすゝむる牢輿の舟　蕉

肌の衣女のかほりとまりける　格
文盗まれて我うつゝ泣　蟾
奇りかゝる木より鳴出す蟬の声　枝
雷上る塔のふすほり　良
世に住めは竹の柱も三四本　子
朝露消る鉢の朝白　邑
ニ
夜もすから虫にハ声のかれめなき　市
むかしを立る月の御凌　卜
ちりかゝる花に米搗里近き　生
皺寄る翁道尋ける　主

」21ウ

支考遠遊の志ありこれに送る

白川の關に見返れいかのほり　其角

元録四辛未年四月
是に猶餞別の遊会を催す

飯鮓の鱧なつかしき都かな　其角
もの書付て團扇忘れす　支考
細ふ曳袖もたるまぬ奥深に　桃隣
片口あつる樽の呑口　角

』22オ

月の夜庭に西瓜をならへ置　考
角力を崩す村の肝煎　隣
』22ウ
ウ
所〻の秋通手形を頼むなり　角
本名しらぬ誹諧の友　ゝ
葬禮も人の上なる戻り脚　隣
三度しすまる江戸橋の塵　角
つや〳〵と雨のひかりの石瓦　考
さやいつはいに孕む夏豆　隣
蒜にたらて疝気のなかりけり　角
女客には内に寐ぬ盆　考
照月に祢宜か化粧のかゝハゆき　隣
新羅の使舟路露けし　角
貂島の雲井の花の棚引て　考
』23オ
夜明の雉子ハ山歟埜歟　隣
ニ
五無十し何ならはしの春の凩　角
産飯とるうち待合せけり　考
髪板を拂捨たる莓莚　隣
洗濯のなる紙衣とき分ケ　角
傾城を娘〳〵とたはむれて　考

泪にはつむ哥の立聲　隣
盗にも得入てそはむ雨の月　角
空也の鹿の遠く遊ハせ　考
』23ウ
蓮の実ハ佛の分し粮ならん　隣
形よき腹に福の相しる　角
伊勢参り嶓一はりにとり込て　考
とほり口さへ魚灯いやしき　隣
ナ
戸柊やさして異なる鰯の尾　角
けふも帰らぬ佐土の掛とり　隣
撰集抄行脚の程をなくさミて　考
内のしまるを女儀の一徳　角
花贈る詞の品の美しさ　隣
幾世をちきる象潟の春　考
』24オ
行雲の砕て涼し礒の山　野盤子文考
くらき所に鳴閑古鳥　重行
小麦苅跡の中さし青やきて　呂丸
傘壱本に四五人の客　考
月遅し羽織の上のすかへ帯　行

熟柿の落て音のかひなき　丸

24ウ

ウ
露時雨賀名《ヤフ》む便りの待暮し　考
結ふかとすれは又けへける髪　行
獨寐の姉誉られて引かつき　丸
猫の通ひを明るからかみ　考
枳穀の匂ひ別野に吹ちりて　行
沖のかたより降り奇する雨　丸
食仕舞ふ味噌の器も捨られす　考
先見ことなる機の織出し　行
門前の隣もいまた定まらす　丸
月に霞める笠てりの沼　考
衣〳〵を馬上に眠る花盛り　行
黒髪重く東風に吹する　丸
ニ
近付を後堂ロより饗応して　考
聲あさましき平家きかるゝ　行
一村の大和木綿にかき曇り　丸
襟引むすふ帷子の秋　考
寂しきハ雫滴る施餓鬼棚　行
ゐほし子かくす夕方の月　丸

25オ

七とせを湯浅か妻に労られ　考
茶碗の酒のうき名立らん　行
更る夜の風にかたまる村千鳥　丸
ミな声〳〵に念仏すゝむる　考
家造に勝手の方へ細なかく　行
積重ねたる杉はらの胴　丸
ナ
餞別の温飩一桶とりよせて　考
何にもかにももの覚よし　行
ちる銭の音も寂しき花の奥　丸
翡翠の落る山吹の中　考
いとゆふの釣場に君のかり枕　行
美濃路の春ハ二月三月　丸

25ウ

夏の日や一息に飲酒の味　骰子堂 路通
夜雨を包む河骨の花　不玉
手心を細き刀に旅立て　呂丸
炑は子供に任せたる秋　不撤
出座敷の後ハ廣き月の影　玉文
露のしめりに盥うつむけ　支考

26オ

26ウ

ウ
雅子の這来る道を片付て　玉
行脚の始袋寂しき　丸
懐を頻に覗く十二銅　撤
鰤賣男子静なりけり　文
奥深き材木町の朝霜に　考
あれこと〱し作の昆沙門　玉
夕月に母の草鞋の紐解きて　文
鎧とふしハ珎らしき柿　撤
鳥瓜枯て黄になる西あらし　丸
獨は身にもしまぬ手習　考
六七騎花の戻りの児玉黨　玉
夕日のとかに鮎鱠くふ　文
ニ
東風渡る琉球表新らしく　考
切ちかへたる小田の水音　丸
浅ましく馬のせかぬる木津の舟　撤
御僧の鉢を所望して来る　玉
細長き紙帳に雨の漏出して　丸
よもやと頼むうそつきの恋　考
味噌豆を祝ふ片手の物おもひ　文

」27オ

けふの佛にかはゆかられし　撤
山茶花のうす紅色に雪ふりて　玉
宰府といふはいつこなるらん　丸
腹の立夜着ふミたゝむ霄の月　考
瞽女の経よむ秋のつれ〱　文
」27ウ
ナ
落栗の木の葉の上をころかりて　撤
風に吹るゝ蛇の衣　玉
とふ鍬て土を切こむ舟の中　丸
筒脚板なとはける法師等　考
横雲の崩れに花の咲のこり　文
そよき立たる蕨虎杖艸　撤
河豚くふて花な心のうつゝかな　不《サカ田》玉
火桶の鶉撫はかしたり　路通
目にたゝぬ垣ねの草を掻奇て　ゝ
月にくつろく二の丸の跡　ゝ
もきとふに諷へハ出る秋の聲　ゝ
足本はかり見ゆる雲雰　玉
」28オ
ウ
雨漏ぬ橋の下りそ静なれ　ゝ
」28ウ

鎧は捨し大年の暮　ヽ
神鳴魚の鮓に饗応出羽の宿　ヽ
やしなろふ子のやつれたるなり　通
夕皃のいくつ咲ても実にならす　ヽ
床にくらふるおもへならねハ　玉
黒鴨のならふにも猶うらめしく　ヽ
恵比須を祈る露の俤　通
舟曳て今朝ハ見て行佐太の月　ヽ
鼠のおよく水草のうへ　玉　」29オ
獨して堂薺替る花さかり　ヽ
かひになりたる正月の餅　通
鶯の啼ハ浮世のありき度　ヽ
母の姿の夕くれの蝶　玉
俵切の塩賣る時ハ嬉しくて　ヽ
里の情は刀さす人　通
峠まで登る間ハ茶やもなし　ヽ
ものゝ影より美き猫　玉
三ケ月に男世帯のすけなくて　ヽ
一夜もまたすすゝるあま酒　通　』29ウ

萩咲て御垣の本の寒〳〵と　ヽ
とこまで突し西行の杖　玉
有難や津軽の舎利を拝む時　ヽ
また新しき絵莚をしく　通
崩《ナ》れ出る憐を明の私語　ヽ
短鶏啼朝の児の馴　玉
すこ〳〵と衛門の叔の袴着て　ヽ
もの取落す音のおかしき　通
から尻を乗あくミたる花の山　ヽ
はらへと螢のすねに取つく　玉　」30オ
初雪をミな見付たる座禅かな　尾花沢 清風
有明寒き高藪《ャ》のうち　支考
鶯の鳴篭の掛かねはつさせて　不玉
紙漉町ハ寂しかりけり　風
さつき待隣に草履造るなり　考
床吹通ふす風の涼しき　玉
誰《ウ》か為そ十綱の橋に経よみて　風
色糸白きつら内の髪　考　』30ウ

大小のうへに手をくむ暮の月　玉
七夕の夜を恋の究梨《キメナシ》　風
玉章を襟より覗くおもひ艸　考
匂ふを酒のかんとしるへし　玉
行かぬ身かあらハ賭せよ鳥部山　風
うつすかことく雨の降りつゝ　考
川中に千貫といふ水車　玉
江戸つめなしの御普代家なり　風
31オ
咲花に朝か晩歟ハ茶漬にて　考
小倉の峯を帰るかりかね　玉
ニ
傾城の文すかし見るおほろ月　風
なと寂蓮ハ物うかるらん　考
紅粉畑の蒔は盛となりにけり　玉
注連冠をとめぬ鬮の屋　風
いとこ煮をほむれハ実に強られて　考
のかれぬ中に貰ふ居風呂　玉
基浄ひ師走の廿日あまりなり　風
箱はしこより掃おろす埃　考
31ウ
五人前律義に銭を突ならへ　玉
あはれ過たる奥の浄瑠璃　風
木蓮の散るも定めぬ夏の雨　考
なき名を若ひ衆に立られ　玉
ナ
衣〳〵の恋をつみ行つくし舟　風
海馬とやらのあやにくに寐る　考
花の空慈覚の寺の七不思義　玉
寒食まてハ喰ひあまる米　風
何事もおもへは去年の雉子の聲　考
素黒の薄雲雀飛たつ　玉
32オ
秋立て干瓜辛き雨気かな　及肩
敷居ふまへて戸をはつす月　珍碩
早稲稾をすくり仕廻ハ用もなし　之道
人はしり奇辻の放下師　昌房
膳棚のさひしく見ゆる田舎椀　正秀
もかれつふれし此ころの風　探志
32ウ
ウ
畚さけて舟のこけらを捨ふらん　碩
はすね頭の髪もたはねす　道
居ならふ雑炊時の夕間くれ　房

神鳴おしゐ娘かはゆき　秀
　掛ておく合羽の雫たり出す　道
肌寒しくと博奕はしめる　碩
　月の前酒にせわしき近かつへ　秀
菜を蒔なりと寺の雇人　志
　上張に鶏盗む臼のかけ　房
日和にむきし霜の朝明　肩
」33オ
　年〱と縁板ぬくふ花盛り　碩
荷ひつれたる春の入艸　道
ニ
　幅廣き砂川渡る長閑さよ　志
羽織そろゆる講参りなり　肩
　行にして朝起なろふ五六日　道
薬を休む喰ものゝあし　翁
　母親の仕立て見する娵入夜着　秀
恋にさし出る檀那山伏　房
　江戸店を持て在所の門かまへ　碩
麦を煮る香に咽のかわきし　道
」33ウ
　股引の間を蚤にせゝられて　志
宵の小雨に真竹生出る　肩

しん〱と闇の伊豫簾漏る月に　秀
　心を告る秋のひよ鳥　肩
ナ
山畑の木綿色つく風の音　翁
　石地の坂を帰るミや坊　碩
情強き亀井の大工咄して　道
　敵を残す奈良の潜上　肩
野の廣さ年〱花を植ひろけ　秀
　かふ〱とする春の明ほの　碩
」34オ

（白　紙）
」34ウ

』表紙

奥濃志於里　巻下　湖月柳條　著述

煤とりて寺ハ目出度仏かな　不卜

一柳軒之辯

一柳軒不卜のぬしハ身を塵境にしたかひせまりて心さしハ雲ゐる山の岩根をたとり或ハ芳野の花に　笈を忍ひ湖水の月より琵琶をうかへて風雅の　やつことなることとしありこれより先に集を顕すこと　再におよふといへと
も春秋の遠く雲行雨ほとこして　東籬の菊も
名をさま〳〵に唐朝の杜丹も花　しへをして
似す梅の侘桜の興もおりに　ふれ時にたかへ
は句も又人をおとろかしむ猶」　そのしけき林 1オ
に入て花の香清きにつき　いろこき木の葉を
拾ひて左右にわかち　積て四節となす判士よ
たりに乞ふて　我も其一にしたかふ誠や楽に
ゐらるゝ　ものゝ笛を盗に似たるといはんさ
れとも　青鷺の目をぬひ鸚鵡の口を戸さゝん
事　あたハす貞享卯のとし筆を江上の湖に
そゝきつゐに蕉庵雪夜の灯に對す

桃青書」1ウ

元録二の秋

一泉亭ニて遊吟

残暑しはし手毎に料れ瓜茄子　芭蕉
ミしかさまして秋の日の影　一泉
月よりも行野ゝすゐに馬冷て　左住
透間きひしき邑の生垣　ノ杢
鍬鍛冶の門をならへて槌の音　竹意

小桶の清水むすふあけ暮　語子
ウ
七つより生長せしも姉の恩　雲口
鳥放しやる西の栗原　乙徳
2オ
詠ならふ哥に道ある心地して　如柳
灯きゆれは空に出る月　北枝
肌寒ミ咳したる渡し守　曽良
おのか立木に干残る稲　流志
二つ家はわりなき中と縁くミて　泉
さゝめ聞ゆる国の境目　蕉
糸かりて寐間に我縫ふ恋衣　枝
足駄踏へき遠山の雲　口
草の戸の花にもうつすところにて　浪生
畑うつこともしらて幾春　良
2ウ
白髪ぬく枕の下やきり／＼す　はせを
入日をすくに西窓の月　之道
あま垣の鰯かそゆる秋の来て　珎碩
苅揃へたるからゝこの柴　蕉
河風に竹の筏のから／＼と　道

麦の小うねを抑く冬空　碩
ウ
斎過て一群帰る縄手ミち　蕉
頤ほそる恋聟の顔　道
3オ
とし機の帯美しう脇留て　碩
久しき銀の出る御屋敷　蕉
山公事の埒の明たる初あらし　道
かふと谷より踊ふれけり　碩
月かけに鬮の芦毛も追かけて　蕉
鯛もさはらも踏すへりつゝ　道
ものくさも布子の重き春風に　碩
又も弥生の家賃たゝまる　蕉
時／＼に花も得咲ぬ新畠　道
薬わかして雲雀かたむく　碩
3ウ
暁や雪をすきぬく藪の月　園風
けむりを作る梢のけたもの　梅額
暦よむ人なき里も安く居て　半残
かはり杜丹の名も弘めけり　玉房
献／＼に燭することも上手なる　良品

扇子の角をつふす舞〳〵　風麦
春にあふ蒔絵の鞘を下け帯に　翁
はつ神鳴に將監か簑　木白　」4オ
ウ
馬の鞍踏へて手折るさくら花　額
おこせを出す住連縄のかけ　配力
伊勢の海よこれ素袍を打そゝき　麦
敵の首を贈る古郷　風
村人は関の莚にこゝなりて　芳
鯖江門徒を尊ふとかりけり　品
造り出す今年の酒も甘口に　残
月もなこりのやゝ寒きあし　刀
妹かりや溝に穗蓼の生茂り　風
文書ちらす庭のはせを葉　麦　』4ウ
それ〳〵の楽の衣裳を脱捨て　翁
出しかけたる饅頭の汁　芳
この花に瀧を登るも今はしめ　白
肩に持ぬる俱のさはらひ　額
ニ
残る雪舅に見せん里かくれ　風
放れて犬の跡に追来る　麦

葬禮にしほるゝ馬の哀なり　品
女咳する竹の戸のうち　芳
後朝《キヌ〳〵》の亥の子の餅を配る迚　翁
背中ハ寒く頭うちける　白　」5オ
時雨たる旅の巾着たよりなき　額
手をひかへ見る猿塚の魚　刀
歌詠めはミな〳〵烏帽子傾て　白
涙もろしや賎か黛　残
七夕にうきをかしたるそめ服紗　風
家賣て世はあしきなき月　翁
柿の木の枝もたハミに実を持ん　麦
飛てすさまし名や紅葉鳥　芳
一ウ
修行者の踏まよひたる峯つたひ　額
北斗の星を包む村雲　白　』5ウ
鷹の爪あかゝり寒く啼ぬらん　残
松は一本山の神〳〵　風
乞食して花に巻する薦すたれ　翁
雉子〳〵逃そこないるなき　芳
春雨によろ〳〵酔のおかしくて　刀

思ハぬかたの欸冬をつむ　麦
此頃ハ火を焚ならふひとり住　品
家ぬしの来て琵琶の名を問　白
ひつかつく菖蒲の階子重さに　芳
目の塵拭て貰ふ夕暮　風
」6オ
月の前しかミし顔の美しき　翁
砧うち〳〵恋のいさかひ　刀

元禄三むまのはつ冬
園風亭におゐて興行
連中九人
」6ウ
ひら〳〵と揚る扇や雲の峰　翁
青葉分つゝ夕立の朝　安世
瀬を落す船を名残に見送て　支考
はなれる家を告る原中　空芽
月の哥砧の拍子乗りて来る　土龍
大かた虫のねを揃へ啼　丹埜
ウ
傘をすほめて戻る炑の暮　芽

窓から呼る人の言傳　翁
さつはりと物を着替て連を待　世
夜の明るやらしらむ海際　考
」7オ
いふことを心に付る別れして　埜
真向の風に顔を吹かるゝ　芽
よふ肥るむすこの居る膝のうへ　翁
そろ〳〵江戸の草臥の来る　路通
香ひとつてひたひら中の恩もきす　ゝ
ちつとの事に枝節かつく　龍
月花を糺の宮にかしこまり　考
あらゝけふとや猫さかり行　埜
ニ
石塔を見よとて今朝ハとう出る　芽
背丈仲たる悴けつかう　世
」7ウ
こくめんな仲間か奇て不了簡　考
豆踏出して高ひ駕かな　埜
絎帯に銭をはさミて穴かあく　竜
名馴ぬ町の近付もやる　翁
明月の餅にあてたる關東早稲　葉文
今年ハいかう渡るあちむら　通

萱薺はしつほりと降秋の雨　世
いつ作りても詩ハ上手なり　考
女房にして笑はれぬ覚悟して　埜
尻はれ武士の二番はへとハ　龍
」8オ
ナ
土手筋の紫竹を杖に筏たかり　埜
田の草時に流行富士垢離　文
蚊の居にハ有ものてなし夏の月　翁
酒しほと名を付て呑まるゝ　世
病抜て結句まめなる花さかり　通
とちらへ向くも空ハとんみり　竜

元禄四ひつちの卯月

連中八人
」8ウ

烋たつて干瓜辛き雨気かな　及肩
敷居ふまへて戸をはつす月　珍碩
早稲藁をすくり仕廻は用もなし　之道
人はしり奇辻の放下師　昌房
膳棚の寂く見ゆる田舎椀　正秀

もかれつふれし此頃の風　探志
ウ
畚下けて舟のこけらを拾ふらん　碩
はすね頭の髪もたはねす　道
居へならふ雑炊時の夕間暮　房
神鳴おしゐ娘かハゆき　秀
」9オ
懸ておく合羽の雫たり出し　道
肌寒〳〵と博奕はしめる　碩
月の前酒にせハしき近かつへ　秀
菜を蒔なりと寺の雇人　志
上張に鶏盗む臼のかけ　房
日和にむけし霜の朝明　肩
年〳〵と椽板ぬくふ華盛　碩
荷ひつれたる春の入艸　道
ニ
幅廣き砂川渡る長閑さよ　志
羽織そろゆる講参りなり　肩
」9ウ
行にして朝起ならふ五六日　道
薬を休む喰ものゝあし　翁
母親の仕立て見せる嫁入夜着　秀
恋にさし出る旦那山伏　房

江戸店を持て在所の門かまへ　碩
麦を煎る香に咽のかハきし　道
股引の間を蚤にせゝられて　志
宵の小雨に真竹生出る　肩
しん／＼と園の伊豫簾漏る月に　秀
心を告る秋のひよ鳥　房
10オ
ウ
山畑の木綿色つく風の音　翁
石地の坂を帰る三屋坊　碩
情強き亀井の大工咄して　道
敵を残す奈良の潜上　肩
野ゝ廣さ年〻花を植ひろけ　秀
かふ／＼とする春の明ほの　碩
10ウ
蝿ならふはや初秋の日南哉　去来
葛もうら吹帷子の皺　翁
小灯をさハらぬ萩に懸捨て　路通
釣して来たる魚の腸　丈艸
一通りミそれに曇る朝月夜　惟然
たゝそろ／＼と背中うたする　来

ウ
打明ていはれぬ人をおもひかね　翁
手水つかひに出る西かけ　通
もの干のはつれかゝりて危けれ　艸
とり揃へたる芝の小さかな　然
11オ
夕間暮喜世留落して立帰り　来
泥うちかける早乙女のされ　翁
石佛いつれ欠ぬハなかりけり　通
牛の骨にて牛つくらはや　艸
酒の徳かそへ上てハ酔臥る　然
室の八島に尋あひつゝ　来
陸奥は花より月のさま／＼に　翁
瘡の真似する頃のうくひす　通
ニ
餅好の友をほしかる春の雨　艸
裙子刀にしむる巻藁　然
11ウ
物申ハ誰そと窓に顔出して　来
疹してとる跡のやすさよ　翁
片足つゝ拾ひ次第の古草履　通
あす作らふと雪に鳴鳥　艸
供多く連れても駕の静なる　然

畠の中に落る稲つま　来
崩井に熊追落す秋の月　翁
松割鑿の見へぬ露けき　通
やさしけに手打かふりを教初　艸
御簾の外面にならふ侍　然
」12オ
ナ
子規うえ〱啼て通りけり　来
けふりの中におろす早桶　翁
この島も片側斗立揃へ　通
飯苞ほとく菅笠のうへ　艸
佛にハかたミの花を奉る　然
菜を摘髪の白き明ほの　来
」12ウ
月見する座に美き顔もなし　翁
庭の柿の葉簑虫のなれ　尚白
火桶ぬる窻の手際の身にしミて　〻
別當西の古き扶持米　翁
尾頭の目出度かりつる塩小鯛　〻
百家しめたる川の水かミ　白
ウ
寂寞と参る人なき薬師堂　〻

雨の曇の昼蚊寐させぬ　翁
一むしろなくれて残る市の艸　白
這かゝる子の飯つかむなり　翁
」13オ
いそかしとさかし兼たる油筒　白
ねふと踏れて別れ侘つゝ　翁
月の前おさへしゐる小屋のもの　白
桔梗かるかや夜すからの虫　翁
信發る髪ハ黄色に秋くれて　白
大工の損を祈る迁宮　翁
三石の猿楽やとふ花さかり　白
八ツ下より春の吹降り　翁
ウ
雁帰る白根に雲のひろかりて　白
うち乗る馬にすくむ衿まき　翁
」13ウ
商人の腰にさしたる綿秤　白
ものよくしゃへるいはらしの顔　〻
韮《コラ》の香に奇りも添れぬ恋をして　翁
暑気によわる水無月の嚙　白
蜩の聲尽したる玄關番　翁
高宮直きる盆も来にけり　白

薏苡仁粟の葉向の風立て　翁
　随分おそき小の三日月　白
高取の城に上れハ一里半　翁
　さても鳴たる郭公かな　白
」14オ
ナ 西行の無言のうちの夕間暮　翁
　小艸ちら〱野は遥なり　白
うす雪のやかて晴れたる日の寒さ　ゝ
　水汲掛て捨る宵の茶　翁
窻明て雀を入るゝ軒の花　ゝ
　折懸垣にいろ〱の蝶　白
」14ウ
御明の消て夜寒や轡虫　探志
　月さしかゝる庭のこね土　正秀
旅の空國は菜を蒔頃ならん　昌房
　手拭帯にしめ力なき　盤子
廣敷の草履を人に直させて　翁
　又こかしたる魚の焼やう　及肩
ウ 窮屈に頬髭斗はやし置　楚江
　轡を透す銅の鍔　志

山つたひ伊賀の上野ゝ年ふりて　秀
　狂哥の集をあミかゝりけり　翁
」15オ
出来合のもの振賣ん初時雨　子
　小鳥飛たつ柚垣のうへ　房
名月にかりそこなひし戻り馬　秀
　新酒の酔のほき〱として　江
語る事なけれは君とさし向ひ　翁
　手のふるふとて書なくる文　志
咲花の曠に畳の表かへ　肩
　傘干せる宵の春雨　房
ニ 帰る厂おのか一くミ打連て　秀
　日高に泊る足弱の旅　子
」15ウ
見る斗細工過たるもミ佛　江
　湖水を飲て胸にさハらす　翁
隠家はもの静なる瀬田の奥　房
　鹿のおとしのつゝく松明　秀
むさくさと太皷咄しに月更て　志
　名残をおしむ庭の蘭菊　吟松
陸奥や勅の草紙を書仕舞　子

心にたらぬかろき膳立　秀
相くミに男世帯の気の安き　房
たはるゝ事に法華あらそふ　翁
」16オ
ナ
一振の鬮より西ハ能登の国　秀
浄瑠璃止て説経にする　子
風筋に片はら町を吹まくる　肩
馬に乗ても鐙をかたける　江
誰か蔵そ白土つける花の春　肩
海から見へて長閑なる松　翁
」16ウ
やす〱と出ていさやうや月の雲　翁
船をならへて置ハたす露　成秀
ひらめきて吹も揃ハぬ萩の葉に　路通
鍋こそけたる音のセわしき　丈艸
とろ〱と眠れは直る駕の酔　惟然
城とりまハす夕立の影　猗睡
ウ
我かものに手馴る鍬の心よき　正則
石の華表の書付をよむ　楚口
鸛《コウ》鸖の森見かけてハきほひ行　勝重

衾つくりし日は時雨けり　葦香
」17オ
拍子木に物喰ふ僧の打連て　兎苓
瀧を隔る谷の大竹　正秀
月影にこなし置たる臼のうへ　則
たゝちら〱ときり〱す鳴　重氏
糊こはき袴に秋をうち恨　重口
鬢の白髪を今朝見付たり　翁
年〻の花にならひし友の数　艸
きしる車もせかぬ春の日　則
ニ
鳶の巣の下は芥を吹落し　睡
咀ことのもろき聲なり　正幸
」17ウ
なけきつゝ文書中ハ戸をさして　江
いくらの山に添ふて来る水　苓
汗嗅き人は必遠慮なき　香
せめて暫も煙管はなさす　然
風出て流るゝ俣の渡し舟　香
唯一ほしとたのむ染もの　通
はし〱ハ古き都の荒残り　紫萊
月見を当てに頓て旅たつ　艸

秋風に網の岩やく石の突曲　苓
粟ひきに糠の夕ᴾさひしき　睡
ナ
片輪なる子ハ哀さに捨残し　通
身細き刀の反リ方を見よ　重成
長椽に銀土器をうちくたき　柳
ほとゝきす鳴て夜ハ明にけり　秀
職人の品あらはせる花の陰　絃五
南表に恵む若艸　秀

18オ

連衆十九人

うるはしき稲の穂並の朝日哉　路通
鴈もはなれす溜池の水　昌房
白壁のうちより砧うち初て　翁
燗燭の火を貰ふ夕月　正秀
頼まれて銀杏の廣葉かり落す　野經
すかりて乳をしほる犬の子　乙師
ウ
闢守にはや馴染たる咄すき　萱好
身ハ沓賣となつて悟し　珍碩

18ウ

天窓つき春と秋とハ定まらす　盤子
金堀に入る洞の灯　里東
田の中にいくつも霍の打ならひ　探志
芝居の札の米あつめけり　潡刀
御獄より駕の自由の旅の道　秀
夜空にしむる帯のほころひ　通
月影の二階に鐘を突上て　好
蕎麦の匂ひにむせて下積　東
かけろふや海手の花のさかりなり　刀
東風吹しほる菊水の簾　子
鵯の囀りなから喰ふらん　秀
豆腐上手に揚て客待　碩
恨ある義理を語て泪くみ　列
曇れと捨し元の姿鏡　通

19オ

うすやうに書手もふるふ筆の跡　翁
湖水さし来月の廻廊　秀
くれの露岩屋の坊主うち覗　子
ミなおのか音を啼からす虫　州
弓も矢もまたいたいけに膝まつき　碩

19ウ

白髪さし出す簾の合せ目　翁
時鳥奇麗に膳を拭立て　好
夜の間に伸る笋の篠　經
ナ 文ハます三史文選うつし書　通
坐録おしやる昼のうたゝ寐　刀
押へたる鼠を終に取はなし　房
草履踏こむ居風呂の漏　碩子
内裏建ほとハ在家を花の宿　碩
燕の出入にきやかな聲　經
」20オ

漏らぬほとけふハ時雨よ草の屋ね　斜嶺
火をうつ音に冬のうくひす　如行
一年の仕事ハ麦におさまりて　翁
垣ゆふ舟をさし廻すなり　荊口
うち連て弓射に出る有明に　文鳥
山から籠を提る小坊主　此筋
ウ 秋風に鍋かけわたす長囲炉裏　左柳
畳のうへを草履にて踏　恕風
蝠蝙の喰ひ破たる御簾の縁　行
」20ウ

念仏の聲の細ふ聞ゆる　残香
別むとつめたき小袖あたゝめて　千川
雅同志の恋のあとなき　翁
奥住居留主の表ハ戸をしきる　口
米春さしてもの買に行　嶺
鞍おろす馬ハ霙をうち拂ひ　筋
峠に月の冴て出かゝる　鳥
はつ花の京に庵を造らせて　翁
目利きて春を送るなりけり　柳
」21オ

其匂ひ桃より白し水仙花　翁
土屋藁屋のならふうす雪　白雪
朝から觜太ならす鳥の来て　桃隣
早ふ野分の吹てとるなり　芦雁
洗濯のいとまを貫ふ宵の月　支考
野郎にわたすきり〳〵す籠　以之
ウ 寐所に囉ひ集た絵を押て　扇車
何うたうやら鼻聲てやる　淡水
別れ路やおはつく衣に腰かくる　桃先
」21ウ

藪鼬めか仰山に出る　桃後
水汲に目こすりなから戸を明て　桃里
都のかたも定らぬ秋　雪丸
花薄き若き坊主の物くるひ　雪
額破れたる白雲の月　翁
猪の追れて帰るあはれなり　水
茶斗呑てけふも施す　考
散る花に薄き化粧のところ兀　之
二月の雛のとつつけもない　先
面白き霞の中の柿屋さま　雁
小鯛も鰡もとれる伊勢次郎　隣
黒崎の濱ハ鳥の啼連て　後
雨にならふか西のつかへし　丸
籠作る側にあふなく目をふさき　鯉
松葉の埃の煮る鍋ふた　翁
雉子笛を首にかけたる狩の供　ゝ
雪降こミてけふも鳴瀧　隣
にこ〳〵と生れ涅盤の夢さめて　考
院も長髪も侘給ひけり　後

」22オ　」22ウ

和らかに霍鳴ふかす夜の月　丸
須广の砧ハ下手て持たそ　翁
あの家は早ふ新酒をしほらせて　之
馬繋居る門の竹垣　雁
干物の莚かゝゆる一しくれ　先
顔のしかみて黒き小忰　雪
咲花に獅〻のさゝらを摺鳴し　車
村をはさんて肥る若杏　水

」23オ

元禄四未年冬
白雪亭にて興行
俳連十二人

露柱庵鳥酔行脚に杖を曳れ奥羽の　近くより西の国〳〵ハさらにして崎陽の果を　めくりて宝暦二酉年秋九月ハ摂劦荒陵　山北壬生山浄春禅寺ハ従二位家隆卿　文館の旧跡也天正四丙戌の秋宝鑑禅師　の開基にして萬治二己亥豊山和尚再　建す翁行脚にか

」23ウ

の旧跡を慕ひ給ひける　を門人等件か庵を
かり求め旅寓と　なし給ふ翁自金竜庵とな
つけ給ふ由縁によつて一隅の松下に翁の古
碑を　きつきてあり于時荒陵山比壬生山金
龍庵什物の筥捜し見るに三哥仙外に」十六　24オ
夜の句短冊一牧續猿簑集その　外ゆかしき
反古十牧をゑらひ見るに　これらミな金龍
菴什物也と鳥酔記し　置れたるを奥のしほ
りの追加となす　ものなり

歌　僊

つふ〳〵と掃木をもるゝ榎實哉　望翠
竹のはつれを初あらし吹　惟然
朝月に鶏さきへ尾をふりて　土芳
すれはするほと豆腐賣レ切　雪芝　」24ウ
大八の通りかねたる狭かうし　猿雖
師走の顔に編笠も着す　翁
ウ
痩なから水僊ひらく川おもて　卓袋
野中へ牛を綱ほときやる　九節
嫁入の来て賑かな門まわり　芝
杖と草履を預りておく　翠
一位気色立つたる月夜影　然
鱸釣なり鎌倉のうら　雖
大鳥の渡りて田にも畑にも　翁
蕎麦粉を震ふ帷子の裾　帒
立なから文書ておく見せの端　雖　」25オ
銭持手にて祖母の泣るゝ　翁
真丸に花の木陰の一かまへ　芳
とこやら寒き北の春風　雖
ニ
旅篭屋に雲雀か鳴ハ出立焚　芝
ならひのわるき子を誉る僧　帒
冬枯の九年母おしむ霜覆ひ　翁
たま〳〵それは居風呂の漏り　芝
持鎗の一間床にはいりかね　翠
あほう遣ひにミなか遣わるゝ　芳　」25ウ
宵の口入ミたれたる道具市　節
茶呑こゝろの古き小薬鑵　然
間あれは又見たくなる絵の模様　雖
ともに年奇逢坂の杉　翁

有明にしはし隔て馬と駕　俤
露時雨より頭痛止けり　節
ナ
引立て留主にして置萩の門　芳
ひとりたまかにはこふ古竹　芝
ふら〳〵と煙管に付る貝の売　雖
いくつ嚏のつゝく朝風　然
さは〳〵と花の行幸のさいわいに　翠
柳にまちる土手の若松　俤

26オ

残る蚊に袷着て奇る夜寒哉　雪芝
餌畚なからに見する渋鮎　翁
夕月のひかる椿は實に成て　土芳
薄柿色に咲ける鶏頭　風麦
身をそはめ二人連行在郷道　去虎
こふちかけ置霜の曙　苦蘇
ウ
煤萱を目利のうちに片付て　翁
釣りて尊ふとき門の鰐口　芝
大木の梢ハ枝のちゝむなり　麦
野に麦おしてこわす俵物　芳

26ウ

山伏についなつて来て札賦る　蘇
一里行ても宿をとる旅　虎
掛ものゝ布袋の顔に月さして　芝
百の灸に蟋蟀啼　翁
秋風の雨のほろ〳〵と川の上　芳
かち荷ハ舟を先あくる也　ゝ
美濃山ハのこらす花の咲揃ひ　翁
迚するなら春の順禮　蘇
ニ
永日の西になつたら切目椽　虎
あはれに濡る雨の白鷺　芝
のかれぬや余所からも来ぬ冬の来て　麦
柴焚かけて遊ふ夜すから　芳
寒竹の枝の節よむ老のわさ　虎
しらぬ山路を有にまかせて　翁
暮るより寺を見帰る高灯篭　芝
すゝきのかけにすへるはきため　麦
むけなるや月に問るゝ人もかな　翁
琵琶のいはれを語る竹椽　虎
おもひきる跡より泪つきかけて　芳

27オ

27ウ

にほひする髪しよほくねて越　蘇
　此巻未満三十句に早

誹諧之連歌

霜に今行や北斗の星の前　百歳子
　笛の音こほるあかつきの橋　式之
一つかひ鶴の来て寐る松ふりて　芭蕉
　まはらに苅し田面遥けし　夢牛
盃の名をあらためん暮の月　村鞁
　腕押つよき露の衣手　槐市
ウ
若殿の簾のうちに大笑ひ　梅額
　奈良の小祢宜の宿に下りし　蕉
挑灯をとほせといひし鐘の音　牛
　紙衣羽織を少し匂ハせ　之
浦〱を見に行人は文書て　百
　古き名染の家おしへけり　額
有明の飼おく鵰に餌を啄せ　市
　色つくりたる青山の秋　村
手習の衣を砧にうたせける　蕉

28オ　28ウ

　瓶子に添て出すしら糸　之
杖突て登れハ坊か花の場　額
　空暖に念仏怠る　百
ニ
春の来て猿に小哥を舞せけり　村
　翠簾の屏風に絵かき揃ゆる　額
面影にうちかさしたる唐團子　蕉
　夜着のうつり香風に知るゝ　牛
はら〱と霰の音の過るなり　之
　群る雀の藪下り行　村
柴賣の市の帰りに酒買ふて　市
　明日の鐘擣の月も晴たり　之
稲妻に舟漕習ふ渉し守　村
　露に消ハや着ものゝ乃紋　百
子供等か傳ふる家をあらそひて　蕉
　ちきのひまより下ハ棟札　之
ナ
狩衣に下知の烏帽子を傾し　額
　幕をしほれハミなはしをとる　蕉
鶏のうたふも花の昼なれや　之
　畑うつ跡に燃る陽炎　市

29オ　29ウ

初春の射場やあらんと弓提て　百
鐙につける菫一房　村

」30オ

祖翁奥羽の紀行に洩たる句ゝ予
見聞たる端短の句あるをそのまゝ
爰に挙侍る也世に知れる句諸書に
見へ侍とも適こゝにしるせ共是等ハ
その紀行名所の導なれは順路に
したかふて挙るのミ也
朝よさを誰松島に片こゝろ
松しまの月心にかゝりてすめる方ハ
人にゆすりて杉風か別埜に移るに
草の戸も住かはらせそ雛の家
春雨や蓬を伸す草の庵

」30ウ

ことし元祿二とせすゑの七日ハ
霄よりつとひて舟に乗て
送らるゝ千住にて船をあかり
て首途三千里のおもひ胸に
ふさりて幻のちまたに離別
の泪そゝく
行春や鳥啼魚の目はなミた
野刕室の八嶋にて
いとゆふに結ひつきたる煙かな
田家に春の暮をおもふ

」31オ

入相のかねも聞へす春の暮
うらミの瀧
ほとゝきすうらミの瀧のうら表
那須野ゝ篠原一見せんとなを
殺生石も見むといそきけるに
俄に雨降出しぬれハ此所止り
落来るや高久の宿の郭公
那須野温泉明神相殿に
八幡宮を移し奉りて両神
一方に拝れ給ふ

」31ウ

湯を結ふ誓もおなし岩清水
むすふよりはや歯にひゝく泉哉
殺生石
石の香や夏艸赤く露暑し

心もとなき日数かさなるまゝに白川の
関にかゝりて旅心定りなを
白川に出て
關守の宿を水鶏に問ふもの
早苗にも我色黒き日数かな
西か東歟先早苗にも風の音
松島わたる
枩のみとりこまやかに枝葉汐風に」32オ
吹たはめて屈曲おのつからため
たるかことし其気色窅然と
して美人の顔を粧ふちはやふる
神のむかし大山すミのなせるわさ
にや造化の天工いつれの人か筆を
ふるひ詞を尽さむ
島〳〵や千ゝに砕けて夏の海
松島や水を衣裝に夏の月
我松嶋の枩といひめるを笘屋
かしける案内の海士にならふて
松の句をもふく

松の花笘屋見に来る序かな」32ウ
秋鵜亭の住景に對す
山も海もうこき入るや夏坐鋪
出羽の国にいたり悼遠流
天宥法印
その魂を羽黒へかえせ法の月
新庄風流亭にいたり
水の奥氷室たつぬる柳かな
風の香も南にちかし寂上川
涼しさや海へ入たる寂上川
五月雨やあつめて涼し寂上川」33オ
暑き日を海へ入たり寂上川
珎らしや山越す出羽の初茄子
あつミ山や吹浦かけて夕涼ミ
花と実と一度に瓜のさかりかな
杜宇鳴音や古き硯箱
象潟の景色に臨に象潟ハ恨るか
ことしさひしさに悲しひをくわへて
地勢魂をなやますに似たり

雨や西施か合歓の花といふ句ハ
　こゝにはふき
汐越や霍脛ぬれて海涼し
夕晴や桜にすゝむ浪の華
小鯛さす柳涼しや海士か軒
　越後の国出雲崎といふ所より新潟に渡る
海に降る雨や恋しきうき身宿
薬園のいつれの花を艸まくら
詠るや江戸にハ稀な山の月
　加賀の国に入金沢或草庵にいさなハれて
早稲の香や分入右ハ有礒海
秋涼し手毎にむけや瓜茄子
熊坂か由縁やいつの魂祭
くりからや三度起ても落し水
　桃天の名をつけて
桃の木の其葉ちらすな秋の風
　曽良は腹を病て伊勢の長嶋
　といふ所に由縁あれハ先達て行に
行〳〵てたふれ伏とも萩の原

』33ウ
」34オ

と書おきたり行もの悲し残るものゝ
恨双梟の別れて雲にまよふか
　ことし予もまた
けふよりハ書付消さん笠の露
　丸岡天龍寺にいたりて
門に入ハ蘇鉄に菊の匂ひかな
　金沢の北枝に別るゝ
もの書て扇引さく名残かな
　あさむつの橋を渡り玉江の芦ハ
　穂に出ける鶯の関を過て湯の尾
　峠を越れは燧か城帰る山に
　はつ厂の聲を聞て十四日の夕くれ
　敦賀の湊に宿を求め
あさむつや月見の旅の明はなれ
月見せよ玉江の芦を苅らぬさき
　湯の尾
月に名を包ミかねてや疱瘡の神
　燧か城
義仲の寐覚の山歟月悲し

』34ウ
」35オ

十五日ハ雨降けれは此所に止宿して
名月や北国日和さためなき
月のミ歟雨に相撲もなかりけり
鐘か崎にて
月いつこ鐘ハ沈める海の音
あの雲ハ稲妻を待たより哉
』35ウ
十六日ハ空晴けれはますをの小貝
ひろはんと種の濱にあそふ
さひしさや須广に勝たる濱の秋
浪の間や小貝にましる萩の塵
其日あらまし等裁に筆をとら
せて寺に残す路通も此濱迄
出むこふて美濃の国へと伴ふ駒に
たすけられて大垣の荘に入て
如行か別墅に着
籠居て木の実草の実ひろハはや
木因亭
隠家や月と菊とに田三反
」36オ
闗の素生のぬしに大垣の旅店を
訪ハれけるかの藤しろミさかといひ
けん花ハ宗祇のむかしに匂ひて
藤の実ハ俳諧にせん花の跡
如行亭
痩なからわりなき菊の莟かな
如行か席上の響應を制して
白露の寂しき味をわするゝな
斜嶺亭戸をひらけハ西に山
あり伊吹山といふ花にもよらす
雪つもよらす唯是孤山の懐あり
』36ウ
其まゝに月もたのまし伊吹山
駒にたすけられて大垣の庄に入ハ
曽良も伊勢より来り合越人も
馬をとはせて如行か家に入リ集る
前川子荊口父子其外したしき人ゝ
日夜とふらひて蘇生のものにあふ
かことく且悦ひ且いたわる旅のもの
うさもいまたやまさるに長月六日に
なれは伊勢の迁宮おかまんと又

舟に乗りて
蛤のふたみにわかれ行秋そ

祖翁此道にいつの頃よりなつミ
給ふといふことをしらすたゝ延宝
天和貞享のころより元禄迄の
其時〻の風調を捜し四季のほ
句をところ〳〵拾ひ挙るのミ

」37オ

春の部

庭訓の往来誰文庫より明の春
内裏雛人形天皇の御宇とかや
花に酔り羽折着て語れ指女
梅柳さそ若衆かな女かな
鷺の足雉子脛なかく継添て

夏の部

清く聞ん耳に香炷て郭公

」37ウ

菖蒲御里軒の鰯の髑髏
夕㒵の白く夜の後架に紙燭取て
南も佛草の臺も涼しけれ
秋や須广須广や秋知る麦日和

秋の部

見渡せハ詠れは見れハ須广の秋
わひて住め月侘笠の窓を家として
風髭を吹て暮烋歎するハ誰か子そ
角髪や奥を出羽の相撲とり
八朔や天の橋立たはね熨斗

」38オ

冬の部

櫓の聲波を打て腸氷る夜や泪
夜着ハ重し呉天に雪を見るあらん
盆山の釜霜にふる聲寒し
乾鮭や何某殿ハ毛唐人
雪の竹笛作るへう節あらん
月白し師走ハ子路が寐覚哉

」38ウ

一休の土器買ん年の市

春　の　部

春立や新年瓢瓜米五升
伊勢か賣家にも来り千代の春
誰やらか姿に似たり今朝の春
梅白しきのふや霍を盗れし
└39オ
藻にすたく白魚も手にとらハ消ぬへし
暮遅き四つ谷過けり紙艸履
草履の尻折て帰らん山さくら
世にさかる花にも念佛申けり
神よこすらん田螺の蜑のひまをなミ

夏　の　部

松風の落葉歟水の音涼し
馬ほく〳〵我を絵に見る夏野哉
夏山や杉に夕日の一里鐘
』39ウ
杜丹蘂ふかく分出る蜂の名残哉
紫陽花や帷子ときの薄浅黄

秋　の　部

馬に寐て残夢月寒し茶の烟
霜とく〳〵心に浮世そゝかはや
月やその鉢の木の日のした面
川舟やよい茶よい酒よい月夜
蔦の葉のむかしめきたる紅葉哉
幾秋のせまりて罌子かられけり
└40オ
苅跡や早稲かたゝの鴫の聲
稲妻を手にとる闇の帋燭かな

冬　の　部

冬杜丹千鳥よ雪のほとゝきす
この海に草履を拾ん笠時雨
一匹のはね馬もなし川千鳥
ひと時雨礫やふりて小石川
雪と雪今宵師走の名月歟
ひつ地田に霜の花ミる朝かな
』40ウ
あらかねの土よりおこる火桶かな

五文字長句世にはやりけれは
冬の日の身ハ竹斎に似たるかな
行年や汝か親の小杢原

春の部

叡慮にて賑ふ民や庭竈
正月も美濃とあふミや閏月
春立てまた九日の野山かな
香に匂へ雲丹ほる岡の梅の花
もろ〳〵の心柳にまかすへし
華の陰硯にかはる丸瓦
靏の巣も見らるゝ花の葉越哉
原中やものにもつかす鳴雲雀

41オ

夏の部

月見てもものの足らハすや須广の夏
雨折〳〵思ふ事なき早苗かな
またたくひ長良の川の鮎鱠
髪生へて我顔青し皐月雨

41ウ

愚にくらく荊をつかむ螢かな
この螢田毎の月にくらへ見ん
さゝれ蟹足這登る清水かな
破翠子に尋られて
竹の間のいはら見せしや時鳥

秋の部

露晴のわたくし雨や雲ちきれ
さしてさへ⿰火朱は野寺の一つ鐘
玉川の水におほれそ女郎花
むら雨に背中に負ふて柴胡堀
寺に寐てまこと顔なる月見かな
盃の下行水や朽木盆
さひしさや釘に掛たるきり〳〵す

冬の部

冬庭や月もいとなる虫の聲
袖の色よこれて寒し濃鼠
兄弟のくすし憎や河豚汁

42オ

はつ時雨初の字を我しくれ哉』42ウ

江戸を出るとて

餞別の會

下詞
はやこなたへといふ露の
ハル
むくらの下宿はうれたく
とも袖《ヤヲハレ》をかたしきて
下
御とまりあれやたひ人

たひ人と我名よはれん初時雨

歳暮

代〻賢き人〻の古郷ハわすれかたき
もの也おもへ侍るよし我も今は
はしめの老も四とせ過て何事につけても
むかしなつかしきまゝにはらからのよはひ
かたむきて侍るも見捨かたくて初冬の
空のうち時雨るゝ頃より雪を重ね
霜を経て師走のすへ伊陽の山中に
至る猶父母のいまそかりせハ慈愛
のむかしも悲しくおもふことのミあまた
ありて」43オ

古郷や臍の緒に泣としの暮

句の姿ハ青柳の雨にたれたるか如にして
折〱微風にあやをなすもあしからす
附意ハ薄月夜に梅の薫へる心地こそ
めてたからめと先師の文にも聞へける
今やふの句を見るに枳穀に瘤あるが
如し附合ハ並松の一木ツゝ立たるにひと
しうして何の味もなきこそゝよけれ
能〻工夫執行専にして今師の教へ
肝要たるへし

北枝』43ウ

御連中

春の部

昌陸の松とハ尽ぬ御代の春　利重
四海なミ魚のきゝ耳明の春　嵐雪
しつや賎御階にけふの麦厚し　荷兮
月花のはしめは琵琶の木とり哉　釣雪
元朝や何となけれと遅さくら　路通
元日の木の間の競馬足ゆるし　重五」44オ

小柑子栗やひろはん杏の門　舟泉
曙の人顔杜丹露にひらきけり　杜国
さほ姫やふかひの面いかならん　鼠弾
」44ウ
巳の年やむかしの春のおほつかな　荷兮
池に鵜なし假名書習ふ柳かけ　素堂
鶯に底のぬけたるこゝろかな　土房
秀正か時代を啼か金衣鳥　巴丈
踏分る雪か動けははや若菜　惟然
ものをいふ友も白髪の若菜かな　風国
輪に結ふ毒をぬけたる月夜哉　嵐雪
此梅を遥に月の匂ひかな　ゝ
跡足も地におちつかす猫の恋　若芝
手をはなつ中に落けり朧月　去来
」45オ
山吹や目をかゝえ出る駕籠の内　吹衣
花にうすもれて夢より直に死ん哉　越人
散り籠る華や槃若の紙のいろ　去来
白鳥の酒を吐らん花の山　嵐春
鉄炮の矢さきにちるや山さくら　卯七
蜂の髭に匂ひうつらん花の蘂　落梧

一夜さハ盗人となり花に僧　巳百
穴熊や日裏の山の遅さくら　一露
關越へて爰も藤しろミさかかな　宗祇
行春や星も嵐も春の持　丈艸
」45ウ

夏の部

腸は野に捨たれと袷かな　嵐雪
五位六位色こき交せて青簾　ゝ
卯の花に祈り過たる曇哉　支考
いちはつは男なるらむかきつはた　一井
藻の花をかつける蜑の鬘かな　胡及
すひつさへ凄きに夏の炭俵　其角
五月雨の尻をくゝるや稲光　去来
五月雨の寒さをくゝる月夜哉　風国
南無や空たゝ有明の時鳥　元順
」46オ
鵜つかひの我も日明て拍子哉　柴友
月代に夢見て飛歟蝉の聲　正秀
蟬啼や川に横たふ木のかけり　團友
飛石の石籠や艸の下涼み　俊似
銀川瀬越に涼し夏の月　素覧

秋　の　部

七夕よものかすこともなきむかし　越人
七夕や加茂川渡る牛車　嵐雪
土佐か絵に仰むく人や星祭　支考
竃もかハかぬ盆の祭りかな　一道
うては響ものと知りつゝ迎鉦　嵐雪
わか文はいつ松茸の包焼　杏雨
秋風やしら木の弓に弦はらん　去来
身ひとつをもてあましたる西瓜哉　嵐雪

』46ウ

虱の辯　文略

蕣の花ほと口をあくひかな　ゝ
銭百のちかひか出来た奈良の菊　惟然
垣越に竿にて貰ふ菊の花　我峯
山〳〵をつゝみ廻する紅葉哉　衣吹
寐て見るや余所の腹にて初月夜　乙由
薪置二階の窻やはつ月夜　戸本
兀山の砂に小松や初月夜　賀枝
具足着て顔のミ多き月見舟　野水
白壁の間にはさかる月夜かな　如舟

」47オ

奥深に月も隣の梢かな　團友
有明に顔干す蜑の仕業哉　路艸
名月や濱辺に鳥の長高し　乙由
秋寂しいつこをさして無分別　木節

冬　の　部

木からしもしはし息つく小春哉　野水
妻の名のあらはけし給へ神送り　越人

』47ウ

五　節

舞姫に幾度指を折りにけり　荷兮
おそろしうなりて入日や括・尾花　魚白
むら千鳥蛤ふミの跡浅し　柳玉
鈴鴨の聲ふりわたる月寒し　嵐雪
鹿のかけとかつて寒き月夜哉　酒堂
木からしや跡にひかゆる富士の山　許六
あめ土の噺ときれる時雨かな　湖春
たゝ廣き宇治の茶の木や冬籠　木因
澤庵の若衆せゝりや雪の文　嵐雪

延喜帝

脱たまふ御衣は天下の衾哉　ゝ

」48オ

年の暮

掛乞に我か庭見せて梅の花　團友
手枕に花の夢見んとし忘　信品

』48ウ

維旹享和四歳次甲子
春王正月開彫

正風亭蔵版

江戸書林
江戸橋四日市
石渡利助

」三ノ表紙

〔参考　後刷本の奥付〕

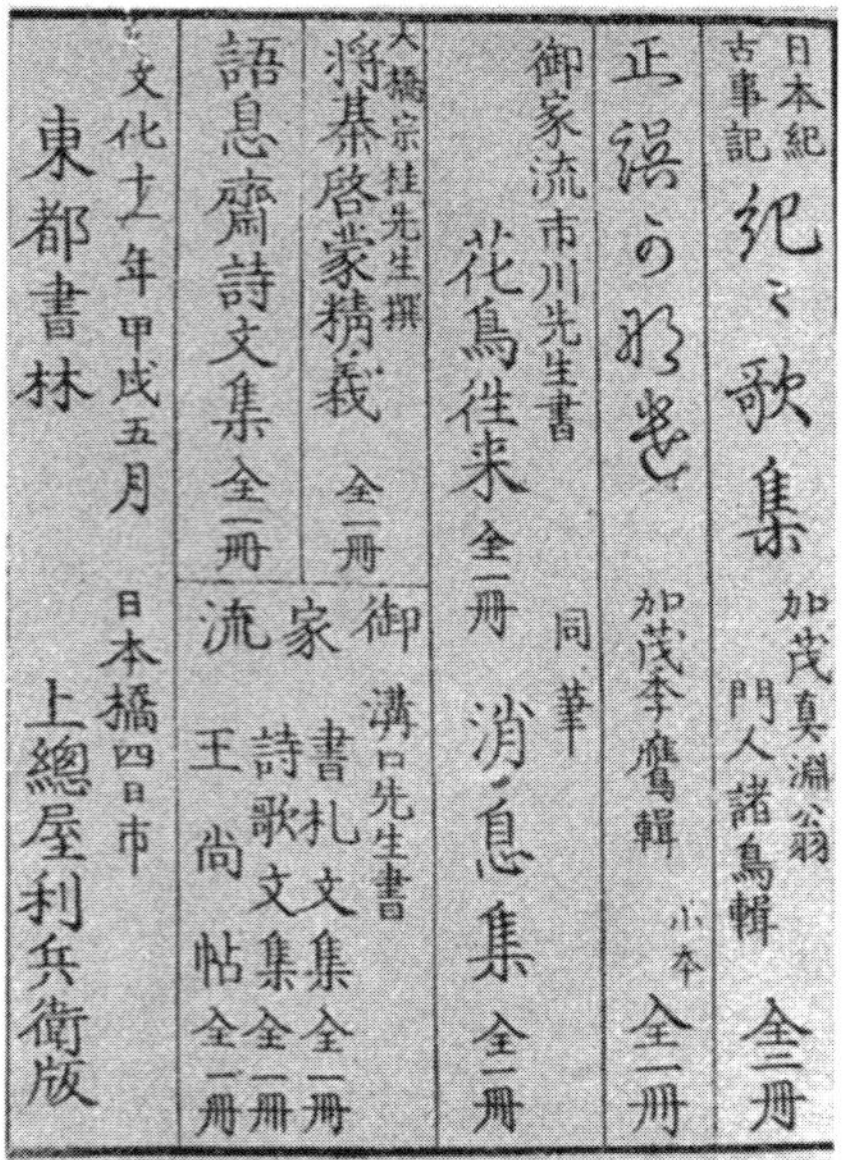

日本紀 古事記 紀々歌集 加茂真淵翁門人諸島輯 全三冊
正語の 加茂季鷹輯 小本 全一冊
御家流市川先生書 花鳥往来 全一冊　同筆 消息集 全一冊
大橋宗桂先生撰 将棊啓蒙精義 全一冊
語息齋詩文集 全一冊
御家流 溝口先生書 書札文集 全一冊 詩歌文集 全一冊 王尚帖 全一冊
文化十一年甲戌五月
日本橋四日市 上總屋利兵衛版
東都書林

〔校注〕

○上巻三十丁裏二行目、「初雪を」歌仙の脇句のうち、「高藪」の個所は、底本には「藪」の字を分解した形で出ているので写真で示す。

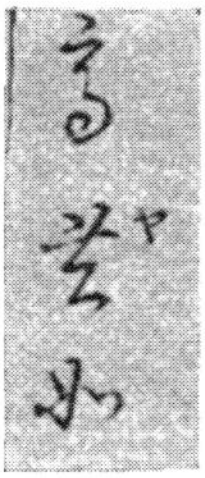

○下巻四十三丁表、「たひ人と我名よはれん」の句の前書には、謡曲の譜点が付してあるが、これを活字で組むことは困難なので、次に写真で示す。

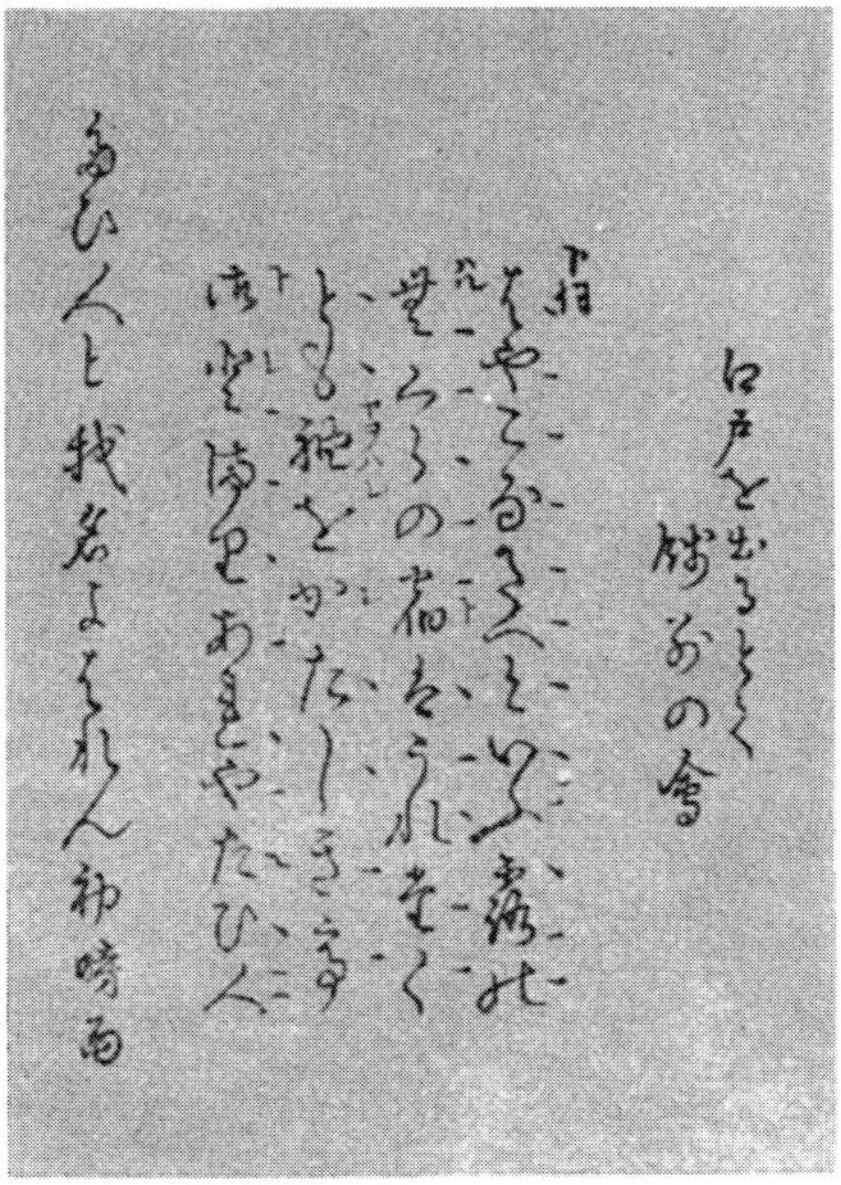

石井雨考編『青かげ』——解題と翻刻

【解題】

芭蕉の『おくのほそ道』行脚ゆかりの地、奥州須賀川の文化・文政期俳壇の中心人物として、石井雨考（寛延二年一七四九—文政十年一八二七）が挙げられる。雨考編に成る俳書『青かげ』（文化十一年一八一四刊）は、『曽良旅日記』の写しや須賀川出身の亜欧堂田善の乙字の滝の銅版画を収載することで知られている。

雨考は、通称石井勝右衛門。須賀川の藤井晋流門二階堂桃祖の門人で、夜話亭と号した。須賀川の鎮守諏訪神社の近くに住み、その南隣に我が国銅版画の先駆者田善こと永田善吉（寛延元年一七四八—文政五年一八二二）の家があった。雨考と田善とは隣合せに住居があっただけでなく、年齢的にも極めて近かったので、幼時から交情濃かなるものがあったと思われる。田善の息子静庵に雨考の娘しうが嫁いだのも、『青かげ』を田善の銅版画が飾ったのも、両者の親交の所産であろう。

田善の銅版画（口絵写真参照）には文化十一年五月の製作との記載が見えるが、この年の春に六十七歳の彼は江戸より須賀川に帰り、帰郷するとすぐ雨考から銅版画の挿絵を依頼されたものであろう。「これ以後彼はエッチングニードルを手にすることはなかった」（細野正信氏著、ふくしま文庫⑯『亜欧堂田善』ＦＣＴ企業、昭五〇・10）ということであるから、田善最後の仕事が友情のために捧げられたものであることが知られる。

『青かげ』出版に際し、印刷のことから諸風土への配本まで、江戸の夏目成美が斡旋しているが、その間の事情を伝える雨考あて成美書簡が石井家に襲蔵されていて、一部が太田三郎氏著『民族と芸術東奥紀聞』(新紀元社、昭二三・3)の「化政度の書籍出版費」の章に紹介されている。いま部分的に抄出して、出版に至る経緯を垣間見ることとしたい。

〔七月八日付の手紙の中〕

瀧の歌仙、銅版二百枚餘相届悦請候。集出来、七月中と被仰候。はやくも出来候得ども、夫にては、板も方々へ引わけて彫申候。手を揃へて彫らせ申度候まゝ、少々遅はり可申候。何れ月見前には無違出来上り可申候。……すべて二百五十部出来申積に御座候。……総入用大がい積り見候処、弐百五十部にて、金六両余も入可申候。……江戸配りの分は、此方よりすぐ配り可申候。京大坂其外此方より幸便の有之候分は、届け上可申候。

〔七月晦日付の手紙の中〕

然ば、御集の事、二百八十部仕立候様被仰遣、致承知候。……右に付入用金足り不申候。金一両御遣可被下候。

〔八月七日付の手紙の中〕

銅版三十枚ほど早々被遣可く候。是が参らねば跡のこらず出来不申候。早々御出し可被下候。配り所書状等、是また早々被遣可く候。

〔九月十日付の手紙の中〕

此方集配り、段々に遣し申候。配り残候分四十九さつ、此度指下し申候。御入手可被下候。先便に金壱両壱分被遣、悦請取申候。集入用不残にて五両三分弐匁壱分、別紙の書付之通、其外に玩叟方の清書代、或は無拠飛脚力賃を出し申候もあり、彼是引残弐朱と四百文ほど、玩叟方に余り居申候。是は後便に玩叟より上申候由申候。

これらの書簡によって、『青かげ』の出版は文化十一年八月下旬か九月初めのころであろうと推測される。本書は、巻初に同じ須賀川の女流俳人市原多代女の序、巻末に成美の跋を置く。内容は、佛仙「苗代に……」を立句とする六吟半歌仙を成美・素玩が継いで満尾した歌仙、等窮・晋流・蓼太・白雄・

闌更・暁台など「この郷」及び「国〻の好士たちの故人」の句二十九句と和歌一首、「此国の今の人〳〵」の句八十二句と和歌一首、亜欧堂田善製作の「陸奥國石川郡大隈瀧芭蕉翁碑之圖」、芭蕉「さみだれの瀧ふり埋む……」を発句とする雨考を始め須賀川連衆の脇起し歌仙、江戸の一晶批点の「瀧見の遊興」六句、露沾・藤躬・立圃の三物、『曽良旅日記』（四月二十一日―五月九日）の抄録、「諸国文音」並びに「傳誦」の句百三十四句、の順となっている。

　化政期の俳壇状勢を窺うに足る撰集としては、了輔編・寥松刪定『俳諧発句類聚』（二冊。文化四年序・跋）や太筇編『俳諧発句題叢』（前編四冊文政三年奥、後編四冊文政六年奥）といった類題句集、六百余人の肖像・句賛・姓名・別号・住所などの小伝を収載した長斎編『萬家人名録』（五冊。文化十年刊）などが挙げられるだろう。この『青かげ』は、それらに比すれば冊数こそ一冊で劣るけれども、そこには化政期俳壇の錚々たる顔触れを見ることができるのである。いま明治書院版『俳句講座1俳諧史』（昭三四・7）所収、大礒義雄氏稿「化政俳諧史」に登場する俳人で、『青かげ』に発句を寄せている人々を挙げると、〔江戸〕完来・午心・寥松・道彦・巣兆・葛三・星布・護物・成美・一瓢・一峨・一茶・久臧・諫圃・車両・心非・素玩、〔関東〕梅夫・はまも・湖中・恒丸・太筇、〔奥羽〕乙二・清女・雨考・多代女・白居・雄渕・曰人・巣居・冥々・素郷・長翠、〔中部〕士朗・岳輅・少汝・竹有・卓池・蕉雨・秋挙・梅間・素檗・若人・雲帯・柳荘・希言・可都里・嵐外・漫々・有斐・幽嘯、〔京都〕蒼虬・梅価・重厚・五来・月居、〔大坂〕大江丸・奇渕・井眉・耒耜・長斎・米彦・萬和、〔近畿〕椿堂・丘高・一草・玉屑、〔中国〕閑斎・玄蛙・篤老、〔四国〕樗堂、〔九州〕對竹、等々を数えることができる。「諸国文音幷傳誦之句〻」の部では、作者に国名の肩書を付すが、これによれば、北は出羽から南は長崎・日向までの広範囲にわたっており、ここに当代俳壇の縮図を見るような思いがする。

　『青かげ』は『曽良旅日記』の写しと田善の銅版画

を収載する事を以て聞えているけれども、当時の俳壇の状態を知るのに恰好の俳書である点を忘れてはなるまい。

【書誌】

書型　半紙本一冊。横一六・一糎、縦二二・九糎。
表紙　茶色の地紙に藍色の細かい雲形模様が捺してある。
題簽　表紙中央。書名「青かけ」。内題には「青蔭集」とある。
丁数　全三十丁。毎半葉概ね八行書き。
柱刻　七丁・八丁・十七丁―二十二丁・二十五丁・二十六丁・二十九丁・三十丁の十二丁には、各版心下部に「一」の刻字がある。丁数の記載はない。

〔凡例〕

一、本稿は石井雨考編『青かげ』の紹介を志したものである。
一、表記には、なるべく底本の字体に近い活字を用いるように心掛けた。
一、丁移りは」及び』を以て示し、下部に私に数えた丁数を記載した。
一、改行は、なるべく底本どおりとするように努めた。
一、各発句の下部に整理上の通し番号を付し、翻刻本文の後に「発句作者一覧」を付録した。
一、底本には井本農一先生御所蔵本を使用し、表紙写真は特に須賀川市立博物館所蔵本（太田貞喜コレクション）によった。明記して御好意に深謝の意を表するものである。

『表紙

水は紺青になかれいはほはろくしやうに
しくめり大ぬさの浪の立ゐもはけし
けれは竜崎のミたきともまたは
阿武隈の石川の瀧ともとなふわか住
あたりよりはつかに隔りて小あゆ汲ミ
やまめ釣ころともいはす涼とる人〻の
日ころに行もて遊ひぬれは菰のさむ
しろ雰たちうつむ時しもなし
「1オ

ことし文化十とかそへひとつの
とし夏のなかは例の雨考のおきな
野風呂荷はせつくし琴抱きもて
滝の涼納(ママ)いさなひ玉ふさしもけに
わすれす山のさかしき世のこと
わさまて木すゑの風に吹消る
こゝ地そする雨考ぬしいへりけるは
いにしへも今も此瀧つぼに墨か
』1ウ
をらする人〻のあふき鼻紙にもの
書捨てあたにや人にとおしなかしけん
埋木の水底にうつもれたる
いくはくそやおきなこそ集つくりて
その埋木をゑりおこさんとすあれき
こしめせ岩にしミ入る蟬の聲(もカ)し
集を〱と告るなれとミな人
興に入て笑ふ此日のすゝろこと風
「2オ
呂の炭もて書とゝめ侍るをかの
おきなうはひとりてとちものゝ端
かきに出しつこハ山姫のものにつき

てのおほせ事にや女さかしく
こそ
　　　　　　須賀川の
　　　　　　　多代女　」2ウ

青蔭集
　　　　　　　雨考記

吾住るすか川ハ元禄のむかしはせを翁の
杖をめくらされしゆかりあるゆゑにや
おのつから狂句にあそへるものおほし我
またわかきよりかたのことく是を好ミて
諸方の作者たちと手合せる事こゝに
六十余年たゝ過こしかたをおもひ出て
あさゆふ夫をもて心をやるいつのむかし
なりけむかゝの佛仙我里に来りし
比の一折を見出ぬこの程江戸のほりして
随齋の扉をとひ是らのむかし語りに
及ふに其遊ひ今もめにあるやうにおほえて
何となくなつかしけれは主翁をすゝめて
其韻をつく
苗代に我旅永しおくの春　　沸仙　」3オ

清水の柳今しはしなる　桐宇
帰るへき鳫を篠屋に提賣て　雨考
濡柴焚に硫黄けふたき　旧臺
霄なから月ハ時雨て落かゝり　蘭二
両馬に聲をかけ合て行　執筆　」3ウ
ウ
漣や儀辺の神のほのみえて　宇
坊あちきなく下の申の日　仙
とし既に十二の娘色にいて　臺
夕くれ竹に袖をしのひし　考
法を断国に佛のかすかなる　仙
羊を食ふ谷の戸のきり　二
赤き米すゝきましりに刈入て　考
高き背中に螺貝の月　宇　」4オ
はゝ親に夜の使をうらみ泣　二
濡雪おつる松の長土堤　臺
花迄ハまた弓学ふ雲寒し　宇
上総介かあしなやむはる　仙
二
よしなくも反古長者と呼れけり　成美
夜明の門へ鯛提てくる　素玩

京種の夏蕣のひとつ咲　考
佛に成し人をかそふる　美　』4ウ
小座敷の遊ひに早く冬あれて　玩
うらまれからす啼て行也　考
俤の草をちからに佐谷の舟　美
丸薬うりの世をかるく住　玩
ころ〳〵と月の轉ける軒の露　考
たぬきも鴫も秋深くなる　美
稲の色座頭も旅におしうつり　玩
もの〳〵しくも寺の膳立　考　」5オ
湖をみるたび人に飽はてゝ　美
風呂のぬるミに年籠りする　玩
石町のかねか鳴そよところゝすれ　考
たま〳〵ことのおやの留主して　美
馬飾る暁花を吹おろし　玩
尾長のあひる山吹の水　考

此むかしかたりの序にこの郷にありて
はやくむかし語りに成し人ゝまた夫ならぬ　』5ウ
も国ゝの好士たちの故人をおもひいてゝ
おなしく左にあく

今以その八重垣を牡丹かな　等窮　2
夏の夜の持こたえなし峯の松　晋流　3
高舘懐古
山そひへ川流れけり秋の風　蓼太　4
花の心若葉にとけしけしき哉　白雄　5
枯芦の日に〳〵をれて流れけり　蘭更　」6オ　6
寒鳥の日を追込ぬ安多ゝ良根　暁臺　7
須广の浦や雨吹つける花の裏　呑溟　8
名月や舟も出て行水もゆく　青羅　9
山の井や我しりくらふ枯小笹　佛仙　10
鶏の止り木うこく霜夜かな　青龍　11
旅人に野うめ山梅咲にけり　鉄船　12
五十年柳くゝらぬ春もなし　長翠　13
野路遠しみえ初てよりミゆる花　白居　』6ウ　14
橘の実をくふ雪の鼡かな　重厚　15
雲とみて年〳〵捨し桜かな　魁坊　16

梅をれといふ人うめの長者也　大江丸　17
あし曳の山家の昏や椀の紋　希言　18
草枕わすれてをれはほとゝきす　柳荘　19
冷〳〵と蕣のさく垣ねかな　士朗　20
黄鳥も背あらためよ薺粥　遅月　21
木も米もあるうち梅の咲に凫　露秀　」7オ　22
ほし鮎に北嵯峨の梅懐しき　萬象　23
花をみし後の寐覚も嘶かな　吾石　24
庚申の月ハ出しよ鉢たゝき　巣居　25
あたらしき命となりぬ明の春　恒丸　26
来る程に人に咲けり梅花　汲古　27
判鳥なく山を下れは秋の風　素幽　28
すら〳〵としら雲過る若葉哉　桃祖　29
嚏して嶇を出れハ今朝の秋　甫京　」7ウ　30
あり〳〵と柳の木間もる月ハ
おつる鞠かとあやまたれける　見龍斎鎮義　31
此国の今の人〳〵
踏はつて柳散日ハなかり凫　桐宇　32

朔日のはやく明たる若葉かな　其水　33
露の玉落つく迄の光かな　つた丸　34
蕣の痩骨をみせて秋の行　士篤　35
旅すれは不尽と菫の日数哉　東翠　」8オ　36
いへ建てそこらみ歩行月夜哉　杉居　37
鬟髭もミとりにかへせ春の雨　圓子　38
名月のてらすや榎さくらの木　正介　39
はつ蛙京を枕に寐夜かな　翫二　40
すゝしさや心のうへを雲はしる　山子　41
桐火をけ大原の紅葉匂はせん　文柄　42
柳なとこえてゆかりの人の家　淡水　43
壁に来てひらたく成ぬ雨の蝶　季雄　」8ウ　44
雨の鳫松山ひくうわたるなり　松居　45
花薄何處の局の御代参　笑山　46
けふに成てみれは短かし年の暮　水牙　47
草に樹にひかりこほれて飛螢　枕流　48
鹿ひとつ闇に答へる嵐かな　破琴　49
月の影一筋白く時雨けり　斗月　50
白梅の色も匂ひも夜こそあれ　吟鶯　51

52 水僊に心もとめす入月か　嘯月　「9オ
53 蜻蛉や水につまつく山の影　吾柳
54 山寺や焚火うつりの村もみち　白英
55 菜大根の勢ひミせて霜寒し　松成
56 昼の月早苗の露のこほれ皃　瀬亀
57 行燈の楽書ミえてかんこ鳥　白羽
58 日帰りの旅よ朝から初しくれ　蘭路
59 負た子の寐顔に似たり花菫　多代女
60 寐心のさて能けしの盛かな　旧臺　『9ウ
61 年かくす簔もあれかし花の昏　雨考
62 皷かとうつゝにそきく春の夜の
雨たれ拍子寐心もよき　酒屋 蔵人
63 花に風吹ぬ日ハなしすこしつゝ　冥〻
64 植木やに二度逢にけり更衣　秋夫
65 長庚の流れとまりや芹の泡　五陵
66 文月や遊ひ處の又ふえる　与人
67 小灯や梅の隣もうめのはな　東里　「10オ
68 我家のものにかそえる蛙かな　冥也
69 はる風や反太刀佩て小山伏　丈彦

70 ほとゝきす小寺〳〵を一聲に　左量
71 露けしや濃紫の漬なすひ　井田
72 鶯の茶色も今朝のもやう哉　巣京
73 袖明て夕風入ん散さくら　其秀
74 湖へ鳥の出て行若葉かな　三峡
75 百色のきく植る間に昏暮し　掬明　『10ウ
76 操奇《ママ》て糸瓜絞らんはつ時雨　紫明
77 稲妻やうら明りする生駒山　如髪
78 小住ひに佛をうつす時雨哉　馬令
79 みしか夜や作り余りし小町雛　文國
80 夢にさへうめさく比は梅花　文雄
81 貫之か尻おししてや啼かはつ　夙夜
82 きく人に聞せうとてかほとゝきす　以文
83 鬼つらか食あましたる薺かな　一水　「11オ

大峯山にて

84 我こゝろ心なるかなミねの秋　軒栗
85 八朔やきのふ搗たる米白し　東郷
86 涼しさもたしなき物よ八重葎　鳳尾
87 鴨の啼日に戻けり冬の雨　魯炉

88 夜〳〵ハ月の出て澄清水かな　左員
89 玉川のとはす語りやなく蛙　露竹
』11ウ
90 月影も八日あたりか白牡丹　仙壺亭
91 六月や庭に小松の有もよし　帆中
92 遠くから夕日さし皃九月尽　連ゝ
93 牡丹にハうとしと申せ二日月　麦中
94 さみたれてめにそ余《ママ》れ山の草　東峨
95 すゝしさのみえて歩行や礒の人　沾橘
96 からころと鳫の来る夜の砧かな　大呂
97 袷着て行や茅花の影踏に　春魯
」12オ
98 さゝ小笹夜ハ清水の越るかも　清女
99 梅か香や歯にはさまりし貝柱　楞国
100 いろ〳〵の寐皃みえ皃露の宿　百非
101 草のふしをれて轉ふや鵪鶉　曰人
102 やす〳〵ともミ地を出ぬ海の月　南山
103 野も山も小鳥こゝろよ小六月　世竹
104 きくをみて年より給へ龍田姫　乙二
105 限りなき雲のおくより秋の月　雄渕
』12ウ
106 おく露や置もらしたる草もなし　文卿

107 撫子のもてきて秋の暑かな　鶏路
108 かの草にうち雌されて咲や梅　平角
109 十はかり家もミえけりゆふ柳　素郷
110 稲妻や野ハ里ふりし松の形　楚山
111 うら山を流れ出たりはるの月　牛碧
112 鶯の寐處ゆかししのふ山　嵐栗
113 冷〳〵と旭つのるや菊のはな　一會
」13オ
114 祢宜町や時雨の客のある様子　旦ゝ

大隈の瀧は名におふあふくま川の流れにして掛涯よりみなきり落る飛泉その幅百間にもあまれり国〳〵名高き瀧も多かれとかくはたはりの廣きハさらにきゝも及はすそこに翁の句あり此句おくの細ミちにのせすのちにしのふ摺といふ集にありさいつ比人〳〵を催してかの句を石にゑりて川の傍に建たり其けしきことはにも及はねは田善翁に』13ウ
あつらへて西洋の銅板といふものに真景をうつさしめ我邊境に是らの風色ある事をしる人稀なれはよき序と

おもひて世の人に披露す

」14オ

陸奥國石川郡大隈瀧芭蕉翁碑之圖文化十一年甲戌五月
亜歐田善製

※久富注　この見開きに乙字の滝の銅版画あり。』14ウ
略す。」15オ

脇起

歌仙

さみたれの瀧ふり埋む水かさかな　芭蕉
115
山ほと〵きすやまうつりして　雨考
竹簀戸をひらけハ鄙の市なれや　女多代
たゝまぬ侭の袴なるらむ　旧臺
露萩の形もうつさぬ在明に　其秀
松明投るいなつまの跡　士篤』15ウ
ウ一摑麻からはしを分てやり　蘭路
長きはなしの跡かたもなき　東翠
名處の松葉を袖にけふらせて　つた丸
画てみた人かなつかしとこそ　翫二
約束の車か来れは雪かふり　淡水
かけてゆくさへ気のつかぬ月　圓子
消さうに宵から見ゆる高灯籠　季雄
となみの山をそゝろ寒かり　吾柳」16オ
そろ〳〵と癪のをさまる小豆めし　枕流
きのふの状をまたも廣ける　山子
花かさけはなか咲とや啼すゝめ　杉居
雨あたゝかにあける半蔀　斗月
二古局四日の雛と身を泣て　正介
笛をふくさに包むあかつき　破琴
松の聲船ハとちへかはしるなり　嘯月
をしけもなしに麦ハ出揃ふ　文柄』16ウ
さは〳〵と馳走かましき笹粽　吟鶯
彫かけてある御佛のかほ　水
やり水に来馴た傘の影かさし　士
ちひさき袖をしのふむら竹　代

ともすれは月も待るゝ数なれや　翠
餅によはれしふる里の秋　路
酒瓶のそこらあたりのきり〱す　山
田こしにみゆる実方の宮　居　」17オ
二ウ
白雲の香にむせかへるむかふ風　臺
腹のへりたるそふりミえけり　淡
何にする籠かいくらも造り出し　圓
蚕の糞のくさき雨ふり　雄
嵐蘭か花に頭巾も時めきて　桐宇
むかしをいまに三月のそら　執筆　」17ウ

瀧見の遊興

ふち浪や鱒も男瀧の半より　等般
蛇籠に枝をたるゝ青柳　等盛
大やうに投さかつきもおほろ月　ゝ
毛氈ましりアンペラの御座　般
しかりても狆かしこまる膝のうへ　盛
茶番しまふて我隙になる　ゝ

下略

是ハ棚倉野中氏仙壺亭にかくし　」18オ

116

もてる古俳諧を書とゝめたるものゝ
中を写し出す但し点者ハ江戸
の一晶なり

すか川の俳坊は
嵯峨野の遍照か

鞍こゝろいかに夏のゝをみなへし　露沾
沢辺にものゝよしすゝめ飛　藤躬
蝌《タヒラキ》の脱《モヌケ》に月のさみたれて　立圃　」18ウ

案るに藤躬後に等躬の字にあら
たむ即一橋集の撰者なり立圃ハ
雛屋か孫なりおなしく立圃と
名のる其事たはね菅といふ集の
うちにあり此集正徳二年四月刊行す
むかし翁行脚の比泊ゝの日記といふ
ものをもたる人ありて写しこしぬ今細
ミちと校合するに多くたかはす筆者
しれかたけれとおほやう曽良かおほへ
書とみゆ其書のうち少ゝ左にうつし

出す
廿一日　白川中町佐五左衛門を尋《ママ》人野半次へ案内」19オ
して通る白川より四里半先矢吹に宿
廿二日　須賀川乍単斎宿俳あり
○案るに乍単斎ハ即等躬なり
廿三日　同所可仲《ママ》に遊寺へ帰る八まんへ参詣
廿四日　可仲《ママ》庵に會あり
○案るに世の人のみつけぬ花やの句也
廿五日　同断
廿六日　同断
廿七日　同せり沢瀧へ行
○案るにこの瀧すか川より十町余
廿八日　同矢内吉三郎
中略』19ウ
五月二日飯塚に泊る
○案るにおくの細道に五月朔日とす
三　日　白石に泊る
四　日　仙臺国分町大崎庄左衛門
五　日　同所見物法蓮寺門外嘉右衛門同道泊同人
○案るに細ミちに画工嘉右衛門といふもの
ありいさゝか心あるものと聞てしる人
六　日　同所になるこのものとし比定かならぬ
名所を考おき侍れはとて一日
案内すと云ゝ
七　日　同所」20オ
八　日　塩かま
九　日　松しま
下略
諸国文音并傳誦之句ゝ
118 世の中の桜咲けり草の庵　出羽 野松
119 水無月の水にかくれて行ゝ子　亀年
120 春の夜や焼はこほるゝ餅の碚　赤城
121 世のうさを人にかたれハ秋の風　几明
122 年よるも久しかり皀夕かすミ　越后 幽嘯
123 こしかたのうとくも成ぬ梅花　石海
124 すゝめ迄わたるやう也秋のかせ　由都留』20ウ
125 七夕や露にかしたる草のいほ　喜年
126 月に蚊の見え初にけり泊舟　竹里

127 ものいへは明てゆく也薄の穂　甘《カ、》谷
128 朝〳〵は表しにけり若楓　眉山
129 うくひすや諏訪の寒も一拍子　素《シナノ》檗
130 松陰やなくて七癖さつき雨　蕉雨
131 隙過てみさためかたし秋の山　武曰
132 ほとゝきす去て一おし草の風　白斎　」21オ
133 赤松にくるゝひさしや秋の風　雲帯
134 ふち豆に引たふさるゝ萩の花　若人
135 夏山やひとりきけんの女良花　一茶
136 名月や人の白髪に心つく　可《カヒ》都里
137 うめのはな一つみつけて閙しや　漫々
138 一時雨してハ暮けり丘のいへ　百二
139 嘘のない月とみる迄十五日　有斐
140 木かくれて哀にしたり鵜の簖　重行　』21ウ
141 空蟬の落葉〳〵と掃れけり　真恒
142 桃のはな子供とゝもに折に皃　嵐外
143 暁の空に氷らぬ柳かな　千《ミノ》阿
144 花みるや是等も翌のむかし事　竹《ヲハリ》有
145 先うれし霍と弁んて若菜摘　梅間
146 うめの花たゝしき国の境かな　岳輅
147 啼馴てゆくも帰るもほとゝきす　蓬仙
148 清瀧を流れ出けりきしの聲　少汝　」22オ
149 夜はなしの戻りにも引鳴子哉　卓《ミカハ》池
150 鳫帰る夜や行燈を草の上　秋《イセ》挙
151 加茂川をめてにして行扇かな　丘高
152 世かたりをするやしくるゝ鯛の汁　霍鳴
153 むら雨の夜なら月なら時鳥　椿堂
154 水鳥や大津の宿ハいつか寐し　推已
155 花にくるゝ日ハ幾日ある老のうへ　五《アフミ》来
156 凩やかへにくひ入蔦かつら　千影　』22ウ
157 船のめし海へこほれて雲の峯　烏頂
158 天の川わたるや湖の一あらし　文常
159 麦飯の日和か出来て梅花　芳之
160 咲たらぬ朝にはなりぬ白椿　可盈
161 はるの山拝む佛のおほかりし　雉《サカミ》啄
162 冬枯の限もなしやつるの聲　芳宇

163 舟おりや取はやされて更衣　葛三
」23オ
164 うれしくて恥しきものすミ俵　洞〻
165 うくひすの啼程なくも朝のうち　さ《尼》ゝ雄
166 閑古鳥啼や其樹も墓しるし　霍《下総》老
167 青臭きすゝめの聲よ蓼の雨　太筇
168 人の来て正月にするいほりかな　芦《尼》月
169 形代にけふこそ流を旅の杖　素迪
170 梟も年よる友か寒念佛　圓長
171 待よりも時雨安さよいさり笛　里《ヒタチ》石
』23ウ
172 たゝ居てもくるゝ日成を木のは散　湖中
173 啼ちとり畳の上も冬枯て　つ《上野》くも
174 卯の花の散時古き月夜哉　月鴻
175 故郷やなくなりもせて杜若　鹿太
176 手にいりし宝よ雪の菜大根　白《上総》老
177 みのかけて田植ちかしや川柳　杉《アハ》長
178 なす事よ夜迄（ママ）かけて山を焼　ま《下野》さ岐
179 啼鳥の樹〻にも奇らす秋の空　北岱
」24オ
180 芹摘やをしの衾を皆ならす　處逸

181 家遠し雪の松杉かれ桜　起得

藤垣の浅芽にしらぬ程の
こほれて咲そめけるを

182 たらて住庵見たてし白すミれ　み《エト》ち彦
183 京へ出て増賀と泣ん冬の月　秋守
184 鞴かけの跡掃て行月見かな　護物
185 刈やかに立ふさかれて風さわく　巣也
186 しらぬ人の心も花にみゆるかな　五陵
』24ウ
187 蚊遣たく家かみゆるそ軒の笠　はまも
188 ほとゝきすよしのハ花の結ひ文　梅夫
189 汐干してはなしのやうな月夜哉　一阿
190 さみたれや雲に火をたく山の家　九朴
191 けふハもう山時鳥とはいはし　寥松
192 榛のやミ立ならふほたるかな　牛心
193 詠めてもみても野にあり秋の月　完来
194 しら露や十日に一度掃もする　太民
」25オ
195 とても行年なら春もしかるへし　星布
196 人住ぬ嶋もおくあり昏の海　一峨
197 日あたりの付て廻るや冬の梅　松風

198 遅日や浪に向たる戸なしいへ　竹馬
199 峠こす小ひらめ賣や春の雪　燕市
200 市人や馴染かさねて梅花　斗月
201 萬歳か衣紋をうつす冬田哉　東子
202 朧夜を出かし顔なるのりたゝき　萊山
25ウ
203 大津繪にかへの破れやもゝの花　松夫
204 さふ〳〵と水も汲れぬ桜かな　國むら
205 名月や小嶋の海人の菜つミ舟　巣兆
206 みしか夜や橘匂ひ月はさす　成美
207 をり〳〵ハ梅の下掃寒かな　袁丁
208 魚はまた寒いし佃の青簾　心非
209 おく山のさくら咲皃狙の聲　梅寿
210 蜂の巣に里の深さそ思はるゝ　老阿
26オ
211 一月寺みえて散出す梨の花　車両
212 提灯に菊匂ひけり駿河臺　素玩
213 唐迄もなかるゝ花と鷗かな　諌圃
214 馬のめも松の雫や閑古鳥　青李
215 すゝしさに人の噂も尽ぬへし　九井
216 ひよろ〳〵と草うつりする清水哉　久臧
217 きぬた打中や夜を行小大名　凡魯
218 世の中をかうも忘れて月見哉　いと女
26ウ
219 産神も夏に成也かきつはた　長閑
220 助六か小袖古ひてはつ茄子　昏樹
221 嚙たれて美しくする月夜かな　与一
222 紫陽花の下水に世を忘れ皃　芝山
223 鳫鴨のきぬたにかゝる嵐かな　季道
224 埋火のしつまり口や松の音　對竹
225 山吹や炬の中のなき上戸　鬼洞
226 からしかく鼻から近し雲のミね　一瓢
27オ
227 道のへのかゝしも逢ふやお霜月　大坂 長斎
228 橿の木のあるに任せて冬籠　奇渕
229 加茂川の橋をもとるや更衣　扇暑
230 花さかり折うとて来る人ハなし　星譜
231 三日月に重ねかけたり雲のミね　米彦
232 菜の花におし出されて宝寺　竹才
233 あたことに松のとしとふ火桶哉　井眉

234 水からも野からも出たり嶋の風　麦太
』27ウ
235 住よしに梅あるうちや舟おろし　萬和
236 汐尻の泥にひつゝく落葉哉　一草
237 こゝろよき限りや梅の朝付日　堺 ろ月
238 冬籠茶に老ふるゝ一さかり　喜斎
239 木芽にも口うこかすや四十雀　カハチ 耒耜
240 山家めくものよ一日はるの雨　タンハ 武陵
241 八重かすみ焼蛤の塩からき　備中 閑斎
242 せはしさに花の外行月日哉　アキ 篤老
243 蚫とる人も戻りぬ秋の月　玄蛙
」28オ
244 ひとり嶋あまりに早き夕哉　イヨ 樗堂
245 枯尾花かたふき合て恙なし　ナカト 羅風
246 松の露千とせの数ハ是はかり　ヒウカ 真彦
247 行鳫を送りて春の草まくら　フンコ 真澄
248 我いへの面白くなる余寒かな　チクセン 瓢風
249 藤沢やきく植るにもお念佛　長サキ 天外
250 何ことの鱠きさむそかきつはた　閑山
』28ウ
251 花の雨おほつかなくも晴に皀　京 蒼虬
252 さみたれを押登る也野路の雲　月居
253 何處迄も月ハさす也ことし竹　梅價
254 用もない水汲て行すゝき哉　金菜
255 雪あられ子にハをしへな鉢叩　玉屑
256 行燈のふり向てある若葉哉　木海
257 朝寒や珍らしく成我からた　雪雄
」29オ

今は無下に老くちてはいかいのましはりもあさはかになりもてゆき十人の酬和九人なしといふ中にも須賀川の雨考ハわれと甲子をおなしうしてそのこのめる所もまたおなしわか年をおして人のおいもしらるゝにかれハ老てます〱すこやかに五百里のみちを笠かろけに出たちてわか幽扉を』29ウおとろかすたかひに命なりけりなといひ〱も多くの年へたてしふる物かたりくつし出てなきミわらひみ月もおちぬ旅嚢より取いてたるものをみれは嵐

にやふれ帋魚にそこなはれたる物の
中にも昔しのはしき事の見ゆる
ものともあるにこれらをつゝりあはせ
て今の世にもてはやす集といふ物つく
らむといふさらはけふの心をやるにはそれ」30オ
にまされるハあらしかたみに残生
いくはくもあらねはさしあたる今の心を
なくさめハ老ゆく年もわすられむこと
酒にあらす草にあらすたゝ一時のたの
しむ處は許六かいはゆる一声のから臼
なるへしおもふ事なかれ後ありといふこと
なかれ明日ありと

随斎成美跋

」30ウ

発句作者一覧《数字は発句の番号。但し、括弧（）付の番号は短歌。》

〔あ行〕
秋守 183
一阿 189
一峨 196
一會 113
一茶 135
一水 83
一草 236
一瓢 226
いと女 218
以文 82
雨考 61
烏頂 157
雲帯 133
燕市 199
圓子 38
圓長 170

袁丁 207
大江丸 17
乙二 104
〔か行〕
魁坊 16
可盈 160
霍鳴 152
霍老 163
岳輅 146
葛三 163
可都里 136
甘谷 127
閑斎 241
閑山 250
甑二 40
諫圃 213
完来 193

奇渕 228
掬明 75
希言 18
喜斎 238
其秀 73
其水 33
鬼洞 225
季道 223
起得 181
喜年 125
亀年 119
几明 121
季雄 44
汲古 27
丘高 151
旧臺 60
牛碧 111

暁臺 7
玉屑 255
清女 98
吟鶯 51
金菜 254
國むら 204
九井 215
久臧 216
久朴 190
蔵人 (62)
鶏路 107
月居 252
月鴻 174
玄蛙 243
軒栗 84
五陵 186
牛心 192

吾石 24
湖中 172
護物 184
牛碧 111
五来 155
吾柳 53
五陵 65
昏樹 220
〔さ行〕
左員 88
さゝ雄 165
左量 70
三映 74
杉居 37
山子 41
杉長 177
芝山 222

士篤 35
紫明 76
若人 134
車両 211
蕉雨 130
松居 45
嘯月 52
丈彦 69
笑山 46
少汝 148
正介 39
松成 55
松夫 203
松風 197
如髪 77
處邊 180
秋挙 150
重行 140
重厚 15
秋守 183
秋夫 64
夙夜 81
春魯 97

白雄 5
士朗 20
真彦 246
真恒 141
真澄 247
心非 208
晋流 3
水牙 47
推已 154
季雄 44
井田 71
井眉 233
成美 206
星布 195
星譜 230
青羅 9
青李 214
青龍 11
瀬亀 56
石海 123
赤城 120
世竹 103
雪雄 257

千阿 143
千影 156
沾橋 95
仙壺亭 90
扇暑 229
蒼虬 251
巣居 25
巣兆 205
巣也 185
素玩 212
素郷 109
帋京 72
楚山 110
素迪 169
素檗 129
素幽 28
〔た行〕
太節 167
對竹 224
太民 194
大呂 96
卓池 149
丈彦 69

〔注〕
三一三ページ「瀧見の遊興」（18オ）の評点の部分。

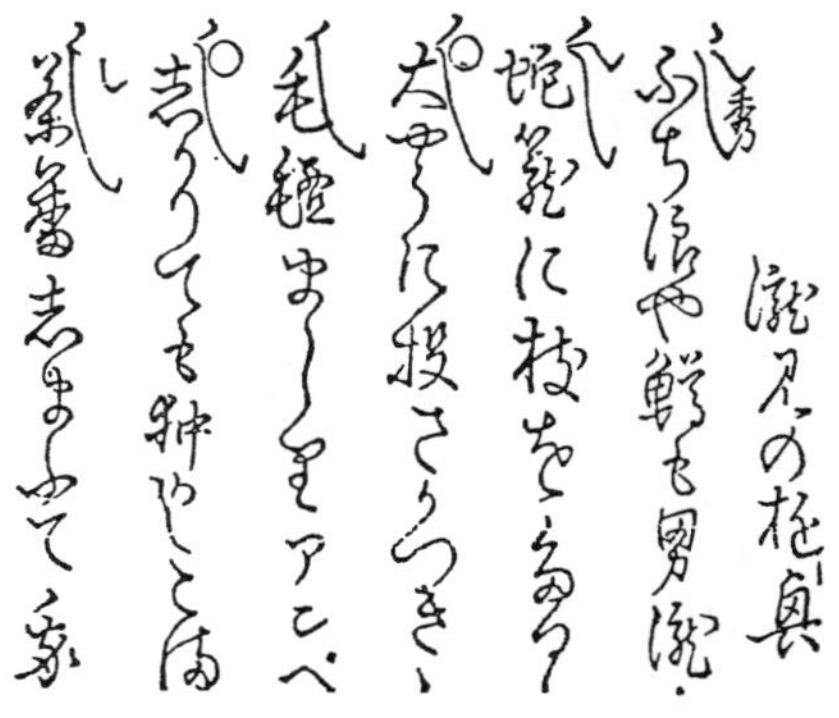

松童窟文二編『南谷集』——解題と翻刻

【解題】

羽黒山第七十五代別当覚諄は、文化十五年（一八一八）四月十二日、羽黒山南谷に「有難や雪をかほらす南谷」の芭蕉塚を造立した。その翌日には、鶴岡の松童窟文二と鶴岡連中および一味堂（覚諄）を初め山内の僧侶による俳諧が催された。この時の記念俳諧集が松童窟文二撰に成る『南谷集』である。

本集は、中に「元禄二年六月四日於羽黒山本坊興行」の「ありがたや雪をめぐらす風の音　翁」を発句とする歌仙一巻、曾覚の「わするなよ虹に蟬啼山の雪」を発句とする表六句、天宥法印追悼句文の芭蕉真蹟の陰刻等を収録するのが注目される。

但し、「ありがたや」歌仙は其角編『花摘』（元禄三年刊）に拠ったもので、発句の第二句が「雪をめぐらす」とある。正しくは「雪をかほらす」である。

また、「わするなよ」表六句は、『曽良旅日記』俳諧書留には第四句（曽良）までしか記載がない。不玉編『継尾集』（元禄五年刊）には、第三句以下が、

弦かくる弓筈を膝に押當て　不玉
まへ振とれは能似合たり　不白
はら〳〵に食くふ家のむつかしく　釣雪
漏もしとろに晴るゝ村さめ　筆

とあり、後日、己白・不玉および如行・支考がこの後を継いで歌仙を満尾している。『南谷集』の表六句のうち重行・露丸の二句は、曽良が前の四句を書留めた後に詠み継いだものであろうが、『継尾集』所載のものといかなる関係にあるのだろうか。不玉

の第三句より改まっているところから見ると、象潟行の前か後かは分からないが、酒田の不玉亭滞在中に詠み継いだのではないかと推測される。

翻刻には、久富哲雄私家版『南谷集』（昭二八・6）・出羽三山神社々務所版『出羽三山と芭蕉附南谿集』（昭三九・7）がある。両書とも誤読の箇所があるが、特に後者には21ウ「日に向て…」以下、23オ「住うきは…」まで二十四句の誤脱が認められる。改めて翻刻を志した所以である。

［凡例］

一、表記は底本の字体を尊重するように努めた。
二、句以外の行移りは必ずしも底本どおりとはしなかった。
三、丁移り」および』を以て示した。
四、関防・落款は底本のものを摹写した。
五、底本には久華山房所蔵本を用いた。
　但し、最初の翻刻の際には国立国会図書館所蔵本を用い、今回原題簽の調査に際しては酒田市立光丘文庫所蔵本を閲覧させて頂いた。明記して厚く御礼申し上げます。

【書誌】

題簽　表紙中央に「南谷集　全」。
内題　一丁目表（扉）の中央に「南谿集」、右に「羽州羽黒山連編」、左に「松童窟文二撰」。
編者　松童窟文二。
序跋　文化戊寅卯の花月十二日松童窟文二序。巻末に徐風莽跋。
板元　書林皇都寺町通二条橋屋治兵衛。
刊年　刊記はないが、文政元年（一八一八　文化十五年四月二十二日改元）中の出版であろう。
丁付　架蔵の一本（裸本）では綴じ目（のど）下部に「一」～「三十六」、以下三丁には丁付なし。丁数は全三十九丁。毎葉概ね八行。

羽州羽黒山連編
南谿集
松童窟文二撰

1オ

序

徃し元禄の二とセの芭蕉の翁我出羽なる三山詣の折から會覚阿闍梨を訪らひ南谿に頭陀を休め給ひしハ水無月の初より半に過しとそそハ旧交の情こまやかなるよし奥の細道の記にいちしるししかありしよりこのかた百とせあまり星』うつれと物かハらず香閣今に猶存し其世の筆の跡さへまのあたりあさやか也され

1ウ

ハ昼はかしこの柱に倚給ひ侍座の呂丸に茶を
汲せ夜ハ此院の旅寐に同行曽良か伽寐の軒も
あはれにおほしけん優游のさまこゝろなき樹
石にも俤のこりて想像せらるゝに山主一味
堂老尊師常に風雅にこゝろを」とゝめ給ひ寄　2オ
縁の念を起し一基のしるしを建て遠くハ祖翁
の古跡を不朽に傳へ近くハ此道の風士に師恩
を仰かせはた登山の客をして遺詠を後の世に
慕しめんと若き僧侶に命し山中を傻さしむる
に四面苔蒸たる石を得給ひて則瓊素を勒し文
化戊寅夘の花月十二日に全く其事訖ぬけに啐
啄の時』至れりと云へし御坂には三日月塚有　2ウ
猶こたひ此営ミの成しには神霊久しくこの地
にとゝまりなとか祀りをうけ給ハさらん是よ
し祖翁の高徳なから偏に山主の勲功ならすや
抑南谿紫苑寺は羽黒山別当宝前院の別院也此
境や清閑幽遠にして四時の風光いはむかたな
し春は梅花南の名にハやく」夏ハほとゝきす　3オ
渓の底にひゝき月の山突兀として千載の雪長

へに薫り渓の流ハ潺湲としてほの三日月の影
も浮ふなるへし松聲たちまち襟を洗ひ耳を清
むれハ塵心一時に消す此日かたしけなくも山
主をはしめ大衣枚刻の誦経したまへハ社友お
の〱左右に居並ミむかし此院にすさひたま
ひし』俳諧の連哥および今我輩の手向る鄙言　3ウ
をも唫すれハあたかも親しく其世の席末につ
らなる心地せられて人〱袂をしほらさるハ
なかりきされハ此事のあらましを物に記せよ
と尊師の需ハあれと老劣短才をもて固辞する
にゆるされすつら〱おもふに耄の身のかゝ
るめてたき時にあひぬる喜ハ此道に遊ふの本
懐」何事か是にしかんやと大泉の市東にかく　4オ
るゝ松童窟文二耻をも忘れて拙き筆を渓水に
そゝく誠恐〱稽首百拝』　4ウ

めて給へ山ほとゝきす関古鳥　文二
若葉の雨に墳の洒掃　一味堂
子宝は五福の中のひとつにて　自香
いつものことく米貸てやる　太素

朝の月潮入川のひたくと　山爾
　野分もさつと吹上にけり　四芳
ウ　風炉さへも友待かほに沸えかへり　淡遊
　ゆりし袴の何にたとへん　文郁」5オ
浦くをかけて縣の狭からす　五狂
　寄附にとくくる楠の梁　和太理
いさかひも四十分別貝てやり　如流
　紙燭ともして見せるはきもの　卜柳
雪しらぬ師走の果の珎らしい　不染
　そこにも蕗の塔よこゝにも　如舟
其むかし名高き鍛冶の住し跡　共話
　梓の弓に脚氣怖かる　蘭里』5ウ
花もいま月もおほろの比となり　友山
　皿たけもなき鮎の汲るゝ　文井
ヲ　まろうとは東風の誘ひに吾妻から　茶好
　皷の手たれ家も中く　保泉
寄れハ只明日の仏を言出し　一毛
　こつそり更て星になる空　茹芝
盗めとて野もセに匂ふ瓜畠　向峨
　輿添までも皆あそひ鳥　思月」6オ
さつはりと平家の世とは裏表　竹葉
　堅地の根来椀に直か出る　呂秀
つひ往んてくるそと傘を引かたけ　文鶯
　囲ハれ妻のまたあまへ癖　一簣
きちくと馳鳴く夜の月冷えて　圓月
　粟も取入れ稗もとりいれ　三省
ウ　相撲見に百銭はさむ真田帯　潮路
　ともすれハ又祖母の荷擔人　古梅』6ウ
隔たつて居れとも近い襖越し　文粧
　こちへはなんて遅いさかつき　可橘
よろこひをうたふ此日の花の蔭　琴而
　花の蔭こそ千歳の春　文明

右哥仙行

各手向の唫　雀岡連中」7オ

物に本すゐといふことのあるそのもとを明し尊ふへきの志しより此春南谷に祖翁墳を造立して其末の栄えを祉るの人々は羽黒山

の社中也けり誠や俳諧自然の造化にもとつ
き遊んには有情の鳥獣も非情の草木もこと
〳〵く皆道の友ならさらんや開眼は夘の花
月の半にして空もいとうらゝかなれハ老衲
も遠くあゆミを運ひ法莚につらなることを
悦ひ捻香して愚章を呈す

蟬も今鳴初るなり供養の日　僧 自香』7ウ
碑の邊り俤薫る雪見艸　淡遊
咲残る花のこゝろやけふの為　以一
此ことをしたふてか山ほとゝきす　保泉
百とせの俤うかふ茂りかな　如舟
かへり来ませ魂よ涼しき池の月　蘭里
百味よりいて羽の茄子なら茶飯　文郁
拝む間にぬるゝ若葉の雫哉　卜柳
その雪の薫りをまねく扇かな　文鵞」8オ
むかしを今に尚薫る若葉哉　和太理
一聲はその魂なれやほとゝきす　不染
仰く碑にいとゝ新樹の蔭清し　向峨
つく〳〵と墳仰く日やかんこ鳥　笑月
ミかく碑にミかく光や夏の月　山栄
手向けり自然の流れ苔の花　文粧
巣はなれの鳥も遊ふや供養の日　古梅
その光仰けは高し若葉山　一毛』8ウ
けふの日を待てや花ものこりけん　潮路
うつり在す石ふミに松の聲涼し　可橘
音をいるゝ鳥も囀れ翁塚　一簣
仰け只千とせの松にかをる風　共話
いちしるき恵や今も薫るかせ　如流
石ふミのいろに色添ふ若葉哉　玉狂
其徳やこゝにしたゝる南谷　文明」9オ

南溪は羽黑山の半腹にして御坂の妻手流に沿ふて道をとること纔に三四丁なるへし徃昔はセをの翁しはらく爰に杜多を休めて繡腸を滌らひ給ふされハ山川も其人を得てその色を増すとやいはん今はた一片の石に不朽の跡をとゝめて長くいて羽に俳諧の道の守りと崇め奉る神霊庶くは享よ

松杉のしけりや霊の棲ところ　琴而』9ウ

南谷の別院は徃昔祖翁留杖の地にして雪を薫らすの遺詠あるより尚はた光りを千歳にかゝやかさんとこたひ山主親ら筆を染て墓碑を造立し給ひけふ祭祀の雅莚をひらかる我輩幸に此事の時にあひて忝く其しりへにつらなるも流をくむの面目なるへしと且仰き且悦ひ侍りて

石ふミに朽ぬ薫りやのこる花　僧 太素」10オ

こゝに祭るむかしの影や夏の月　ゝ 圓月

茂りあふ言の葉くさもその恵ミ　ゝ 一止

青葉若葉をそのまゝの手向哉　ゝ少年 柳糸

閼伽に汲む清水も墳の邊り哉　呉遊

墳清くてらすや夏の月の影　呂秀

碑をつゝむ青葉若葉も道の徳　思月

実を結ふ桜もましる手向哉　茶好

生ひ茂る恩いくはくそ夏木立　兎林』10ウ

尊とさや若葉につゝむ翁塚　壺友

その徳を啼て聞セよほとゝきす　友和

塚にけふ涼しき風も南谷　此君

その徳を仰けは山のしけり哉　茄芝

流れ汲む水上涼し夏の山　三省

夘の花の雪も薫るや南谷　其松

その玉の俤深き茂りかな　麦波

俤や蓮の浮葉の月にまて　呂琴」11オ

仰く時空に一聲ほとゝきす　竹葉

花とともに残る薫りや南谷　文井

淋しミの昔したふ欤かんこ鳥　如仙

風に添ふて香も薫るや墳供養　四芳

南谷ハ祖翁の高詠を遺し給ふの勝跡なれはこたひ發句塚を造立セられ鐫磨の功すミやかになりてけふ供養の雅莚をひらかる予もはた掃除に与力セるか』ゆへに其席末を許され捻香稽首して　11ウ

光添ふ若葉の蔭や玉柏　山爾

こたひ南谷に祖翁の遺詠を石にゑりて造立する事を命セられ二三子とゝもに草を払ひ土を運ひて漸其功なりぬけふ其祭奠

の雅莚を催さるゝに予も拙き一句を呈す
碑に近ふ火ともす花の藪椿　僧 友山」12オ

名　録

涼しさや影はなかれぬ水の月　仁賀保伊勢地 鳥道
臘八や雪の翁たる寺の屋根　哥磨
寒けなき子供の欲や雪丸け　ゝ院内 魯仙
口たるうないか朝から夕雲雀　里卜
名月や松は邪广にも眺にも　花仙
御忌の鐘鳴って散り行寒さ哉　千之
闇の夜をうこかす梅の匂ひ哉　ゝ平沢 機石」12ウ
ほとゝきす啼や入江の汐かしら　本庄 羽麟坊
磯草にひかりも見えて春寒し　乙雪
汐焼の袖干す日也小春空　桃葉
霊場は玉のいらかの氷柱哉　雄竜
水音のおくも見えけり村尾花　如仙
談合の耳からあふる火鉢哉　新庄 有瑳
崩れ井に花の世しらて鳴蛙　此谷」13オ
法螺の音に峯は桜の雪吹哉　素能

藤棚や短冊も尾をふりならへ　吟徒
堅横にない道のつく花野哉　花溪
日暮しの野邊や雲雀の連もあり　蚶潟 北之
ともし行夜燈に影の若葉哉　鳥海ノ梺 樘山
うふ屋から花の産や仏生會　市条 左松
鹿もまた蹈ぬ木の間を茸狩　砂越 化鯨
佐保姫の遊ひ過てや残る花　飛鳥 僧 寉叟
稲舟に月の上《へ》荷や㝡上川　燕石」13ウ
永き日や尾上の鐘も聲を引く　酒田 花笠
箒目の波や落葉のうかれふね　僧 大嵓
楓から染て見せけり秋の色　之逸
冨士も見ぬ吾妻くたりや入梅の空　其要
松はかり無事に残りて枯野哉　豊兮
前髪の伹に年寄る相撲かな　岩二
夕立や晴行く山に晴ぬ山　女 千鳥
龍膽や正直過てあぎらるゝ　布目」14オ
鳫かねの聲はさやけし朧月　祖堂
しら露や菊こそ花の色〳〵に　千龍
穴一の辻にくるふな嘉祥銭　柳糸

一筋にいそく雲路や帰る厂　板井沢 花由
抱上て孫に見するや燕の子　ト、ロキ 露菊
月影やいそく時雨と行違ひ　田屋 月巣
色替ぬ松を相手や蔦もみち　藤島 子仙
愛らしやけふ飛初る雀の子　休吾
」14ウ
入急く月をまねくや枯尾花　僧 破窓
まゆすミの曙見るや合歓の花　女 梅里
初雪や巨燵は猫にかして出る　古傚
沖晴て雪は平沙のなかめ哉　町屋 一毛
心なき鴉に星のわかれかな　ヨコ川 里豆
跨くほと川は流れて汐干潟　イナリ 耕南
瀧壺の底から浮ふ紅葉哉　由良 李曉
手枕に咄しの遠き巨燵哉　加茂 麒兮
」15オ
枯野原月もすけなふ入にけり　東仙
花の山心もはなと成にけり　亀石
秋の日や二番目の碁は暮かゝり　以泉
くつされぬ古墳ひとつ花茨　斗夕
涼しさを目に見る竹の戦き哉　可竹
月ならて不破の関路の夕しくれ　万里

稚子の目にも欲ある團扇哉　亀庸
山寺や十方空の朝かすミ　僧 金報
」15ウ
曉の夢に入けり雉子の聲　晦遊
乳母か家に幕のひらつく花見哉　知筌
出代やいわけない子に暇乞　菊五
涼しさや流にうこく星の影　其秋
朝顔や柴の戸扣く友もあり　松青
曙の雲わかれけり山さくら　古松
鳥飛んて一枝ちりぬ松の雪　仙二
新参や何をなかめて暮の空　浦春
」16オ
春風の吹つくす時藤の花　英之
土用千幕から花のこほれけり　大山 熊児
引汐の跡に千鳥のあゆミ哉　北枳
秋風をうら見皃也女郎花　桃園
朝露に道こそなけれ庵の萩　里鵬
訪ひに来る友に逢ひけり秋の暮　桃夭
近過て軒端は恋し梅の花　季友
○　雀岡
」16ウ
鶯や梅は一輪二三輪　秀雅

春立や雪の下ゆく水の音　紫東
若水の影も恥かし老の春　女小郷
与所目には汐汲む蜑の袖涼し　文洋
蜩やもふ旅人の泊り頃　東里
しくるゝや日はよハ〳〵と向ふ岸　烏水
莚織る手もとさゝへつ月の雲　文花
揚鞠のなかれ落たる栁かな　吐鳳」17オ
比良はまた雪またら也春の風　一歩
小原女の手拭ひ白し春のかせ　淡遊
ほたん咲く世や暑からす寒からす　冬梧
橋守の軒に立こむしくれかな　為谿
冬枯に痩て見へけり牧の駒　川鷺
月の水吸ふて葡萄の咄ミ哉　味曉
眠りなから髪結セけり春の雨　如楊
狆ころの足音寒し拭ひ椽　以一」17ウ
牛飼の寐セぬかれたる春野哉　壺竹
紅葉狩花にほめたる山よりも　女松風
涼しさや田つら吹行風の筋　知栄
長閑さや洲崎の松に眠り靍　隆志

さミたれによこれぬ色や杜若　喜東
冬籠待日は友もこさりけり　安難
五月雨や隣通ひの橋ほしき　可笑
秋の夜のもそつと足らぬ咄し哉　梅右」18オ
寐上戸は寐てや花ミる年忘　以東
連とては月影のミそ鉢扣　以文
春の水水におされて流れけり　都可左
盞の影も浮ふや江の月見　僧美教
淡雪や庭の掃除の出來て又　ゝ愚貞
年の尾や日課の枚も調らへられ　ゝ任地
捨し身も命をしけれ山さくら　ゝ知足
茶にも澄ミ酒にも澄むやけふの月　ゝ化考」18ウ
舩の夢うこかす芦の葉音哉　ゝ自香

○

御所おりの耳から早し時鳥　保泉
花くもりこつそり雨になる夜哉　君玉
春の日や障子に移る玉雫　嵐二
青柳や汲セぬ井戸の錠の錆　旭山
散るへくも見えぬ桜のさかり哉　文麗

朝涼し松葉こほるゝ笠のうへ　鳳山」19オ
夕日さす紅葉に染や峯の雲　呉明
篗かセの音にまきれて厂の聲　蘭陵
枯野原風の相手はなかりけり　松竿
旅人の砧手傳ふ月夜哉　一考
化る氣もなくて枯野ゝ狐かな　梅子
雫から陽炎のほる軒端哉　文童
傾城の挑灯くらき月夜かな　寛呂
茶屋はまた普請半や梅の花　千鯉』19ウ
手枕の夢にさし込む昼蚊哉　亀道
新宅の住居見にくる乙鳥哉　胡桃
珠数すつて婆ゝの拝むや池の蓮　二凡
寒からぬ唇見よや冬の梅　沾林
行渡る嵯峨野ゝ秋や草の花　如泉
蜘の圍をはつしかぬるや秋の蜂　朝七
竹涼し蚊遣りに暮る家一ツ　兎子
凩の吹残しけり峯の月　汀亀」20オ
興尽る下戸もなふてや雪見舟　柳耳
葉柳や堤はなれぬ遊ひ牛　文粧

踊り子の飯喰ふて寐る夜明哉　柳眉
片里や桃の中ゆく獅子冠り　金園
風さわく夜もまきれすよ啼鵆　翠葉
きさらきや花なき里も鳥の聲　琴柳
短夜を寐もセて月の鳥哉　扇柳
いつこまて秋や行らん海の上　子趙』20ウ
夜寒さや雀のさハく窓の風　子玉
追ハれても命いそかし稲雀　共話
梟やまた春寒き外郭　卜柳
松をもれて桜の月となりにけり　琴而

○

夕鴉むれ飛ぶ花の梺かな　如舟
二つ子の蝶と遊ふや門莚　蘭里
引汐に裾をひかるゝ柳かな　文郁」21オ
餅花や丸行燈のおほろ月　文鷺
日ぬ向て山の尾越すや孕鹿　松比
山寺の桜さひしや児ひとり　子山
我家にわか侭しても暑さ哉　和道
夏の海うこかして行小舟哉　十口

月影を尋いて見せる芭蕉哉　松娥
夕日さす枯野ゝ小川〳〵かな　笑月
雪の竹や塒をさかす友雀　四考
」21ウ
鴬のこゑに消けり明の星　和律
梅一木よしありけなる藁屋哉　五藤
箒持つ老の背低し菊の花　浦風
襟もとを見せて牡丹の荅哉　藤雨
なれも雨に倦てや壁の蝸牛　桂花
莚織る片手業なり鳴子綱　兎山
花の空によこれて戻る田打哉　山栄
乞食の月見や草の花の中　思曉
」22オ
花乞へはさて美しき返事哉　古梅
人のたつ捨子の門や小夜時雨　子謙
ほとゝきす淡路を出る月も今　倖花
夘の花をしるへに闇の車哉　月昴
汐擔桶におしむ小春の夕日哉　素山
若葉して比叡の岑行雲しるし　向峨
秋風や戸さしも明ぬ浦の寺　潮路
おのか身を見て居る雪の烏かな　一簣
」22ウ

住うきハ雪つもる日そ山さくら　可橘
栖にする屏風も出來て冬籠　文亀
雪晴て榾火の影や窓隣　和太理
陽炎や普請奉行の杖の先　不染
魂棚に孤の手のとゝきけり　五狂
涼風に大手ひろけて向ひけり　如流
大空の花咲にけりけふの月　文明
山陰や栖もなくて梅の花　文二
」23オ
○　羽黒
灌仏や黒きは誰に似た顔そ　僧太素
鴬や児にかへりし老の聲　ゝ圓月
朝虹の消行かたや雉子のこゑ　ゝ如幻
そつと下夕掃て置けり萩の花　ゝ一止
山吹のうしろ見て行堤かな　ゝ少年栁糸
芭蕉葉にふハりと来たり今朝の秋　ゝ竹山
開きミる文も若菜の雫哉　呉遊
」23ウ
短夜や鼾に居へる旅の膳　呂秀
短夜や夢の行衛は鶏の聲　思月
あれも又崩るゝものか雲の峯　文中

冷酒は後の浄土や寒念佛　茶好
また寒き山家や梅は咲なから　椿亭
若竹の露蹈こほす雀かな　兎林
禅堂もうき世の蘆や麦の秋　壺友
巣の鳥の人に馴るや宮木立　友和」24オ
打水や竹の中から蝶の飛ふ　此君
山城の壁いと白し青あらし　茄芝
曙の雲横きるやほとゝきす　三省
帰るさは弁當重き花見哉　其松
稲妻の消へ行跡や高灯籠　麦波
つきそれて猫にとらるゝ手鞠哉　少年亀遊
鹿の子や杣か昼寐をかいて行　ゝ呂琴
草の戸を艸の抑くや秋の風　奇庭』24ウ
涼風や讀捨の本くり返し　可調
雨音も実の入る秋と成にけり　巴流
面白ふ氷くゝるや瀧の水　雨流
名月の出しほぬからす飛ぶ鴉　可静
其あたり草そよかせて清水哉　池東
夕㒵に三日月くれて戻りけり　居甕

酔覚の柄杓にたゝく氷かな　友道
葛の葉に日影のもらぬ清水哉　竹葉」25オ
鈴の緒も風まかせなり神の留主　文井
煤掃や奥には釜の沸る音　如仙
さひ鮎の横に流るゝ浅瀬かな　四芳
鶏の尾にすり消すや春の雪　山爾
目うつりのなきこそよけれ鉢の菊　僧友山

○

濁り江の中にするとし芦の錐　故人竹甫
栁には寄り添ひかねて春の雪　ゝ翠古』25ウ

南谷紫苑寺は予か兼領司職の一院也そのむかし芭蕉翁登嶺の折から懸笻滯留し哥仙の俳諧興行ありし旧跡なれといまたそのしるしなき事をうらむことし戊寅夘花月師の塚を設け遺句を」26オ彫りて光りを遐代に傳ふ爰に松童老人は此道の長者なれは微意を告て供養の莚をひらくに諸風士の吟詠心なき泉石まても感セるの風姿あり予此道に不堪なりといへとも年月の望

をとけしことの悦ハしく拙き一章をつゝ
りて寸情を述ることしかり
碑にかさす
若葉や千世の栞とも　一味堂

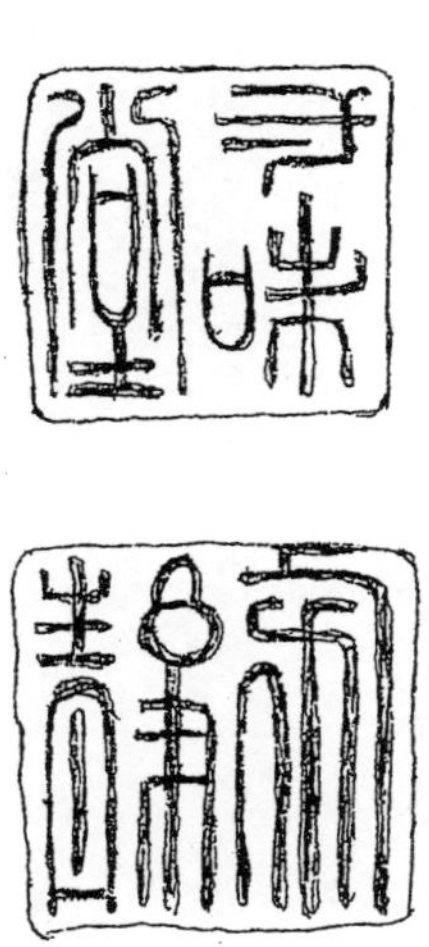

』26ウ

附録

「27オ
（廿七　裏と廿八　表にわたって
』27ウ
「南谷之圖」が掲載されている）
「28オ

元禄二年六月四日於
羽黒山本坊興行
ありかたや雪をめくらす風の音　翁
住ほと人のむすふ夏艸　露丸
川舟の綱に蛍を引立て　曽良
鵜の飛ぶあとに見ゆる三日月　釣雪
澄水に天をうかへる秋の暮　珠妙
北も南もきぬた打けり　梨水
』28ウ
眠ては昼の陰りに笠ぬきて　釣雪
百里の旅を木曽の牛追　翁
山つくすこゝろに城の記を書ん　露丸
斧持すくむ神木の森　曽良
哥よみの跡したひ行家なくて　釣雪
豆うたぬ夜は何と啼鬼　露丸
古御所を寺になしたる桧ハた萱　翁
糸に立枝にさま〳〵の萩　梨水
「29オ
月見よと引起されてはつかしき　曽良
髪あふかする羅の露　翁
まつはるゝ犬のかさしに花折て　露丸
的場の末にさける山吹　釣雪
春を経し七ツの年の力石　翁
汲ていたゝく醒か井の水　露丸
足引のこしかたまてもひねり蓑　圓入
敵の門に二夜ねにけり　曽良
』29ウ

かき消る夢は野中の地蔵にて　露丸
妻こひするか山犬の聲　翁
うす雪は橡《トチ》の枯葉の上寒く　梨水
湯の香にくもる旭淋しき　露丸
䑺《ムサヽヒ》の音を狩宿に矢をはきて　釣雪
篠《スヽ》かけしほる夜すからの法　圓入
月山の嵐の風そ骨にしむ　曽良
鍛冶か火のこす電の影　梨水 」30オ
ちるかひの梧に見付しこゝろふと　露丸
鳴子おとろく片藪の窓　釣雪
盗につれそふ妹か身を泣て　翁
祈りも𥁕ぬ関〱の神　曽良
盃の肴に流す花の波　會覚
幕うちあくる乙鳥の舞　梨水 』30ウ

右哥仙行

芭蕉　七　　梨水　五
露丸　八　　江州飯道寺 圓入　二
勢洲 曽良　六　　南部法輪院 會覚　一
花洛 釣雪　六　　珠妙　一

餞別

わするなよ虹に蟬啼山の雪　會覚
杉のしけりをかへり三日月　はせを 」31オ
磯つたひ手束の弓を提て　不玉
汐に消たる馬の足跡　曽良
年をへし人商人の家かまへ　重行
李の花のあそここゝ咲　露丸

右表六句

この一巻は晋子か花つミ集にも』いてゝ 31ウ
あまねく世にしる所也おくの細道には雪
をかをらす南谷とあるは例の後に再案せ
られしなるへし又表六句も此をりの餞別
なれは爰にのせつ 」32オ

不耐炑　芭蕉庵桃青拝

羽黒山別當執行不分叟天宥法印は行法い
みしき』きこえ有て止観圓覚の仏智才用 32ウ
人にほとこしてあるは山を穿」石を刻て 33オ
巨霊か力女媧かたくみを盡して坊舎を築
階を作れる青』雲の滴をうけて筧の水と 33ウ

をくめらせ石の器木の工此山の奇物と」 34オ
なれるもの多シ一山挙て其名をしたひ其
徳をあふくまことにふたゝひ羽山』開基 34ウ
にひとしされともいかなる天災のなせる
にやあらんいつの國八重の汐」風に身を 35オ
たゝよひて波の露はかなきたよりをなむ
告侍るとかや此度』下宮三山順礼の序追 35ウ
悼一句奉るへきよし門徒等しきりにすゝ
めらるゝによりて」をろ〳〵戯言一句を 36オ
つらねて香の後に手向侍るいと憚多事に
なん侍る』 36ウ

其玉や羽黒にかへす法の月

元禄二年季夏

芭蕉　桃青

」 37オ

真蹟の一軸は本坊寳前院の所藏なりかく
て世にしられさらむことのうもれたるこゝ
ちすれは摸寫してこゝにのせ同志の人〻
の奇翫に備ふ』笠着て草鞋はきなから旅 37ウ
を家とし給ひしより其跡あまた国に残り
て指を屈むるにいとまあらすそれか中に
奥の細道は取わき俤のまのあたりにうか
ひて文章の花實讀人踊躍しむかしを」し 38オ
のはさるはなしこゝに羽黒山一味堂尊師
かゝる有縁の地にしるしなくてハとしき
りに發起し給ひ俳諧には所謂豪傑松童叟
ありて碑の造立恩謝の供養速にとゝなひ
ぬそれを不朽に傳んてふ册子をあミて閲
せよとあるに霊を祀れる地理はあさやか
に画圖に』うつし消やらぬ鳥のあとは 38ウ
代〻傳来の真跡を摹して涙もこほるゝは
かりになんしかあれは此書は祖翁の徳光
を猶世に弘通し申ハ彼国に道の栄えを見
そなハし給んことといちしるしくそれをお
もひこれを仰きて」随喜の余り巻跡にか 39オ
い付早ぬ

文字摺の花したハしく見る日かな

徐風莽　』 39ウ

蕉門書林　皇都寺町通二條　橘屋治兵衛梓」裏表紙見返し

付録

芭蕉地名辞典

一、本稿は、芭蕉の発句・俳文・日記・紀行文に出て来る地名のうち、古来の歌枕や名所の地一一〇個所について、現今の市長村名を挙げてその所在を明らかにし、あるいは古文献より関係参考記事を引用し、関連のある古歌を名所和歌集類より抄出して、解説に代えたものである。
二、配列は発音かなづかいによる五十音順とした。
三、引用書名は、次に示す略号に従った。
〔類〕類字名所和歌集　里村昌琢編　元和三年刊
〔夫〕夫木和歌抄　藤原長清編　寛文五年刊
〔方〕名所方角鈔　伝宗祇編　寛文六年刊
〔小〕名所小鏡　編者未詳　延宝六年刊
〔日〕曽良旅日記＝日記本文　河合曽良稿　元禄二年成立
〔覚〕曽良旅日記＝歌枕覚書　河合曽良稿　元禄二年成立
〔蝦〕蝦夷文談抄　相楽等躬編　宝永二年刊
〔菅〕奥細道菅菰抄　簑笠庵梨一著　安永七年刊
〔雑〕東遊雑記　古川古松軒著　天明八年成立
〔遊〕東遊記　橘南谿著　寛政七年序
四、本稿執筆に際しては尾形仂氏著『新訂おくのほそ道』（角川文庫）所載「歌枕解説索引」および竹下数馬氏編『文学遺跡辞典詩歌編』（東京堂）より学恩を蒙ること多大であった。明記して衷心より謝意を表する。

岩手の里 [う] 鶯の関 臼井の峠 宇津の山 卯の花山 [お] 大井川 大峯 沖の石 小黒崎 雄嶋 緒だえの橋 姨捨山 尾ぶちの牧 [か] かへるやま 鏡山 桟笠とり 葛城山 堅田 唐崎 [き] 象潟 木曽 木の下 [く] 黒髪山 黒塚 [け] 気比 [こ] 高野 衣が関 衣川 [さ] 嵯峨 佐渡が島 佐夜の中山 更科 [し] 塩がま 汐越の松 志賀 忍ぶの岡 忍ぶの里 清水ながるゝの柳 白糸の滝 白川の関 白根が嶽 [す] 末の松山 須磨 [せ] 瀬田の橋 [そ] 袖のわたり [た] 武隈の松 担籠 田上山 玉江 玉田横野 [つ] 筑波山 つゝじが岡 壺碑 [と] 多武峰 利根川 十符の菅 [な] 那古 那須の篠原 名取川 難波 奈良 鳴海 鳴子の湯 鳴滝 [に] 日光 [ぬ] 布引の滝 [の] 野田の玉川 [は] 箱根 初瀬 [ひ] 日枝の山 東山 平泉 比良の高根 [ふ] 富士川 ふじしろみさか 二上山 布留 不破の関 [ま] 籬が島 松がうらしま 松島 松尾 まのゝ萱原 [み] 三上山 みづの小島 箕面 宮城野 三輪 [む] 武蔵野 むや〱の関 室の八嶋 [も] 最上川 [や] 大和 [ゆ] 湯殿山 [よ] 吉野 よびつぎ [り] 竜門 [わ] 和歌の浦

明石《アカシ》《しあか》 いま兵庫県明石市。松平氏六万石の旧城下町。〔類〕明石浦・門・沖・泊・潟 播磨明石郡「拾遺雑上よと共にあかしの浦の松原は波をのミこそよると知らん源為憲」

浅香沼《アサカノヌマ》 今の福島県安積郡《あさかぐん》日和田町一帯にあった沼。〔日〕五月朔日（あさか山の記事に続いて）「アサカノ沼、左ノ方谷也。皆田ニ成、沼モ少残ル。惣テソノ辺山より水出ル故、いづれの谷ニも田有。いにしへ皆沼ナラント思也」〔類〕安積山・沼 安積・新古今序香 延喜式浅 陸奥安積郡「古今恋四陸奥のあさかの沼の花かつミみる人毎に恋やわたらん読人不知」〔小〕安積山・沼 浅香トモ 陸奥「山井・若草・杜若・菖蒲・蒲《カツミ》・桜・紅葉・松・鴫・（以下略す）」

あさか山《ヤマ》 いま福島県郡山市日和田町の安積山《あさかやま》公園のある丘陵 〔覚〕安積「ひわだト云馬次ノ北ノ

方へ五六町行バ一里塚有。ソノソバノ右ノ方、山也。小山也」〔類〕安積山・沼延喜式安積・新古今序浅香陸奥安積郡「古今序あさか山影さへみゆる山の井の浅くハ人を思ふものかはうねめ」

浅間《アサマ》　いま長野県・群馬県にまたがる活火山、浅間山（標高二五四二米）のこと。〔類〕浅間山・嵩・野信濃「古今雑躰雲晴ぬ浅まの山のあさましや人の心をみてこそやまめなかき」〔方〕浅間山嶽・野煙原・里「上野へくだるにむさしのより北にみえたり。伊勢物語信濃なる浅間のたけにたつ煙遠クを人のミやハとがめぬ業平朝臣」

あねはの松《マツ》　今の宮城県栗原郡金成《かんなり》町姉歯にあった松の大木。今日も松が植え継がれている。〔覚〕姉ハ村「高清水・月舘ノ辺也。今モ松植テ有」〔蝦〕「伊勢栗原やあねはの松の人ならば都のつとにいざといわましを業平　夫木古郷の人にかたらんくり原や姉場の松のうぐひすの声長明」

嵐山《アラシヤマ》　いま京都市右京区嵯峨町にある（標高六七五米）で、桜・紅葉の名所。〔方〕嵐山「峯・梺・寺・花・紅葉・月、読り。松尾より北なり。京の三条の通なり。入方の月吹かへせ都より西に嵐山のやまとこそきけ」〔類〕嵐山　山城葛野郡「拾遺秋とふ人も今ハあらしの山風に人まつ虫の声ぞかなしき読人不知」

有磯海《アリソウミ》　今の富山県高岡市伏木港西北一帯の海。〔類〕有磯海・浜・浦越中射水郡。又海之総名也云々。「古今序我恋は読どもつきじありそ海の浜のま砂ハよみ尽す共」

石山《イシヤマ》　いま滋賀県大津市石山寺辺町。近江八景の一つ、石山秋月で知られ、山腹に石光山石山寺がある。石山寺（発下　三四）は、聖武天皇の天平勝宝年間に僧良弁《ろうべん》の開基にかかる真言宗の名刹で、西国巡礼第十三番の札所。〔類〕石山　近江「新古今雑上都にも人や待らん石山の嶺にのこれる秋のよの月藤原長能」

稲葉山《イナバヤマ》　いま岐阜市東方にある金華山（標高三二八・五米）の別名。岐阜山（発上　一五六）とも。〔類〕因幡山・峯美濃「古今離別立別いなばの山の岑に生るまつとしきかバ今帰りこん在原行平」

伊羅古《イラゴ》　伊羅古崎《イラゴサキ》　いま愛知県渥美郡《あつみぐん》渥美町の内。渥美半島南端の伊良湖岬。昔は、志摩国（いま三重県）に近かったので、志摩に属すると考えられたようである。〔類〕伊良虞崎志摩「千載雑上玉藻苅いらごが崎の岩ね松いく代迄にか年のへぬらん　修理大夫顕季」

種の浜《イロノハマ》　いま敦賀市色の浜。敦賀湾北西部の海岸。〔山家集〕「汐染むるますほの小貝拾ふとて色の浜とはいふにやあるらん」（西行）

岩手の里《イワデノサト》《いはでのさと》　芭蕉は今の宮城県玉造郡岩出山町を歌枕「岩手の里」と考えていたらしい。伊達政宗仙台開府以前の居城のあった所。〔覚〕「玉造郡仙台より十弐里北西館、町ニ有。正宗初ノ城跡、山ノ上ニ有。伊達将監。〇磐手――シノブハエゾ知ヌカキツクシテヨツボノ碑　モノイハレヌ思ニ多シ」〔類〕磐手山陸奥「新古今雑下陸奥のいはでしのぶはえぞ知ぬ書きつくしてよつぼの碑前右大将頼朝」〔類〕磐手里　紀伊「八雲御抄幷《ならびに》宗祇国分・新勅撰名所抄・藻塩草等、当国載㆑之。又奥州有㆓同名㆒。」

鶯の関《ウグイスノセキ》《うぐひすのせき》　今の福井県南条郡南条町鯖波と湯尾《ゆのお》の間にあった。〔菅〕「鶯の関は関の原といふ名所なり。……府中（今の武生市）と湯乃尾との間にて茶店あり」〔方〕関原《せきはら》（越前国）「ミのゝ国に同名あり。鶯の鳴つる声にしきられて行もやられぬ関の原哉」

臼井の峠《ウスイノトウゲ》《うすひのたうげ》　いま群馬県碓氷郡と長野県北佐久郡との境にある山、碓氷峠《うすいとうげ》のこと。中仙道《なかせんどう》第一の難所。〔小〕碓氷山・坂上野「ひな曇りうすひの坂をこえしだに妹が恋しく忘られぬかも」〔夫〕巻第二十〔山〕「万十四日のくれにうすひの山を越る日はせなの真袖もさやにふらしつよみ人しらず」

宇津の山《ウツノヤマ》　いま静岡県安倍郡と志太郡との境にあたり、宇津谷峠《うつのやとうげ》ともいう。静岡市の西方、安倍川を渡り、丸子《まりこ》（宿駅）を経て岡部に至る途中。峠近くの茶店では名物の十団子を売っていた。〔類〕宇津山　駿河「新古今旅するがなるうつの山べのうつゝにも夢にも人に逢ぬ也けり業平朝臣」

卯の花山《ウノハナヤマ》　いま富山県西礪波郡《にしとなみぐん》礪中町にあり、源氏山ともいう。〔菅〕「卯の花山ハくりから山の続きにて越中礪波郡となミ山の東に見えたり。源氏が峯と云あり。木曽義仲の陣所なり」〔類〕卯花山　越中「玉葉夏かくばかり雨のふらくに時鳥卯花山になをかなくらん人麿」

大井川《オオイガワ》《おほゐがは》　駿河・遠江（共にいま静岡県）の境にあり、赤石山脈に源を発して、駿河湾西部に注ぐ川。江戸時代には架橋・渡船が禁止されていたので、旅人は必ず人足をやとって、人肩または蓮台で渡った。東岸の宿駅が島田、西岸の宿駅は金谷《かなや》。〔方〕「底ハ石などながれ水ハにごりて瀬早く舟渡りもなくなん河也。かちにてわたる也」〔小〕大井川　駿河「十六夜記おもひ出る都の事ハ大井川いく世の石のかずもおよばじ四条」

大峯《オオミネ》《おほみね》　いま奈良県吉野郡十津川の東の大峯山脈の主峰山上ヶ岳（標高一七二〇米）をいう。修験者の霊場として名高い。〔類〕大峯　大和「金葉雑上おほ峯にて　もろともに哀と思へ山桜花よりほかにしる人もなし僧正行尊」

沖の石《オキノイシ》　いま宮城県宮城郡多賀城町八幡にある小池の中の石。二条院讃岐《さぬき》「わが袖は汐干に見えぬ沖の石の人こそ知らね乾くまもなし」（千載集＝恋）の歌に付会したもの。〔覚〕興井《おきのゐ》「末ノ松山ト壱丁程間有。八幡村ト云所ニ有。……所ニテハ興《おき》ノ石《いし》ト云。村ノ中、屋敷之裏也」〔類〕興井　陸奥「古今墨滅哥興のゐてミをやくよりも悲しきハ宮こ嶋べの別れ也けり小野小町」

小黒崎《オグロサキ》《をぐろさき》　いま宮城県玉造郡鳴子町名生定《みようさだ》にある山（標高約二〇〇米）で、荒雄川の北岸。〔日〕五月十五日「名生貞ト云村ヲ黒崎ト所ノ者云也。其ノ南ノ山ヲ黒崎山ト云」〔類〕小黒崎　陸奥「続古今雑中小黒崎みづの小嶋にあさりするたづぞ鳴成波たつらしも太上天皇」

雄嶋《オジマ》《をじま》　いま宮城県宮城郡松島町の内。松島海岸に最も近い島で、陸岸小松崎との間に渡月橋がある。〔類〕雄嶋　陸奥「後拾遺恋四松嶋や雄嶋が磯にあさりせし蜑の袖こそかくハぬれしか源重之」

緒だえの橋《オダエノハシ》《をだえのはし》　今も宮城県古川市内にある小橋。

〔覚〕緒絶橋「契ノ絶コトニヨメリ。橋柱トモ、コトニヨソヱテモ」〔類〕緒絶橋　陸奥「後拾遺恋三　陸奥のを絶の橋や是ならむふみミふまずみ心まどはす　左京大夫道雅」

姨捨山《オバステヤマ》《をばすてやま》　いま長野県更埴市《こうしよくし》にある山（標高一二五二米）で、観月の名所。〔類〕姨捨山《オバステ》《をばすて》　信濃更級郡「わが心なぐさめかねつ更級や姨捨山にてる月をみて　読人不知」

尾ぶちの牧《オブチノマキ》《をぶちのまき》　いま宮城県石巻市の東方約四粁の牧山《まぎやま》付近。〔覚〕尾駮御牧《おぶちのみまき》「石ノ巻ノ向、牧山ト云山有。ソノ下也」〔類〕尾駮御牧　陸奥「後撰雑四　陸奥のおぶちの駒も野がふにハ荒こそまされなつく物かハ　読人不知」

かへるやま《カエルヤマ》　帰山。いま福井県南条郡今庄町にある丘陵。〔日〕八月九日「今庄ノ宿ハヅレ、板橋ノツメヨリ右ヘ切テ、木のメ峠に趣、谷間ニ入也。右ハ火ウチガ城、十丁程行テ、左リ、カヘル山有。下ノ村、カヘルト云」〔類〕帰山　越前「続後捨遺秋上　帰山いつはた秋と思ひこし雲井の鴈も今やあひみん　家隆」

鏡山《カガミヤマ》　いま滋賀県野洲郡野洲町の東方、野洲郡と蒲生郡との境界に、三上山の東北に並んでいる山（標高三八五米）。〔類〕鏡山　近江野洲郡　山城・豊前有同名「古今雑上　鏡山いざ立よりて見てゆかん年へぬるみは老やしぬると　大伴黒主」

桟《カケハシ》　旧木曽街道のうち、今の長野県木曽郡上松町《あげまつ》と福島町との間の、険岨な崖の中腹にかけ渡してあった、長さ五十六間・横幅三間四尺ほどの桟道。〔類〕木曽橋・御坂・山信濃「新後拾遺旅　雲も猶下に立ける梯の遙にたかききそのやまみち　源頼真」

笠《カサ》**とり**　かさとり山《ヤマ》　いま京都府宇治市にある笠取山（標高三七一米）で、京都府と滋賀県の境界をなす山稜の一つ。〔類〕笠取山　山城「古今秋下　雨ふれど露ももらじを笠取の山はいかでか紅葉そめけん　在原元方」

葛城山《カズラキヤマ》《かづらきやま》　いま奈良県御所市《ごせし》に属し、大阪府と奈良県との境界をなす金剛山脈中の一峰（標高九五九米）。なお、「葛城《カズラキ》の郡《ノコオリ》」は、いま奈良県北葛城郡、もと葛上《かつじよう》・葛下《かつげ》の二郡があった。〔類〕葛城山・橋・神・高峯・峯・大和「古今大哥所御哥しもとゆふ葛城山に降雪のまなく時なくおもほゆる哉」

堅田《カタダ》　いま滋賀県大津市堅田衣川町・本堅田町・今堅田町。琵琶湖の西岸、琵琶湖大橋の南側の地。海門山満月寺境内から架橋した湖中の小堂を浮御堂《うきみどう》と称し、これに落雁を配して近江八景の一「堅田落雁」とする。〔類〕堅田浦・沖近江滋賀郡「新千載春上春のくるかた田の浦の朝なぎにみるめも知ずたつ霞哉円光院入道前関白太政大臣」

唐崎《カラサキ》　辛崎の松《カラサキノマツ》　辛崎の一松《カラサキノヒトマツ》　いま滋賀県大津市坂本穴太町の内。琵琶湖西岸の地で、近江八景「唐崎夜雨」で知られるが、湖岸の老松も名高い。〔類〕唐崎　近江滋賀郡「風雅雑下唐崎やかすかにみゆる真砂地にまがふ色なき一もとのまつ従二位為子」

象潟《キサガタ》　今の秋田県由利郡象潟町にあり、松島と共に奥羽の二大景勝と称されていた潟。文化元年（一八〇四）の地震で隆起して陸地となった。古刹皇宮山蚶満寺《かんまんじ》（干満珠寺《かんまんじゆじ》）がある。〔類〕象潟　出羽「後捨遺旅世中ハかくてもへけりきさ潟の蜑の苫屋を我宿にして能因法師」

木曽《キソ》　木曽路《キソジ》《きそぢ》　木曽は、今の長野県の西南部、木曽川上流の渓谷地の総称。木曽の桟《かけはし》・寝覚床《ねざめのとこ》・小野滝の三絶勝があった。木曽路は中仙道《なかせんどう》の一部で、信濃国（長野県）塩尻から美濃国（岐阜県）中津川に至るまでの街道で、十四の宿駅があった。〔類〕木曽橋・御坂・山信濃「捨遺恋四中々に言ハはなたで信の成きそぢの橋に懸たるやなぞ源頼光」

木の下《キノシタ》　いま宮城県仙台市木の下。もと宮城野原の南、薬師堂あたり一帯の地。〔蝦〕木下「仙台より松嶋へ行東端ニ有」〔類〕宮城野・原陸奥宮城郡「古今大哥所御哥ミさぶらひみかさ（と）申せ宮木のゝ木の下露ハ雨にまされり」

黒髪山《クロカミヤマ》　いま栃木県日光市の中禅寺湖の北東にそびえる男体山《なんたいさん》（標高二四八四米）のこと。〔類〕黒髪山　下野「続古今旅むば玉の黒髪山を朝越て木の下露にぬれにけるかな人麿」

黒塚《クロヅカ》《くろづか》　いま福島県二本松市安達ヶ原《あだちがはら》四丁目、二本松駅の東方約三粁の地。謡曲「安達原」（または「黒塚」）で名高い鬼女伝説の古跡。〔覚〕黒塚「二本松町之内、亀ガヒ町より右ノ方へ一里程山ニ添行バ、供中《グチウ》ノ渡ト云舟渡シ有。ソノ向也。岩形ハ観音堂ノ後也。鬼ノ塚ハ一町程東、少キ塚ニ杉植テ有。畑ノソバ也」〔類〕黒塚　陸奥「捨遺雑下陸奥のあだちの原のくろ塚におにこもれりと聞ハ真か兼盛」

気比《ケイ》《けひ》　**気比の宮《ケイノミヤ》《けひのみや》**　**気比の明神《ケイノミヨオジン》《けひのみやうじん》**　気比は、いま福井県敦賀市曙町。北陸道総鎮守越前国一ノ宮として有名な気比神宮がある。〔万葉集〕巻第三「飼飯海《けひのうみ》の庭よくあらし苅薦《かりごも》の乱れ出づ見ゆ海人《やま》の釣船」（柿本人麿）〔方〕飼飯海《けいの》浦「明神ましませバつるがをいふか。別の在所いかゞ。けいの海よそにハあらじあしのはのみだれてみゆるあまの釣舟」

高野《コウヤ》《かうや》　いま和歌山県伊都郡高野町に属する高野山（標高九〇〇米）。僧空海開基の古義真言宗総本山金剛峰寺《こんごうぶじ》がある。〔類〕高野山・峯紀伊伊都郡　金剛峯寺「千載尺教暁を高野の山にまつ程やこけのしたにも有明の月寂蓮法師」

衣が関《コロモガセキ》　今の岩手県西磐井郡《にしいわいぐん》平泉町高館の西にあった古関址。新関址は中尊寺の北方約八粁の胆沢郡《いさわぐん》白鳥村鵜木。〔覚〕衣関「高舘ノ後、切通シノヤウナル有リ。是也。南部海道也。ソバノ小キ土橋ヲ桜川ト云」〔類〕衣関　陸奥「後撰雑二たゞち共頼まざらなん身に近き衣の関もありといふ也読人不知」

衣川《コロモガワ》《ころもがは》　岩手県南部にある川で、平泉町の北方で北上川に合流する。〔覚〕衣河「平泉村ヨリ十四五町行。ヨ程ノ川也。土橋有。南部海道也。今ハ高舘二十町程間有。古《いにしへ》トハ川瀬チガヒシ也」〔類〕衣河　陸奥「捨遺秋より落るなミだハみちのくの衣川とぞいふべかりける読人不知」

嵯峨《サガ》　**北嵯峨《キタサガ》**　**下嵯峨《シモサガ》**　いま京都市右京区嵯峨。京都市の西北隅、右京区の西部一帯の地で、洛西《らくせい》と呼ばれ、大堰川（保津川）を隔てて嵐山に対する。〔類〕嵯峨野・山山城葛野郡「後撰雑一嵯峨の山みゆき絶にし芹川の千世の古道あとハ有けり行平朝臣」

佐渡が島《サドガシマ》　佐渡《サド》　もと北陸道七か国の内。いま新潟県に属す。古くは遠流《おんる》の島として、順徳天皇・日蓮上人・日野資朝・文覚上人・世阿弥などが流された。江戸時代には金山として知られた。〔壬二集〕雑部下「さどの海や吹来る風の方もうし詠むる袖に落る涙は」（藤原家隆）

佐夜の中山《サヨノナカヤマ》　いま静岡県小笠《おがさ》・榛原《はいばら》両郡の境界にある坂道。「さやの中山」とも言い、「小夜」の字もあてる。箱根路につぐ東海道の難所であった。〔方〕佐夜中山　只さよの山共「西の梺《ふもとにつさか》新坂と云、東の梺にハ菊河《きくかは》と云所あり。此山より富士ちかくみゆる也。甲斐根ハみえず。……中山只ひろくひくき山也。山の中五十町也」〔類〕佐夜中山　遠江「新古今旅年たけてまたこゆべしと思ひきや命也けりさよの中山西行法師」

更科《サラシナ》　さらしなの郡《サラシナノコホリ》《こほり》　さらしなの里　いま長野県更級郡《さらしなぐん》上山田町・埴科郡・都倉町から更埴市《こうしよくし》八幡付近一帯の地。姨捨山・田毎《たごと》の月《つき》など名所が多い。〔類〕更級山・川・里信濃更級郡「捨遺別月影はあかずみる共さらしなの山の麓にながゐすな君貫之」

塩がま《シオガマ》《しほがま》　塩がまの浦《シオガマノウラ》《しほがまのうら》　塩がまの明神《シオガマミヨオジン》《しほがまのみやうじん》　いま宮城県塩釜市。塩釜湾は千賀の浦とも称した。一森山には陸奥国一ノ宮塩釜神社がある。〔覚〕千賀塩竈「仙台より四里丑寅ノ方、明神、山ノ上也。カマハ町中ニ有。千賀ハ浦ノ名也。松島へ海陸トモ弐リ也。船ニテ浦々嶋々ヲ見ルベシ」〔類〕塩竈浦・磯陸奥宮城郡「古今大哥所御哥陸奥はいづくはあれど塩竈の浦摺舟《こぐ》のつなでかなしも」〔類〕千賀塩竈　陸奥「続後撰恋二陸奥のちかの塩竈ちかながらからきは人にあはぬ也けり読人不知」

汐越の松《シオコシノマツ》《しほこしのまつ》　今の福井県坂井郡金津町吉崎の対岸、浜坂の岬を汐越と称し、そこの日本海側の砂丘にあった数十本の松を言う。現在は遺蹟のみ。安永二年（一七七三）に庄屋十治郎が書いた『浜坂浦明細帳』には「汐越松　五十七本」とあり、うち十六本までには個別の呼び名が付いていた模様である。伝西行「夜もすがら嵐に波をはこばせて月をたれたる汐越の松」（実は蓮如上人の歌と言う）。

志賀《シガ》　志賀の里《シガノサト》　琵琶湖西岸の地で、今の滋賀県大津市および滋賀郡一帯を言った。〔方〕滋賀「志賀ハ都の名也」〔類〕滋賀山・浦・都・花園・浜・故郷・津・大和　近江滋賀郡「新勅撰冬 風寒《さえ》てよすればやがて氷つゝかへる波なきしがのから崎西行法師」

忍ぶの岡《シノブノオカ》《しのぶのをか》　陸奥国信夫郡《しのぶぐん》（今の福島県福島市付近）の内。郡名の「しのぶ」により、忍ぶ山・忍ぶ里・忍ぶ浦などと共に、忍ぶ恋にかけて歌に詠まれた。〔類〕信夫里・山・杜・浦・岡・原・陸奥信夫郡「続古今秋上なに事をしのぶの岡の女郎花思ひしほれて露けかるらん俊恵法師」

忍ぶの里《シノブノサト》　忍ぶの郡《シノブノコオリ》《しのぶのこほり》　今の福島市付近一帯の古称。市街の東方（福島市山口）には文知摺観音があり、ここに「しのぶもぢ摺の石」がある。別に、しのぶ摺の石・文字摺石・もぢ摺の石とも。〔類〕信夫里・山・杜・浦・岡・原・陸奥信夫郡「古今恋四陸奥の忍ぶもぢずり誰ゆへにみだれ（む）と思ふ我ならなくに河原左大臣」

清水ながるゝの柳《シミズナガルルノヤナギ》《しみづながるるのやなぎ》　今の栃木県那須郡那須町蘆野にあった柳。遊行柳・朽木柳・道のべの柳とも言い、今日も植え継がれている。謡曲の名所。〔新古今集〕巻第三夏歌「道の辺に清水流るる柳かげしばしとてこそ立ちとまりつれ西行法師」

白糸の滝《シライトノタキ》　最上川四十八滝中の随一で、高さ約一二〇米。いま山形県最上郡戸沢村、最上川の北岸にかかる。〔夫〕巻第二十六雑部八・滝「もがみ川たきのしら糸くる人のこゝによらぬはあらじとぞ思ふ重之」

白川の関《シラカワノセキ》《しらかはのせき》　白河《シラカワ》《しらかは》　白河の関は五世紀ごろ蝦夷に対する警固のために設けられたが、のち廃棄された。いま福島県白河市旗宿を旧関址と伝える。白河は今の白河市を中心とする付近一帯で、もと松平氏十五万石の城下町。〔覚〕白河関「下野・奥州ノ堺。並テ両国ノ堺ノ明神両社有。前ハ茶ヤ也。古ノ関ハ東ノ方弐リ半程ニ籏ノ宿ト云有。ソレヨリ壱リ程下野ノ方、追分ケ云所也。今モ両国ノ堺也」〔類〕白河関　陸奥「捨遺秋便あらばいかで都へつげやらむけふ白川の関はこえぬと平兼盛」

〔方〕白川関「水辺にあらず。山也。京より五十日の道と申也。花・もみぢよめり。千載秋下紅葉ゝミな紅に散しけバ名のミ成けり白川の関左大弁親宗」

白根《シラネ》が《ガ》嶽《タケ》　いま石川県石川郡と岐阜県大野郡との境界にそびえる山（標高二七〇二米）。越《こし》の白根《しらね》。通称、白山《はくさん》（古称シラヤマ）。〔類〕白山　加賀「古今旅きえ果る時しなければこしぢ成白山の名は雪にぞ有ける躬恒」

末《スエ》の《ノ》松山《マツヤマ》《すゑのまつやま》　いま宮城県多賀城市八幡にある末《まつ》松山《しょうざん》宝国寺の裏手の岡を遺跡と伝える。〔類〕末松山　陸奥「古今大哥所御哥君を置てあだし心をわがもたバ末の松山波もこえなん」〔方〕末松山「海辺の山なり。春のゆく末の松山吹風に霞まぬ浪の花や散らん」

須磨《スマ》　東須磨《ヒガシスマ》・西須磨《ニシスマ》・浜須磨《ハマスマ》　須磨《スマ》の《ノ》浦《ウラ》　須磨寺《スマデラ》

いま兵庫県神戸市須磨区一帯の地。海岸は白砂青松の景勝地として知られた。須磨寺は真言宗高野派の古刹福祥寺の通称。〔類〕陬磨浦・関・上野　摂津「古今雑下わくらバにとふ人あらバすまの浦に藻塩《もしほ》たれつゝ侘《わぶ》と答よ行平」

瀬《セ》田《タ》の《ノ》橋《ハシ》　瀬《セ》田《タ》　琵琶湖より流れ出る瀬田川にかかる橋（延長二六〇米）で、いま滋賀県大津市唐崎町と瀬田橋本町をつなぐ。瀬田は勢多・勢田とも書く。〔方〕勢多「長橋とも、唐崎とも粟津の南也。橋ハ西へかけたり。」〔類〕勢多長橋近江「新後撰春上湖《にほ》の海《うみ》や霞てくるゝ春の日にわたるも遠しせたの長橋為家」

袖《ソデ》の《ノ》わ《ワ》た《タ》り《リ》　いま宮城県石巻市住吉町の大島神社の前あたりにあった北上川の渡し。〔覚〕袖渡仙台より十三里、石ノ巻町ハヅレ、住吉ノ社有。鳥居ノ前、真野ノ方へ渡ルワタシ也」〔小〕袖ノ渡陸奥「新後捨みちのくの袖の渡のなミだ川心のうちにながれてぞすむ相模」

武隈《タケクマ》の《ノ》松《マツ》　武隈《タケクマ》　いま宮城県岩沼市、日本三稲荷の一として有名な竹駒神社の近くにあった二木《ふたき》の松で、現在も植え継がれた松がある。〔日〕五月四日「岩沼入口ノ左ノ方ニ竹駒明神ト云有リ。ソノ別当ノ寺ノ後ニ武隈ノ松有。竹がきヲシテ有。ソノ辺、侍やしき也。」〔類〕武隈　陸奥「後拾遺雑四武隈の松ハ二木を宮古人いかゞととはゞみきとこたへむ橘季通」

担籠《タゴ》　いま富山県氷見市上田子・下田子一帯の地。白藤の名所として知られる藤浪神社がある。〔方〕多胡浦「崎・入江・古江村・藤浪・松・時雨などよめり。」〔類〕多枯浦磯・入江越中射水郡駿河国同名有「拾遺夏多枯浦の底さへ匂ふ藤なミをかざしてゆかんミぬ人の為柿本人丸」

田上山《タナカミヤマ》　**田上**《タナカミ**》**　いま滋賀県大津市の南部、瀬田川の東方にある太神山（標高六〇〇米）を主峯とする田上山地。〔類〕谷上川・山・里近江「続千載春衣手の田上山のあさがすミ立かさねてぞ春もきにける前大納言為氏」

玉江《タマエ》　今の福井市花堂町の南端の江川。〔菅〕「福井の町を上ミ方へ出はなれ、二町ばかり行ヵば赤坂といふ所あり。是を過て往還に石橋三ッあり、其中ヵの橋の高欄の付たるを玉江の橋の蹟として、此川を古の玉江なりと云」〔類〕玉江　越前摂津同名有「後撰雑四玉江こぐ芦刈小舟さし分てたれを誰とかわれハ定めん読人不知」

玉田《タマダ》**・横野**《ヨコノ》　今の宮城県仙台市小田原付近。〔日〕表紙見返しの仙台歌枕略図＝東照宮の東方、北に「玉田岡山、畑ニ成也」その南に「よこ野、麦畑・田共に成」〔雑〕巻之二十四「玉田横野、往来より近し。田原村といふ所の野原の名といふ。」〔散木奇歌集〕第一春部（三月）「とりつなげたまだ・よこのゝ放れ駒躑躅《つつじ》の岡にあせみさく也」（源俊頼）

筑波山《ツクバサン》　いま茨城県新治《にいはり》・筑波・真壁《まかべ》の三郡にまたがる山。山頂は女体山（標高八七六米）・男体山（標高八七〇米）の二峰にわかれる。〔方〕筑波山「峯・根共・小筑波共。海辺の山なり。本尊十一面観音也。後撰恋二今ハとて心つくばの山ミれバ梢よりこそ色かハりけれよミ人しらず」

つゝじが岡《ツツジガオカ》つつじがをか　いま宮城県仙台市榴《つつじ》ヶ岡《おか》の地。躑躅岡《つつじがおか》天満宮が鎮座する。〔夫〕巻第六〔躑躅〕「東路やつゝじの岡をきてみればあがものすそにいろぞかよへる二条太皇太后宮肥後」〔夫〕巻第二十一〔岡〕「みちのくのつゝじの岡のくまつゞらつらしと君をけふぞ知ぬるよみびとしらず」

壺碑《ツボノイシブミ》 『おくのほそ道』では、いま宮城県多賀城市市川にある多賀城碑をさす。〔覚〕壺碑「仙台より塩竈ヘノ道、市川村ト云ト屋敷ノ中ヲ右ヘ三四丁田ノ中ヲ行バ、ヒクキ山ノ上リ口ニ有。仙台より三リ半程有。市川村ノ上ニ多賀城跡有」〔類〕壺碑 陸奥「みちのくのいはでしのぶハえぞ知ぬ書つくしてよ壺碑右大将頼朝」

多武峰《トウノミネ》《たふのみね》 いま奈良県桜井市の南部にあり、標高六一九米。山上に藤原鎌足をまつる談山《だんざん》神社がある。〔万葉集〕巻第九雑歌「うち手折り多武の山霧茂みかも細川の瀬に波のさはげる」（作者未詳）

利根川《トネガワ》《とねがは》 いま新潟・長野・群馬三県の県境、三国山脈丹後山付近に源を発し、関東平野を横断して銚子市に出て太平洋に注ぐ大河。一名、坂東《ばんどう》太郎。〔類〕利根河 上野利根郡「新勅撰神祇さゝ分ば袖こそやれめとね川の石は踏共いざかハらより橘仲達」

十符の菅《トフノスゲ》 今の仙台市岩切字台屋敷付近で産した編み目が十筋ある薦《こも》（十符《とふ》の菅薦《すがごも》と称した）を編むに用いた菅。〔覚〕十符浦「仙台より塩竈ヘノ道、今市ト云近ク。……今市ヲ北ヘ出ヌケ、大土橋有。北ノツメヨリ六七丁西ヘ行所ノ谷間、百姓やしきノ内也。岩切新田ト云。カコヒ垣シテ有。今モ国主ヘ十符ノコモアミテ貢ス。道、田ノ畔也。奥ノ細道ト云。田ノワキニスゲ植テ有。貢ニ不足スル故、近年植ル也。是ニモカコヒ有故、是ヲ旧蹟ト見テ帰者多シ」〔類〕十府浦陸奥「金葉冬水鳥のつらゝの枕隙もなしむべさえけらしとふの菅ごも経信」〔陸〕浦部「千五百陸奥のとふのすがごも七ふにハ君をねさせて三ふに我ねん読人不知」

那古《ナゴ》 いま富山県新湊市の海岸。旧名、放生津《ほうじょうづ》。〔覚〕奈呉「バウ生子《ジャウス》ノ町ニ名有。後ニ湖有。コレナラン。大半田ニ成」〔類〕奈呉江・湊・海・門・浦・沖越中射水郡摂州同名有「続古今雑中 湊風さむく吹らしなごの江に妻よびかハしたづ沢に鳴家持」

那須の篠原《ナスノシノハラ》 **那須の原**《ナスノハラ》 **那須** いま栃木県那須郡那須町の内。栃木県北部の原野を那須野が原と言う。

那須岳の主峰茶臼山《ちやうすやま》（標高一九一七米）の中腹には那須温泉があり、湯本には湯泉《ゆぜん》神社（温泉大明神）や殺生石がある。〔方〕那須野「篠原・ゆり・金　武士の矢なミつくろふこ手の上に霰たばしる那須の篠原」

名取川《ナトリガワ》《なとりがは》　いま宮城・山形両県の県境に源を発して東流し、仙台市南方で太平洋に注ぐ川。埋れ木で名高い。〔類〕名取河・郡・御湯陸奥「古今恋三　みちのくに有と云也名取川なき名取てハ苦しかりけり忠岑」

難波《ナニワ》《なには》　難波津《ナニワズ》《なにはづ》　大坂《オオザカ》《おほざか》　今の大阪市の古称。商業都市として発展して来た所。〔類〕難波潟・浦・津・渡・江・湊・沖・浜・都・寺・灘・里・川・宮・海・磯　摂津西生郡「古今恋二　津国の難波のあしのめもはるに茂き我恋人しるらめや貫之」

奈良《ナラ》　**南都**《ナント》　いま奈良市。奈良時代の首都で、天平文化の中心地であった所。〔方〕奈良「山城より南也。京よりなら坂南にあたるなり。山坂数里。八重桜・つぼすミれよめり。東に山有。南北へ広し。」〔類〕奈良都・山・古郷大和「古今春下　古郷と成にしならの都にも色はかハらず花ハ咲けりならの御門の御哥」

鳴海《ナルミ》　**鳴海潟**《ナルミガタ》　いま愛知県名古屋市緑区鳴海町。東海道五十三次の一宿駅で、鳴海潟はその海岸。〔類〕鳴海渡・浦・野辺・潟・浜・沖・海尾張「詞花秋　故郷にかハらざりけり鈴虫のなるみの野べの夕暮のこゑ橘為仲朝臣」

鳴子の湯《ナルゴノユ》　いま宮城県玉造郡鳴子町の鳴子温泉。歌枕の佐波古御湯《さわこのみゆ》がここであるとの説がある。〔日〕五月十五日「シトマヘヽ取付左ノ方、川向ニ鳴子ノ湯。沢子ノ御湯成ト云。仙台ノ説也。」〔類〕佐波古御湯　陸奥「拾遺物名　あかずして別し人の住里はさはこのみゆる山のあなたか読人不知」

鳴滝《ナルタキ》　いま京都市右京区花園鳴滝。鳴滝川は、善妙寺・平岡の山中を源とし、般若寺の麓をめぐり、仁和寺の西、宇多野を経て紙屋川に合流する今の御室川。〔方〕鳴滝川「仁和寺の奥なり。ならびの岡の北なり。流れほそき川なり。たかくおつるにハあらず。」〔類〕鳴滝　山城葛野郡紀州同名有「続後撰夏鳴滝や西の河せにみそぎせん岩こす波も秋やちかきと皇太后宮大夫俊成」

日光《ニツコウ》《につくわう》　**日光山**《ニツコウザン》《につくわうざん》　いま栃木県日光市。奈良時代の末、勝道上人によって開かれ、江戸時代以後は東照宮の門前町として栄えた。日光山は二荒山《ふたあらさん》とも言い、最高峰を男体山（黒髪山。標高二四八四米）と称する。〔古今和歌六帖〕第二（山）「下野やふたらの山の二心ありける人を頼みけるかな」

布引の滝《ヌノビキノタキ》　いま神戸市葺合《ふきあい》区布引町の北方、布引山の中腹にかかる滝で、下流は生田川となって神戸市内を流れる。〔類〕布引滝　摂津「詞花雑上雲井よりつらぬきかへる白玉を誰《たが》布引の滝といひけん藤原隆季」

野田の玉川《ノダノタマガワ》《のだのたまがは》　いま宮城県多賀城市。多賀城碑（壺碑）の東約一粁の所の川。いわゆる六玉川の一つ。〔類〕玉川　陸奥「新古今冬夕されば汐風こしてみちのくの野田の玉川千鳥鳴なり能因法師」

箱根《ハコネ》　**箱根山**《ハコネヤマ》　いま神奈川県足柄下郡箱根町。東海道五十三次の中でも有名な宿場で、箱根町の東方には箱根の関址がある。箱根山は神奈川・静岡両県にまたがる二重式の死火山で、最高峰は神山（標高一四三九米）。箱根路は、小田原・箱根間が十七粁（四里十町）、箱根・三島間が十四粁（三里二十町）、合わせて八里あったところから、箱根八里と称された。〔類〕箱根山相模「千載雑下ともして箱根の山に明にけり二より三より逢とせしまに橘俊綱」

初瀬《ハツセ》　いま奈良県桜井市初瀬町。新義真言宗豊山《ぶざん》派《は》総本山の、名刹長谷寺《はせでら》の門前町。〔類〕泊瀬川・山・岑・尾上・檜原・寺・里・高根　大和「千載恋二うかりける人を初せの山颪はげしかれとは祈ぬ物を俊頼」

日枝の山《ヒエノヤマ》　日枝　いま京都市東北部と滋賀県との境界にそびえる比叡山。山嶺は、東に大比叡（標高八四八米）西に四明ヶ岳（標高八三八米）の二峰に分かれる。四明ヶ岳の北東中腹に、天台宗の総本山＝比叡山延暦寺がある。〔類〕比叡社・山・高根・杣・宮　近江「拾遺神楽ねぎかくる比叡の社のゆふたすき草のかきはも事やめてきけ僧正実因」

東山《ヒガシヤマ》　いま京都市東山区。京都市の鴨川の東方に、南北に連なる丘陵（東山三十六峰として知られる）、また、その西麓一帯の地を称する。〔拾遺集〕巻第三秋「東山に紅葉見にまかりて又の日のつとめてまかり帰るとてよみ侍りける　昨日よりけふは増れる紅葉のあすの色をばみでややみなむ恵慶法師」

平泉《ヒライズミ》《ひらいずみ》　いま岩手県西磐井郡平泉町。奥州藤原氏が清衡・基衡・秀衡の三代にわたり黄金文化を築いた地。中尊寺金堂（光堂）・高館・毛越寺などが名高い。北上川を隔てて束稲山《たばしねやま》（標高五九六米）がある。〔山家集〕下・雑「みちのくに平泉にむかひて、束稲と申す山の侍るに、こと木は少きやうに、桜のかぎりみえて花のさきたりけるを見てよめる　ききもせずたばしねやまのさくら花よしのほかにかかるべしとは」（西行法師）

比良《ヒラ》の《ノ》高根《タカネ》　**比良《ヒラ》**　いま滋賀県滋賀郡にある、比叡山の北に続く連峰で、武奈ヶ岳（標高一二一四米）・打見山（標高一一〇三米）・蓬莱山（標高一一七四米）など。比良暮雪は近江八景の一つ。〔類〕比良山・根・湊近江「新勅撰冬大原はひらの高根の近けれバ雪ふる程を思ひこそやれ西行法師」

富士川《フジガワ》《ふじがは》　いま富士山麓から南流し、山梨・静岡両県のほぼ中央部を通って、駿河湾に注ぐ川。水勢は急で、日本三急流の一つ。〔続後撰集〕巻第六秋歌中「朝日さすたかねのみ雪空晴て立もかよはぬ富士の川霧従二位家隆」

ふじしろみさか　いま和歌山県海南市内海町藤白。西北に和歌山湾を望む坂である。〔類〕藤代御坂紀伊名草郡「続後撰旅　藤代のミ坂を越てミわたせバ霞もやらぬ吹上のはま僧正行意」

二上山《フタカミヤマ》　いま奈良県北葛城郡と大阪府南河内郡との境界にある山で、山頂が雌岳（標高五一五米）と雄岳（標高四七四米）の二峯に分れる。今はニジョウサンと呼ぶ。麓の北葛城郡当麻町には真言宗高野派の名刹当麻寺《たいまでら》がある。〔金葉集〕巻第二夏歌「玉くしげふた上山の木の間よりいづれば明くる夏の夜の月源親房」

布留《フル》　いま奈良県天理市布留。天理市街の南を流れる布留川の上流に石上《いそのかみ》神社（布留の宮）があり、更に上流南側に布留山、更に上流に布留の滝がある。〔類〕布留滝・山・野・沢・原・早田・社・神・都・橋「大和後撰春中石上布留の山べの桜ばなうへけんときをしる人ぞなき僧正遍昭」

不破の関《フワノセキ》《ふはのせき》　不破《フワ》《はふ》　いま岐阜県不破郡関ヶ原町松尾。岐阜県の西南部、滋賀県との県境にあった関址。〔類〕不破関美濃「新古今雑中人すまぬふハの関屋の板びさし荒にし後はたゞ秋の風摂政太政大臣」

籬が島《マガキガシマ》　いま塩釜湾内の小島。〔遊〕巻之四松島「（塩釜の浦の）岸より纔に五六丁の所に小き島あり、弁天島といふ。それより十八町にしてかの名だゝる籬が島あり。」〔類〕籬島　陸奥宮城郡「古今大哥所御哥我せこを都にやりて塩竈の笆《まがき》の嶋《しま》のまつぞこひしき」

松がうらしま《マツガウラシマ》　いま宮城県宮城郡七ヶ浜町、菖蒲田浜から松ヶ崎に至る海岸の小島。〔覚〕松賀浦嶋「塩竈辰巳ノ方、所ニハ松ガ浜ト云也。」〔類〕松賀浦嶋　陸奥「千載冬浪間よりみえし気色ぞかハりぬる雪降にけり松が浦嶋顕昭法師」

松島《マツシマ》　いま宮城県宮城郡松島町。松島湾内外に散在する多くの島と海岸一帯の地。日本三景の一つとして名高い。青竜山瑞巌寺《ずいがんじ》の所在地。〔類〕松嶋陸奥磯「新古今秋上松嶋や汐汲あまの秋の袖月はもの思ふならひのミかは鴨長明」

松尾《マツノオ》《まつのを》　いま京都市右京区松尾。桂川の西岸にあたり、松尾大社鎮座の地。〔方〕松尾「神所なり。葉室より北なり。社頭ハ東向なり。新古賀万代を松の尾山のかげ茂ミ君をぞいのるときハかきハに康資王母」

まのゝ萱原《マノノカヤハラ》　いま宮城県石巻市真野字萱原。〔覚〕真野萱原「石巻ノ近所壱リ半程有山ノ間也。袖の渡リヲ越行也。」〔類〕真野萱原　陸奥「続古今恋一まだみねバ俤もなしなにしかもまのゝ萱原露みだるらん権大納言顕朝」

三上山《ミカミヤマ》　三上《ミカミ》　いま滋賀県野洲郡《やすぐん》野洲町にあり、近江富士とも呼ばれる。標高四二八米。俵藤太秀郷の百足退治《むかで》の伝説で知られる。〔方〕三上「山・嶽・杉・榊・夜須川、此山の桛を北へ流れたり。新勅撰雑五遙なる三上の山をめにかけて幾瀬渡りぬやすの川波摂政太政大臣」〔類〕三上山・嵩近江「拾遺神祇千早振三上の山の榊ばゝさかへぞまさる末の代までに能宣」〔類〕野洲川・河原近江「拾遺神楽哥万代をみかミの山のひゞくにハやすの河水すみぞあひにける元輔」

みづの小島《ミズノコジマ》《みづのこじま》　今の宮城県玉造郡鳴子町名生定《みょうさだ》。荒雄川（玉造川とも）の河中にあった小島。〔日〕五月十五日「名生貞ノ前、川中ニ岩嶋ニ松三本、其外小木生テ有。水ノ小嶋也。今ハ川原、向付タル也。古ヘハ川中也」〔類〕美豆小嶋　陸奥「古今大哥所御哥をぐろ崎ミづの小嶋の人ならバ都のつとにいざ云ましを」

箕面《ミノオ》　いま大阪府箕面市。箕面川峡谷一帯は箕面公園として知られ、公園の中心地に箕面の滝（大滝＝雌滝）がある。雄滝は更に上流。勝尾寺《かつおでら》は滝の奥約四粁、西国第二十三番の霊場。〔方〕箕面「北ハ山寺有。弁才天御座也。滝有。勝尾の山つゞき也。京と打出との間、名所多く在也」〔類〕箕面摂津「千載雑上ミのお山寺に日比籠に出侍ける暁月の面白侍けれバ　木のまより有明の月のをくらずハ独や山の岑を出まし仁和寺後入道法親王覚性」

宮城野《ミヤギノ》　今の宮城県仙台市木の下一帯の地。〔覚〕宮城野「仙台ノ東ノ方、木ノ下薬師堂ノ辺也。惣テ仙台ノ町も宮（城）野ノ内也」〔類〕宮城野・原陸奥宮城郡「新古今秋上あはれいかに草ばの露のこぼるらん秋風立ぬミやぎのゝ原西行法師」

三輪《ミワ》　いま奈良県桜井市三輪。大神神社《おおみわ》があり、三輪山（標高四六七米）を御神体とする。〔類〕三輪山・檜原・神崎・川・里大和城上郡「古今春下三輪山をしかもかくすか春霞人に知れぬ花や咲らん貫之　拾遺雑上三輪の山しるしの杉は有ながらをしへし人はなくて幾世ぞ元輔」

武蔵野《ムサシノ》　いま埼玉県川越市より南方、東京都府中市までの間に広がる原野。すなわち、多摩川流域から荒川流域にかけての野原で、東京都と埼玉県にまたがる。広義には武蔵国（いま東京都・埼玉県、および神奈川県の一部）全部を言う。〔類〕武蔵野原武蔵「後撰秋中女郎花匂へる秋の武蔵野ハつねよりも猶むつましき哉貫之」

むや〳〵の関《ムヤムヤノセキ》　普通にはいま宮城県柴田郡川崎町の西方、山形市に通ずる道の県境にある笹谷峠（標高九〇六米）付近にあった古関（うやむやの関とも）を言い、古歌にも詠まれているが、『おくのほそ道』の場合は、今の秋田県由利郡象潟町関にあった旧関址を言う〔覚〕「ウヤムヤノ関ハ白石ヨリ最上越ルサ、ヤ峠ノフモト也」〔日〕六月十六日「小砂川、御領也。……塩越迄三リ。半途ニ関ト云村有。ウヤムヤノ関成ト云」〔夫〕巻第二十一〔関〕「すくや山猶いなむやのせきをしもへだて丶人にねをなかすらん俊頼朝臣　東路のとや〳〵とほりの明ぼのにほと丶ぎすなくむや〳〵の関よみ人しらず　武士のいづさ入さにしをりするとや〳〵とほりのむや〳〵の関よみ人しらず」

室の八嶋《ムロノヤシマ》　いま栃木市惣社町にある大神《おおみわ》神社。室八島明神とも言う。〔覚〕室八嶋「飯塚ト壬生トノ間、左ノ方也。飯家ヨリ二リ、壬生ヨリ一リ有。所ニテハ惣社ト云。明神ノ後ニケブノ里有」〔類〕室八嶋　下野「詞花恋一いかでかハ思ひあり共しらすべき室の八嶋の煙ならでは藤原実方朝臣」

最上川《モガミガワ》《もがみがは》　いま山形県と福島県との境にある吾妻山に源を発し、山形県内を北流し、のち西流して、酒田付近で日本海に流れ入る川。日本三急流の一つ。〔類〕最上川出羽最上郡「後撰恋四も上川深きにもあへず稲船の心かろくも帰るなるかな三条右大臣」〔方〕最上川「早川也。水鳥。古今大哥所御哥最上川のぼればくだるいな舟のいなにハあらず此月バかり」

大和《ヤマト》　**大和の国**《ヤマトノクニ》　今の奈良県。神武天皇の橿原宮以来、桓武天皇による平安遷都（延暦三年＝七八四）までわが国の政治・文化の中心であった。〔万葉集〕巻第一雑歌「葦辺行く鴨の羽がひに霜ふりて寒き暮夕《ゆふべ》は和《やまと》しおもほゆ」（志貴皇子）

湯殿山《ユドノサン》　湯殿《ユドノ》　いま山形県の中部、東田川郡と西村山郡の境界にある山（標高一五〇四米）で、出羽三山の一つ。古くから「恋の山」として知られた。湯殿山神社は湯の湧き出る巨巌を御神体とし、社殿はない。〔類〕恋山　出羽「新勅撰恋一こひの山しげきを篠《ざさ》の露分て入初るよりぬるゝ袖かな祇神伯顕仲」

吉野《ヨシノ》　芳野山《ヨシノヤマ》　いま奈良県吉野郡吉野町を中心とする吉野山と吉野川流域一帯の地。桜の名所。吉野山は大峰山の北側にあたり、約八粁の長きに及ぶ一尾根を言うが、吉野朝廷の所在地として史跡に富み、古くは修験道の根本道場の地であった。〔類〕吉野山・川・里・滝・岑・宮・嵩・山井・高根・尾上・花園　大和「古今春上春霞たてるやいづこ御芳野の吉のゝ山に雪ハふりつゝ読人不知」

よびつぎ　いま愛知県名古屋市南区呼続町。鳴海と熱田との間の海岸。〔方〕鳴海「よびつぎの浜にハ海士の家居有。塩屋かずくみえたり。」〔小〕喚続橋《ヨビツギノ》　尾張「新後拾鳴海がた夕浪千どり立かへり友とびつぎの浜に鳴也厳阿上人」

竜門《リユウモン》　いま奈良県吉野郡吉野町。竜門ヶ岳の南麓、竜門寺跡に滝があり、竜門の滝と称した。〔類〕竜門滝　大和為山城之由有一説。然而伊勢家集前書大和国と見。仍当国載レ之。「古今雑上竜門にまうでゝ滝のもとにてよめる　たちぬハぬ衣きし人もなき物を何山姫の布さらすらん伊勢」

和歌の浦《ワカノウラ》　いま和歌山市和歌浦の海岸一帯の地。和歌川と紀三井寺川の流れこんでいる入江。〔類〕若浦　紀伊「古今序又続古今雑中若浦に塩満くればかたを波あしべをさしてたづ鳴渡る赤人」

初出一覧

◆芭蕉伝余考

さまざま桜　『国文鶴見』12　昭五二・五

芭蕉庵焼亡―江戸大火の実況報告　『国文学　解釈と教材の研究』昭五四・一〇

芭蕉行脚の杖　『北葉』27　昭五七・一

◆『鹿島詣』随想

風狂の旅『鹿島詣』　『ひまわり倶楽部』平七・一一

鹿島への道順　『俳文芸』3　昭四九・六

月は三五夜　『俳句』昭五一・八

紫の筑波山　『春雷』昭六〇・一一

◆『おくのほそ道』探訪

俳諧紀行『おくのほそ道』　『ハイカー』昭四五・八
　○原題「『おくのほそ道』の文学的評価」

『継尾集』と『おくのほそ道』　（未発表稿）

謡曲「遊行柳」と『おくのほそ道』　『桔槹』昭四六・七

奥の細道登米　『春雷』平三・九
北陸の早稲　『北葉』8　昭五三・一一
奥の細道木ノ芽峠　『春雷』79・80　平六・一、平六・三
鈴木清風の生没年　『俳文芸』39　平四・六
素龍のこと　『俳文芸』16　昭五五・一二
芭蕉の跡を追った俳人たち　『朝日旅の百科　おくのほそ道』昭六〇・七
細井平洲『松島紀行』と『おくのほそ道』　『楽浪』15巻8号　昭三七・九
○原題「松島紀行と奥の細道」
奥の細道と須賀川の俳句展　『俳文芸』20　昭五七・一二

◆従来説の検証

『唐本事詩』は『本事詩』の誤り　『俳文芸』6　昭五〇・一二
芭蕉「又やたぐひ長良の…」の典拠　『俳文芸』22　昭五八・一二
「幻住庵記」〈高砂子あゆみ苦しき〉の出典　『俳文芸』5　昭五〇・六
「閉関之説」〈仕出てむ〉の読み方　『俳文芸』23　昭五九・六
芝山仁王尊所蔵の俳諧資料若干　『俳文芸』9　昭五二・六
南松堂版『古文真宝後集』の解題　『俳文芸』43　平六・六
板本『芭蕉門古人眞蹟』二種　『俳文芸』43　平六・六
馬琴著『俳諧歳時記』の諸本　『俳文芸』18　昭五六・一二
『俳諧饒舌録』の刊行年次　『俳文芸』18　昭五六・一二

春風馬堤曲の呼び方　『俳文芸』15・44　昭五四・六、平六・一二

新聞『日本』の呼び方　『俳文芸』32・39　昭六三・一二、平四・六

◆資料と考証

相楽等躬編『蝦夷文談抄』―翻刻と考証　『鶴見大学紀要』16・17　昭五四・二、昭五五・三
　○原題「蝦夷文談抄―本文篇―」、「蝦夷文談抄―校異・索引篇―」

莎青編『奥細道拾遺』―解題と翻刻　『未刊連歌俳諧資料』第三編1　昭三三・一二

柳條編『奥の枝折』―解題と翻刻　『鶴見大学紀要』14　昭五二・二

石井雨考編『青かげ』―解題と翻刻　『俳文芸の研究』角川書店　昭和五八・三

松童窟文二編『南谷集』―解題と翻刻　私家版　昭二八・六

◆付録

芭蕉地名辞典『芭蕉の本6　漂泊の魂』　角川書店　昭四五・一〇

あとがき

平成十九年はとても暑い夏でした。その旧盆明けの八月十七日に夫は他界いたしました。旅立つ五日前に、朝日新聞にあなたの『奥の細道の旅ハンドブック』が紹介されていますよと言いますと、目をつぶったまま、うなずいてくれました。泉下の人となってから、十月にはその『奥の細道の旅ハンドブック』(三省堂)が、九月と十二月には『おくのほそ道全訳注』(講談社学術文庫)が、それぞれ重版されました。

また、翌年の一周忌を迎える前に、共著『おくのほそ道 芭蕉・蕪村・一茶名句集』(日本の古典をよむ⑳、小学館)が刊行されました。この中には、夫が長年撮りためた奥の細道の写真の中から選ばれたものも掲載されています。出版社の方も、先生が生きておられたら、もっとお聞きしたいことがあったのですが、と残念がっておられました。そして、いま三回忌を迎えるにあたり、『芭蕉追跡―探訪と資料』が出版の運びとなりました。

他界する何週間か前に、隣の部屋から「もう一冊、本をだしたいのだが…。原稿はできている」と遠慮ぎみに、しかし強い意志を含んだ声が聞こえてきました。

葬儀もようやく一段落して机の上を見ますと、例の原稿がぎっしりと箱に詰められ、よくわかるように整理されていました。早速、亡くなる二ヶ月前までの毎月、俳文芸研究会で、夫がお世話になりました東洋大学教授の谷地快一先生に御相談申しあげたところ、こころよく出版の労をとっていただけるとのことで、安堵の胸をなでおろしました。

谷地先生には、御研究に、御指導にと、ご多忙な日々をお過ごしの中、書名のことから校正にいたる煩雑なことがらをお願いして、申し訳ない気持ちでいっぱいでございます。そして故人の感謝する声が聞こえてくるようでございます。

昨年、最後の勤務先でありました昭和女子大学から、大学ゆかりの「恩師の墓」というものがあって、そこに夫の遺品を納めさせてほしいというお手紙があり、愛用していた万年筆と、原稿用紙に几帳面に書いた原稿のコピーを納めていただきました。あらためて、その万年筆をながめながら、このペンで「芭蕉」という字をどれほど書いたことだろうと、感

おりました。
夫は生涯の研究テーマであった『おくのほそ道』の芭蕉のことを、尊敬と親しみの念を込めて、「芭蕉さん」と呼んで
おりました。
私達の結婚記念日は三月二十七日で、芭蕉さんが奥の細道に旅立った日と同じです。また、『「奥の細道」を歩く事典』
（これを改訂したものが『奥の細道の旅ハンドブック』です）の奥付も三月二十七日になっており、夫はこの日を大切に
していたようです。また、夫が亡くなった時刻が、芭蕉さんのそれと同じく、午後四時過ぎであることを思うと、不思議
な因縁を覚えたりもいたします。
新婚当初は、奥の細道の旅から帰ってまいりますと、必ずと言っていいほど、自分の歩いた道順を、こと細やかに話し
てくれました。おそらく、これはその旅ごとの復習と整理確認の作業であったのでしょう。
子供達が生まれてからは、訪問地の駅弁を買ってきては喜ばせておりました。旅のスライドができあがりますと、部屋
を真っ暗にして、夫のナレーションによる上映会になったものです。
芭蕉と名のつく本は、どんなものでも購入していたようです。若いころは文献目録を作り続けるのが仕事の一つで、鋏
と糊で切ったり貼ったりして大変そうでした。今のようにワープロやパソコンという文明の利器がなかった時代の話です。
こうして振り返ってみますと、恩師の井本農一先生が他界されて、早くも十一年が過ぎようとしております。その間、
私がうかがっているだけでも、松尾靖秋先生、西村真砂子先生、櫻井武次郎先生、最近では雲英末雄先生、村松友次先生、
尾形仂先生と次々に旅立ってゆかれました。あちらでも芭蕉講座が開かれ、夫もそのお仲間に入れていただき、楽しくお
話をしているにちがいないと、いまはひとり慰めております。
生前に「千の風になって」という歌がはやっておりました。あるとき、夫に「死んだら、千の風になって守ってね」と
言いますと、「それはできない」と思いがけない返事です。「どうして」と聞き返しますと、「死んだら、生きている人の
心の中でしか生きられない」と言うのです。まさしくそうだなあーと、この頃思ったりいたします。
そういえば、他界して半年もしないうちに、ある書家の方から、『おくのほそ道全訳注』の現代語訳の一部を書いて読
売書法展に出品したいので、著作権者の許諾をいただきたいという話がありました。選ばれた理由を伺うと、「趣味で登
山をするのですが、漢字や平仮名のバランスを含めて、季節と調和した文章が、山歩きの実感と重なり合って、肌に伝わ

る気がするのです」ということでした。

また、霊前に届いた報告では、夫が目黒高校で教鞭をとっていた時代に、学業を諦めかけていた生徒さんに贈った俳句が、その方を立ち直らせるきっかけになり、今では社会的にも立派なお仕事をされているというものがありました。

夫の死は本当に淋しいことですが、その文章や作品がこうして誰かの心の中に生き続けているとすれば、これもありがたい置き土産であると感謝しています。老木が朽ち果てる前につけてくれた、小さな花のように愛しく思いました。

これまでも、春休み、夏休みを利用して、二人で奥の細道の旅に出かけておりましたが、一年前の夏には松島に遊び、秋には山中温泉の探訪に出かけました。泉屋跡の近くに建つ芭蕉の館の前には、

ゆきゆきてたふれ伏すとも萩の原　　曽良

今日よりや書き付け消さん笠の露　　芭蕉

という句で知られる碑があって、芭蕉とその芭蕉に別れを告げる曽良二人の大きな像の前で写真を撮りました。夫はこの山中の章段を、「先に行く者の悲しみ、残された者の残念さ、何につけても行を共にしてきた二羽の鳧《けり》が一羽一羽に別れて、雲間に迷うようである」と訳しています。これが私達の最後の旅となりました。

こうして、この世における芭蕉さんとの旅も、私との夫婦の旅も終わりとなりましたが、あの世ではまた旅が続けられるように、棺には『おくのほそ道』と原稿用紙と鉛筆とを納めてあげました。

最後になりましたが、生前の何冊もの本に加えて、ここにまた本書の出版を快くお引き受けくださいました笠間書院社長池田つや子様、久富哲雄の生前の声を聞き分けて、編集に御尽力を頂きました橋本孝様、大久保康雄様に厚く御礼申し上げます。さらに、その生涯にわたってあたたかくお導きくださいましたすべての方々に、お浄土の夫になりかわり、心より感謝申し上げます。

本当にありがとうございました。

平成二十一年六月三日、夫の誕生日に、

久富歌子

〔著者略歴〕

久富　哲雄（ひさとみ　てつお）

大正15年（1926）6月、山口県防府市生まれ。

東京大学文学部卒業、同大学院修了。国文学（近世俳文芸）専攻。

東京都立目黒高等学校教諭、鶴見大学女子短期大学部教授（東洋大学短期大学・学習院大学・聖心女子大学・昭和女子大学等の非常勤講師兼務）を経て、鶴見大学名誉教授。

2007年8月17日　逝去。

著　書『詳考奥の細道 増訂版』（日栄社）・『おくのほそ道全訳注』（講談社学術文庫）・『奥の細道の旅ハンドブック』（三省堂）・『おくのほそ道論考－構成と典拠・解釈・読み』（笠間書院）・『芭蕉 曽良 等躬－資料と考察－』（笠間書院）ほか。

〔編集協力〕

谷地　快一（たにち　よしかず）

昭和23年5月、北海道芦別市生まれ。

東洋大学文学部教授。

芭蕉追跡――探訪と資料

2009年6月3日　初版第1刷発行

著　者　久富哲雄
発行者　池田つや子
発行所　有限会社　笠間書院
〒101-0064　東京都千代田区猿楽町2-2-3
☎03-3295-1331㈹　Ⓕ03-3294-0996
振替　00110-1-56002
笠間書院装幀室

NDC分類 911.32

ISBN978-4-305-70478-8

モリモト印刷
（本文用紙：中性紙使用）
落丁・乱丁本はお取りかえいたします。
出版目録は上記住所までご請求下さい。
E-mail:info@kasamashoin.co.jp